贾平凹散文解读

曾令琪　周晓霞　著

中国市场出版社
China Market Press
·北京·

图书在版编目（CIP）数据

贾平凹散文解读 / 曾令琪，周晓霞著 . -- 北京：中国市场出版社有限公司 , 2023.6
ISBN 978-7-5092-2338-3

Ⅰ.①贾… Ⅱ.①曾…②周… Ⅲ.①散文评论—中国—当代—文集 Ⅳ.① I207.67-53

中国版本图书馆 CIP 数据核字 (2022) 第 237120 号

贾平凹散文解读
JIAPINGWA SANWEN JIEDU

著　　者	曾令琪，周晓霞
责任编辑	辛慧蓉
出版发行	中国市场出版社 China Market Press
社　　址	北京西城区月坛北小街 2 号院 3 号楼（100837）
电　　话	（010）68033692
印　　刷	廊坊市海涛印刷有限公司
规　　格	145mm×210mm　32 开本
印　　张	13.5
字　　数	338 千字
版　　次	2023 年 6 月第 1 版
印　　次	2023 年 6 月第 1 次印刷
书　　号	ISBN 978-7-5092-2338-3
定　　价	88.00 元

版权所有　侵权必究　印装差错　负责调换

（序一）

【双调·折桂令】
题令琪、晓霞《贾平凹散文解读》

斜出斋主

忆长安众口汉唐，
放眼当前，
贾氏文章。
昔日灵芝，
今朝玉树，
竞列门墙。
指翡翠精奇共享，
示兰苕秀丽昭彰。
情意洋洋，
奥妙张煌，
众美齐光，
四海传扬。

2022 年 5 月 26 日

（斜出斋主，本名赵义山，中国韵文学会副会长，中国散曲研究会会长，四川师范大学杰出教授、博士生导师。）

（序二）

守文心以奋进　勤创作而高歌
——曾令琪、周晓霞《贾平凹散文解读》序

张人士

　　曾令琪、周晓霞师徒《贾平凹散文解读》书稿杀青付梓，送我阅读并请我作序，我非常乐意。近年来，令琪与晓霞在办刊之余，勠力笔耕，收获多多，令人欣悦。令琪散文四刊《人民文学》，多次被《文学月刊》《当代文学·海外版》《中华文学》《四川文学》等国内大刊集中刊发，并荣登封面，隆重面世；晓霞作品多次见刊于《四川文学》《青年作家》《中华文学》《速读》等大刊。师徒二人散文之影响，还由省内而省外、由国内而国外，被孔子学院翻译为英文，选入476所孔子学院《阅读》通用教材，全球发行。

　　更难能可贵的是，在红尘喧嚣的今天，令琪与晓霞尤重师道。我与他们亦师亦友，经常负暄品茗，坐而论道，一直相处融洽。令琪为贾平凹先生的关门弟子，晓霞为令琪的弟子，亦即贾平凹先生的再传弟子。师徒二人发愿创作《贾平凹散文解读》，既深入品读、研究贾先生的散文，也归纳总结，探究创作规律，并由此及彼，推而广之，以裨益读者，泽惠后学。此文坛之佳话，文人之美事也。

　　细读《贾平凹散文解读》，我感觉此书有四大特点。

一、视阈宽广,显学术之胸怀

正如作者所说:"说到中国当代作家,贾平凹先生是绕不开的一个人物;说到当代中国作家的作品,贾平凹先生及其小说和散文,是绕不开的一个重要话题。"[1]的确,"贾平凹现象"是当代中国文坛乃至世界文坛一个值得研究的现象;"贾平凹"三个字,已经成为中国当代文学的一个符号。

莫言曾经强调指出:"研究中国当代文学,如果漏掉贾平凹,那是不可想象的。"[2]而贾平凹散文之所以受到国内外广大读者的深深喜爱,显然是有其内在、外在的诸多原因的。

贾平凹散文的重要贡献,在于他那重要的创作理念、鲜明的创作主张、显著的创作影响。作者创作本书的目的,就是因为"关于贾平凹的散文创作及其艺术特色,除了一些单篇文章以外,我们只查阅到一本书名为《贾平凹散文研究》的单行本";在作者看来,"这种情况和贾平凹先生数量十分丰富、艺术水准已臻化境的散文创作、散文研究、散文评论,是极不相称的";所以,作者"发愿写一本既带研究性、学术性,又兼具普及性、通俗性的作品,以供作家、研究者特别是广大文学爱好者阅读、揣摩"[1]。

作者没有孤立地看待贾平凹及其作品,而是将其放在20世纪中国新文化的大背景之下,放在20世纪世界文学的大背景之下。从书中所引外国作家普希金、托尔斯泰、泰戈尔、萧伯纳、海明

---

[1] 曾令琪、周晓霞:《贾平凹散文解读》第二章"贾平凹散文之五美论·贾平凹散文解读之缘起"。

[2] 莫言:《我眼中的贾平凹 时代造就作品》,《人民政协报》,2014年3月1日。

威等和中国作家鲁迅、郭沫若、朱自清、老舍、孙犁、汪曾祺、碧野、史铁生、林清玄、三毛等的作品或者名言,可见作者视阈的宽广。本书的学术视野与胸怀,令人敬佩。

客观而言,目前研究贾平凹的作品虽多,但多聚焦于其小说和小说创作;研究其散文的单篇文章有一些,但都不成体系,专著只有一本学术性很强的《贾平凹散文研究》[1]。散文要走近普罗大众,走进生活,走向未来,我认为还得靠广大读者的积极参与,靠基层作家、作者的参与。因此,如何认真品读贾平凹散文,并深入研究,积极推宣,也就成为当下散文界一个值得思考的问题。

所幸,作为贾先生的关门弟子和再传弟子,令琪和晓霞发愿完成了这么一大事。发大心者,必有大力;发大愿者,必有大福。这一造福广大读者的可喜可贺的壮举,值得中国散文界同仁为之浮一大白!

二、归纳精到,标独立之见解

从1973年处女作小说《一双袜子》(与同学冯有源合作)发表在《群众艺术》杂志、1974年10月处女作散文《深深的脚印》发表在《西安日报》[2],到现在的2022年,贾平凹的创作,跨度长达50年。这样长的创作时长,作品必然丰富多彩,满目生花。

平凹的散文,形式多样,内容丰富,时间跨度长,受众遍及

---

[1] 曾令存:《贾平凹散文研究》,中国社会科学出版社,2003年4月。

[2] 贾平凹:《一双袜子》,《群众文艺》杂志,1973年8月号。张东旭:《贾平凹年谱》,中国社会科学出版社,2018年11月。

国内，并达于海外。从报到刊，从纸到网，从作家论、作品论到创作论、方法论，单篇研究文章可谓浩如烟海。储子淮先生在《作家贾平凹》中说："（贾平凹）在继承传统的同时，开创了新的传统，在新汉语写作实践中取得了巨大成就。"[1] 如何另辟蹊径，写出特色？这是作者必须面临的一个难题。

为此，二位作者于 2020 年 1 月专程到西安向贾平凹先生请教。2020 年 7 月 1 日，作者在成都曾令琪工作室启动了这本书提纲的写作、架构的搭建和创作分工的安排。经过前后断断续续 22 个月之久的写作、修改、定稿，完成了《贾平凹散文解读》这本书的创作。

创作期间，作者研究、阅读了大量贾平凹先生的散文，从早期的商州题材散文到中、晚期的陕西、西北散文，无不纳入他们的视野。从大漠孤烟的西北到小桥流水的东南，再到四川、广西这些风光旖旎、山水明媚之地，平凹的大量散文也化作文学的血脉，流淌于作者的血液之中。因为熟稔于心，所以运用也就得心应手。

这本书，对一些别人曾经论及的问题尽量不作专章、专节讨论；对别人很少涉及甚至尚未论及的问题，则结合实际进行分析。作者在研读贾平凹大量散文作品，阅读现当代大量散文研究专著和论文之后，经过归纳、提炼、总结、比较和选择，总结、提炼出贾平凹散文的五大特色，即：语言美、人情美、风俗美、细节美、哲思美。这五大特点，或无人论及，或偶有所论而解析不深。结合这"五美"，作者沿波讨源，相当深入地探讨了贾平凹散文的思想内涵、文学理念、创作特色和美学因素。这些探讨，不是

---

[1] 储子淮：《作家贾平凹》，陕西师范大学出版总社有限公司，2012 年 9 月。

空对空的理论说教，而是以贾平凹先生的大量散文、散文片断作支撑，融入令琪和晓霞将近30年的散文创作的诸多心得。所以，既是理性的，也是感性的；既是抽象的，更是形象的。阅读此书，读者不仅可以欣赏到很多贾平凹先生的散文佳作、精彩片断，还可以了解、学习、借鉴很多精彩的散文创作技巧。

贾平凹散文"五美"的提出，归纳精准，见解独到，令琪和晓霞有独创之功，这是对中国散文界的一大贡献和创举，应予充分肯定。

三、引证允当，启研究之门径

这本书除了大量引用贾平凹散文和散文片断，进行分析、解读，还旁征博引，资料丰富。

本书第一章，是"贾平凹先生访谈录"。这是作者对贾平凹进行长篇专访的结果。这一篇，涉及"关于散文创作的题材问题""关于散文内容的地域问题""关于散文的'形散而神不散'问题""关于中国散文的现状问题"等九大类近20个问题。这个访谈录很有特色，是贾平凹先生就散文及散文创作发表的重要见解，其中真知灼见跃然纸上。因为是同门三代传人之间的亲切对话，没有一点世俗的功利成分，所以弥足珍贵。比如关于题材的问题，关于形散而神不散的问题，作者除了梳理对贾平凹先生的当面访谈，还回顾了文学史上的有关掌故，令读者大开眼界。

第二章到第七章，作者对贾平凹散文的"五美"进行解读，有总论，有分论。在分章解读之中，大量征引资料，印证作者的观点，解剖贾先生的散文，证以中外名家的散文，造成很大的视觉冲击，令人耳目一新。

第八章"关于散文的文与论"，收录令琪和晓霞的几篇散文和一组文评、文论。这些散文，足见作者的文学功力；这些文评，足见作者的文学见识；这些文论，篇幅长短不一，也非一时一地之作，但涉及内容更多，更加表现出作者的见识与风骨。这一部分，是对前面几章很好的补充。在这一章的《文学漫谈随笔选》中，令琪主张将散文的"形散而神不散"的提法，改为"注重散文的'收'与'放'"，这个主张，来源于令琪曾经的中学语文教学实践，是他多年的散文创作心得。这个提法，与本书第一章"贾平凹先生访谈录"中的相关说法相互印证、相互补充，具有相当高的文学研究价值。

第九章相当于全书的一个附录，作者附上了创作本书引用较多的单行本书目40部。

文章有些地方引用了他人的文献，这是学术作品中不可或缺的组成部分。引用是为了"引证"，就是作者引用相关文献的论题、观点、概念、理论、方法、结果等，来论证自己科研成果的创新性、科学性、可靠性和应用价值。本书一律采用脚注的方式，当页注释，极大地方便了读者的阅读。其中很多注释，还为读者、研究者指出了进一步探究的线索和门径。

尤其需要注意的是，在具体的解读与赏析中，作者的分析还由此及彼，触类旁通，给读者留下了深刻的印象。比如：

第七章第三节《〈丑石〉的哲学意蕴》，这一篇赏析容量很大，资料众多。这里面，既有对中国历代奇石爱好者、痴迷者的回顾，也有对古人的"相石观""丑石观"的扫描。由此，进而谈到贾平凹先生的"爱石、觅石、藏石、赏石，写了不少的与石头有关的散文"，从而自然而然地转入对平凹散文名篇《丑石》的解读和赏析。

具体的赏析之中，作者引用了卞和抱璞而哭的典故，还对平凹文中的观点"'丑到极处,便是美到极处'这个带哲理意味的美学命题"的历史渊源,追本溯源,向读者介绍了中国古典美学中清代傅山主张的书法"四宁四毋"和刘熙载的"怪石以丑为美"两个著名美学观点,顺理成章地得出作者的结论:"美和丑是美学审美研究中的一个范畴,也是众多学者竞相探讨的一个论题。贾平凹以其散文名作《丑石》,完美地诠释了美与丑对立与统一的哲学、彼此地位的转换,给读者留下难以磨灭的印象。"这样解读和赏析,是科学的、合乎情理的,当然也是令人信服的。

四、语言优美,获阅读之享受

作为学术性与通俗性兼具的著作,《贾平凹散文解读》一书打破了人们对这类书籍"枯燥无味"的固有印象。可以说,本书学术与通俗并存,严谨与活泼相济,语言优美,可读性强。阅读此书,无疑是一种美的享受。

我们看:

于是,我们用文字记录下生命的点点滴滴。从此,笔下不再是一个个缺乏血性的方块汉字,而是一个个有生命力的跳动的音符。一会儿峨峨兮若泰山,一会儿洋洋兮若江河。一切的梦境都由心生,一切的追寻都诗意盎然。三径就荒,但心中充满绿意;梅兰依旧,故随春潮而起伏。飞花落墨,煮字疗饥,凭栏远眺,浅斟低吟。[1]

---

[1] 曾令琪、周晓霞:《贾平凹散文解读》第二章第一节"贾平凹散文解读之缘起"。

这段内容，作者以饱含深情的笔触，以整、散结合的语言，将作者坚守文心、执信而行的毅力和盘托出，语言优美，情真意切，令读者大受感染。

三毛这个人，非常率真，不矫揉造作，时时处处流露出的都是真情真性。不管是生活还是写作，她都是说真话，叙真事，抒真情。她初见漫画家张乐平，可以亲切地叫他"爸爸"；又见西部歌王王洛宾，可以和他热烈地拥抱在一起；她慧眼独具，极力推崇贾平凹为大陆最优秀的、第一流的作家；……她的作品，处处洋溢着调皮、机灵、幽默、乐观，处处充满着一种浓浓的亲情、乡情，透露出一种深沉的、真诚的人文关怀。敢说敢做，敢做敢当，敢爱敢恨，敢生敢死，这是三毛作为一个女人的特点，也正是她作为一个女性作家的特点。三毛的质朴天真，平和大气，有多少男子能够企及？[1]

这一段，作者叙述掌故，挥毫点染，既高度概括三毛的个性特点与作品特色，又满含激情地歌颂了三毛的真情真性——说真话，叙真事，抒真情。"感人心者，莫先乎情"，这样的语言，真正地做到了以情动人。

这样的例子，本书中还有很多。阅读这样的作品，从始至终，我们都将氤氲在美的享受之中。

我和平凹算是老朋友。我们的交往，要追溯到二十多年前。
1997 年 4 月 9 日，贾平凹先生来四川交流，那是我第一次见

---

[1] 曾令琪、周晓霞：《贾平凹散文解读》第四章第一节"《再哭三毛》的人性美"。

到贾平凹先生。我和四川文学编辑部包川女士去接红星宾馆的贾平凹先生到我家乡广汉参观"三星堆"出土文物并在我家喝茶（那是前一天晚上约定的）。那时，"三星堆"陈列馆还未建好，尚未对外展出，所以部分文物就暂存在"房湖公园"的楼上保管室内，平凹先生身居号称"遍地出土文物"之西安，对文物相当地痴迷，他对"三星堆"出土的部分文物，看得很仔细，问得也很详尽，有几件文物他是看了又返回，再细细地看，嘴里低声地说着真好，真好。走出陈列室，平凹先生有点"一步三回头"的味道。

11点左右，平凹先生在我家喝茶、聊天，其中聊到了他的散文。我说平凹兄（实际上我比他大几岁），你的散文写得真好，清淡、空灵、幽默又富有哲理，你的散文我几乎每篇都看。其中我们谈到他的散文《丑石》《秦腔》和《商州初录》……我说看你的散文真是种享受，我认为你的散文成就能集中国几十年散文之大成。

之后谈到他的小说，先谈到了他的短篇获奖作品《满月儿》及中篇获奖作品《腊月·正月》。接着谈到他的长篇，我说我最喜欢的长篇是他的《浮躁》。我是从晚上9点到第二天下午3点一口气读完。谈到《废都》，我说那影响最大，但太幽深、太高悬，我是分三次看完的……

后来我说：平凹兄，您的散文成就比小说成就大。平凹先生看了看我，喝了口茶，缓缓地说："张兄，我的小说，特别是长篇小说，你再看看……"

我明白了贾兄的意思，后来，我真的又重读了平凹先生的几部长篇，真是大有收益。

平凹先生来到我家乡，又来到我家，有两件事是一定要做的，那就是请平凹先生给"三星堆"博物馆写几个字。前一天晚上我就给文化局和陈列馆的负责人打了电话，千万要准备纸和墨，并叮咛说：机会难得，切记切记。能得到平凹先生的墨宝，那将是"三星堆"的一件幸事。结果工作人员不得力。参观完后，我一看什么都没有，问这是为什么。工作人员答：不知道要什么纸，也不知道买什么笔。唉！真是无语，我心里暗道：真是文化人没有文化啊！

　　那天，我家乡的市长听说平凹先生来广汉，本要亲自来陪同的，因临时有会来不了，请我转达向平凹先生的问候。后来他打电话来，托我请平凹先生去市府一叙。我知道市上也想得到平凹先生的墨宝，我征求平凹先生的意见，平凹先生淡淡地说："当官的事多，还是不去凑热闹，茶我们刚喝出一些味道。"

　　第二件事就是请平凹先生签署他的大作。我记得很清楚，我书柜里的书被文友们翻了一遍，只要是平凹先生的大作，平凹先生都一一签上，某某先生正：贾平凹。九七·四·九。我家乡作协陈主席手慢，终于翻出来一本《废都》，很是兴奋，双手捧书快步向前，请平凹先生签字。平凹掏出笔来，一看封面，又看了几篇内页，对陈主席说："对不起，这是盗版书，我不签。"我说再找找吧，结果真的找不出来。陈主席面带难色，说：贾老师辛苦你了，请你帮我签一本作纪念吧。平凹先生又掏出笔来，犹豫了一下，看了看书，对陈主席说："我还要到四川来，今后还有机会的，这本书我确实不能签，因为我从来不签盗版书。"又把掏出的笔装了回去。我看事情不妙，对平凹先生说，陈主席是接任我作市作协主席的，为人厚道，全国各地的作家来广汉，他不但接待得好，还亲自为作家们介绍广汉情况及"三星堆"发掘的经过，他为广汉的文学事业作出了很大的贡献。平凹先生看了看我，又看了看陈主席，又掏出笔来，在场的文友们都偏着头去看平凹先生怎么签，平凹先生在书的扉页签上：这是盗版本，陈某某正·贾平凹九七·四·九……

这就在我家乡文学圈子内传为贾平凹三拒签盗版书的佳话……

那天我们交流了很多，也谈了很多创作上的事，并拍了不少的照片。前不久，我也发了几张给曾令琪师徒们。

现在，看到平凹的弟子曾令琪与再传弟子周晓霞的成长，看到他们对文心的坚守、对创作的坚持，我不禁感慨万千。青山不老，岁月催人。文学在一代一代薪火相传中开拓前进，这毕竟是一件令人高兴之事。因此，在令琪和晓霞这部视阈宽广、归纳精到、引证允当、语言优美的《贾平凹散文解读》即将出版之际，我乐为之作序，并向广大作家、读者推荐。

2022年5月16日，星期一，于成都

（张人士，中国作家协会会员，国家一级作家，原巴金文学院副院长，四川省文艺传播促进会执行会长。）

目 录
CONTENTS

◎ 第一章　贾平凹先生访谈录　　　　　　　　001

◎ 第二章　贾平凹散文之五美论　　　　　　　016
　第一节　贾平凹散文解读之缘起　　　　　　018
　第二节　贾平凹散文的历史贡献　　　　　　032
　第三节　贾平凹散文的五大特点　　　　　　049

◎ 第三章　贾平凹散文的语言美　　　　　　　065
　第一节　贾平凹散文语言的通俗美　　　　　067
　第二节　贾平凹散文语言的俏皮美　　　　　080
　第三节　贾平凹散文语言的精致美　　　　　093

◎ 第四章　贾平凹散文的人情美　　　　　105
第一节　贾平凹散文的人性美　　　　107
第二节　贾平凹散文的人情美　　　　125
第三节　贾平凹散文的佛缘美　　　　145

◎ 第五章　贾平凹散文的风俗美　　　　　170
第一节　贾平凹散文的风景美　　　　171
第二节　贾平凹散文的世相美　　　　187
第三节　贾平凹散文的风俗美　　　　203

◎ 第六章　贾平凹散文的细节美　　　　　218
第一节　贾平凹散文细节的真实美　　220
第二节　贾平凹散文细节的细腻美　　235
第三节　贾平凹散文细节的节奏美　　253

◎ 第七章　贾平凹散文的哲思美　　　　　272
第一节　贾平凹散文的风骨美　　　　275
第二节　贾平凹散文的慈悲美　　　　290
第三节　贾平凹散文的哲思美　　　　308

◎ 第八章　关于散文的文与论　　　　　　328
与袁瑞珍大姐论散文　　　　　　　　328
读张忠辉散文论创作的三个问题　　　332
弃"形散神不散"　倡散文之"收与放"　337
文学漫谈笔记选　　　　　　　　　　341

在历史的余晖中徜徉　　371
李庄情思　　376
我的青葱五月　　383
番茄红了　　388
养花偶得　　396

◎参考书目　　400

◎后　记　　403

第一章 贾平凹先生访谈录

由于职业的关系，我们一直认为，如果能请贾平凹先生就散文创作中我们一直关心、关注、困惑、迷惘的一些问题，谈一谈他的看法，无疑，这样的答疑、解惑，对我们、对广大读者，都将是一件弥足珍贵的美事。

作为贾先生的关门弟子和再传弟子，除了平时的电话、短信联系，曾令琪和周晓霞还于2017—2021年共计6次，每年都北上西安，专程拜谒贾平凹先生，聆听他的谈话，感受一个文坛大家关于为人、为文的真知灼见。其中，2018年2次；2021年暑期那一次时间最长，内容最多，涉及面也最广。

在此，我们主要根据2021年夏曾令琪、周晓霞对贾先生的长篇专访之录音，综合贾先生的历次谈话及我们视野所见的贾先生关于文学创作、特别是散文创作的一些公开谈话、讲座、书籍、资料等，以问答式体裁，形成此文，以便我们自己和广大读者从中得到一些有益的启示。

◎关于散文创作的题材问题

曾：贾老您好！我们注意到，2018年11月，贾平凹散文创作现象学术研讨会暨《自在独行》发行百万册庆功会在北京师范大学京师大厦召开，您和李敬泽、孙郁、陈晓明、李洱、白烨、程光炜、贺绍俊等作家和评论家出席，共同探讨贾平凹散文创作在中国散文脉络中的特色与意义。这是非常有意义、有价值的一件事。您的散文,题材广泛,内容众多。我们的很多读者都非常想问您一个问题,那就是,您为什么会有那么多的散文创作题材?

贾:我一直主张散文的题材要尽可能宽泛一些,不要太狭隘。1992年我创办《美文》杂志的时候,就是这样主张。那时候,自己创作散文多年,创作的散文也在200万字以上,因此有一些我自己的想法或者说理论见解与主张。《美文》创刊的时代,一提到散文,人们的脑海里出现的往往就是杨朔式的抒情散文。我们知道,那时的散文,还延续着20世纪50年代的写法,要么是回忆苦难,要么是写花花草草,写父母啊、故乡啊、亲人啊,等等。这样,往往越写题材越窄,越走路子越窄。对于这样"窄化"的抒情,我感到非常不满足。所以,才创办《美文》,提倡散文题材的宽泛性,追求散文别样的气韵,追求散文的大气度、大气派。

曾:是啊,所以范培松先生在与您的通信中这样评价您:"散文园地里有了你就别想太平。"

贾:是的,这也是他们夸张的说法,哈哈!

周:您在1984年所写的《对当前散文的看法》[1]中说:"散文的题材狭窄,精神脆弱,仅写些花花草草。矫揉造作,充满女人气,男不男女不女的,小巧甜腻。"就是对当时散文题材的过于狭窄化,表达了您自己的不满意。

贾:对,我后来在《〈抱散集〉序·新时期的散文创作》中,还专门说过:"散文发展到今天,格局再不能拓宽了吗?多少世事的沧桑、人生的觉悟哪里去了?还只是柔柔弱弱的花草水月、鸡肚小肠的恩怨是非吗?"所以,我主张打开散文创作的路子,提高作品的境界。

---

[1] 贾平凹:《对当前散文的看法——〈西安散文选〉序》,选自《关于散文》,生活·读书·新知三联书店,2015年1月。

曾：所以，贾老您现在还是坚持大散文和美文的观念，对吗？

贾：对，至今还是。但需要引起我们警惕的是，大散文的"大"，并不完全等同于题材之"宏"、气势之"大"、篇幅之"长"；犹如大学之"大"，并不等同于高楼大厦之"大"一样。我曾经在不同的场合多次强调：提出"大散文"，一方面是嫌散文境界、品格越来越小，内涵、气象越来越薄，要拓展它的境界，让时代气息进来，要有现实生活的气息；再一方面，就是嫌散文题材越写越窄，要拓宽散文的路子。

比如：

在《文学是光明磊落的隐私》[1]一文中，我曾经说："在所有的文体中，散文是最难说最难写最不革命的地方。……散文创作难就难在如何处理'小我'与'大我'结合的问题，即个人生命体验如何暗合生命情绪的问题。"

在《散文就是散文》[2]中，我还说过："现在的时代竟是一个宜于产生散文的时代呢。散文是最易于表现情绪的，而现在的情绪却比任何时候都来得充分：振奋的有之，消沉的有之，健康的有之，颓废的有之，激动、冷漠、欢呼、反对……矛盾是愈来愈层次交错，情绪便愈来愈丰富而生动啊！……小说家可以以散文笔调去写小说，为什么你不可以以小说笔法去写散文呢？"

周：这样才能跳出"小我"的局限，写出"大我"的境界。

贾：对。

---

[1] 贾平凹：《文学是光明磊落的隐私》，选自《访谈》，生活·读书·新知三联书店，2015年8月。

[2] 贾平凹：《散文就是散文》，选自《平凹书信》，陕西师范大学出版总社，2018年9月。

◎关于散文内容的地域问题

曾：一个作家，特别是名家、大家，往往都有自己的创作母题，汪曾祺的高邮，刘绍棠的北运河，莫言的高密东北乡，迟子建的额尔古纳河，您的商州，似乎都是这样。那么，散文作家是不是也应该有一个属于自己的文化母题、创作母题？

贾：这个问题，我觉得是各人有各人的想法和主张，也不一定要一概而论。的确，有很多小说家都有自己创作的母题，有一些散文家也有自己的创作母题。但有的作家也许根本就没有这个东西，所以不能一概而论。

曾：李顺治[1]老师出版了两部长篇小说《北河东去》和《毗河之上》，都是您题写书名、由我写的序。在那两个序中，我谈到小说的地域性问题。由此，我们也就联想到散文的地域性问题。散文如果能在地域性问题上有所表现，应该会具有更多的特色吧？

贾：对，这是很可能的。每个人都有自己从小生活、成长的环境，有自己的生存空间、生存状况。各人的生活状况，必定在其作品中反映出来，表达出来，表现出来。

周：就是，我感觉贾老年轻时候的散文，尤其是"商州"系列，它的地域性很强。是不是地域性方面越强的作品，它越能够表现出作品的特色？

贾：既然存在创作母题，肯定要涉及地域性问题，但二者之间不一定画等号。你看，有的哲学家，他写的就是哲学方面的一些散文；还有一些散文家，他写的是即兴式的散文。

周：也就是说，并不是所有的散文，都一定要表现出地域性的特色？

---

[1] 李顺治，四川成都人，小说作家。代表作：长篇小说《北河东去》《毗河之上》。

贾：对。不仅如此，很多写作现在已经在打破什么小说、散文的文体了。

曾：嗯，就是跨界写作，打破文体之间的界限。

贾：对，已经是这样了。"百花齐放""百家争鸣"是文坛应该拥有的理想景象。

◎关于散文的"形散而神不散"问题

曾：贾老，我们都是师范大学中文系毕业，中学语文教师出身。多年来，一直感觉写作界关于散文特征"形散而神不散"的说法，有很大的弊端，请问您是怎么看待这种提法的？

贾：对。世间的任何事情，恐怕都是利弊相伴的。

曾："形散而神不散"最初是时年19岁的肖云儒在1961年5月12日《人民日报》"笔谈散文"专栏的一篇名为《形散神不散》的短文中提出来的。他说："师陀同志说'散文忌散'很精辟，但另一方面'散文贵散'，说得确切些，就是'形散神不散'。"

贾：是的，很多观念、提法，都离不开时代的背景。

曾：贾老，您1985年前后首先在《文艺报》上对"形散神不散"提出批评；1986年下半年，《散文世界》也曾质疑此观点；林非先生在1987年第3期《文学评论》上发表论文《散文创作的昨日和明日》，旗帜鲜明地对"形散神不散"提出尖锐的批评，在文艺评论界引起震动。1988年1~2期《河北学刊》发表了四篇关于"形散神不散"的争鸣文章，当时的《文汇报》对此作了报道，不久文学评论界即形成共识。

贾：对的。

周：贾老主编的《美文》，2005年6月号上发表了肖云儒的《"形散神不散"的当时、当下和未来》，声明他当初的本意主要是针对"形散"一类的散文来说的，提醒一下作者，形散可以，但神不能"散"。

贾：其实，散文就是一个写法的问题，也就是作法的问题。

散文的写作，不像散文的理念啊什么的。写作散文的时候，要写得放开一点。但是，谁能说起来就是那种意思？散文就是写法的问题。所以，形散而神不散，写作的时候不要涉及，毫无意义。

周：所以令琪先生将"形散而神不散"的说法，改为散文创作的"收"与"放"。这样直截了当，似乎还好懂一些。

贾：对，这样极好，不妨细说。

曾：我基于个人多年的散文创作实践，感觉"形散而神不散"的提法，限制了散文作家的创作思路，造成了散文写作程式化的弊端，极大地桎梏了散文创作的百花齐放。因此，我主张将散文的"形散而神不散"，改为"注重散文的'收'与'放'"。

刘勰对文学创作中作家的思维是这样描述的："文之思也，其神远矣。故寂然凝虑，思接千载；悄焉动容，视通万里；吟咏之间，吐纳珠玉之声；眉睫之前，卷舒风云之色；其思理之致乎。故思理为妙，神与物游……此盖驭文之首术，谋篇之大端。"[1] 专心致志地思考，思绪连接古今，心为物动，情为景感，自是动人心弦，这样，感觉自己仿佛可以看到千里之外的不同风光。

借鉴到我们的散文创作中，我认为，"思接千载，视通万里"就是"放"，"吟咏之间，眉睫之前"就是"收"。古人云："文似看山不喜平。"一"收"一"放"之间，不仅可以凝神聚气，主题突出，还可以让散文的语言形成"语流"，有高有低，有起有伏，从而营造出散文的节奏和韵律，使得音韵和谐，流畅自然。

贾：对！令琪深得散文创作之法。

周：我觉得，令琪先生关于散文的"收"与"放"的提法，远胜于散文"形散而神不散"的提法，对我们的散文创作有更多、更直接、更实在的指导意义。他的10余篇历史题材的散文，比如《乌江渡》《淮阴叹》《李广悲》《铜雀台》《烟花三月下扬州》等，底蕴深厚，耐人寻味，大开大合，收放自如，表现

---

[1] 刘勰：《文心雕龙·神思》。

出一种雍容的气度，一种雄强的气势。这些散文都收入曾先生《热闹的孤独》[1]一书，现代出版社2017年出版后，大受读者欢迎；其中的《烟花三月下扬州》还被《人民文学》杂志刊发。

贾：很好！我们就是不要人云亦云地唠叨"形散而神不散"，散文最讲究严密的结构，但很多人表现出来却似乎是松松散散的。艺术是"表现"的艺术，而不是要你去"再现"；技巧，是不夸耀技巧。散文就是要有一种胸襟，一种气度！

散文多一些"随意"和"气定神闲"，是非常好的。你看，张爱玲的散文，短的不足几百字，长则万言，你难以猜度她的那些怪念头是从哪儿来的，连续性的感觉不停地闪，组成石片在水面一连串地漂过去，溅起一连串的水花。这样多好啊！

◎关于中国散文的现状问题

周：现在散文界显得很乱，可谓"参差不齐"。

贾：世间的事情，多半如此。

曾：就是。贾老，您如何看待当下中国散文的现状？

贾：现在的散文，我看，总体的发展还是比较正常的。以前的散文，我觉得应该更多的是生命的、人生的东西，

曾：也就是关注生命、关注人生的作品比较多吧？

贾：是啊，就是智慧的东西，要多一点。现在的好多散文，我看都写幼年的事情、个人的事情，什么老师啊、家乡啊，写花花草草的很多。我的看法是，一部分这样的作品是可以的，但大部分人都写那些，就不行了。长此以往，散文大家也就会越读越少了。

曾：贾老，您的意思是不是当代散文目前走势良好，但还存

---

[1] 曾令琪：《热闹的孤独》，中国出版集团/现代出版社，2017年7月。

在一定弊端：就是关注人生、关注社会的少了一些，写自己的花花草草、个人"小我"情感的多了一点？

贾：对。作为一个散文作家，你净写童年啊、亲人啊那些东西，恐怕还是不行的，得有些民族的、社会的甚至是人类的担当。

我在《文学是光明磊落的隐私》[1]一文中，曾经说过："我们当下的社会状态正面临着数百年来从未有过的巨变时代，这时代变幻莫测，有人一夜暴富，有人经历金融危机跌入谷底，一切都有可能发生。人们在巨变中挣扎，所以变得浮躁起来。"

在《走向大散文》[2]一文中，我还特别强调，要弘扬散文的清正之气，写大境界，追求雄沉，追求博大感情。拓宽写作范围，让社会生活进来，让历史进来，继承古典散文大而化之的传统，吸收域外散文的哲理和思辨。发动和扩大写作队伍，视散文是一切文章，以不专写散文的人和不从事写作的人来写，以野莽生动力，来冲击散文的篱笆，影响其日渐靡弱之风。

曾：贾老，对您刚才所说，我的理解是，散文创作要努力开拓题材，积极发现人才，创新表现写法，表现责任担当。

贾：概括得对，应该这样。

周：我看了一则资料，在与您的一次访谈中，著名学者南帆先生说："大散文不是篇幅的问题，而是体现了一种不俗的气度：不拘不泥，天马行空，神采奕奕。大散文有一种自由精神，它不会被某一种文体的规定或者某一种技术手段——譬如抒情，夹叙夹议，形散而神不散之类——锁住。苏东坡用水比喻自己的散文'行于所当行，止于不可不止'，这的确是我心目中大散文的境界。"

---

[1]贾平凹：《文学是光明磊落的隐私》，收入《访谈》，生活·读书·新知三联书店，2015年8月。

[2]贾平凹：《走向大散文》，收入《关于散文》，生活·读书·新知三联书店，2015年1月。

贾：是的，我们不是不要散文的艺术抒情性，我们担心的是当前散文路子越走越窄，散文写作境界越来越小，如果仍在坚持散文的艺术抒情性，可能导致散文更加浮华而柔靡。好的文学应该引领国民走向雅致，走向风度，走向修养与智慧！

曾：因为工作的关系，近几年全国各大报纸的副刊，我也一直关注着。总感觉很多报纸副刊发表的散文，还欠缺一些什么。贾老，您能就此谈谈您的看法吗？

贾：报纸的介入对散文发展有利有弊：利是将散文大众化、生活化，使散文更灵活短小；弊是容易肤浅和粗糙……专栏散文写得久了，容易导致散文的气量狭小。

周：对，这个问题，您在与谢有顺先生的对话中，也曾经谈到。报纸副刊，因为读者的原因、版面的原因，往往不能展开，所以有一些文章可能"蜻蜓点水"一般，显得轻飘飘的。

贾：就是这样的问题。

曾：谢谢贾老的提醒！确实，长期为报纸副刊写稿的作者，对此应当引起警惕！

◎关于散文情节、细节的虚构问题

曾：总体而言，散文是一种写实性的文体。但正如鲁迅先生所言，写作中很多时候都需要"杂取种种人"[1]。写人是这样，写事大致也如此。所以，我们认为，散文也应该允许有情节、细节的虚构，对吗？

贾：对，从辩证法的角度而言，天下的事情都是相对的，没有"绝对的真理"。

周：您在1981年8月创作的《静虚村记》（1982年出版）里，

---

[1] 鲁迅：《且介亭杂文末编·〈出关〉的"关"》，《鲁迅全集》，人民文学出版社，1981年10月。

写到:"下雨了,村人在雨地里跑,我也在雨地跑,疯了一般,有两次滑倒在地,磕掉了一颗门牙。"写您绊断一颗牙齿。这个细节,不是真的吧?

贾:(笑)你看,我的牙齿还在不在嘛?

周:我们从这个问题跳出来,也就是说,出于表达的需要,散文的细节,有的时候是不是还是可以虚构一点点啊?

贾:这个问题现在不一定那么看,散文啊,小说啊,它有时候不一定那么看,主要是你写感情要写得真实,就对了。散文不一定就要写生活中发生过的事情。小说家可以以散文的笔调去写小说,那为什么我们不能以小说笔法去写散文呢?散文中个别地方有一点虚构,并不影响散文整体表达的真实性。

周:也就是说,散文最重要的问题,就是情感的真挚。

贾:对,所谓真情实感啊。情感虚假,就违背了散文的本真了。散文,必须保证情感的真挚。散文写作有无限的可能性,但真情是最基本的,也是最重要的,没有真正触动你的东西,没有你体会的东西,就不要写散文。在我看来,散文是"情感的艺术",纯、痴的艺术,一切都不需要掩饰。

◎关于散文主题的提炼和作品解读的问题

曾:每一篇散文,都一定会有一个主题。关于散文主题的提炼,我们也很关心。特别是晓霞,她现在还在执教中学,对这个问题更加关心。

贾:对,凡文章,肯定都有一个主题。

周:散文主题的提炼和表达,是一个很重要的问题。比如贾老写那个《丑石》和《一颗小桃树》(收入中学语文教材,名字改为了《我的小桃树》),都是选入了中学教材的,非常规范。关于散文主题的提炼,我想问一下,您写那个《丑石》,最初的构想和我们现在看到的是不是一致的?

贾：哎呀，关于这个问题，我都说不上来了。因为作家和现实是有一点距离的。

曾：是因为时间久远，忘记了吗？

贾：当时的具体情况，现在记得不是很清楚了。

周：还有，就是老师讲课，分析课文，往往是条分缕析把作品给"肢解"了。另外，还有可能是，我们老师分析的有些内容，并不是作家所写的一些东西。清人谭献说："作者之用心未必然，而读者之用心未必不然。"[1]说的大概就是这样的情形。

贾：对，就是这样的情形。作家有时随便写一个张三、李四，并没想到要专有所指，暗含多少哲理或言外之意。有好多东西，他是很混沌随意写出的，不是那么清晰和有意识的。所以会有作家去做中学试卷中有关自己作品的考题都做得抓耳挠腮：我当初写作此文有想过这甲乙丙丁、ABCD吗？没这么深刻啊？！

曾：真是这样的！著名作家周国平先生在《试卷中的周国平》[2]那部作品中，记载了一件令人啼笑皆非的事。那本书其实是55份语文试卷评注，编辑共收集了55篇语文测试卷里关于周国平文章的阅读理解题。周先生说："当时，他们拿着阅读理解的试卷给我做，我做完以后，按照标准答案给我打分，我得了69分，差点就不及格了。"可见作者与读者之间的认同，存在很大的差异。

周：也许，这个故事告诉我们，语文不是一种"知识"，而是一种"能力"？

贾：对，应该是这样的！中学教育，尤其是语文教学乃至文学教育，我认为应该更开放和多元，允许"一千个观众心中有一千个哈姆雷特"，摒弃掉一些框架式的固定思维，答案并不是非A即B，要鼓励学生开发创造性思维。

---

[1] 谭献：《复堂词录序》。

[2] 周国平：《试卷中的周国平》，长江文艺出版社，2017年5月。

◎关于散文的阅读受众群体问题

曾：贾老，踏上文坛之后，您的散文就受到交口称赞，读者甚众。

贾：还行吧。

周：贾老，我想问一下，关于散文的受众问题。像我，就比较喜欢读您的《静虚村记》，还有《纺车声声》《祭父》《写给母亲》，等等，尤其是《纺车声声》，每次都读得我潸然泪下。印象最深的是《纺车声声》里面，您写了一个细节。

曾：是写贾老的母亲那个吧？

周：嗯，就是。贾老您的父亲当时不是被送去改造了吗，家里很穷，您就想把父亲的书拿去卖了，您母亲知道后给您两耳光。然后您一气之下就跑出去了，去村口的草垛里面睡了一晚。家人以为您走丢了。第二天早上，当您出现的时候，您的弟弟看到您，先是大吃一惊，然后就抱着您，兄弟俩抱头痛哭，然后就说您回来了。母亲一看到您，眼泪一下就下来了。……每次读到这里，我的眼泪都止不住地流，对那种命途的多舛，生活的艰难，感同身受。而像这种文章，我们现在的学生，他是无法理解的。那么，我要问的就是：一部文学作品，或者一篇文章，怎样写才能让不同年龄、不同层次的人，都产生阅读的共鸣？

贾：众口难调，一篇作品、一部作品，要做到让所有的读者都满意，那不太可能。这和作家的经历与阅历有关，与读者的经历和阅历也关系密切。

这也是特别复杂的东西，但实际上最基本、最重要的一点是：你把真实的感情写出来，别人都能理解。换一句话说，你所写的这个事情，十岁娃不理解，二十岁肯定理解；二十岁不理解，他到四十岁肯定是理解的。

周：这也就是您所说的读者理解作品，也与他的阅历、经历有很大关系吧？

贾：对！很多时候，你读外国的东西、古人的东西，都会经历这样的过程。读的时候你是想象，在看《红楼梦》、在读《三国演义》的时候你也是这样。你从没有打过仗，但你对一些战争题材的作品，可能会很感兴趣。

曾：晓霞的意思是，好像我们写一篇文章，最好是老中青少同时都应该感动的，都可以打动他。

贾：这个应该当作我们的追求，但生活中不一定能有这样的效果。

周：看我们能否都有一个触动点。

贾：不是这样的，最基本的是把真情实感写出来。再一个，你已经选定一个情节，选定要写的内容，这个内容，说的是你自己的事情，实际上这个东西，需要大家都能理解，才能共情。好多人都举过这个例子：就像坐在大巴上，大家出去旅游，你给司机说，把车停下来，（我要）下去吃饭。司机肯定不会听你的，全车人也不会听你的。到十二点，这个时候大家肚子都饿了，都肯定会停车去吃饭。所以，（提前了的事情）大家都不能理解，都是你个人的、特殊的情况。

曾：贾老这个比方很形象。真实的情感才可能引起共鸣，打动尽可能多的人。

贾：现在很多人的散文，写一些花花草草，写个人的小感情、小感觉，什么"初为人妻"呀、"初为人母"呀、"初为人夫"呀之类，不要说"触动"我们如何的感觉，读多了反而觉得非常腻歪。

◎关于影响散文和散文风格的因素问题

曾：关于散文风格受到哪些因素的影响问题，贾老您如何看？

贾：这个问题很难回答。就是你自己慢慢写，写作过程中慢慢形成那种和别人不一样的地方。具体咋形成的，就没办法说了。这个需要看我们各人的修养啊、知识啊，等等。

周：也就是阅历、经历吧？

贾：对！作家文学创作风格的形成，是个综合性问题，过程比较漫长，也非常复杂。

曾：散文是一种对作家综合性素养要求甚高的文体，作家素养深厚，对写作将不无裨益。

贾：对！

周：知道贾老您喜欢绘画和收藏，您觉得这些对您搞散文创作有些什么帮助？

贾：天下理相通，很多事情，对散文创作都有帮助。

周：我喜欢您的作品，比如《残佛》。

贾：那是早期的作品。

周：还有《狐石》，都是写的收藏这方面的事情。

曾：无论从题材上、内容上，还是从思想上、情感上，感觉收藏啊、绘画啊、佛学啊，它们对贾老的创作影响都很大。

贾：对，收藏啊、绘画啊什么的，从美学的角度而言，都是一样的。世间的美，都是一样的；世间的人和事，从理上来看，都是一样的。你有适当的业余爱好，只会丰富、拓宽你的视野和维度，刺激、激活你的灵感与思想，不会消耗你的心智。

◎关于《贾平凹散文解读》的理念和架构问题

曾：我和晓霞都是中学语文教师出身，而且都喜欢阅读散文、创作散文。孟子曰："得天下之英才而教育之，此三乐也。"[1] 这几年来，我们一直想写一本关于散文的书，既是对自己阅读与写作多年的一个总结，也可能让其他读者，在散文创作与鉴赏方面，得到一些有益的借鉴。

贾：这个好！

---

[1] 孟子：《孟子·尽心上》。

曾：我是贾老的关门弟子，晓霞是我的学生，我们有得天独厚的条件。我们师徒就想以贾老您的散文为蓝本，通过分析、鉴赏您的散文，归纳材料，总结规律，阐明观点，提升创作。

贾：谢谢！

周：谢谢贾老！这次，我们给您汇报一下《贾平凹散文解读》这本书的创作构想和全书的架构。

贾：（听完之后）好，很好！有一个问题你们需要注意，那就是——该书中，最好不要全文引用我的作品过多。

曾：好，我们引用您的作品，主要是在分析、解剖的时候，我们会多引用一些您的作品的节选，作为文本对象。

贾：好！

曾：现在我们请您翻阅一下我们打印出来的书稿的前半部分，7万多字。

贾：好。（翻阅一通）嗯，这个架构很好，既是你们的总结，对读者的阅读和散文创作，也是有益的。

曾、周：谢谢贾老！

2022年2月28日，星期一，于西都长乐居

第二章　贾平凹散文之五美论

说到中国当代作家，贾平凹先生是绕不开的一个人物；说到当代中国作家的作品，贾平凹先生及其小说和散文，是绕不开的一个重要话题。

贾平凹，原名贾平娃，1952年生于陕西省商洛市丹凤县棣花镇。1975年毕业于西北大学中文系，1974年开始发表作品。著有小说集《贾平凹获奖中篇小说集》《贾平凹自选集》，长篇小说《商州》《白夜》，自传体长篇《我是农民》等。出版《贾平凹文集》24卷，其中，小说代表作：《废都》《秦腔》等；散文代表作：《丑石》《商州三录》《天气》等。全国人大代表、中国作家协会原副主席、陕西省作家协会主席、西安市文联主席,《延河》《美文》杂志主编。[1]

贾平凹先生的作品，曾获得茅盾文学奖、鲁迅文学奖、全国优秀短篇小说奖、全国优秀中篇小说奖、全国优秀散文（集）奖；另获华语传媒文学大奖、施耐庵文学奖、老舍文学奖、冰心散文奖、朱自清散文奖、当代文学奖、人民文学奖等50余次；并获美国美孚飞马文学奖、法国费米娜文学奖、香港红楼梦·世界华人长篇小说奖、首届北京大学王默人—周安仪世界华文文学奖、法国

---

[1] 综合百度百科、贾平凹先生出版的各类书籍上的有关介绍。

法兰西文学艺术骑士勋章。作品被翻译为英语、法语、瑞典语、意大利语、西班牙语、德语、俄语、日语、韩语等30多个语种出版，并改编为电影、电视、话剧、戏剧等20余种。[1]

---

[1] 综合百度百科、贾平凹先生出版的各类书籍上的有关介绍。

第一节　贾平凹散文解读之缘起

贾平凹先生曾经这样回忆他参加2014年10月15日在北京举行的文艺工作座谈会："在会议结束时，国家主席总书记同志与大家一一握手交谈，还问我最近有没有新作，我说刚出版了一本叫《老生》的长篇小说，他说：'好啊，你以前的书我都看过。'"[1]

是啊，关于贾平凹先生的小说，阅读者、研究者予以关注的很多。从国家最高领导人，到文学研究专家、一般的读者、作者、爱好者，"贾粉"比比皆是，随处可见。比如：

邹荻帆的《生活之路：读贾平凹的短篇小说》[2]，从小说的语言、描写、人物入手，高度评价了贾平凹的短篇小说。

孙见喜的《贾平凹传》[3]，费秉勋的《贾平凹论》[4]，苏沙丽的《贾平凹论》[5]，对贾平凹的人生历程、创作艺术（主要是小说创作），进行了较为深入的研究。

---

[1] 贾平凹：《〈老生〉新谈》，《南方都市报》，2014年10月29日。

[2] 邹荻帆：《生活之路：读贾平凹的短篇小说》，《文艺报》1978年5月。

[3] 孙见喜：《贾平凹传》，上海人民出版社，2008年1月。

[4] 费秉勋：《贾平凹论》，陕西人民出版社，2018年9月。

[5] 苏沙丽：《贾平凹论》，作家出版社，2018年5月。

1998年，俄罗斯圣·彼得堡大学正式立项，设立《中国当代著名作家贾平凹的创作与生平》研究专题[1]，足见贾平凹在当代中国文坛和海外各国的影响程度之大。

2005年，由25位专家学者和"新浪读书频道"读者进行的"世纪文学60家"评选活动中，贾平凹仅居鲁迅、张爱玲、沈从文、老舍和茅盾之后，为第六名，在至今健在的作家中名列第一[2]。

……

从上述所引的部分信息，我们可以看到，贾平凹研究者重点关注的是贾平凹先生的小说创作。要知道，贾平凹也是一位多产的作家，他不仅在短篇、中篇和长篇小说方面硕果累累，在散文和诗歌领域，也屡试身手，写出了很多佳作。如果说中国文坛有谁"多转移、多成效"，那一定非贾先生莫属了。

可惜的是，关于贾平凹的散文创作及其艺术特色，除了一些单篇文章以外，我们只查阅到一本书名为《贾平凹散文研究》的单行本[3]。显然，这种情况和贾平凹先生数量十分丰富、艺术水准已臻化境的散文创作、散文研究、散文评论，是极不相称的。

2013年11月5日下午，在参加"北师大首任驻校作家暨'从《废都》到《带灯》——贾平凹创作回顾研讨会'"时，诺贝尔文学奖得主莫言曾经强调指出："研究中国当代文学，如果漏掉贾平凹，

---

[1] 韦建国：《贾平凹谈民族文学的世界性》，《咸阳师范学院学报》，2005年第1期。

[2] 李星：《贾平凹文学的时代意义》，中国作家网，2016年12月3日。

[3] 曾令存：《贾平凹散文研究》，中国社会科学出版社，2003年4月。

那是不可想象的。"[1]

有鉴于此，我们发愿创作这本《贾平凹散文解读》，以沿波讨源，引申发散，总结规律，启迪来者。客观地说，对于写作此书，我们有得天独厚的条件。

其一，在专业上，我们都毕业于师范类大学中文系。曾令琪毕业于原南充师范学院中文系（现西华师范大学文学院），周晓霞毕业于内江师范学院中文系（现内江师范学院文学院）。大学时代，我们即在关注、阅读贾平凹先生的作品。毕业之后，结合自己的教学工作，还尝试着对贾先生的一些作品进行了较为深入的研究，并有一些心得。

其二，在写作上，曾令琪是从事多年文字工作的专业作家、学术研究者，周晓霞是长期从事文学创作的业余作家，在近30年的创作中，我们二人对散文写作情有独钟，并有自己的一些独到见解。

其三，在师承上，曾令琪是贾平凹先生的关门弟子，周晓霞是曾令琪的弟子、也即贾平凹先生的再传弟子，我们有经常性地向贾先生请益的先天条件。贾先生虽然很忙，但对弟子、晚辈提出的问题，总是恂恂如也，耐心地回答，细致地讲解，不厌其烦地条分缕析。每一次和贾先生相处，我们都受益良多。正如四川青年女作家吴贤碧在散文《我为平凹点支烟》中所说："如果点一支香烟能点燃激情，燃烧梦想种子，（那么）我愿用我的大半生去点燃……"[2] 是贾先生重新点燃了我们文学的梦想，激发了我们新的追求，让我们萌生了解读贾先生的作品，融入我们对文学创作、特别是散文创作的一些甘苦的想法。

---

[1] 莫言：《我眼中的贾平凹》，《人民政协报》，2014年3月1日。
[2] 吴贤碧：《我为平凹点支烟》，《重庆纪实》，2017年第1期。

为了写作这本书，我们几乎阅读了能找到的贾平凹先生的所有散文集，还查阅了多种版本的《贾平凹传》《贾平凹论》等专著，阅读了关于贾平凹先生散文及创作的大量论文，并多次接受贾平凹先生的亲切指导，还对贾先生进行了长篇专访。

可以毫不夸张地说，我们有条件、有能力、有底气、有信心，将我们阅读、欣赏贾平凹先生散文的一些见解、感受写出来，为自己将来的阅读与写作提供借鉴，也为大学文学院、中文系的师生和一般的业余作家、作者和文学爱好者提供学习、鉴赏的范本。

要知道，古今中外的文学，古今中外真正的文学，无不以启人向善、引人求真、导人尚美为己任。

关于善，我们只需要读一读杜甫的《茅屋为秋风所破歌》，就略知一二了。那种悲天悯人的情怀，那种心系社稷的苦心，那种宁舍小我、大庇天下的胸襟，无不充盈着一种人间的大善。

关于美，自古以来的文学作品，无不描绘着我们生活的这个世界的各种各样的美。瓦尔登湖的宁静之美，庐山、雁荡山的自然之美，《复活》的人性之美，《雾都孤儿》的社会之美，垓下之战的悲壮之美，独上西楼的惆怅之美，栏杆拍遍的激愤之美……世间有多少样式的生活，文学作品中就会有多少样式的美。

关于真，只要去读一读贾平凹先生的《辞宴书》，我们就什么都明白了！真正的真，就是说真话、做真事、传真意、表真情，而不是忸怩作态、矫情矫饰。正是因为这种真，贾平凹先生保持着一个读书人高贵的心灵，从不媚俗，从不委屈自己以迎合别人，活出了中国文人至情至性的"真"。不仅如此，他还将这种"真"，表现在他的众多作品中。他那近20个长篇小说，几十个中篇、短篇小说，几百种版本的小说、散文的集子，"真"的背后，是一种对国家、民族、亲人、朋友的大爱。我们去读他的《哭三毛》《再哭三毛》《哭伯娘》《写给母亲》《祭父》等一系列散文，对平凹先生作品中的"真",将会有更真切的感受。

文学是一件工具,文学是一种手段,文学是一面镜子。以文学写人,可以"暗呜叱咤,风云变色"[1];以文学叙事,可以"长铗陆离,泽畔行吟"[2];以文学写景,可以"池塘春草,园柳鸣禽"[3];以文学抒情,可以"才下眉头,却上心头"[4]。无论小我大我,家事国事,无论喜怒哀乐,秋月春花,皆可入诗为文,以抒其情,皮里阳秋,一浇块垒。孔子论诗,曰兴、观、群、怨。大而化之,文学又何尝不是如此!

明人曰:"唯大英雄能本色,是真名士自风流。"[5]可以这样说,优秀作品便是"至情的演绎"。因此,那些贯通于生死虚实之间、如影随形的"至情至性",不仅常常呼唤着人类精神自由与个性解放,寄寓着求真、向善、尚美的社会理想,而且充满着丰富的人文情怀,雕刻着人类永恒的精神存在。

年轻的时候,我们生活在故乡的怀抱,佳山丽水之中,被亲情、友情与爱情所环绕,总感觉那么的阳光,那么的温暖。正如南宋时借他人杯酒、浇自己块垒的辛弃疾所说:"少年不识愁滋味,爱上层楼。爱上层楼,为赋新词强说愁。"[6]而今,蓦然回首,才发现不知不觉之中,已风鬟霜鬓,人到中年。霓虹闪烁,人生

---

[1] 骆宾王:《代李敬业传檄天下文》:"暗呜则山岳崩颓,叱咤则风云变色。"

[2] 司马迁:《史记·屈原贾生列传》:"屈原至于江滨,被发行吟泽畔,颜色憔悴。"屈原《涉江》:"带长铗之陆离兮,冠切云之崔巍。"

[3] 谢灵运:《登池上楼》:"池塘生春草,园柳变鸣禽。"

[4] 李清照:《一剪梅》。

[5] 洪应明:《菜根谭》。

[6] 辛弃疾:《丑奴儿·书博山道中壁》。

多幻；世间的一切都会老去，唯有文心青春永在。它可以清词丽句，婉转流连；它可以凄绝淡远，起伏万千。一切的文字都有温度，一切的温暖都沁人心脾。

于是，我们用文字记录生命的点点滴滴。从此，笔下不再是一个个缺乏血性的方块汉字，而是一个个有生命力的跳动的音符。一会儿峨峨兮若泰山，一会儿洋洋兮若江河。一切的梦境都由心生，一切的追寻都诗意盎然。三径就荒，但心中充满绿意；梅兰依旧，故随春潮而起伏。飞花落墨，煮字疗饥，凭栏远眺，浅斟低吟。

习近平总书记指出："文运同国运相牵，文脉同国脉相连。实现中华民族伟大复兴，是一场震古烁今的伟大事业，需要坚忍不拔的伟大精神，也需要振奋人心的伟大作品。"[1]

我们坚信，只要我们有咬定青山的坚持，百折不回的坚韧，心无旁骛的坚守，矢志不渝的坚定，文学之花必将璀璨绽放，芳香四溢！——这就是我们解读贾平凹先生散文得到的启示。

【链接】曾令琪 / 我的师父贾平凹

自古以来，文坛的天宇便是星光灿烂。对那些闪烁的星星，我从来都是敬之仰之。作为文坛的一个小虾米，我来写文坛大咖贾平凹先生，本来不太合适；但因为是平凹先生的关门弟子，所以，写一写我眼中的贾平凹先生，也未尝不可。

1984年秋，年方十八，我考入原南充师范学院中文系，即现

---

[1] 习近平：《在中国文联十大、中国作协九大开幕式上的讲话》，《人民日报》2016年12月1日。

在的西华师范大学文学院。除了锻炼、上课、习字，基本上每天要阅读10万字左右的课外书。——这多亏在我小时候大哥小骐、二姐晓玲、四哥亚骐、五哥幼骐对我的影响。那时，要找到一本好一点儿的读物，殊非易事。好不容易"流转"到手一本、两本书，几个哥哥姐姐便在煤油灯下，挑灯夜读，夜阑才睡。而我，常常早上天刚蒙蒙亮，便悄悄起床，手捧小说，津津有味地读起来。这种"撵兔子式"的阅读，将我训练成速读的"大内高手"。上大学后，学校图书馆那八十万册藏书，既是宝藏，更是高山，曾让我望而却步。但司马迁、司马光、韩愈、苏东坡、鲁迅、茅盾、巴金……这些高挂中天的星星，总有一股巨大的无形引力。其中，就有当时刚踏上中国文坛不久的贾平凹先生。

在文学"狂飙突进"的年代，贾先生的才华，在他的"商州系列"中表现得如一缕清风：浓浓的地域色彩，淡淡的商州乡愁，轻轻的风趣幽默，绿绿的陕南风光。同班的王勇来自广元，挂在嘴边的常常是大巴山、米仓山。广元距商州不远，王同学对出身商州的贾平凹先生也就格外留意。受王同学的影响，我也重点关心起贾先生发表的一些作品来。但在我的心中，贾先生是三千年一开花、三千年一结果的老干虬枝的蟠桃树，我这样的凡人，只可仰而不可攀。

1992年，贾先生创办《美文》杂志。我偶然从《中国青年报》上读到消息，于是，冒昧地给贾先生汇去书款。不久，一封来自西安莲湖巷的邮件送到了我的办公桌上。封皮的落款，在"美文杂志社"几个字之后，是非常古朴的三个字：贾平凹。打开大大的专用信封，是四本不薄不厚、宋体字作封面的《美文》杂志，分别为创刊一号、创刊二号、创刊三号、创刊四号。随意翻翻，贾先生写在很多文章后面的"读稿人语"，简明，精到，中肯，引人深思。合上杂志，也就由文及人，不禁遥想贾先生的风采。

不久，因长篇小说《废都》遭禁，贾先生的讯息很长时间内都稀疏了又稀疏。真应了我八世族叔祖文正公曾国藩的一句话："名满天下，谤亦随之。"不太明白，作家写什么、怎么写这个文学理论上简单得不能再简单的问题，为什么会人为地变得如此复杂。1997年，《废都》获法国费米娜文学奖，之后多年，才"出口转内销"，2009年在国内再度出版。一次，和贾先生谈到这个问题，除了接受，他更多的是一种无言与无奈。

一个作家在他风华正茂之际，却因一部小说而遭受如此巨大的打击，可以说，这是当代中国文坛的耻辱。好在贾先生以他那睿智的目光，时刻关注着国家的发展、社会的动态，体察着风俗的变迁、人生的况味。在身患严重肝疾的情况之下，靠着自己一部又一部响当当的作品，贾先生硬生生从逆境中站了起来。《废都》出版之初，我好像是从《十月》杂志上读到的[1]；遭禁后，买了一册盗版的单行本。今年初，同窗好友黄兄送我一套珍藏版《废都》，我爱不释手，视若至宝。但一直珍藏着，舍不得阅读（当然，这也是"懒"的托词）。试想，一部被禁的小说，却以几十、上百种盗版的面目流行于神州大地，并被译为数十种语言发行世界各地。在中国乃至世界当代文学史上，有这样的先例吗？

正因为如此，贾平凹先生惯看秋月春风，以豁达的心态，对后生、晚辈亲切提携，为我们树立了无声的榜样。

在我们杂志创刊之后，贾先生主动题写刊名，快递过来。还特意叮嘱，不要送礼，不要送钱。2018年11月，我应邀到孟加拉国进行为期12天的文化交流，回国后，率我们杂志社一行七人前往西安，12月16日，拜谒贾平凹先生。先生和我们交流创

---

[1]《废都》最初发表于《十月》杂志1993年第4期。

作心得，指导小说技法。他说："你们的小说以'一带一路'为题材，再现中国企业和企业家的风采，反映中国人的文化自信，非常好。若能多写一点异域风情，将会增加小说的可读性。"贾老的点拨，让我们受益匪浅。对与我们同去的我的徒弟杨华的儿子、初二学生杨炅灵，除了肯定与鼓励，贾先生还谆谆告诫，一定要重视基础学科的学习，全面发展。贾先生还欣然为他题词："多读多写，培养自己的想象能力、观察能力、叙述能力，愿将来大作为！"对后生小子的菩萨之慈，溢于言表。昨天，己亥中秋，一早，我就收到贾平凹先生的祝福："节日快乐！"言简意赅，令我感动。

自长篇小说《天路》脱稿后，我每天早上朗读、背诵，白天写作、参加社会活动，晚上练习书法。若没有特殊的情况，天天都是如此。偶尔也想偷个懒，但一想到我的师父贾平凹先生，一个举世皆知的文学大咖，都还在认真读书、写作，于是，我便"懒意全无"了。在我看来，文学可以神吹鬼吹，吹得天花乱坠，吹得唾沫横飞、白泡子飞溅，那都无伤大雅；但写作是虚假不得的活儿，必须严肃、认真，一个字、一个字地写，使出自己的"洪荒之力"，狮子搏兔，否则，可能一事无成。人过五十天过午，有些道理，应该明白。

这两年，有的文友时不时对我说："能告知贾平凹先生的电话吗？我想请他题字（作序、参会、赠书、指点……）。"对此，我基本上是一律婉拒。我总是说，这个世界能出一个贾平凹，是众生之福。贾先生已是67周岁的老人了，我们都应该爱护他。我等凡夫俗子，尽量不去打扰他，让他老人家多写一点佳作传之后世，这就是我们对中国文坛、对世界文学最大的贡献了。

不知诸君以为然否？

【链接】周晓霞 / 初谒平凹先生

从来不敢奢望，此生能亲自拜谒文学泰斗贾平凹先生。

一直以来，贾老作为当代文学大咖定格在脑海的就是教科书中的作者简介：贾平凹，当代著名作家，中国作家协会副主席。代表作《浮躁》《废都》《秦腔》《古炉》等。曾获茅盾文学奖、鲁迅文学奖、美国美孚飞马文学奖、法国费米娜文学奖……于我这个名不见经传的小教师和文学爱好者而言，他不但是如我师父曾令琪先生所说的"三千年一开花、三千年一结果的老干虬枝的蟠桃树"，更是神一样的存在，只能在课本里瞻仰膜拜，高不可攀，遥不可及啊！

于是乎，当 2020 年 1 月 21 日，令琪先生带着我和一干文朋师友到西安拜谒他的师父贾平凹先生时，我顿感幸运来得太突然了，突然得有些失真：我何才何能？有什么资格去拜谒大师啊？因此，一路之上，既兴奋不已，又忐忑不安。

尤其是当我们来到平凹大师所住的秋涛阁楼下时，我竟有些诚惶诚恐——自己的才能与这次拜谒实在不相匹配，毫无底气和自信，着实怕大师的高大上碾压出自己皮袄下隐藏的平庸渺"小"来。

原以为秋涛阁是贾老上书房的专用美称，想象中起码应该是个单独的远离尘嚣的幽静典雅之所，大师在那样的环境里才能写出等身的皇皇巨著。着实没想到，秋涛阁居然就只是位于闹市里的一个不起眼的、年代有些久远的普通居民小区。还真是大隐隐于市啊！

当我们敲开门时，贾老正在认真地给别的客人签名（事先我们也知道他当天要接待五拨造访者），让我们随便坐，等他一会儿。眼前这普通的两套间实在难与高大、宽敞、富丽、华美沾边，但却又的的确确与众不同。百闻不如一见，贾老果然是酷爱收藏，房间里所摆不是卷帙浩繁的书籍，而是真如他所说的卧室和书房尽是陶罐、画框、乐器、刀具等易撞、易碎之物，仅客厅里就聚集了来自全国各地的大块的石头和大块的木头，多为大小不一造型各异的佛像和陶罐，使空间显得更加逼仄。我不禁想起贾老的戏谑——"这房子到底是给这些文物们住的，还是给我住的"，"不知是我收藏了文物，还是文物收藏了我"。这家，俨然已成小型的博物馆，宝贝琳琅满目，让人目不暇接。

贾老送走前拨客人，立马热情地给我们泡茶设座，他的平易随和让我一下子轻松不少。令琪师将一行人一一介绍，并让我以"师爷"敬称，贾老连道："好啊！好啊！"并亲切地与我握手。一阵寒暄之后，大家便提出与他合影，贾老欣然同意，非常配合拍摄的需要，向左向右上前退后地或坐或站，单人照、集体照，都笑容可掬，有求必应。之后，他又不厌其烦、毫无怨言地给大家带来的书按要求签名。我惊讶于面前这穿着灰色外衣、外罩一件黑色羊毛背心、标准的"膀大腰圆脸宽肉多"的陕北汉子，就是那个有三十多部作品被译为英语、法语、德语、瑞典语、意大利语、西班牙语、俄语、日语、韩语、越南语等并在二十多个国家出版发行的、享誉世界的文学大师吗？毫无高高在上、趾高气扬的大咖的傲气与架子，完全就是个很接地气、普普通通、慈眉善目、和蔼可亲的长者。我之前所有的忐忑惶恐一下子都烟消云散了，和大家一起与贾老轻松地交流起来。

我突然想起贾老在《静虚村记》里写求雨的场景："天旱了，村人焦急，我也焦急，抬头看一朵黑云飘来了，又飘去了，就咒天骂地一通，什么粗话野话也骂出来。下雨了，村人在雨里跑，我也在雨里跑，疯了一般，有两次滑倒在地，磕掉了一颗门牙……"于是就脱口而出："师爷，我读了您的《静虚村记》，你张开嘴，我看看是不是真掉了颗门牙啊？"（因为我一直觉得这段写得非常生动精彩，让人如临其境，忍俊不禁。）令琪师一听我这样说，急得直瞪眼儿，我马上也意识到自己的放肆、唐突与冒犯，顿时紧张起来。但没想到，贾老不以为忤，抽出一支烟，我赶紧给他点上，他深吸一口，笑着说："你看出我牙掉了没？——诸种文体之中，散文最贴近生活；但为了表达的需要，也是可以适当虚构的……写作就是写生活，一定要善于观察和思考……要坚持……"话虽不多，但点石成金，如春风拂过我的心田。

趁贾老还在为朋友一大摞书签名之际，我去到里间书房参观。

斗胆坐在了众佛像、木雕、陶罐、各种动物造型的兽石围捧之中的书桌前的太师椅上，我顿觉有股阴冷之气袭来，皆因我乃无名小卒，资历太浅，修行不够，气场不足所致，此境恐怕也只有千锤百炼、历尽沧桑、惯看秋月春风的贾老才能有所加持，才能与众文物进行灵魂的交流。我仿佛看到了他"每日奔波忙碌之后，回到家中，看看这个，瞧瞧那个，它们就给了我力量，给了我欢愉，劳累和烦恼随之消失……"于是又坐在书桌前奋笔疾书——贾老的书桌上摆着钢笔和一叠稿纸，在这电脑时代，他却没有"与时俱进"地鸟枪换炮，始终执拗地用笔在纸上原始地写作。或许是因他小时没纸，就"常跑到黄坡下的坟地，捡那死人后挂的白纸条儿回来钉成细长的本子，一到清明就可钉成十多个本子"，没有笔就"偷偷剪过伯父的羊皮褥子上的毛做笔"，所以他对纸笔情有独钟吧？！不过也唯有用笔在纸上沙沙徐行的刀耕火种的方式，才最有写作的仪式感与时空的穿越感，与众宝物灵犀相通。敲打键盘的啪啪声将是多么的违和啊！我仿佛看见自诩为"书之虫""笔之鬼"的贾老端坐在古佛青灯之下，陪着秦时的俑，伴着汉时的钟，嗅着或许有着唐玄宗或是宋太祖的土壤气息的土罐，一边抽着烟，一边深情地写下这样沉郁而俏皮的文字：

"我爱西安这座城,我生不在此,死却必定在此,当百年之后躯体焚烧于火葬场,我的灵魂随同黑烟爬出高高的烟囱,我也会变成一朵云游荡在这座城的上空……"仿佛看见那个缠过脚、没有文化却深明大义、勤劳坚强的母亲,听见她"嗡儿嗡儿"纺线的声音;看见教书多年曾被判为"反革命"打得遍体鳞伤而一平反却首先交了千元党费,将家里好东西都给外人吃了,嗜好喝酒不寻事不怕事的父亲;还有那给小平凹捏鼻涕,上课声音很好听,传授写作诀窍的启蒙女老师;以及儿时一起追月亮找星星的小伙伴儿、颇受争议的痞子文人庄之蝶和极具传奇色彩的金狗……都纷至沓来,活灵活现……或许是广袤无垠、厚重无比的黄土地和历史悠久、气派不倒风范犹存的古城,赋予了他质朴无华、平易随和的真性情,摒弃了很多半罐子的华而不实与狂躁张扬;或许是众多的古佛赐予了他源源喷涌的才思和慈悲豁达的胸怀与笃定不移的坚持,护佑了他灵魂的安妥和身躯的安宁,正如他自己所说:"有佛亲近,我想我以后不会怯懦,也不再逃避,美丽地做我的工作。"[1]与佛相伴,入清凉境,生欢喜心,让他能将身体隐居闹市而独守内心的安宁与清欢,不浮不躁,不疾不徐,不离不弃,成为"一个认真的人,一个有趣味的人,一个自在的人"[2],用文字去照见佛的灵性与温度。

当与贾老挥手告别,离开上书房、离开秋涛阁之时,我仿佛也得到了佛的点化:面对这纷繁芜杂的世界,我将更有信心去经历风雨,经历悲喜,经历潮来潮去;会更有勇气,去体验冷暖,

---

[1] 贾平凹:《残佛》,选自《贾平凹散文精选》,长江出版传媒/长江文艺出版社,2017年12月。

[2] 贾平凹:《做个自在人——〈中国当代才子书·贾平凹卷〉序》,长江文艺出版社,1997年9月。

体验对错，体验花开花落……

在西安到成都的高铁上，忆及此次"朝圣"之旅，我不禁感慨万千，写下一词，感恩所有美好的遇见。词曰：

临江仙·拜谒贾平凹先生

北上古城初见，畅聊大慰平生。教科书里仰飞鹏。而今冬日暖，促膝论长缨。　我本杏坛游子，文章且寄闲情。桃花源里重勤耕。寸心坚执永，迤逦踏新程。

第二节　贾平凹散文的历史贡献

如果要谈贾平凹先生散文的历史贡献，我们首先得弄清楚作家和文学家的区别。

作家就是在文学领域从事一种、多种文学样式创作的人；而文学家则是在文学领域有突出贡献的人。作家和文学家的概念有相同的部分，有交叉的部分，也有不同的部分。在我们看来，二者的不同，在于作家主要从事创作，可能有一些创作主张、创作见解甚至创作理论；但这些主张、见解、理论，不一定自成体系。文学家则不同，他们中的大多数人，不仅仅从事着文学创作（少数人不从事文学创作，但从事纯文学理论的研究），对创作不仅有主张、有见解，还有自己的理论。这些理论，还有可能自成体系。

从这个角度而言，我们通常把贾平凹先生称为"作家"；我们认为，这还没有体现出贾先生的个人实际，这与他对文坛的贡献、文学的贡献、对人类人文的贡献是很不相称的。准确地说，应该称贾平凹先生为中国当代著名作家、文学家，而且是当代中国最具叛逆性、最具创造精神、最具广泛影响力的一位作家、文学家，也是当代中国可以载入世界文学史册的为数不多的著名作家、文学家之一。

在中国，作家很多，文学家很少。很值得庆幸的是，贾平凹先生就是那"很少的"文学家中的一分子。我们为什么这样说呢？理由如次：

第一，大量的散文创作实绩。

贾平凹少年时期历经生活的苦难；甫入中年，即因长篇小说《废都》遭禁而陷入厄运之中，不久遭遇婚变、身患肝病；中年之后至今，算是一路顺畅，专心从事文学创作。从1973年处女作小说《一双袜子》[1]（与同学冯有源合作）发表在《群众艺术》杂志、1974年10月处女作散文《深深的脚印》[2]发表在《西安日报》，到现在的2022年，贾平凹的创作已经长达50年。

关于贾平凹处女作发表的情况，孙见喜先生有过精彩的描写：

10月的西安大街上，老太太穿上黑毛衣，姑娘的脸上也渐见了雪花膏的粉白，连最偏背的巷子里也不时闪现出红男绿女们的腈纶衣裤。已经21岁的贾平凹，缩着寒瑟瑟的身子，在钟楼下彷徨。他把两条裤子送去缝补，铺子索价太高惹他生了一肚子气。

邮政大楼前有两个管理得挺不错的花园，那里倒是金光灿烂、幽香一片。他信步踱过去，路过报摊，无意间朝那摊上瞥了一眼，立即，他目光直了，跳将过去。"贾平凹"三个黑体字清清楚楚地映在眼里！他弯腰细瞧，但见那报纸的右上角有一行大字：《深深的脚印》。他忍不住锐叫一声，却赶忙就捂了口。见四周的人都看他，方自知失了态，便慌慌忙忙逃走了。逃走了，又不逃远，站在那儿直朝报摊瞅，见刚才吃惊的人们散去，他便庄庄严严地把手朝裤子口袋一插，正人君子般走过去。到报摊前，他想买它20张。可是一摸口袋，囊中羞涩，自知遭了那缝衣铺娘子的搜刮，心里直喊倒霉。终于，他摸出了几枚小钱，便迫不及待地买了3张。[3]

---

[1] 贾平凹：《一双袜子》，《群众文艺》杂志，1973年8月。

[2] 张东旭：《贾平凹年谱》，中国社会科学出版社，2018年11月。

[3] 孙见喜：《贾平凹评传》，上海人民出版社，2008年1月。

中文系的学子,往往都有一个文学的情结,都有一个作家的梦想。那个时代,对于一个在校大学生而言,能在报纸上发表文学作品,其意义可说非比寻常。可以说,贾平凹《深深的脚印》的发表,真正开启了他以后漫长的文学之旅,是他文学创作上值得纪念的一个"深深的脚印"。

大学毕业后,贾平凹一直居住在西安这座大汉、大唐作为都城的城市。在散文《西安这座城》中,贾平凹开篇写道:

> 我住在西安这座城里已经二十年了,我不敢说这个城就是我的,或我给了这个城什么,但二十年前我还在陕南的乡下,确实做过一个梦,梦见了一棵不高大的却很老的树,树上有一个洞;在现实的生活里,老家是有满山的林子,但我没有觅寻到这样的树,而在初做城里人的那年,于街头却发现了,真的,和梦境中的树丝毫不差。这棵树现在还长着,年年我总是看它一次,死去的枝柯变得僵硬,新生的梢条软和如柳。我就常常盯着还趴在树干上的裂着背已去了实质的蝉壳,发许久的迷瞪,不知道这蝉是蜕了几多回壳,生命在如此转换,真的是无生无灭,可那飞来的蝉又始于何时,又该终于何地呢?于是在近晚的夕阳中驻脚南城楼下,听岁月腐蚀得并不完整的砖块缝里,一群蟋蟀在唱着一部繁乐,恍惚里就觉得哪一块砖是我的吧,或者,我是蟋蟀的一只,夜夜在望着万里的长空,迎接着每一次新来的明月而欢歌了。[1]

自踏上文坛以来,贾平凹便深深地植根于中国传统文化之中,将儒、释、道的审美与自己的审美有机地融合在一起,将汉、唐两朝的文风,如同血脉一般融入自己的创作之中,就像他的长相

---

[1] 贾平凹:《西安这座城》,选自《贾平凹散文精选》,长江出版传媒/长江文艺出版社,2017年12月。

一样，单纯、朴实、自然，这样的风格充分展现出他自己文化创作的实绩。儒家的儒雅、冲和，佛家的隐忍、空灵，道家的静虚、无为，在他那些宁静、质朴、淡泊的作品中，都有所体现。

贾平凹是一个非常勤奋的人，早期对文学的学习、对创作的"痴狂"，为他以后的各类创作打下了坚实的基础。我们以贾先生早年的创作收获为例，据孙见喜先生统计，仅1983年，贾平凹就发表小说《鬼城》《小月前本》等15篇（部），发表散文《商州初录》等18篇，另外还有诗和文论若干。[1]这些作品的创作和发表，代表着贾平凹创作的成熟，特别是《商州初录》的发表，是贾平凹思想上已经成熟、创作发生新的转折的一个重要标志。

从20世纪70年代末到90年代末，贾平凹散文积极开拓创作题材，手法上不断追求创新，散文风格上呈现出独有的面貌。综合而言，他的散文，书写自传，描绘世相，反映风情，析理思哲，怀古论今，无不彰显他对散文创作的特殊的审美情趣和他超出常人的选材能力和驾驭能力。

对贾平凹散文，何亦聪先生有过一段精彩的总结：

> 诚然，在当代小说家之中，精于散文者不乏其人，但是，贾平凹的独特处还在于，他并不将散文视作"小说之余"，他的散文创作也非兴之所至，在写作过程中，他始终关注着文体层面的追求（如"大散文"概念的提出），并不断地探索着散文艺术的可能性（多变的风格和体例）。而更为重要的是，如孙郁先生所说，贾平凹的散文是可以安放在中国近现代的"文章传统"中去理解的，他的文风勾连着来自晚明、民国的种种因素，这就使得他不

---

[1] 孙见喜：《贾平凹评传》，上海人民出版社，2008年1月。

同于一般意义上的散文写作者。[1]

我们认为，何亦聪先生从文体学的角度对贾平凹及其散文的这个评价是中肯的，富有积极的现实意义和指导意义。

据不完全统计，贾平凹先生的作品版本，已经有400余种。其中，相当一部分是散文。散文创作的数量，估计不会低于300万字。这些作品，选材广泛，视野开阔，特征明显，风格独具，成功地运用了"感应式"思维[2]，打上了明显的"贾氏"印记，丰富了作品个性化的审美魅力。

不仅如此，贾平凹的散文，往往充盈一种"禅意"。贾先生信佛，所以，习惯成自然，无论是生活还是创作，他都常常以"禅"的角度关照之、解释之。以禅关照自己，就形成了他朴实无华、憨厚本真、与世无争的个性；以禅关照他人，就养成了他与人为善、悲悯天下、诚以待人的品格；以禅关照创作，就让他的作品呈现出空灵跳脱、玄妙神奇、虚静淡泊、朴拙厚重等多姿多彩的面貌。正因为如此，一些作家、文学家、文学评论家称赞贾平凹是"中国当代最具艺术才华与特点的散文家"[2]。具有世界影响力的台湾女作家三毛，评价贾平凹是"大师级的作家"[3]。这些，绝不是哼哼哈哈的客套之语。

第二，鲜明的散文创作主张。

---

[1] 何亦聪：《反抒情、风物记与言志传统——贾平凹散文论札》，《贾平凹研究》杂志，2021年第1期。

[2] 赵德利：《贾平凹散文艺术论》，商洛师范专科学校学报，2001年第3期。

[3] 三毛：《三毛致贾平凹》，选自《平凹书信》，陕西师范大学出版总社，2018年9月。

生活中，贾平凹是一个非常随和的人；但在创作上，他却是一个有自己鲜明个性的作家。关于散文创作，他有自己的主张。

一是他非常注重作家的创作观对作家自身的影响。平心而论，相较于其他的文学样式，散文在中国文学中是最没有自己的创作理论的一种；尤其是当代，除了一个陈陈相因、老生常谈的"形散而神不散"的口号以外，几乎没有自己的理论架构。有感于此，贾平凹借助自己的身份、地位和在中国文坛的影响力，在多种场合，表达自己的散文观，阐述自己的散文创作理论。

在论及中国文学传统与借鉴西方先进的创作理念时，贾平凹说：

中国的文学愈来愈走向世界，散文要破除框式，搞中西杂交。弄通弄懂什么是民族传统的东西，什么是外来的现代的东西，融汇化合，走出一条极具民族化又极具有现代意识的路子。散文之所以是散文，只有这么开放，才能坚持地独立文坛，也才能在目前诗的散化、小说的散化的趋势下，保持自己的纯洁。[1]

在论及作家的人格与文格时，贾平凹说：

人与自然接近，媒介就是淡泊，接近了，人可完满一个人的文格，才可在形而上的基础上建构自己的意象世界。[2]

这样的观点、理论，除了散见于《对当前散文的看法》《散

---

[1] 贾平凹：《对当前散文的看法——〈西安散文选〉序》，选自《关于散文》，生活·读书·新知三联书店，2015年1月。
[2] 贾平凹：《匡燮散文集序》，选自《土门盛境》，时代文艺出版社，2017年6月。

文就是散文》《关于散文的日记》《浅淡儿童文学中的散文创作》《关于散文的通信》《语言》等文章或演讲,还见于他担任主编的《美文》杂志《发刊词》中。鉴于当时散文的现状:"靡弱之风兴起,缺少了雄沉之声,正是反映了社会乏之清正。而靡弱之风又必然导致内容琐碎,追求形式,走向唯美。"贾平凹和他的一干同事,高举"大散文"的旗帜,"还原到散文的本来面目",以他们自己的创作、并以他们的刊物,带动风气,补偏救弊,"复归生活实感和人之性灵","鼓呼扫除浮艳之风;鼓呼弃除陈言旧套;鼓呼散文的现实感,史诗感,真情感"[1]。

二是借助在文坛的影响,旗帜鲜明地提出自己的主张。余山儿先生总结得很精当:"一、散文是真情的艺术,要关注现实,关注日常生活,表达真情实感。二、要唾弃轻狂的文风,摒弃俗气、小气的矫揉造作,摒弃技巧的过分雕琢,张扬境界、大气度的为文风范,三、树立现代意识,走民族化和现代意识相结合、中西杂交的路子。四、主张散文应该是美文,应该有意境、有气韵。散文应该在语言、结构、形式上去陈言,展清新之气。五、在社会变革中坚持散文的高雅品质,保持散文的独立思考品格,将事实和看法有机结合。六、树立自己的创作个性,走出书斋,深入生活,保持创作激情。"[2]

第三,显著的散文创作影响。

自延安文艺座谈会以来,文艺的"二为"方向即已确立。对此,贾平凹是非常清醒的。贾平凹的文学创作目的,概括起来,

---

[1] 贾平凹:《〈美文〉发刊词》,选自《关于散文》,生活·读书·新知三联书店,2015年1月。

[2] 余山儿:《贾平凹散文特征及研究》,选自2008年10月25日余山儿之新浪博客。

主要有两个：一是用自己的作品，全方位地展示社会转型期的各种巨大变化，深刻、生动地表现我们民族的文化精神与文化心态；二是用自己的创作，重构现代汉语的文学表达，走出一条自己的文学创作路子。

储子淮先生曾经这样总结贾平凹的创作：

> 贾平凹的作品主要以独特的视角准确而深刻地表现了20世纪末到21世纪初，中国30年来的现代化进程中痛苦而悲壮的社会转型，不仅完整地复原和再现了现实生活中芸芸众生的生存本相，而且在一种原生态叙事中，深入当代中国人的心灵世界，凸显了中华民族在现代化的全球语境中所遭遇的空前尴尬。他以中国传统美的表现方式，真实地表达了现代中国人的生活与情绪，为中国文学的民族化和走向世界作出了突出贡献。
>
> 贾平凹的文学作品极富想象力，通俗中有真情，平淡中见悲悯，寄托深远，笔力丰富，不仅在中国拥有广大的读者群。而且还超越了国界，得到不同民族文化背景的专家学者和广大读者的广泛认同，特别是在文学语言的民族化方面，他在继承传统的同时，开创了新的传统，在新汉语写作实践中取得了巨大成就。[1]

这个评价是非常中肯的，"他在继承传统的同时，开创了新的传统"，是对贾平凹先生的文学创作（当然包括散文创作）的高度称赞。

几十年来，贾平凹散文赢得了广泛的社会声誉，受到国内外众多读者的喜欢。在一篇文章中，中国作家协会会员徐建成先生详细地记叙了自己与朋友争读《贾平凹散文自选集》一事：

---

[1] 储子淮：《作家贾平凹》，陕西师范大学出版总社有限公司，2012年9月。

出差前，妻替我装上《贾平凹散文自选集》，车上，苏兄索书，林女士又读，我在奉献与失落中的寂寞……

车厢里的灯，久亮不熄了。窗外，已是一片漆黑过去，又一串灯火扑来。而方才吃盒饭时也不曾放下书卷的林女士，此时镜片也是贴在了书面上。她的身姿很美，宛如一尊玉雕。[1]

徐先生告诉我们，那是1992年4月底、5月初，他乘坐火车到月城西昌，参加四川省报纸副刊年会。行前，左挑右选，只选了一本书——《贾平凹散文自选集》放入行李，打算在火车上好好研读。结果，在自己准备读书的时候，书却被苏君借去。等苏君好不容易将书还回来，林女士又"近水楼台"将书"抢"在手里，"临窗俯首，很快就不忍释卷"了。5年后，徐建成加入了中国作家协会，现在，已经是四川非常有名的一个作家了。徐先生仅仅是众多"贾迷"之一。仅从这一个事例，我们就可以看到贾平凹散文影响之大。要知，读者的喜欢，也是一个作家不断前进的动力。

中国当代作家具有一种神圣的历史使命感，这是中国自古以来"文以载道"优良传统的承继，也是"五四"以来文学创作的一个优良传统。受过高等教育的贾平凹先生，天然地、自觉地继承了这一优良的传统。贾平凹在各种不同场合曾经不止一次地说过，作家应该以积极主动的态度，去参与中国20世纪末所发生的历史转换的变革。

在贾平凹大量的序、跋、文论、书信、演讲、创作谈中，他

---

[1] 徐建成：《寂寞之旅》，《四川日报》1992年6月4日，后收入《晒太阳的人和岁月》，团结出版社，2017年8月。

对散文创作都有过总结、回顾、评论、展望。贾平凹出生于商州，成长、成名于西安。在回顾自己的创作时，他曾经深情地写道：

> 我是陕西的商州人，商州现属西北地，历史上却归之于楚界，我的天资里有粗犷的成分，也有性灵派里的东西，我警惕了顺着性灵派的路子走去而渐巧渐小，我也明白我如何地发展我的粗犷苍茫，粗犷苍茫里的灵动那是必然的。
>
> ……
>
> 我的情结始终在现当代。我的出身和我的生存的环境决定了我的平民地位和写作的民间视角，关怀和忧患时下的中国是我的天职。
>
> ……
>
> 我终生要感激的是我生活在商州和西安二地，具有典型的商州民间传统文化和西安官方传统文化孕育了我作为作家的素养，而在传统文化的其中淫浸愈久，愈知传统文化带给我的痛苦，愈对其的种种弊害深恶痛绝。[1]

贾平凹先生的小说创作是这样，散文创作也是如此。他对自己"平民地位"和"民间视角"的总结，对自己"关怀和忧患时下"的现实主义创作方法，是充分肯定的。

从贾先生迄今长达 50 年的创作实践，我们欣喜地看到，他已成为中国文坛当之无愧的一个"地标"式的人物，高高耸立在中华大地上，成为令人仰望的一座高峰。仅他的散文集，在国内外就出版过 100 多种版本。2019 年，他以他近年获得版税 590 万元的散文集新作《自在独行》，荣登"中国文坛富豪排行榜"的

---

[1] 贾平凹：《高老庄·后记》，云南人民出版社，2002 年 11 月。

第 13 名[1]。在各种作家、读者、读书的排行榜中,贾平凹不仅榜上有名,还经常名列前茅。

另外,贾平凹先生还在高校带研究生,并主持、参与陕西省"以老带新"培养青年作家的工程。关于带研究生一事,《西安晚报》、中国作家网等权威媒体,曾有专门的报道:

2008 年,著名作家贾平凹首次在西安建筑科技大学招收博士研究生,昨日,一本关于贾平凹的传记《作家贾平凹》面世,这本书的作者正是贾平凹所带的首位博士生储子淮。书中,储子淮除了写贾平凹性情人生,更用不少笔墨描写贾平凹鲜为人知的"博导一面",接受记者采访时,储子淮笑言,贾平凹绝非"严师","他在我们眼中,实在是一位可亲可爱的亲人"。[2]

有大量的散文创作实绩、鲜明的散文创作主张、显著的散文创作影响,加上师徒相传的文学传统,可以预言,随着时间的推移,贾平凹散文的影响,还将持续而深远,而且历久弥新,历久弥深。

【赏析】:《〈美文〉发刊词》的散文宣言

《〈美文〉发刊词》[3]写作于 1992 年 5 月 28 日,是贾平凹为其担任主编的《美文》杂志创刊而专门写的。这篇发刊词,实际上是贾平凹的散文创作宣言,标志着他的散文创作进入了一个

---

[1]《2019 中国作家富豪榜完整名单一览 2019 作家收入排行榜》,参见南方财富网,2019 年 11 月 9 日。

[2] 孙欢、张鑫:《贾平凹带博士教什么课?》,中国作家网,2012 年 10 月 1 日。

[3] 贾平凹:《〈美文〉发刊词》,选自《贾平凹散文精选》,长江出版传媒/长江文艺出版社,2017 年 12 月。

新的时代。

亲爱的读者，我们开办了这份杂志，这份杂志是散文月刊，名字叫《美文》。

为什么叫《美文》？因为当今的文坛上，要办一份杂志，又是散文的内容，又是炉灶起得这么的晚，脆的、有彩儿的名字都有了家主，如北京的《读书》、天津的《散文》、广州的《随笔》，以及《散文世界》《散文百家》《青年散文家》《散文选刊》《读者文摘》《散文天地》，我们想来想去，苦愁了许多日子，只好这么叫了。这么叫的时候，还有一段趣事：那一日，大家讨论"美文"两个字，争论好大，人分两派，一派说"美文"很雅的，如"美学""美术""美声"。一派说"美文"俗了，令人能想到"美容"呀、"美发"呀的。争执不休，忽想到鲁迅他们30年代办《语丝》是查字典来的，又想到乡下多子的父亲抱了婴儿出门，第一个碰到什么就依什么起名。于是闭了眼睛翻了一册书，那第一行的第一个字就是美字，出门又恰巧碰着一个汉子，是本市的一个名丑，手里正拿着一本《中国古典美文选》。《美文》就这样确定下来。叫《美文》绝不意味着要搞唯美主义，但我们可以宣言：我们倡导美的文章！

开篇两个自然段，作者对《美文》得名之由作出解说。

《美文》的刊名，很容易让人联想到风花雪月、绮丽锦绣、精雕细琢、缠绵唯美这样的文风，如同而今时兴的"鸡汤文"一般。但实际上并非如此。

我们倡导美的文章。为什么办的是散文月刊而不说散文说的是文章？我们是有我们的想法。我们确实是不满意目前散文的状态，那种流行的、几乎渗透到许多人的显意识和潜意识中的对于散文的概念，范围是越来越狭小了，涵义是越来越苍白了，这如同对于月亮的形容，有银盘的，有玉灯的，有橘的一瓣，有夜之眼，有冷的美人，有朦胧的一团，最后形容到谁也不知道月亮为何物了。我们现在是什么形容也不是，月亮就是月亮。于是，还原到散文的原本面目，散文是大而化之的，散文是大可随便的，散文就是一切的文章。

如果同意我们的观点，换一种思维看散文，散文将发生一种质的变化，散文将不要准散文，将不仅是为文而文的抒情和咏物，也就不至于沦落到要作诗人和小说家的初学课程，轻，浅，一种雕虫小技，而是"大丈夫不为也"的境地。

贾平凹他们是要"还原到散文的原本面目，散文是大而化之的，散文是大可随便的，散文就是一切的文章"，而且信心满满地预言："散文将发生一种质的变化。"从这里我们可以看到，从《美文》创刊之初，贾平凹就提出了"大散文"的概念，也是要与文学史上那种唯美"美文"的概念有别。贾先生一贯主张，文学的范围要尽可能宽一些，文学才会有更强的力量。散文也是这样，不能一味地写花花草草，不能一味地写个人小天地，那样怎么能出大作品呢？在这种理念支撑之下，《美文》从创刊开始，即高扬"大散文"的旗帜，在后来激烈的争论中，渐渐地赢得了学术界、文化界的认可，也获得了广大读者的认可。

然后，在文章第五自然段（此处不选），作者回顾了散文的历史，并以《古文观止》为例，说明自己对散文的认识。

当然，文章的好坏，是时代之势左右，汉唐的文章只能是在汉唐，明清的文章只能是在明清，说过了一个时代的文章总体水准是由一个时代决定的，但往往是一个作家的具体作品却改变了某个时期的文风。[1]作家个人的作用实在是相当大的。中外文学史已经证明：真情实感在，文章兴，浮艳虚假，文章衰。文学史上之所以有大家，大家之所以出现，就是在每一个世风浮靡、文风花拳绣腿的时期有人力排陈腐，复归生活实感和人之性灵。

这是第六自然段。这一段，作者明确提出自己的观点："文章的好坏，是时代之势左右。""真情实感在，文章兴，浮艳虚假，文章衰。"所以，要坚决反对那种浮靡的世风、花拳绣腿的文风，"力排陈腐，复归生活实感和人之性灵"。

为什么会这样说呢？

在后来的一篇文论《走向大散文》[2]中，贾平凹有所细说。他总结为三点原因：

第一个是社会的原因。一个什么样的社会必然会产生什么样的文学现象，而文学现象又反过来影响社会。靡弱之风兴起，缺少雄沉之声，正是反映了社会乏清正。那个时候，很多人关注个人的小情感，追求华丽的形式，文学、艺术界都是如此。关于这个问题，穆涛先生在《文学杂志仅有文学理想是不够的——〈美文〉常务副主编穆涛访谈录》中回顾说：

1992年前后的散文局面以"小抒情"为主，或安神或休闲，

---

[1] 贾平凹的主张，应该源于王国维先生的一段话。王国维《宋元戏曲考》曰："凡一代有一代之文学，楚之骚，汉之赋，六代之骈语，唐之诗，宋之词，元之曲，皆所谓一代之文学，而后世莫能继焉者也。"意思是，每个时代都有当代的代表性文学，在特定时期留下光辉绚烂的篇章。

[2] 贾平凹：《走向大散文》，选自《关于散文》，生活·读书·新知三联书店，2015年1月。

或花花草草,或一事一议一得。针对局面中的这种"小",贾平凹提出散文要"大"。"大"有两个指向,一是要大到社会生活中去,眼界要开阔。二是要大到作家的肚子里去,肚子要大,胸襟要大,境界要大。[1]

我们认为,贾先生所倡导的,就是要恢复、弘扬中国散文的优良传统。这与韩愈、柳宗元当年倡导的古文运动,与"五四"时期鲁迅他们那一代人所倡导的新文化运动,其精神实质是一脉相承的。

第二个是散文界本身的原因。贾平凹看到散文界历来缺少真正的"理论批评"的弊病,看到很多散文家、批评家还坚持着僵化的思维模式,文学的事业并未开阔到中国古典散文、三四十年代中国散文、外国散文的范畴。

第三个是散文作者的原因。贾平凹说,新文学时代初期的散文,大多是老人散文,回忆、悼念文字。一些当时的中年作者,未能摆脱60年代的影响。优秀的散文并不多,还流于随意和轻率。

基于诸多想法,我们开办这个杂志,虽然又多了一份杂志,使做文章的人太容易有出版和发表的地方上再多出一块地方,但我们的目的之一如鲁迅的那句话:为了忘却的记念。我们的杂志不可能红爆,我们不是为了有一个舒适而清雅的职业办杂志,也不是为了敛钱发财,我们的杂志挤进来,企图在于一种鼓与呼的声音:鼓呼大散文的概念,鼓呼扫除浮艳之风,鼓呼去除陈言旧套,鼓呼散文的现实感、史诗感、真情感,鼓呼真正的散文大家,鼓呼真正属于这个时代的散文!

---

[1] 穆涛:《文学杂志仅有文学理想是不够的——〈美文〉常务副主编穆涛访谈录》,《广西文学》,2011年第8期。

这是第七自然段。在这里，贾平凹旗帜鲜明地提出："鼓呼大散文的概念，鼓呼扫除浮艳之风，鼓呼去除陈言旧套，鼓呼散文的现实感、史诗感、真情感，鼓呼真正的散文大家，鼓呼真正属于这个时代的散文！"

　　如果用"力排众议"和"逆流而上"之类的词语来评价贾平凹和他的同仁们的勇气，我们认为是非常合适的。这也令我们不由得想起名列唐宋八大家之首的韩愈的话："始者，非三代、两汉之书不敢观，非圣人之志不敢存，处若忘，行若遗，俨乎其若恩，茫乎其若迷，当其取予心而注于手也，惟陈言之务去，戛戛乎其难哉！"[1]"必出于己，不蹈袭前人一言一句，又何其难也！惟古于词必已出，降而不能乃剽贼。"[2]韩愈认为，去陈言，首先是摒除庸腐之论；此外，在构思、立意等艺术表现方面，也应该"自树立，不因循"[3]，表现出韩愈强烈的创新意识。

　　韩愈所处的时代，文坛风气并不太好，所以，他利用自己的影响，以"复古"为旗帜，掀起轰轰烈烈的"古文运动"，力振颓风，在理论上卓有建树，在创作实践上也收获巨大。200余年后，苏东坡对韩愈高度评价："匹夫而为百世师，一言而为天下法。……文起八代之衰，而道济天下之溺，忠犯人主之怒，而勇夺三军之帅。"[4]

　　现在看来，贾平凹先生在1992年的"宣言"，对当时的文坛而言，无疑有"振聋发聩"之效。30年来，散文的理论日见其

---

[1] 韩愈：《答李翊书》。
[2] 韩愈：《樊绍述墓志铭》。
[3] 韩愈：《答刘正夫书》。
[4] 苏东坡：《潮州韩文公庙碑》。

丰，散文佳作日见其多。《美文》1992年9月创刊时为散文月刊，2001年发展为半月刊。下半月刊是"少年散文"，发表中学生散文作品。据统计，《美文》刊发的作品，有17篇收入国家全日制中学语文课本和读本，其中有15篇为中学生作者。[1] 这不能不说与贾先生及当时那一批作家、编辑家的努力有直接的关系。

本文后面的三个自然段（此处不选），主要谈办刊、征稿的具体要求。贾平凹表示："刊物是大家的，真的，是咱们大家的刊物。"贾先生和他的同仁，以开放、包容的心态，欢迎广大作家、作者的到来。

《〈美文〉发刊词》，旗帜鲜明，掷地有声，充分表现出贾平凹的文学视域与远见，表现出他那卓越的文学胆识。现在重读，仍然给我们以很多有益的启示。

---

[1] 张弘：《贾平凹主编的〈美文〉杂志成长之路》，搜狐新闻，2006年11月11日。

第三节　贾平凹散文的五大特点

中华文化源远流长，中国文学星光灿烂。自《诗经》以来，中国文学的天空就闪烁着一颗又一颗光芒四射的星星。在当代文学的天宇，无疑，贾平凹是相当耀眼的一颗星星。

贾平凹是文坛出了名的多面手。他既写新诗，也写散文，还写小说。相比较而言，除了新诗稍逊，其他各种体裁，都达到了常人难以企及的高度。贾平凹是非常富有创新精神的当代作家，其人生观、世界观与创作观，随着时代的发展，不断地升华，影响了很多读者。可以预见，这种影响必将是长期的、持续的。

具体到贾平凹的散文而言，题材广泛，眼光独到，情真意切，技法娴熟，富有很强的感染力。通过阅读贾平凹大量的散文作品，参阅一些作家、学者大量的散文研究论著，结合自身多年的散文创作和散文研究实践，我们将贾平凹的散文特点总结为以下五大美学特征。

一是语言美。

高尔基曾经说过一个谜语："它不是蜜，却能粘住一切。"谜底——这个能粘住一切的东西，其实就是语言。语言虽然不是甘霖，却可以滋润人们的心田；语言虽然不是鲜花，却可以带来生活的芬芳；语言虽然不是武器，却可以帮助我们"攻城略地"……

贾平凹散文语言有自然、平易、质朴、清新、含蓄、简练、幽默、空灵等特点，由此而生发通俗美、俏皮美、精致美。

著名作家、报告文学家徐迟先生强调:"散文作家不仅要掌握华丽的文采,而且要善于控制它,不仅要掌握朴素的文章,还要善于发扬它。写得华丽并不容易,写得朴素更难;……越是大作家,越到成熟之时,越是写得朴素。"[1] 在自己的散文创作中,贾平凹总是运用恰当的方法、技巧,直接描述,兼用白描手法,却让作品质朴自然,情真意切。请看贾平凹《生活的一种》的第一段:

院再小也要栽柳,柳必垂。晓起推窗如见仙人曳裙侍立,月升中天,又见仙人临镜梳发;棚屋常伴仙人,不以门前未留小车辙印而憾。能明灭萤火,能观风行。三月生绒花,数朵过墙头,好静收过路女儿争捉之笑。[2]

本段语言非常朴素、自然。先言"院再小也要栽柳,柳必垂",这句话是段首的总括,然后分叙理由。"晓起"推窗如见仙人,"月升中天"又见仙人梳发,这是对最直接的好处的描述;"棚屋常伴仙人",已经显现出作者的那种安闲舒适与自得其乐了。而"能明灭萤火,能观风行"和"三月生绒花,数朵过墙头,好静收过路女儿争捉之美",娓娓道来,淡泊之中有厚味,宁静之中有动感,文约志洁,纯净、纯美之效,跃然纸上。

二是人情美。

唐代大诗人白居易旗帜鲜明地提出:"感人心者,莫先乎

---

[1] 徐迟:《笔谈散文·说散文》,百花文艺出版社,1964年6月。
[2] 贾平凹:《生活的一种》,选自《向往的生活》(林非、施晗主编),天津人民出版社,2019年4月。

情！"[1]文学，说穿了，是对人情和人情美的感知、认识、触摸、描写、升华。对于散文而言，这方面的要求并不亚于诗歌。

贾平凹认为"万物有灵"，他在2019年出版的一个散文集，书名就叫《万物有灵》[2]。所谓"有灵"，就是有灵魂、有归依；而有灵魂、有归依的前提，必然是有感情。

南朝梁代的刘勰（约465—521年）在其文艺批评专著《文心雕龙》中曾经这样说：

圣贤书辞，总称文章，非采而何？夫水性虚而沦漪结，木体实而花萼振，文附质也。虎豹无文，则鞹同犬羊；犀兕有皮，而色资丹漆，质待文也。若乃综述性灵，敷写器象，镂心鸟迹之中，织辞鱼网之上，其为彪炳，缛采名矣。

故立文之道，其理有三：一曰形文，五色是也；二曰声文，五音是也；三曰情文，五性是也。五色杂而成黼黻，五音比而成韶夏，五性发而为辞章，神理之数也。[3]

刘勰的话，翻译过来，大意是：古代圣贤的著作，总的都称为文章，不是因为有文采，那又会因为什么呢？水性虚柔，才有波纹荡漾；树体坚实，才有花朵开放，这说明外在的表现形式依附于内在的实质。虎皮豹皮如果没有斑纹，那就跟狗皮、羊皮一样了；犀兕虽然有皮，但制成铠甲还要靠涂上丹漆才有色彩，可见内在的实质需要外在的表现形式。至于抒发思想感情，铺陈描写万事万物，用文字刻画内心活动，在纸上组织文辞，文章应当光彩焕发、文采繁富是很明白的了。所以构成文采的途径有三条：

---

[1] 白居易：《与元九书》。
[2] 贾平凹：《万物有灵》，长江文艺出版社，2019年11月。
[3] 刘勰：《文心雕龙·情采》。

第一种叫形中之文，是靠青、黄、赤、白、黑五色构成的；第二种叫声中之文，是靠宫、商、角、徵、羽五音构成的；第三种叫情中之文，是靠喜、怒、哀、乐、怨五情构成的。五色相调，便会呈现漂亮的花纹；五音相配，就会形成美妙的乐曲；五情抒发，便会产生优美的辞章。这是天然的规律啊。

对一个作家而言，能做到"情中之文"，充分表达出人的喜、怒、哀、乐、怨等情感，那是一件非常有意义、有价值的事情。

贾平凹自幼生长在农村，因为上大学，才离开家乡，去到西安，后来一直生活在西安那座古城。他对土地、农村、城市，都充满着一种特殊的爱恋之情。他自己就说过："我是个农民，善良本分，又自私好强，能出大力，有了苦不对人说。我感激着故乡的水土，它使我如芦苇丛里的萤火虫，夜里自带了一盏小灯，如满山遍野的棠棣花，鲜艳的颜色是自染的。"[1] 在他的散文中，他给我们读者传达出一种独特又似曾相识的感觉与氛围，就像黄土高原一样，朴实、厚重，却又好像刚刚出土的兵马俑一样，浑身上下散发出特别的光彩。

这种特殊的人情美，在他的作品中随处可见。读他的《纺车声声》《哭伯娘》《哭三毛》《再哭三毛》等一系列写人、记事的散文，我们感慨尤深。贾平凹散文对人性、人情、佛缘的挖掘、表现与开拓，值得读者和研究者注意。

三是风俗美。

对风俗的描写，是贾平凹散文的一个较为显著的特征。

众所周知，美是文学的灵魂，情是文学的血液，而语言、文字是文学的血管、四肢与其他的器官、组织。广西作家协会的廖

---

[1] 贾平凹：《秦腔·后记》，作家出版社。2005年4月。

玉群先生在《论贾平凹散文的美学追求》[1]一文中,这样总结:

> 贾平凹的散文作品内容浩瀚,以鲜明的个性、独特的艺术风格体现了他执著的美学追求。主要体现在:一、对传统的传承与超越。贾平凹的散文作品浸润着古文化的血液,有古文化的韵味,具有中国式的古典之美,但作品的精神指向却不是传统的,而是具有现代的意识。二、对生活美的追求与升华。"通过描绘秦汉文化环境中特有的生存方式和风土人情,展现来自民间的美好情愫",是贾平凹散文突出的创作特色。贾平凹的作品贴近生活,富有浓郁的生活气息,且与时代的情绪和心理暗合得很紧密。他的作品有根,有魂,根来自生活,但魂远远高于生活,表现为哲理的阐发等方面。三、散漫自然。主要表现为行文闲散如云,结构顺乎自然。四、淡雅拙朴。贾平凹的散文语言一扫浮艳之风,退繁华,寻拙朴,有青山秀水的风致。正如他自己所言:"充分地表现情绪"却"寄至味于淡泊"。
>
> ……

贾平凹的散文创作主要始于80年代,在二十几年的散文创作中,写出了不少传世佳作。作品内容可谓包罗万象,且不断开拓创新,可分为八大类:

(一)自然类,主要是对山川日月等自然景观的描写,如《月迹》《一棵小桃树》等。(二)玩物类,如《陶俑》《三目石》等。(三)纪游类,不少篇什为陕南地方风情民俗的介绍,还包括陕北、关中以及陕西以外地方风情的作品,如《五味巷》《白浪街》等。(四)世相类,主要是对人情世相的描摹,如《闲人》《说打扮》等。(五)人物类,是对各种人物的精练准确的刻画,如《我的老师》《哭三毛》等。(六)往事类,这类作品多带自传色彩,

---

[1] 廖玉群:《论贾平凹散文的美学追求》,百度学术,2019年8月8日。

忆写童年家庭和个人的生活，还有解说自己创作的情况，如《祭父》《纺车声声》等。（七）谈艺类，如《"卧虎"说》《四十岁说》等。（八）序跋类，如《〈高老庄〉后记》《〈怀念狼〉后记》等。贾平凹的散文，题材不拘，有着广阔的内容天地，表现形式多样，呈多元化的艺术形态。

在廖玉群先生总结的贾平凹散文的美学追求和创作的八大题材中，对风俗的描写占了相当的比重。他早期散文对商州风俗的描写，对汉江流域民风、民俗的描写，令人神往；中期以后，对饮食、对秦文化、对城乡文化的一些思考，对社会、对风景、对世相的描绘与再现，比比皆是，无不表现出贾平凹笔下独特的风俗美。

对此，陈思先生在《贾平凹散文中的汉江文化元素》中，曾经这样评价："贾平凹的散文具有突出的地域文化特色，这种地域特色人们一般都归之为陕西黄土高原的秦文化，而很少注意到其中浓厚的汉水楚文化的元素。贾平凹的出生地及其散文重点书写的商洛地区是汉江的发祥地，商洛地区勾连南北，承东启西，山高水急的地理特征，凝聚了汉水文化中浓厚的钟灵毓秀之气和开放兼容的特性。汉江沿岸山清水秀的自然风物以及神奇独特的民风民俗，赋予了贾平凹散文的灵秀奇异、空灵流动之美。"[1]

这里所谓的"汉江文化元素"，其实就是地域特色，就是具有浓郁古代秦楚交界地域特色的风俗美。

四是细节美。

贾平凹是一个注重细节的人。一个人注重细节，说明那个人

---

[1]陈思：《贾平凹散文中的汉江文化元素》，《文化教育（上）》杂志，2016年第10期。

行事严谨，值得深交。但注重细节的人，对自己要求也严，因为他很可能是一个完美主义者，甚至于表现出一种"强迫症"的倾向，他在生活中会很累；一个作家注重细节，他对自己的作品会更加严格要求、近乎苛求，他会反复修改，至少要自己满意，这样他也会很累。但凡事爱则功，正因为如此，我们才会看到一篇又一篇、一部又一部的佳作、力作，不断地写出、发表、出版。

关于细节，在一次题为《我的创作观》的演讲中，贾平凹说："现在强调深入生活，深入生活其实就是深入了解关系，而任何关系都一样。你要把关系表现得完整、形象、生动，那就需要细节，没有细节一切就等于零、一切归于零，而细节则在于自己在现实中去观察。"[1]

小说和散文都是讲究细节描写的文体，相比之下，小说更加注重细节描写，有时候细节描写还非常密集。相对而言，散文的细节则比较疏朗，而且重在写意。就像传统绘画中的写意画一样，疏疏朗朗，寥寥几笔，就将笔下的人物"立"起来了。大家耳熟能详的朱自清先生的散文《背影》，四次写父亲的背影，四次写作者自己流泪，如果没有细节的描写，怎么能如此的感人至深！号为名篇，岂非虚言！

在自己的散文创作中，贾平凹也经常通过细节的描写来塑造人物形象，使之具有典型性，从而丰富情节内容，推动情节发展。他的那些写人的散文如《闲人》《弈人》《名人》《笑口常开》《看人》等，都无不体现出细节化题材的特点。这样，如同中国传统的篆刻艺术，小中见大，方寸之间，波澜顿起，令读者过目难忘。请看《弈人》中的一段：

---

[1]贾平凹：《我的创作观》，作于2015年7月19日，转引自360图书馆，2019年8月11日。

对弈者也还罢了，最不可理解的是观弈的，在城市，如北京、上海，何等的大世界，或如偏远窄小的西宁、拉萨，夜一降临，街上行人减少，那路灯杆下必有一摊一摊围观下棋的。他们是些有家不归之人，亲善妻子儿女不如亲善棋盘棋子，借公家的不掏电费的路灯，借夜晚不扣工资的时间，大摆擂台。围观的一律伸长脖子（所以中国人长脖子的人多），双目圆睁，嘶声叫嚷着自己的见解。弈者每走一步妙招，锐声叫好，若一步走坏，懊丧连天，都企图垂帘听政，但往往弈者仰头看看，看见的都是长脖子上的大喉结，没有不上下活动的，大小红嘴白牙，皆在开合，唾沫就乱雨飞溅，于是笑笑，坚不听从。不听则骂：臭棋！骂臭棋，弈者不应，大将风范，应者则是别的观弈人，双方就各持己见，否定，否定之否定，最后变脸失色，口出秽言，大打出手。西安有一中年人，夜里孩子有病，妇人让去医院开药，路过棋盘，心里说：不看不看，脚却将至，不禁看了一眼，恰棋正走到难处，他就开始指点，但指点不被采纳反被观弈者所讥，双双打了起来，口鼻出血。结果，医院是去了，看病的不是儿子而是他。[1]

贾平凹说下棋的人好理解，可是那些观棋的人就匪夷所思了，经常可以看到一群人围在路灯下观棋，有家不归，对棋子的亲密度远远大于对妻子儿女的亲近，贾平凹以幽默的语言调侃这种现象是"借公家的不掏电费的路灯，借夜晚不扣工资的时间，大摆擂台"。这些观棋者的表情，是"伸长脖子，双目圆睁，嘶声叫嚷着自己的见解。弈者每走一步妙招，锐声叫好，若一步走坏，懊丧连天，都企图垂帘听政"，风趣，幽默，略微带一点善意的

---

[1] 贾平凹：《弈人》，选自《自在独行》，长江出版传媒／长江文艺出版社，2016年6月。

讽刺。观棋者那种神情、动作、语言，都惟妙惟肖，节奏感强，给读者留下难忘的印象。

细节的美，如果细分，还包括真实美、细腻美、节奏美，这些，我们将在分章中较为详细地予以解说，此不赘述。

五是哲思美。

中国散文很讲究"文以载道"[1]的传统，"文以载道"其实强调的是文学的教化功能。说直白一点，散文是否耐读、是否耐品，除了与散文语言的魅力有关之外，更多地与散文传递的思想、蕴含的哲理有关。思想有深度，散文才会有深度；思想有高度，散文也才会有高度。我们去读《论语》，为什么会觉得朗朗上口？除了其语言的平实浅近之外，主要就因为在那些平白如话的精短的语言之中，有着孔子、曾子等先贤们大量的富于人生哲理的思想的精华，能给我们以很大的教益。

这方面，贾平凹是当之无愧的大师。选入中学语文教材和各种选本、几乎人人皆知的《丑石》，就是这方面的重要代表。

《丑石》的情节很简单："我家门前"那一块不知其来自何处的石头，奇丑无比，也一点用处都没有，尽遭人嫌弃。但一个偶然的机会，它被一个天文学家邂逅，天文学家道出了它的来历——从天上落下来已经有二三百年了，是一件了不起的东西。于是，"不久便来了车，小心翼翼地将它运走了"。作者通过奶奶和天文学家的对话，借天文学家之口，道出了"丑到极处，便是美到极处"这一充满辩证色彩之"警句"，让全篇文章的精气神立马为之一振，大大提升了文章的思想意义，体现出散文重要的教化价值。

---

[1] 周敦颐《通书·文辞》："文所以载道也。轮辕饰而人弗庸，徒饰也，况虚车乎！"

要知道,"以丑为美"和"有用无用"在中国古代不仅是一个美学论题,更是一个哲学论题。稍微熟悉中国古典文学的读者,很可能和我们一样,由此而联想到《庄子·山木》中的一段话:

庄子行于山中,见大木,枝叶盛茂,伐木者止其旁而不取也。问其故,曰:"无所可用。"庄子曰:"此木以不材得终其天年。"夫子出于山,舍于故人之家。故人喜,命竖子杀雁而烹之。竖子请曰:"其一能鸣,其一不能鸣,请奚杀?"主人曰:"杀不能鸣者。"明日,弟子问于庄子曰:"昨日山中之木,以不材得终其天年;今主人之雁,以不材死。先生将何处?"庄子笑曰:"周将处乎材与不材之间。材与不材之间,似之而非也,故未免乎累。若夫乘道德而浮游则不然,无誉无訾,一龙一蛇,与时俱化,而无肯专为。一上一下,以和为量,浮游乎万物之祖。物物而不物于物,则胡可得而累邪!此神农、黄帝之法则也。若夫万物之情,人伦之传则不然:合则离,成则毁,廉则挫,尊则议,有为则亏,贤则谋,不肖则欺。胡可得而必乎哉!悲夫,弟子志之:其唯道德之乡乎!"

山中大木,因"无用"(不材)而得以终其天年;借宿那家,其鹅却因"无用"(不能鸣叫)而被杀为食。"有用"与"无用"这一对辩证关系,给弟子们造成了困惑。而庄子的主张是"周(庄子自称)将处乎材与不材之间",并且要归向于自然(唯道德之乡)。

贾平凹的这篇《丑石》,其亮点就是既淡又浓的哲理味儿。整篇文章语言浅近朴实,文章的结构也毫不出奇,用平实的叙述,将一块石头前后不啻云泥的遭际,缓缓叙述,娓娓道来,从而引起我们心灵的震撼与共鸣。这样的哲思,美得令人心痛,美得让人深思,美得让人窒息。在经历人生的起落、沉浮之后,人到中年,两鬓飞霜,再读此文,我们将会发出由衷的感叹:我们每一个普通人，不就是那一块"丑石"吗？！

一篇散文，究竟是以风骨见长，以慈悲普世，还是以哲思传美？要表达什么主题，传递什么情感，播种什么思想，作者得有自己的考虑。否则，散文这种"易学而难工"[1]的文体，很容易落入一片"花花草草"的窠臼之中，成为粗俗、庸俗、直白、浅陋的初学写作的记叙文。

【赏析】《冬景》之"景"

《冬景》[2]这篇散文，是贾平凹早期散文中的一篇佳作。这是小说家借鉴影视手法创作的一篇作品。

> 早晨起来，匆匆到河边去，一个人也没有，那些成了固定歇身的石凳儿，空落着，连烫烟锅磕烟留下的残热也不存，手一摸，冷得像烙铁一样地生疼。

开篇，作者紧扣题目，写冬天之冷：农村的早晨，信奉"人勤地不懒"的农人应该是已经下地了，但现在却"一个人也没有"，何也？"那些成了固定歇身的石凳儿，空落着"，何也？原来，是冬天来了。这是冬天的早晨，所以，"手一摸，冷得像烙铁一样地生疼"。这样的开头，收到了先声夺人之效。

> 有人从河堤上走来，手一直捂着耳朵，四周的白光刺着眼睛，眯眯地睁不开。天把石头当真冻硬了，瞅着一个小石块踢一脚，

---

[1] 王国维：《人间词话》。
[2] 贾平凹：《冬景》，选自《贾平凹散文选集》，百花文艺出版社，1992年9月。

石块没有远去，脚被弹了回来，痛得"哎哟"一声，俯下身去。堤下的渡口，小船儿依然，柳树上，却不再悠悠晃动，横了身子，被冻固在河里。船夫没有出舱，吹着他的箫管，若续若断，似乎不时就被冻滞了。或者嘴唇不再软和，不能再吹下去，在船下的冰上燃一堆柴火。烟长上来，细而端。什么时候，火堆不见了，冰面上出现一个黑色的窟窿，水嘟嘟冒上来。

一只狗，白茸茸的毛团儿，从冰层上跑过对岸，又跑回来，它在冰面上不再是白的，是灰黄的。后来就站在河边被砸开的一块冰前，冰里封冻了一条小鱼，一个生命的标本。狗便惊奇得汪汪大叫。

田野的小路上，驶过来一辆拉车。套辕的是头毛驴，样子很调皮，公羊般大的身子，耳朵上，身肚上长长的一层毛。主人坐在车上，脖子深深地缩在衣领里，不动也不响，一任毛驴跑着。落着厚霜的路上，驴蹄叩着，干而脆地响，鼻孔里喷出的热气，向后飘去，立即化成水珠，亮晶晶地挂在长毛上。

有拾粪的人在路上踽踽地走，用铲子捡驴粪，驴粪却冻住了。他立在那里，无声地笑笑，做出长久的沉默。有人在沙地里扫树叶，一个沙窝一堆叶子，全都涂着霜，很容易抓起来。扫叶人手已经僵硬，偶尔被树枝碰了，就伸着手指在嘴边，笑不出来，哭不出来，一副不能言传的表情，原地吸溜打转儿。

这几段，高明的作者使用影视拍摄中的蒙太奇手法来组织文章的结构，将不同位置、不同情境之下不同人、物的表现，予以巧妙的剪裁，有条不紊地加以描述：

有人从河堤上走来，手一直捂着耳朵，于是，顺带写堤下的渡口、河里的小船儿、河畔的垂柳、船上的船夫、冰上的柴火、冰面的黑窟窿。一只狗跑来了，于是，顺带写冰封里的小鱼，写狗的惊奇。一辆拉车过来了，于是，顺带写拉车的毛驴，赶车的主人。拾粪的人过来了，于是，顺带写扫树叶的人。

这无异于一幅"冬闲图",如中国水墨山水画一般,有近景、中景、远景,有平视、俯视,有人,有植物,有动物;有素描,有点染,有细节;有形,有声,有景。南齐文艺批评家钟嵘在评价西晋阮籍的《咏怀》诗时说:"《咏怀》之作,可以陶性灵,发幽思。言在耳目之内,情寄八荒之表。洋洋乎会于《风》《雅》,使人忘其鄙近,自致远大,颇多感慨之词。"[1] 用"言在耳目之内,情寄八方之表"来评价贾平凹先生这几段文字,是较为恰当的。

最安静的,是天上的一朵云,和云下的那棵老树。

吃过早饭,雪又下起来了。没有风,雪落得很轻,很匀,很自由,在地上也不消融,虚虚地积起来,什么都掩盖了。天和地之间,已经没有了空间。

只有村口的井,没有被埋住,远远看见往上喷着蒸气。小媳妇们都喜欢来井边洗萝卜,手泡在水里,不忍提出来。

这家老婆婆,穿得臃臃肿肿,手上也戴上了蹄形手套,在炕上摇纺车。猫不再去恋爱了,蜷在身边,头尾相接,赶也赶不走。孩子们却醒得早,趴在玻璃窗上往外看。玻璃上一层水汽,擦开一块,看见院里的电线,差不多指头粗了:

"奶奶,电线肿了。"

"那是落了雪。"奶奶说。

"那你在纺雪吗,线穗子也肿了。"

他们就跑到屋外去,张着嘴,让雪花落进去,但那雪还未到嘴里,就总是化了。他们不怕冷,尤其是孩子,互相抓着雪,丢在脖子里,大呼大叫。

一声枪响,四野一个重重的惊悸,阴崖上的冰锥震掉了几个,哗啦啦地在沟底碎了,一只金黄色的狐狸倒在雪地里,殷红的血

---

[1] 钟嵘:《诗品》。

溅出一个扇形。冬天的狐皮质量好,正是村里年轻人捕猎的时候。

麦苗在厚厚的雪下,叶子没有长大,也没有死去,根须随着地气往下掘进。几个老态龙钟的农民站在地边,用手抓住雪,捏个团子,说:"那雪,好雪,冬不冷,夏不热,五谷就不结了。"他们笑着,叫嚷着回去煴烧酒喝了。

这里,可谓之"冬雪图"。

贾平凹以童话般的语言,写婆孙之间的对话,通过对话,将儿童的天真、老婆婆的慈祥,都一股脑儿展现给我们。"那雪,好雪,冬不冷,夏不热,五谷就不结了。"这几句"几个老态龙钟的农民"的话,将谚语"不冷不热,五谷不结"化用在文中,表现出一种淳朴的民风、特别的民俗。无论写人,还是写景物、写对话,都语言干净清纯,显得从容不迫,塑造出一种空灵美好的意境。

雪还在下着,好大的雪。

一个人在雪地里默默地走着,观赏着冬景。前脚踏出一个脚印,后脚离起,脚印又被雪抹去。前无去者,后无来人,他觉得有些超尘,想起一首诗,又道不出来。

"你在干什么?"一个声音。

他回过头来,一棵树下靠着一个雪桩。他吓了一跳,那雪桩动起来,雪从身上落下去,像脱落掉的锈斑,是一个人。

"我在做诗。"他说。

"你就是一首诗。"那个人说。

"你在干什么?"

"看绿。"

"绿在哪儿?"

"绿在树杈上。"

树上早没有了叶子,一群小鸟栖在枝上,一动不动,是一树会唱的绿叶。

"还看到什么吗?"

"太阳,太阳的红光。""下雪天没有太阳的。"

"太阳难道会封冻吗?瞧你的脸,多红;太阳的光看不见了,却红了你的脸。"

他叫起来了:

"你这么喜欢冬天!"

"冬天是庄严的,静穆的,使每个人去沉思,而不再轻浮。"

"噢,冬天是四季中的一个句号。"

"不,是分号。"

"可惜冬天的白色那么单调……"

"哪里!白是一切色的最丰富的底色。"

"可是,冬天里,生命毕竟是强弩之末了。"

"正是起跑前的后退。"

"啊,冬天是个卫生日子啊!"

"是的,是在做分娩前准备的伟大的孕妇。"

"孕妇!"

"不是孕育着春天吗?"

说完,两个人默默地笑了。

两个陌生人,在天地一色的雪地上观赏冬景,却也成为冬景里的奇景。

这一部分,无异于一幅"冬话图"。

两个人雪地观景的对话唠嗑,虽然平实,却大有深意;虽然简洁,却富于哲理。这两个人姓甚名谁,无关紧要;他们是男是女,也并不重要。关键的是,他们的对话,从意见不太统一,变成意见基本统一、互相形成默契。作者借观雪者之口,说冬天是"孕妇","孕育着春天",化用19世纪英国浪漫主义诗人雪莱的名句:"冬天来了,春天还会远吗?"[1]真可谓画龙点睛,言近旨远,表达出作者对冬天无比的喜爱。

  贾平凹坚持散文的"美文说",对散文的创作,进行过很多积极的探索和思考。针对散文的创作,他有过一段非常精彩的论述:"散文应该是美文,不仅是写什么,而是还要怎么写。有人将散文当作写小说前的训练,或应景之作,敷衍成篇糟踢散文的面目。散文的身价在于它的严肃和高尚,要扫除一切成言,潜心探索它的结构、形式、文字,反复试验和实践,追求它应有的时空。"[2]

  《冬景》这篇散文,就像影视剧一般,推、拉、摇、移,缓缓地将"冬闲图""冬雪图"和"冬话图"一一展示给读者,语言清新,意境空灵,富有童趣,诗意美美,韵味十足,的确是一篇散文佳作。

---

[1] 雪莱:《西风颂》。

[2] 贾平凹:《对当前散文的看法——〈西安散文选〉序》,选自《关于散文》,生活·读书·新知三联书店,2015年1月。

第三章　贾平凹散文的语言美

从内容上来说，散文之美，首先美在情感、意境和哲理上。但再美的内容，都不可能单独地存在和呈现；世间上任何一种美，都要以一定的形式来表现。所谓"皮之不存，毛将焉附"是也。对散文而言，这个"形式"就是散文的语言。

我们阅读一篇文章，或典雅，或通俗；或严肃，或俏皮；或平实，或精致；或婉约，或豪放；……优秀的散文常常令读者如啜香茗，如饮醇醪，齿颊生香，身心愉悦。之所以会有这样的阅读体验，无非两点：一是文章的思想有深度，风格有情趣，结构有意想不到的地方，意境有引起共鸣的频率。二是文章的语言、文字给人以赏心悦目的美感。可以说，前者是内容，后者是形式。表里互相映衬、互相补充，则相得益彰，文章将焕发出夺目的光彩。

选入传统高中语文教材的散文《天山景物记》，其作者、当代散文大家碧野先生针对散文的语言说过这样的话："正因为散文是美的，所以用词措句要苦心推敲，做到句句优美，字字精炼。"[1] 客观地说，任何人的文章要做到"句句优美，字字精炼"，那几乎是不可能的；但以之为"跳起摸高"的理论目标，并以此

---

[1] 转引自杜福磊《论散文的语言美》，选自《信阳师范学院学报（哲学社会科学版）》，1991年第11期。

砥砺我们自己,还是可行的。

在这方面,贾平凹先生为我们树立了榜样。

贾先生的散文,题材丰富,形式多样,其语言美的形式也百花争艳、精彩纷呈。可以这样说,贾先生最早震动中国文坛的文体是散文。从"商州"系列的作品开始,他的散文在语言上就表现出独特的"贾氏"风格。越往后,其散文的特征越明显。1992年创办《美文》杂志之时,贾先生旗帜鲜明地倡导散文的"美文化"。无疑,语言美是散文成为美文的一个非常重要的方面。

第一节　贾平凹散文语言的通俗美

西北大学中文系费秉勋教授指出："与写小说相比，写散文似乎更能见出贾平凹的才情和艺术素质。"[1] 何以见得呢？我们认为，除了题材选取的广泛，对社会、对人生思考的深度之外，主要还是贾平凹散文的语言具有自己独特的风格。而"通俗美"正是这种语言风格中较为明显的第一个特征。

关于这个问题，在与贾平凹先生的信中，学者范培松先生是这样看的：

> 我还有一种感觉，你的散文近作越来越显示出一种农民式的"俗"，这是我的一种感应，大概由于我也是农民的儿子的缘故。我对你这农民式的"俗"，是喜忧参半。你在散文中所显现的农民的质朴和真诚，在现当代散文中可以说并不多见。不多见就是你的特色和成功。……对任何事物都"偏"不得，"偏"了，总会节外生枝的，这是我的一点浅陋之见，供你参考。[2]

从这段话来看，对贾平凹散文的"俗"，范培松也不好把握，

---

[1] 费秉勋：《贾平凹论》，陕西新华出版传媒集团/陕西人民出版社，2018年9月。

[2] 贾平凹：《瞎摸索与新局面——关于散文创作的通信（二篇）》，选自《关于散文》，生活·读书·新知三联书店，2015年1月。

所以说"喜忧参半"。喜的可能是贾平凹散文的一种新的动态、新的气象，发展下去，就是贾氏的"特色和成功"；忧的则可能是，担心贾先生的散文这样发展下去，不注意收束，很可能流于油滑、贫嘴，"节外生枝"。

范培松，江苏宜兴人。历任苏州大学中文系副主任、主任、讲师、教授、博士生导师，苏州大学文学院文学研究所所长，苏州市作家协会主席。1965年开始发表作品，1990年加入中国作家协会。著有专著《散文天地》《散文写作教程》《悬念的技巧》《报告文学春秋》《中国现代散文史》《二十世纪中国散文批评史》，主编《写作教程》《文学艺术学例》《文学写作教程》《中外典故引用辞典》《中国散文通典》等[1]。范培松主要精力在散文的创作、教学和研究上，对当时散文界的现状有自己的见解。他于1984年在苏州召开的一次作品研讨会上，就劝陆文夫、高晓声等小说家写散文；在前面这封信中，他建议贾平凹根据自己当时身体状况不太好的情况，多创作散文；他主张，"要改变散文的现状，光靠那些职业散文家不行"。

这个观点对贾平凹影响甚大。

范培松这封信写作于1989年11月17日，三年后的1992年，贾平凹创刊《美文》杂志，旗帜鲜明地提出："我们这份杂志，将尽力克服我们编辑的狭隘的散文艺术，大开散文的门户，任何作家，老作家、中年作家、青年作家、专业作家、业余作家、未来作家、诗人、小说家、批评家、理论家，以及并未列入过作家队伍，但文章写得很好的科学家、哲学家、学者、艺术家，

---

[1] 综合百度百科和有关书籍的介绍。

等等，只要是好的文章，我们都提供版面。"[1] 在后来的《走向大散文》中，贾平凹更是直接提出："发动和扩大写作队伍，视散文是一切文章，以不专写散文的人和不从事写作的人来写，以野莽生动力，来冲击散文的篱笆，影响其日渐靡弱之风。"[2]

可以说，范培松看到了贾平凹散文创作出现的新的苗头、新的情况、新的气象。但这种"新"对贾平凹是好事还是坏事，他当时是一则以喜，一则以忧，拿不太准。在同年12月的回信中，贾平凹说：

我对目前一些散文是不满意的，也不满意我以前的一些散文，所以在新写时，让时代的社会的东西走进来，主于人物的散文。这样，相应来说，笔调就要变，这变不是人为的，是势所必然。……您信中谈及俗的一点，对我有启示，我当思考后而改之。另，现在一些散文理论，也常是华而不实的，如一些诗论一样。这意见不知您同意否？当然，散文理论还很少，谈散文的人不多，我不该这么说更好。[3]

贾平凹先生这个回信，透露出这样的信息：两封书信写作的1989年年末，贾平凹、范培松这两位成名作家、批评家，对中国文坛当时的散文创作是不满意的，对当时某些华而不实的散文理论是不满意的，对散文语言的"俗"，二人也在忧虑中思考。

---

[1] 贾平凹：《〈美文〉发刊词》，选自《贾平凹散文精选》，长江出版传媒／长江文艺出版社，2017年12月。

[2] 贾平凹：《走向大散文》，选自《关于散文》，生活·读书·新知三联书店，2015年1月。

[3] 贾平凹：《瞎摸索与新局面——关于散文创作的通信（二篇）》，选自《关于散文》，生活·读书·新知三联书店，2015年1月。

现在看来,两位知名作家、批评家的担忧是有道理的。所以,当时一经范培松提出,贾平凹就表示"当思考后而改之"。正印证了古人朋友之间那种平等、亲切的"如切如磋,如琢如磨"[1]之义,也表现出贾平凹先生择善而从的大度。

我们知道,散文是一种高雅的文学体式,一旦流入庸俗,则为下品。我们常常说"雅俗共赏",这里的"俗",应该是通俗,而不是庸俗。散文创作中,题材选取的大众化、生活化,语言表达的俚语化、通俗化,这要根据所写对象的具体情况而定,不能一概而论,更不能搞一刀切。1948年4月2日,毛泽东同志途经晋绥边区时,对《晋绥日报》和新华社晋绥分社编辑人员发表了重要谈话。毛泽东指出:"共产党员如果真想做宣传,就要看对象,就要想一想自己的文章、演说、谈话、写字是给什么人看,给什么人听的,否则就等于下决心不要人看,不要人听。""射箭要看靶子,弹琴要看听众,写文章做演说倒可以不看读者不看听众么?"毛泽东同志这些论述,可以说言犹在耳,至今仍然闪耀着神圣的光辉。

1942年延安文艺座谈会后,文艺创作的方向性、目的性问题,可以说从理论上彻底解决了,到改革开放之后,"文艺为人民服务、为社会主义服务"的口号已深入人心;但国门洞开,泥沙俱下,受各种思潮、流派的影响,在具体的创作中,却出现了某些人、某些作品背离"二为"方针的现象。这不能不引起一些作家、理论家的思考。

为此,贾平凹与老作家孙犁先生有过多次通信。作为文坛名宿的前辈作家,孙犁一直关注着贾平凹的创作,并通过多种方式,

---

[1]《诗经·国风·卫风·淇奥》:"瞻彼淇奥(yù),绿竹猗猗。有匪君子,如切如磋,如琢如磨。"

大力说项、揄扬。在与贾平凹的一封信中，孙犁先生就文坛的某些现象，表达了自己的看法。下面这封《再谈通俗文学——致贾平凹同志》，就是专门谈论通俗文学的一封信：

近来，我写了几篇关于通俗文学的文章，也读了一些文学史和古代的通俗小说。和李贯通的通信，不过捎带着提了一下。其实，这种文章，本可以不写，都是背时的。因为总是一个题目，借此还可以温习一些旧书，所以就不恤人言，匆匆发表了。

既然发表了文章，就注意这方面的论点。反对言论不外是：要为通俗文学争一席之地呀；水浒、西游也是通俗文学呀；赵树理、老舍都是伟大的通俗文学作家呀。这些言论，与我所谈的，文不对题，所答非所问，无须反驳。

值得注意的是，凡是时髦文士，当他们要搞点什么名堂的时候，总说他们是代表群众的，他们的行为和主张，是代表民意的。这种话，我听了几十年了。五十年代，有人这样说。六十年代、七十年代，有人还是这样说。好像只有这些人，才是整天把眼睛盯着群众的。

盯着是可以的，问题是你盯着他们，想干什么。

当前的情况是，他们所写的"通俗文学"，既谈不上"文学"，也谈不上"通俗"。不只与水浒、西游不沾边，即与过去的施公案、彭公案相比较，也相差很远。就以近代的张恨水而论，现在这些作者，要想写到他那个水平，恐怕还要有一段时间的读书与修辞的涵养。

什么叫通俗？鲁迅在谈到《京本通俗小说》时说："其取材多在近时，或采之他种说部，主在娱心，而杂以惩劝。"

社会上的，人心之不同，有如其面。文坛是社会的一部分，作家的心，也是多种多样的。娱心，是文学作品的一种作用，问题是娱什么样的心，和如何的娱法。作品要给什么人看，并要什么样的心，得到娱乐呢？

有的作家自命不凡，不分时间、空间，总以为他是站在时代的前面，只有他先知先觉，能感触到群众的心声。这样的作家，虽有时自称为"大作家"，也不要相信他的吹嘘之词。而是要按照上面的原则，仔细看看他的作品。

看过以后，我常常感到失望。这些人在最初，先看了几篇外国小说，比猫画虎地写了几篇所谓"正统小说"，但因为生活底子有限，很快就在作品里掺杂上一些胡编乱造的东西，借一些庸俗的小噱头，去招揽读者。

当他们正处于囊中惭愧之时，忽然小报流行起来，以为柳暗花明之日已到，大有可为之机已临。乃去翻阅一些清末的断烂朝报，民初的小报副刊，把那些腐朽破败的材料，收集起来，用"作家"的笔墨编纂写出，成为新著，标以"通俗文学"之名。读者一时不明真相，为其奇异的标题所吸引，使之大发其财。

其实，读者花几分钱买份小报，也没想从这里欣赏文学，只是想看看他写的那件怪事而已。看过了觉得无聊，慢慢也就厌烦了。

你在信中提到语言问题，这倒是一个严肃的题目。你的语言很好，这是有目共睹的，不是我捧你。你的语言的特色是自然，出于真诚。

但语言是一种艺术，除去自然的素质，它还要求修辞。修辞立诚，其目的是使出于自然的语言，更能鲜明准确地表现真诚的情感。你的语言，有时似乎还欠一点修饰。修辞确是一种学问，虽然被一些课本弄得机械死板了。这种学问，只能从古今中外的名著中去体会学习。这你比我更清楚，就不必多谈了。

我这里要谈的是，无论是"通俗文学"或是"正统文学"，语言都是第一要素。什么叫第一要素？这是说，文学由语言组织而成，语言不只是文学的第一义的形式；语言还是衡量探索作家气质品质的最敏感的部位，是表明作品的现实主义及其伦理道德内容的血脉之音！

而现在有些"文学作品"，姑不谈其内容的庸俗卑污，单看它的语言，已经远远不能进入文学的规范。有些"名家"的作品，其语言的修养，尚不及一个用功中学生的课卷。抄几句拳经，仿几句杂巴的流氓的腔口,甚至习用十年动乱中的粗野语言,这能称得起通俗文学?

通俗也好,不通俗也好,文学的生命是反映现实。远离现实,不论你有多大瞒天过海之功,哗众取宠之术,终不得称为文学。[1]

这封信,不妨看作是在文坛耕耘了几十年的老作家孙犁对踏上文坛不久的青年作家贾平凹及其一代人的寄语。孙犁先生表达的主要文学观点有:

一是文坛的某些会,是"见世面的机会",既"不可轻易放过",但"会开多了"也没意思。这是委婉劝说贾平凹这个有此情况的青年作家,一些不痛不痒的会议少参加,尽量将精力放在创作上。

二是说自己"写了几篇关于通俗文学的文章",闲笔以带,由此切入此次通信的主题——谈通俗文学。这也说明,孙犁先生也在思考通俗文学问题。

三是对贾平凹的散文语言提出自己的意见、看法。孙犁先生强调,"修辞立诚",目的是"使出于自然的语言",更能鲜明、准确地表达情感。而贾平凹的语言,"有时似乎还欠一点修饰"。因为,修辞"这种学问",他认为贾平凹"你比我更清楚",所以就"不必多谈"了。这些话说得很委婉,实际上是希望贾平凹对散文语言多作推敲、修改,以臻完美。同时,孙犁先生强调,"无论是'通俗文学'或是'正统文学',语言都是第一要素"。由此可见,孙犁先生对散文语言的重视。

四是孙犁先生表达了自己对"通俗文学"和"正统文学"不

---

[1] 此信写于1985年1月5日,收入山东画报出版社1998年6月第一版孙犁《云斋书简》,再收入《平凹书信》,陕西师范大学出版总社,2018年9月。

存门户之见的意思。在他眼里,通俗也好,不通俗也好,都是文学;不管哪一种文学,它们的生命是"反映现实";如果远离现实,那么,"不论你有多大瞒天过海之功,哗众取宠之术,终不得称为文学"。

孙犁是写散文的"白描"高手。其代表作《亡人逸事》,就是白描的名篇。其散文创作,经常是"状难写之景,如在目前"[1],"体物质妙,功在密附"[2]。孙先生这封信,贾平凹读后有什么感受,目前,我们还没有查阅到直接的文字来佐证。但通过阅读贾平凹的《孙犁论》[3]和稍后的《孙犁的意义》[4]等文章,我们可以看到,他对孙犁先生是无比尊敬的。

对此,贾平凹在《关于小说创作的问答》中,有过一段回忆:"孙犁我学得早,开始语言主要是学孙犁,我更喜欢他后期的作品,这些作品对我影响大。"[5]后来,贾平凹的《静虚村记》《丑石》《月迹》等大量写山、写石、写水、写月的散文,明显看得出受到孙犁诗情画意、清纯流利、朴素传神的语言风格的影响。

孙犁给贾平凹的信件,目前能够看到的,还有:《读一篇散文》(1981年5月15日,《孙犁全集》卷六),《再谈贾平凹的散文》(1982年4月7日,《孙犁全集》卷六),《贾平凹散文集序》(1982年6月5日,《孙犁全集》卷六),《致贾平凹》(1982年12月4日,《孙犁全集》卷七)[6]。

---

[1] 欧阳修:《六一诗话》。
[2] 刘勰:《文心雕龙·物色》。
[3] 贾平凹:《孙犁论》(1993年2月24日),陕西师范大学出版总社,2018年9月。
[4] 贾平凹:《孙犁的意义》,陕西师范大学出版总社,2018年9月。
[5] 白忠德:《贾平凹散文语言的风格演变及其特征》,《商洛学院学报》,2010年10月第24卷第5期。
[6] 孙犁:《孙犁全集》,人民文学出版社,2016年8月。

贾平凹后来不喜欢官场，远离文坛的勾心斗角，我们认为，除了他自身性格的原因，和孙犁先生当年的劝导显然是分不开的。可以这样说，在贾平凹迄今为止50年的文学创作生涯中，孙犁是他的精神导师之一。孙犁先生所论，针对的是文学的"正统"与"通俗"之分。但正如孙先生自己所说，无论是"通俗文学"或是"正统文学"，语言都是第一要素。所以，孙先生的观点，对贾平凹后来的创作，或多或少有过较大的影响，这是毋庸置疑的。

【赏析】《静虚村记》语言的通俗美

《静虚村记》[1]是贾平凹早年的作品，可以说是他早期散文的代表作之一。既然是"代表作"，它就会集中表现出贾先生早期散文的一些特点。

贾平凹大学毕业、参加工作不久，有一段时间租住在西安北郊未央区的方新村。根据孙见喜先生的《贾平凹前传》[2]记载，贾平凹在这个处于城郊接合部的自然村落居住了一年半，时间是1980年7月—1982年2月。在这里，贾先生与居住在村里的农民、工人家属、外来打工者，都有一定的交流和交往，关系很融洽。这些，为他搜集第一手创作素材提供了很大的便利。可以说，《静虚村记》这篇散文也是贾先生居住此地一年半的重要成果之一。

这篇文章的特点很多，比如：内容的生活味，结构的层次感，场景的图画美，等等。而最值得一提的是，这篇散文语言的通俗美。

---

[1] 贾平凹：《静虚村记》，选自《抱散集》，作家出版社，1994年9月。

[2] 孙见喜：《贾平凹前传》，花城出版社，2001年9月。

如今，找热闹的地方容易，寻清静的地方难；找繁华的地方容易，寻拙朴的地方难，尤其在大城市的附近，就更其为难的了。

　　前年初，租赁了农家民房借以栖身。

　　村子南九里是城北门楼，西五里是火车西站，东七里是火车东站，北去二十里地，又是一片工厂，素称城外之郭。奇怪台风中心反倒平静一样，现代建筑之间，偏就空出这块乡里农舍来。常有友人来家吃茶，一来就要住下，一住下就要发一通讨论，或者说这里是一首古老的民歌，或者说这里是一口出了鲜水的枯井，或者说这里是一件出土的文物，如宋代的青瓷，质朴，浑拙，典雅。

　　村子并不大，屋舍仄仄斜斜，也不规矩，像一个公园，又比公园来得自然，只是没花，被高高低低绿树、庄稼包围。在城里，高楼大厦看得多了，也便腻了，陡然到了这里，便活泼泼地觉得新鲜。先是那树，差不多没了独立形象，枝叶交错，像一层浓重的绿云，被无数的树桩撑着。走近去，绿里才见村子，又尽被一道土墙围了，土有立身，并不苦瓦，却完好无缺，生了一层厚厚的绿苔，像是庄稼人剃头以后新生的青发。

　　拢共两条巷道，其实连在一起，是个"U"形。屋舍相对，门对着门，窗对着窗；一家鸡叫，家家鸡都叫，单声儿持续半个时辰；巷头家养一条狗，巷尾家养一条狗，贼便不能进来。几乎都是茅屋，并不是人家寒酸，茅屋是他们的讲究：冬天暖，夏天凉，又不怕被地震震了去。从东往西，从西往东，茅屋撑得最高的，人字形搭得最起的，要算是我的家了。

　　村人十分厚诚，几乎近于傻昧，过路行人，问起事来，有问必答，比比划划了一通，还要领到村口指点一番。接人待客，吃饭总要吃得剩下，喝酒总要喝得昏醉，才觉得惬意。衣着朴素，都是农民打扮，眉眼却极清楚。当然改变了吃浆水酸菜，顿顿油锅煎炒，但没有坐在桌前用餐的习惯，一律集在巷中，就地而蹲。端了碗出来，却蹲不下，站着吃的，只有我一家，其实也只有我一人。

文章开篇，作者写道："如今，找热闹的地方容易，寻清静的地方难；找繁华的地方容易，寻拙朴的地方难，尤其在大城市的附近，就更其为难的了。"这一段以议论开头，通过议论，于对比之中，高度概括全文的主旨——寻清静的地方难、寻拙朴的地方难。结构上，这是全篇提纲挈领的一段话。第二段很简单："前年初，租赁了农家民房借以栖身。"结构上，这是文章从第一段主旨段落到具体记叙在"农家民房"的生活的一个典型的过渡。本文的标题是"静虚村记"，那么，这也告诉读者，下面就要转入对静虚村生活的描述了。

我们一道来细细品味一个段落，请看——

村人知我脾性，有了新鲜事，跑来对我叙说，说毕了，就退出让我写，写出了，嚷着要我念。我念得忘我，村人听得忘归；看着村人忘归，我一时忘乎所以，邀听者到月下树影，盘脚而坐，取清茶淡酒，饮而醉之。一醉半天不醒，村人已沉睡入梦，风止月瞑，露珠闪闪，一片蛐蛐鸣叫。

所谓"村"，那就有"村"的模样，有"村"的人情味、生活味和烟火气。看，这一段文字，神情、动作、心理、细节，兼而有之，既有古典的韵味，也多新时代生活的节奏和味道。语言上，短句与长句搭配，散句与整句交叉，有效地避免了句式的呆板，同时让语言流动起来，有泉水叮咚一般的韵律感。这样的语言，通俗易懂，鲜活无比，让文章在通俗美之后，更多了一份宁静与和谐，完美地诠释了"静虚"二字的含义。

《静虚村记》这篇散文，语言平和，节奏和缓，表现出作者淡泊宁静、随遇而安的心境。这与文章标题里面的"静"和"虚"是相扣的。由此可见，"静"与"虚"的哲学观念，已经在作者的心里潜滋暗长，成为一种常态了。比如，写吃井水，作者说："吃了半年，妻子小女头发愈是发黑，肤色愈是白皙，我也自觉心脾清爽，看书作文有了精神、灵性了。"一种豁达、乐观的神情，仿佛就在我们眼前。种了菜，新鲜的就自己吃掉，逊色些的就喂鸡。顺天应人，自然而亲切。"那蛐蛐就在台阶之下，彻夜鸣叫，脚一跺，噤声了，隔一会，声又起。心想若是有个儿子，儿子玩蛐蛐就不用跑蛐蛐市场掏高价购买了。"本来是生活中的一种"杂音"，作者却将它看作是自然赐予的乐趣。想一想此情此景，我们不由得为贾平凹先生那种对生活深深的热爱与享受而点赞。

　　这篇散文的内容很多，如果依次查勘，可以总结出这些内容：介绍村子的方位、大环境和友人的评价；描述村子的小环境；描写街巷、自己的家；写村人和村人的吃；写村里的姑娘和花；写村子的那些树与鸟；写水井和与水井有关的洗衣、喝水的方方面面；写村子与城里很不相同的地方——吃新鲜蔬菜，与动物零距离接触；写门前的槐树、村里的碌碡和大家的聊天；写自己收徒、辅导；写大家下雨、躲雨、吃鲜玉米棒子的情形；再写家人和村人。这么多内容，对村子几乎是全方位、多角度地描绘，全景式地扫描。虽然内容很多、很杂，但多而不芜，杂而不乱，全文如剥蕉见心一般，一层一层，亲切地将村子各式各样的人、事、景、物，还有自己的感受，都表现出来、表达出来。最后，以一句话"我称我们村是静虚村"收束，与文章的标题呼应。

　　这样一总结，从"我们村"这样的字眼儿，可以看到，作者将自己完全融进了"静虚村"。阅读至此，我们的记忆深处似乎有一点什么东西在"蠢蠢欲动"。仔细一想，原来，是我们感觉到贾平凹这篇文章，似乎若隐若现地有着欧阳修《醉翁亭记》的影子。谓予不信？读者可以回忆一下欧阳公从"环滁皆山也"那样的开头，到"作亭者谁？山之僧智仙也；名之者谁？太守自谓也"，一直到结尾"太守谓谁？庐陵欧阳修也"，真的很神似呢！

由此观之，中国古代优秀的散文传统，已经化作一种文化的血液，汩汩流淌在贾平凹的笔尖。

在文章的结尾，作者还不忘加上一段："鸡年八月，我在此村为此村记下此文，复写两份，一份加进我正在修订的村史前边，作为序，一份则附在我的文集之后，却算是跋了。""鸡年八月"云云，是交代本文的"去处"。这看似闲笔的一段，却表达了"静虚村"生活对作者的影响，表达出作者对"静虚村"的真挚而深沉的情感。这种情感，是耕耘之后收获满满那种由衷的喜悦，是对人津津乐道的那种无比的自豪。

第二节　贾平凹散文语言的俏皮美

贾平凹是一个有大智慧的人。经历了70载的人生，踏上社会几十年，写作半个世纪。他勤于深入生活，善于思考，勤奋笔耕，可以说看透了人生与社会。他的价值观、人生观、世界观，必然渗进他的文学创作之中；他的为人、行事的风格，也必然对他的行文风格产生重大的影响。而散文语言的俏皮美，就是贾平凹散文风格的重要组成部分之一。

俏皮，其实就是一种饱经生活辛酸之后的幽默，一种见证世事沧桑之后的机智，一种参透生与死之后的坦然和放浪。这种语言，它充满生活味、哲理味，能让人轻松，让人愉悦，让人一笑之后，或许还能得到一些启迪。

概括起来，贾平凹散文的俏皮美，大致有以下几种情况：

第一种，行文之中，偶尔为之，适当地增加行文的活泼性。比如他的《在桂林》中的一段：

在北方，人以食五谷为主，在桂林却什么都可吃了，那圆圆图图的金龟，那沉沉浮浮的螺蛳、蛇、蛙、麻雀、老鼠……天上飞的，除了飞机不吃，都吃，地上走的，除了草鞋不吃，都吃。你才知道北方人活得太寡味了，人活到世上就是什么都要吃的，什么动物活到世上，又都是供人吃的。吃各种半生半熟的肉，喝"三花""瑞露"美酒，荡俗气，除愁闷，你生熟无间，坐卧无序，掐指计算桂林的食谱，可怎么也不知道还该去吃些什么，喝些什么，该怎么个吃喝法呢?[1]

  《在桂林》选自《贾平凹游记》,是贾平凹1987年6月16日写于桂林的一篇游记散文。正如贾先生自己在文中所说:"走到任何地方,我都有记录感受的习惯,但是面对桂林的一山一水,我却毫无笔下的才能,周身的细胞都在活动,千思万虑的好词却都不确切。我不知道是大美者不言呢,还是桂林的山水不是为文学而存在,任何文人在它面前都要变成白丁呢?"这篇游记散文,是他平生第一次到西南游览,带着很虔诚的心观赏桂林山水,然后写下的一篇作品。全篇文章庄、敬的成分居多,行文雅致,语言考究,具有贾平凹早期散文的一般共性。但就是这样的行文风格,也不妨碍他某些地方以俏皮的面貌示人。比如引文中这样的句子:"天上飞的,除了飞机不吃,都吃,地上走的,除了草鞋不吃,都吃。""掐指计算桂林的食谱,可怎么也不知道还该去吃些什么,喝些什么,该怎么个吃喝法呢?"俏皮地将桂林人十足的"吃货"形象,活脱脱展现于纸上,读文立见。

  生活中,贾平凹是比较朴拙的一个人,有时候冷不丁一句话,初听一般,但仔细一想,似乎又别有滋味。张达明先生在《"笨人"贾平凹》[2]一文中记叙了一个小故事:"一次,贾平凹与汪曾祺先生在南京一起讲演。贾平凹慢条斯理、极为投入地讲了一个多小时,突然想起了什么似的问听众:'我说的陕西话你们听得懂吗?'会场上几百张嘴巴一齐喊:'听不懂!'这时的贾平凹并不显得尴尬,而是幽默地说:'毛主席他老人家都不说普通话,

---

[1] 贾平凹:《在桂林》,选自《贾平凹游记》,北岳文艺出版社,2018年1月。

[2] 张达明:《"笨人"贾平凹》,中国作家网,2017年5月19日。

普通话是普通人说的,我就不用说了吧。'"在俏皮、幽默的语言中,表现出一种贾氏特有的智慧和自信。这样的情形,在《说请客》《说花钱》《说奉承》中,都有较为集中、全面的展现。

第二种,全篇文章都以俏皮的面貌出之,表现出一种成熟的语言风格。这种情况,在贾平凹中期的散文中已经比较常见。比如他的《说死》,就是这样的作品。请看——

人总是要死的。大人物的死天翻地覆,小人物说死,一闭眼儿,灯灭了,就死了。我常常想,真有意思,我能记得我生于何年何月何日,但我将死于什么时候却不知道。一觉醒睡起来,感觉睡着的那阵就是死了吧,睡梦是不是另一个世界的形态呢?我的一个画家朋友,一个月里总要约我见一次,每次都要交我一份遗书,说他死后,眼睛得献给×××医院。过些日子,他又约我去,遗书又改了,说×××医院管理混乱,决定把眼睛献给另一个医院的。对于死和将死的人见得多了,我倒有个偏见,如果说现在就业十分艰难,看一个孩子待父母孝顺不孝顺就看他能不能考上大学,那么,评价一个人的历史功过就得依此人死后是否还造福于民?秦始皇死了那么多年,就发掘了个兵马俑坑,使中国赢得了那么大的威名,又赚了那么多旅游参观的钱,这秦始皇就是个好的。[1]

我们常常说,一个人活在天地之间,除了生死无大事。贾先生有一段时间长期生病,所以,对于生与死的问题,肯定也有过比较多的思考。他在好些文章中,都写到疾病,写到生死,写到对这些问题的认识。这篇《说死》,就是其中之一。

---

[1] 贾平凹:《说死》,选自《贾平凹散文精选》,长江出版传媒/长江文艺出版社,2017年12月。

对于一个人而言，死亡是一件很严肃的事情，但贾先生偏偏以俏皮的文风出之；在幽默、风趣的语境之中，来谈论人生的"大事"——死亡。

起句，作者即言："人总是要死的。"将这一人世间任何人都不愿意接受，但又不能逃遁的现象摆出来。然后再以"大人物"之死"天翻地覆"与"小人物"之死说死就死太寻常作比，虽未明说，但实际暗告我们，不管是惊天动地、翻天覆地还是闭眼即灯灭，无非都是同样的结局——死亡。然后，写自己对死亡的思考，写一个画家朋友对于人死之后的考虑，写秦始皇死后2000余年还在给百姓带来的"福利"——"使中国赢得了那么大的威名，又赚了那么多旅游参观的钱"，所以，作者的结论是"这秦始皇就是个好的"。这样的开头，逻辑严密，语言却近乎调侃。寓庄于谐，在俏皮的文风与诙谐的轻喜剧式的面目之下，作者将一个严肃的问题摆在了我们读者的面前：人的价值，并不一定在于他的生前，更要看他身后对他人、对社会有无贡献。

所以，在后面的文段中，作者写民间对死亡的敬畏，写古典小说《红楼梦》对人的规劝，引海明威小说对生与死的描写。最后，表达出作者自己的生死观：人生就是一场旅行，活着就要好好地活；只要能够"闻道"，就不必畏惧死亡。

在对死亡的态度上，西方人似乎比东方人更加坦然。

英国当代文豪萧伯纳，视死亡如叶落大地一样自然，一直活到94岁。他的墓志铭很风趣："我早就知道无论我活多久，这种事情一定会发生的。"曾获诺贝尔文学奖的美国20世纪大作家海明威，他的墓志铭十分简短，却非常幽默："恕我不起来！"19世纪俄国大诗人普希金，16岁时就为自己写下《我的墓志铭》诗，逝世后，他的诗作被刻在了墓碑上："这儿安葬着普希金和他年轻的缪斯，还有爱情和懒惰，共同度过愉快的一生；他没做过什么好事，可就性情来说，却实实在在是个好人。"[1]

贾先生散文所表现的生死观，那种坦然与俏皮，与那些幽默、风趣的西方名人，可谓别无二致。

第三种，俏皮之中，能给人以不同的审美愉悦；俏皮之后，留给读者以不尽的思考。这种类型，往往见诸贾平凹先生中年以后的一些作品。这样的篇什，如《说孩子》《关于父子》《不能让狗说人话》等，可谓比比皆是。我们先看两段话：

> 这个社会已经不分阶级了，但却有着许多群系，比如乡党呀，同学呀，战友呀，维系关系，天罗地网的，又新增了上网的炒股的学佛的爬山的，再就是养狗的。有个成语是狐朋狗友，现在还真有狗友了。约定时间吧，狗友们便带着狗在广场聚会，狗们趁机蹦呀叫呀，公狗和母狗交配，然后拉屎，翘起一条后腿撒尿，狗的主人，都是些自称爸妈的，就热烈显摆起他家的狗如何的漂亮，乖呀，能殷勤而且多么地忠诚。
>
> ……
>
> 天呀，狗如果能说人话，那恐怖了，每日都有惊天新闻，这个世界就完全崩溃啦！试想想，外部有再大的日头，四堵墙的家里会发生什么呢，老不尊，少不孝，恶言相向，拳脚施暴，赤身性交，黑钱交易，行贿受贿，预谋抢窃，吸大烟，藏赃物，制造假货，偷税漏税，陷害他人，计算职位，日鬼捣棒槌，堂而皇之的人世间有太多不可告之外界的秘密就全公开了。常说泄露天机，每个人都有他的天机，狗原来是天机最容易泄露者，它就像飞机上的黑匣子，就像掌握核按钮的那些大国的总统，令人害怕了。狗其实不是忠诚，是以忠诚的模样来接近人的各个家庭里窃取人

---

[1] 韩士奇：《名人墓碑上的幽默》，《光明日报》，2000年3月17日。

私密的特工呀。好的是，这个社会，之所以还安然无恙，仅仅是狗什么都掌握着，它只是不会说人话。[1]

这两段选自贾平凹 2010 年 9 月 6 日写的《不能让狗说人话》。这些文字，看似在写狗，但如果我们仅仅认为作者在写狗，那就"中计"了。作家通过对"狗情""狗事"的叙述、分析与解剖，展现的是人与人的关系、人与社会的关系，对社会的某些病态，作者进行了有力的鞭笞。这当中，有着贾平凹自身阅历的沉淀，更有他这个知名作家勘破世情以后的一种通透、倜傥。阅读这样的文章，无疑，对丰富我们的人生，对我们认识社会、认识世界，都不无益处。

俏皮是一种文化因子，也是一种艺术、一种智慧，更是一种淡泊与成熟，一种精神与境界。值得注意的是，在中国现当代文坛，关于俏皮与幽默，老舍先生和贾平凹先生都值得我们关注，只不过二人各有所长。老舍先生的俏皮与幽默，更多地体现在他的京味小说中；贾平凹先生的俏皮与幽默，则更多地出现在他的散文作品当中。

但无论怎么说，就算是"羚羊挂角"，也还是有迹可循的。在《文心雕龙·知音》篇中，针对阅读与鉴赏，刘勰曾经这样强调："夫缀文者情动而辞发，观文者披文以入情。沿波讨源，虽幽必显。"意思是，作家的创作总是先有情感而后才有文辞、文章，他的情感总是通过他的文辞和文章表达出来；阅读者则通过文辞和文章来了解作者想要表达的感情。如果认真解读文辞，那么就能寻觅到文章的源头；即使作者有隐晦的思想，我们也可以让它闪耀辉

---

[1] 贾平凹：《不能让狗说人话》，选自《生命是孤独的旅行》，中国友谊出版公司，2017 年 11 月。

光。通过解读贾平凹先生散文语言的俏皮、幽默，我们可以读懂他的人生经验和人生智慧。

【赏析】《五十大话》语言的俏皮美

贾平凹先生是中国文坛一个复杂而独特的存在，所谓"名高天下，谤亦随之"是也。随着时间的推移，贾平凹作品的魅力也愈发凸显。透过历史的面纱，我们更能够品味到贾先生作品的伟大。

《后汉书》曰："自是习为内学，尚奇文，贵异数，不乏于时矣。"[1]贾先生是中国文坛的一个"异数"，是举世公认的奇才。各种不同的文体，一经他那一支笔，顿时变得光彩照人。他兼擅数美，小说创作成就非凡，除了获得国外的一些大奖，还获得茅盾文学奖；散文创作早年即脱颖而出，巍然挺立，自成高峰，获得鲁迅文学奖。获奖还仅仅是其中一个方面，最为主要的是他的作品经久不衰，受到广大读者的热捧。"贾平凹现象"应该引起研究者的密切关注。

《五十大话》[2]这篇散文，是贾平凹2002年3月12日、壬午年正月二十九创作的一篇散文。是贾先生五十周岁前夕的一篇随感。

俗语说："人过五十天过午。"对于一个个体生命而言，五十岁是一个重要的生命节点。这时，见过潮起潮落，惯看秋月春风，人到中年，精力将衰，心中往往涌起一些感慨。当年，率

---

[1]《后汉书·方术传·序》。

[2] 贾平凹：《五十大话》，选自《五十大话》，人民文学出版社，2008年1月。

领大军进军江南的曹孟德,也不过53岁,看到明月当头,乌鹊南飞,也不禁"横槊赋诗",发其志士之悲。古往今来,伟人也好,凡人也罢,都是如此。

那么,即将五十周岁的大作家贾平凹先生,又会有怎样的感慨呢?请看——

过了旧历二月二十一日,我今年是五十岁。

到了五十,人便是大人,寿便是大寿,可以当众说些大话了。

差不多半个多月的光景吧,我开始睡得不踏实,一到半夜四点就醒来,骨碌碌睁着眼睛睡不着,又突然地爱起了钱,我知道我是在老了。

明显地腿沉,看东西离不开眼镜,每一个槽牙都补过窟窿,头发也秃掉一半。老了的身子如同陈年旧屋,椽头腐朽,四处漏雨。

人在身体好的时候,身体和灵魂是统一的也可以说灵魂是安详的,从不理会身体的各个部位,等到灵魂清楚身体的各个部位,这些部位肯定是出了毛病,灵魂就与身体分裂,出现烦躁,时不时准备着离开了。

我常常在爬楼时觉得,身子还在第八个梯台,灵魂已站在第十个梯台,甚至身子是坐在椅子上,能眼瞧着灵魂在房间里走来走去。

曾经约过一些朋友去吃饭,席间有个漂亮的女人让我赏心悦目,可她一走近我,便"贾老贾老"地叫,气得我说:你要拒绝我是可以的,但你不能这样叫呀!我真是害怕身子太糟糕了,灵魂一离开就不再回来。

往后再不敢熬夜了,即便是最好的朋友邀打麻将,说好放牌让我赢,也不去了。

吃饭要讲究,胃虽然是有感情的,也不能只记着小时在乡下吃过的糊汤和捞面,要喝牛奶,让老婆煲乌鸡人参汤,再是吃海鲜和水果。

听隔壁老田的话，早晨去跑步，倒退着跑步，还有，蹲厕所时不吸烟，闭上嘴不吭声，勤搓裆部，往热里搓，没事就拿舌头抵着牙根汪口水，汪有口水了，便咽下去。

级别工资还能不能高不在意了，小心着不能让血压血脂高，业绩突出不突出已无所谓了，注意椎间盘的突出。

当学生能考上大学便是父母的孝顺孩子，现在自己把自己健康了，子女才会亲近。

二十岁时我从乡下来到了西安城里，一晃数十年就过去了，虽然总是还觉得从大学毕业是不久前的事情，事实是我的孩子也即将从大学毕业。

人的一生到底能做些什么事情呢？

当五十岁的时候，不，在四十岁之后，你会明白人的一生其实干不了几样事情，而且所干的事情都是在寻找自己的位置。

造物主按照这世上的需要造物，物是不知道的，都以为自己是英雄，但是你是勺，无论怎样地盛水，勺是盛不过桶的。

性格为生命密码排列了定数，所以性格的发展就是整个命运的轨迹。不晓得这一点，必然沦成弱者，弱者是使强用狠，是残忍的，同样也是徒劳的。

我终于晓得了，我就是强者，强者是温柔的，于是我很幸福地过我的日子。不再去提着烟酒到当官的门上蹭磨，或者抱上自己的书和字画求当官的斧正，当然，也不再动不动坐在家里骂官，官让干什么事偏不干。

谄固可耻，傲亦非分，最好的还是萧然自远。

别人说我好话，我感谢人家，必要自问我是不是有他说的那样？遇人轻我，肯定是我无可重处。不再会为文坛上的是是非非烦恼了，做车子的人盼别人富贵，做刀子的人盼别人伤害，这是技术本身的要求。

若有诽谤和诋毁，全然是自己未成正果，一只兔子在前边跑，后边肯定有百人追逐，不是一只兔子可以分成百只，是因为这只兔子的名分不确定啊。

在屋前种一片竹子不一定就清高，突然门前客人稀少，也不是远俗了，还是平平常常着好，春到了看花开，秋来了就扫叶。

大家都知道，我的病多，总是莫名其妙地这不舒服那不舒服。但病使我躲过了许多尴尬，比如有人问，你应该担任某某职务呀，或者说你怎么没有得奖呀和没有情人呀，我都回答我有病！更重要的，病是生与死之间的一种微调，它让我懂得了生死的意义，像不停地上着哲学课。

除了病多，再就是骂我的人多。我老不明白：我招谁惹谁了，为什么骂我？后来看到古人的一副对联，便会心而笑了。

这联这么写：著书竟二十万言，才未尽也；得谤遍九州四海，名亦随之。我何不这样呢，声名既大，谤亦随焉，骂者越多，名更大哉。

世上哪里仅是单纯的好事或是坏事呢？

我写文章，现在才知道文章该怎么写了，活人也能活得出个滋味了，所以我提醒自己：要会欣赏。

鸟儿在树上叫着，鸟儿在说什么话呢？鸟的语言我是不懂的，我只觉得它叫得好听就是了，做一个倾听者。

还有：多做好事，把做的好事当作治病的良方；不再恨人，对待仇人应视为他是来督促自己成功者，对待朋友亦不能要求他像家人一样。

钱当然还是要爱的，如古人说的那样，巨大的胸襟，爱小零钱么。

以文字立身用字画养性，收藏古董让古董收藏我，热爱女人为女人尊重，不浪费时间不糟蹋粮食。到底还是一句老话：平生一片心，不因人热；文章千古事，聊以自娱。

文章开篇，作者即说："过了旧历二月二十一日，我今年是五十岁。到了五十，人便是大人，寿便是大寿，可以当众说些大话了。"这个开头，开宗明义，非常简洁、明了，交代了写作缘起和写作目的。特别是"大人""大寿""大话"，连续用几个"大"

字,以俏皮的语言,对自己即将写下的文字(有可能被人误以为是"倚老卖老""大话连篇")的主题,表达得旗帜鲜明。然后,作者从立身行事、待人接物、休闲娱乐等日常生活的方方面面,将自己的一些见解、主张,表达得淋漓尽致。

在具体的表达上,此文有三个较为明显的特点。

一是小俏皮,轻幽默。文中这样的情况最多,比如:

曾经约过一些朋友去吃饭,席间有个漂亮的女人让我赏心悦目,可她一走近我,便"贾老贾老"地叫,气得我说:你要拒绝我是可以的,但你不能这样叫呀!我真是害怕身子太糟糕了,灵魂一离开就不再回来。

往后再不敢熬夜了,即便是最好的朋友邀打麻将,说好放牌让我赢,也不去了。

吃饭要讲究,胃虽然是有感情的,也不能只记着小时在乡下吃过的糊汤和捞面,要喝牛奶,让老婆煲乌鸡人参汤,再是吃海鲜和水果。

听隔壁老田的话,早晨去跑步,倒退着跑步,还有,蹲厕所时不吸烟,闭上嘴不吭声,勤搓裆部,往热里搓,没事就拿舌头抵着牙根汪口水,汪有口水了,便咽下去。

这种小俏皮、轻幽默,让人读来轻松,有点忍俊不禁的味儿。但掩卷而思,作者所写的情形,似乎在生活中都能或多或少地寻找到影子。仔细一想,可能文中那个"漂亮的女人",就是我们的姐妹或者朋友;那个"隔壁老田",似乎就是我们身旁每天能见的老张、老王那些退休后专注各种"养生"的熟人、朋友甚至亲人、长辈。轻松的幽默,狡黠的俏皮,世相百态,形形色色,栩栩如生,如在眼前,给我们以特别的亲切感、亲近感、现场感。

二是小俏皮,大智慧。比如:

当五十岁的时候，不，在四十岁之后，你会明白人的一生其实干不了几样事情，而且所干的事情都是在寻找自己的位置。

造物主按照这世上的需要造物，物是不知道的，都以为自己是英雄，但是你是勺，无论怎样地盛水，勺是盛不过桶的。

谄固可耻，傲亦非分，最好的还是萧然自远。

世上哪里仅是单纯的好事或是坏事呢？

人的奋斗是为了什么？我们怎样认清自己在这个社会的位置？我们怎样对待别人、怎样接受别人对我们的方式？怎样辩证地看待一件事情的正反两个方面？……

看到这里，有的读者可能会联想到时下微信流行的一些"心灵鸡汤"。客观地说，很多"鸡汤"文，文笔还真不错，较为优美。有的也有思想、见解，能给读者以一定程度的启迪。但有很多"鸡汤"文，其思想要么芜杂，糅合很多东西在里面；要么是对一些经典、名篇、佳作，进行一些改头换面的重新"组合"（行业术语叫"洗稿"）；要么则是语言肤浅，毫不耐品，读过了事，很难引起读者进一步的思考。

而上面所举贾平凹先生《五十大话》中这样的例子，都是经过贾平凹思考、提炼的东西，蕴含着一些人生的况味、人生的感受，包含着一些人生的哲理。其中很多，代表着一代作家对人生、对社会、对个人、对生活的观察、体验、理解及感触，实际上是作者人生观、世界观、价值观的体现，能引起读者对人生与社会的一些深层次的思考，以至醍醐灌顶，茅塞顿开。

三是小俏皮，厚底蕴。一个专业作家，举手投足，自然有作家的风采。其行文之中，将会自觉不自觉地透露出作家自己的文化内涵。举个例子：

若有诽谤和诋毁,全然是自己未成正果,一只兔子在前边跑,后边肯定有百人追逐,不是一只兔子可以分成百只,是因为这只兔子的名分不确定啊。

这一段话,隐隐约约透露出,贾平凹先生对当年《废都》事件是保留有自己的一些看法的。但作者的态度也很鲜明,那就是——"反求诸己",不责怪别人。时过境迁,信佛的贾先生已经"放下"了。后面部分关于兔子的比喻,令我们忽然联想到《史记》的一句话:"秦失其鹿,天下共逐之,于是高材疾足者先得焉。"[1]更让我们想起《商君书》中的经典名句:"一兔走,百人逐之,非以兔为可分以为百,由名之未定也。"[2]贾平凹将一般读者不容易读到、又较为难懂的《商君书》中的古文,以自己的语言出之,明白如话,浅近易懂,将自己当年成为"靶子"的原因,俏皮、幽默、形象地予以叙述,令读者读之,不觉灵犀相通,一笑置之。

贾平凹散文的俏皮美就是这样,能于轻松之中,达到幽默的艺术效果。很多东西,是他经历人生的曲折是非、饱经人生的风霜雨雪之后的智慧的结晶。语言活泼,意味隽永,情深意长,令人警醒,值得我们细嚼慢咽,认真品味。

---

[1] 司马迁:《史记·淮阴侯列传》。
[2] 商鞅:《商君书·定分》。

第三节　贾平凹散文语言的精致美

汉字是一种表意的方块文字，古人有所谓象形、指事、会意、形声、转注、假借"六书"的说法。这当中，一般认为，象形、指事、会意、形声为造字之法，转注、假借为用字之法。但不管是造字还是用字，汉字都具有形态美、结构美、词义美这三大"美点"。

文字是人类历史的一部分，汉民族的语言文字是中华民族文化和历史的有机组成部分。因为历史悠久，所以也发展得非常深入，并且衍生出世界上独一无二的汉字书法艺术。发展到今天，我们所使用的汉字，更是吸尽博大精深的中华文化之精华，融合了中国的五千年历史、文化，并以此巍然屹立于世界千万种语言、文字组成的森林之中。

对汉字之美，鲁迅先生曾经有过精辟的总结："意美以感心，音美以感耳，形美以感目。"[1]无论是古老的《易经》《尚书》，还是诗情洋溢的《诗经》《楚辞》；无论是百花齐放、百家争鸣的《道德经》《论语》《孟子》《庄子》，还是五彩斑斓的唐诗、宋词、元曲和明清小说，汉字都为人类留下了珍贵而无法替代的作品。多少优美的佳作，多少脍炙人口的力作，多少"力拔山兮气盖世"的扛鼎之作，至今，还余音绕梁，让我们怦然心动，让我们沉醉回味，让我们心灵震撼。

---

[1] 鲁迅：《汉文学史纲要·自文字至文章》。

贾平凹／散文解读

"五四"新文化运动之后，以鲁迅为代表的一大批古典文学修养深厚的现代作家，高举新文化运动的旗帜，大力倡导文学革命，倡导白话文运动。但在汉民族语言的运用上，他们借鉴传统，吸收精华，指导实践，创作出一大批优秀的作品。在语言的风格上，真可谓争奇斗艳，各领风骚。

鲁迅的尖锐辛辣、凝重深刻，茅盾的风樯阵马、沉着痛快，巴金的简洁洗练、激情奔放，沈从文的清新灵动、质朴优雅，老舍的幽默诙谐、平实如话，梁实秋的从容不迫、潇洒老到，汪曾祺的平淡天真、匠心独运……这些作家，他们的作品，无不呈现出中国古典文学传统中特有的音乐美、绘画美、建筑美、意境美。阅读这样的作品，简直就是一顿美的大餐、一种美的享受。

贾平凹先生的文学创作语言，就深深植根于中国文化的传统，既有较为系统的学习和继承，又有多年孜孜以求的开拓和创新。他在很多散文作品语言的精致上苦下功夫，为我们留下了大量表现出精致美的散文作品。

在我们看来，贾平凹散文语言的精致美，主要表现在以下三个方面：

一是音乐美。

贾平凹先生善于调动各种修辞，为读者营造一个富有乐感的散文世界。不仅如此，他还运用一些富有音乐色彩的语言，以增强散文的乐感，给读者带来各种美的享受。随举一例，在游记散文《陈炉》[1]中，贾先生对陈炉镇"瓷"的音律，是这样写的：

墙壁是瓷的，台阶是瓷的，水沟是瓷的，连地面也是瓷的，

---

[1] 贾平凹：《陈炉》，选自《贾平凹散文精选》，长江出版传媒／长江文艺出版社，2017年12月。

一页页铺成的。站在这里,一声呐喊,响声便有了瓷的律音,空清而韵长,使人油然想起古罗马的城堡。

这段文字,简洁明快,节奏感极强,一眼"瓷"白,一片"瓷"声,一股"瓷"韵,清纯得让读者恍如身在一片瓷的世界、声的世界、乐的世界。结尾一句,可谓神来之笔,"使人油然想起古罗马的城堡",让我们的思绪穿越时空,在一片清脆的瓷声之中,恍惚听到了刀枪铮铮的金属之声,更强化了那种乐感。

再如《空谷箫人》[1],贾先生这样描写吹箫的心理感受:

我吹起我的箫来,悠悠忽忽,原来在这空谷里声调这么清亮,音色这么圆润;我也吹得醉了……我又到了我的境界去,这山、这水、这林子、都是有情物了,它们在听着我的烦闷,我吹着、想着把一腔的烦闷都吹散。我愿意将我的箫眼儿,将我的口,变成那山巅上的风洞儿,永远让风来去地吹吧!

这一段文字,写的是一眼望不到边的竹海,一条蜿蜒深邃的山沟。作者在这里,向着天地,吹奏着自己的"烦闷",吹散了自己的"烦闷",放松着自己的心情,拉伸了自己的情绪。那种毫无干扰的吹奏与放松,简直可以说是情绪尽泻,酣畅淋漓。如果稍微有一点古典知识,会不会联想到西汉大辞赋家、四川资中人王褒的《洞箫赋》?王褒这样写洞箫:"形旖旎以顺吹兮,瞋以纡郁。气旁迕以飞射兮,驰散涣以逴律。趣从容其勿述兮,骛合遝以诡谲。或浑沌而潺湲兮,猎若枚折;或漫衍而络绎兮,沛

---

[1] 贾平凹:《空谷箫人》,选自《贾平凹散文精选》,陕西人民出版社,1999年10月。

焉竞溢。"天籁之声，穿越2000余年的时空，发出令我们灵魂震撼的声响。这是什么意境？

二是画面美。

散文和诗歌有很多相似的地方。所以，很多优秀的诗人，其散文都很出色。古代如李白、苏东坡，现代如林徽因、余光中，等等。其原因就在于，二者在画面感的追求上，都有共通之处。贾平凹先生最早写了一段时间的新诗，他那一段新诗写作的经历，对他的散文创作显然有着一定的影响。——这个问题，一般的研究者可能尚未注意，容我们日后另文探讨。

请看《五味巷》[1]中的这一部分：

> 到了夏日，柳树全都挂了叶子，枝条柔软修长如发，数十缕一撮，数十撮一道，在空中吊了绿帘，巷面上看不见楼上窗，楼窗里却看清巷道人。只是天愈来愈热，家家门窗对门窗、火炉对火炉、巷里热气散不出去，人就全到了巷道。天一擦黑，男的一律裤头，女的一律裙子，老人孩子无顾忌，便赤了上身，将那竹床、竹椅、竹席、竹凳，巷道两边摆严，用水哗地泼了，侧身躺着卧上去，茶一碗一碗喝，扇一时一刻地摇，旁边还放盆凉水，一刻钟去擦一次。有月，白花花一片，无月，烟火头点点，一直到了夜阑，打鼾的、低谈的、坐的、躺的、横七竖八，如到了青岛的海滩。

这里描绘的是非常一般、非常寻常的百姓日常生活的画面，可是，读来却仍然是委婉有致，情韵盎然。这是为什么呢？

原来，贾平凹调动了他擅长使用的手法——形式上，有短句，

---

[1] 贾平凹：《五味巷》，选自《自在独行》，长江出版传媒／长江文艺出版社，2016年6月。

有长句；有散句，有整句。内容上，在巷子里举目所及，凡是能见到的，诸如柳树、太阳、房屋、居人，乃至他们生活中的种种表现，都有所描绘。如果闭上眼睛，我们完全可以根据作者的描绘，通过自己的想象，还原他所描绘的这些场景。这些生活味极浓、画面感极强的场景，无不传递出一种亲切的烟火气。这段话，抑扬顿挫，灵动活泼，令读者过目难忘。

三是意境美。

散文是非常讲究意境塑造的一种文体，意境对于散文的重要性，丝毫不亚于诗歌。优秀的写景状物的散文，往往都深受中国古代传统散文的影响，在意境塑造上都有其独到的地方。我们先看苏东坡的《记承天寺夜游》：

元丰六年十月十二日夜，解衣欲睡，月色入户，欣然起行。念无与为乐者，遂至承天寺寻张怀民。怀民亦未寝，相与步于中庭。

庭下如积水空明，水中藻荇交横，盖竹柏影也。何夜无月？何处无竹柏？但少闲人如吾两人者耳。

全文85字，加上现代人的标点符号，也不过99字，真是短得不能再短了。但就是这样的一个"袖珍"散文，却通过对"庭下如积水空明，水中藻荇交横"的"竹柏影"的描写，塑造了一种孤寂、空灵的意境，将作者当时因为"乌台诗案"而被贬黄州的落寞、惆怅，传递给读者，感染着读者。

贾平凹先生非常注重散文意境的塑造。他的散文，往往给人以一种"禅"的空灵，一种"道"的风骨，一种"儒"的雅致。试看下面两段：

当年眼羡城里楼房，如今想来，大可不必了。那么高的楼，人住进去,如鸟悬窠,上不着天,下不踏地,可怜怜掬得一抔黄土,插几株花草,自以为风光宜人了。殊不知农夫有农夫得天独厚之处。我不是农夫,却也有一庭土院,闲时开垦耕耘,种些白菜青葱。菜收获了,鲜者自吃,败者喂鸡,鸡有来杭、花豹、翻毛、疙瘩,每日里收蛋三个五个。夜里看书,常常有蝴蝶从窗缝钻入,大如小女手掌,五彩斑斓。一家人喜爱不已,又都不愿伤生,捉出去放了。[1]

早晨起来,匆匆到河边去,一个人也没有,那些成了固定歌身的石凳儿,空落着,连烫烟锅磕烟留下的残热也不存,手一摸,冷得像烙铁一样地生疼。

堤下的渡口,小船儿依然系在柳树上,却不再悠悠晃动,横了身子,被冻固在河里。船夫没有出舱,弄他的箫管吹着,若续若断,似乎不时就被冻滞了。[2]

前一段,那种勘透世情、读懂人情之后的散淡、宽厚,那种明"天道"之后的辩证、圆融,流露出作者价值观的取向和他的创作态度、生活态度。这种庄子一般"物我两忘"的境界,也就上升为这篇散文的意境。

后一段,有视觉,有触觉;有人物,有景物。通过这些场景的描写,作者将读者放到一个时间凝固的早晨、一个非常阔大的空间。在这个空间里,我们感受到的,是一种纯净天然之美,一种寂静空灵之美。"堤下的渡口,小船儿依然系在柳树上",很

---

[1] 贾平凹:《静虚村记》,选自《自在独行》,长江出版传媒/长江文艺出版社,2016年6月。

[2] 贾平凹:《冬景》,选自《贾平凹散文自选集》,漓江出版社,1987年10月。

有点儿"野渡无人舟自横"的味道,容易引起读者的联想,值得反复咀嚼、欣赏。

清末民初的著名学者王国维先生,在《人间词话》中提出了著名的"境界说"。他认为,"境界"的构成因素,一是"情(意)",二是"景"(物);"境界"的特征在于"真",审美的效果在于"不隔"。用这个比较公认的"标准"衡量贾平凹的散文,我们觉得,是完全符合"标准"的。

在当代散文界,有人主张,散文写得"漂亮"就行,不必在乎散文的语言。我们认为,这是很荒谬的。一切的文章,都是由字而句,由句而段,由段而篇,这样写出来的。这就是刘勰《文心雕龙·知音》篇所谓"缀文者情动而辞发"。如果一个作者连创作的语言都不认真考虑,那他的作品怎样才能写出来呢?他又怎么能写出佳作、力作?!

要知道,语言是文章形式的重要载体,它与文章的内容密不可分,所谓"皮之不存,毛将焉附"。没有语言,何来内容?语言不佳,如何出彩?当代著名小说家汪曾祺先生认为,语言和思想内容同等重要。汪先生强调:"写小说就是写语言。"[1] 这虽然是针对小说而提出的观点,但散文又何尝不是如此!作家、作者只有敬畏文字,研究文字,善用文字,才能创造性地运用文学语言,形成自己独特的风格。

这方面,贾平凹先生无疑给广大文学爱好者树立了榜样。

---

[1] 汪曾祺:《林斤澜的矮凳桥》,选自《文艺报》,1987年1月31日。

【赏析】《〈观云奇石〉序》语言的精致美

贾平凹先生是一个非常有大智慧的善知识,无论为人还是为文,都有自己的风范。他给别人写的序,有的很长,有的很短,总是根据写作对象的情况,酌情而定。这令人想到苏轼的名言:"圣人如天,时杀时生;君子如水,因物赋形。天不违仁,水不失平。"[1] 其中"君子如水,因物赋形",意思是君子要像水一样,自己没有固定的形状,却变化万端;看起来随和柔顺,却蕴藏着无坚不摧的力量。这是在强调君子的韧劲和内心的强大。就贾平凹先生而言,我们看重的是他写作时根据实际情况而进行的相机处理。

《〈观云奇石〉序》[2] 就是这样的作品。

这篇序跋式的散文,创作于1998年6月,是贾平凹为广东李观云关于藏石的一部书稿所写的序。

1998年6月,一位广东的奇石爱好者李观云,带着一册关于石头的书稿,专程到西安拜访贾平凹,请求贾先生为他即将出版的作品集作序。从行文来看,贾先生与李观云两人原是旧识,互相之间,多少有些了解。贾先生为其"千金散去,广纳美石""人多不能理解,以为是疯子"的行为所感动,所以挥毫写下《〈观云奇石〉序》一文。

人可以无知,但不可以无趣,这是从旁观的眼光看的,与无趣之人对坐,如坐牢狱。人可以无爱,但不可以无好,这是从自身的眼光看的,无好之人活着,活着如同死了。人有好,人必有趣,

---

[1] 苏轼:《仁宗皇帝御书颂》。
[2] 贾平凹:《〈观云奇石〉序》,选自《平凹散文精选》,浙江文艺出版社,2004年6月。

有趣之人则肯定有神至而灵,是性情中人。

广东李观云好石。我去过他家,一座有三层楼的家院里,上上下下摆满了石头万件,有大若柜的,有小如珠的,五光十色,千奇百怪。他曾经开办过工厂,盈润颇丰,数年间却驱车全国各地,千金散去,广纳美石,人多不能理解,以为是疯子,他当然知道,苦苦奋斗了十多年,所赚的钱财原来全为了这些石头!这犹如招寻民间的鸡鸣狗盗之徒,组织演练了一支精兵,又犹如遣散于各地的孤儿终被收养。自己省吃俭用,独于山石不能廉,李观云有了孟尝君之风,天下奇石就为之而趋——其中发生过许许多多神秘的故事——如果石能语,石类必有言传:今没梁山泊,却有观云庄。

今年夏初,观云突然从广东来西安,携一册他写的关于石头的书稿嘱我为序,哈,观云好石也知石,石能归他也始他,原是不捉笔之人现在竟一身斯文,笔意通脱沉着!我欣然应允,遂为记之。

全文含标点还不到450字。这么短的一篇文章,如何行文?写些什么?那是作者应该首先考虑的问题。

九百年多前,苏东坡在写《潮州韩文公庙碑》时,冥思苦想,下不了笔;后来,联想到韩愈一生的功业和对中国文化的巨大贡献,东坡乃豁然开朗,于是挥毫写下"匹夫而为百世师,一言而为天下法"。有了这两句垫底,便立即文思如涌,顺畅地写下了那篇碑文。初唐书法家、书法理论家孙过庭在其名著《书谱》中说:"一点成一字之规,一字乃终篇之准。"意思是,写一幅字的时候,最开始写的那个一点,就为全字定下了规矩;开篇那第一个字,便为全幅字设定了准则。这虽说的是书法艺术,但天下的事理是相通的,写文章也是这样。

散文的开篇非常重要,大家不是常说吗,"好的开头是成功的一半"。文学史上,这样的例子是很多的。我们一道来看一看唐宋八大家之一的王安石的名作《读〈孟尝君传〉》：

> 世皆称孟尝君能得士，士以故归之，而卒赖其力，以脱于虎豹之秦。嗟乎！孟尝君特鸡鸣狗盗之雄耳，岂足以言得士？不然，擅齐之强，得一士焉，宜可以南面而制秦，尚何取鸡鸣狗盗之力哉？夫鸡鸣狗盗之出其门，此士之所以不至也。

大意是：人们都说孟尝君善于网罗人才，因此人才都投靠他的门下，而他终于借助他们的力量，从虎豹一样凶恶的秦国逃走。唉！孟尝君只不过是些鸡鸣狗盗之徒之头头罢了，哪里称得上善于网罗人才呢？要不然的话，他完全可以凭借齐国强大的力量，得到一个真正的人才，就可以让齐国称王而制服秦国，哪里用得着这些鸡鸣狗盗之辈呢？鸡鸣狗盗之辈进出他的门下，所以真正的人才不到他那里去了。

此文篇幅甚短，不含新式标点才94个字。但以世人之常论开篇，然后层层推进，得出与常论完全相异的结论，表现出王安石卓越的识见。

举世公认中国是散文大国，那么，中国散文的"大"表现在哪里呢？优秀的文章，并不一定等同于篇幅之"大"（长）；我们认为，千姿百态的散文开篇的方式，应该是"大"的诸多表现之一。

《〈观云奇石〉序》的开篇，贾先生即写下"人可以无知，但不可以无趣"[1]，为全文定下一个基调：本文要写一个"有趣"之人。什么趣？暂时按下不表，继续根据前面这两句，更进一步发挥，最后归之为"有趣之人则肯定有神至而灵，是性情中人"，告诉读者，此文要写的不仅是一个"有趣"之人，还是一个"性情中人"。

---

[1] 洪应明《菜根谭》："读书穷理，以识趣为先。"

贾先生这样一下笔，下边顺理成章就写到"广东李观云"。

既然要写"趣"，要写"性情"，那么就得写其怎样的"趣"、怎样的"性情"。于是，也才有对李观云先生"数年间却驱车全国各地，千金散去，广纳美石"的概述。同时，也有对李观云行为的肯定：

这犹如招寻民间的鸡鸣狗盗之徒，组织演练了一支精兵，又犹如遣散于各地的孤儿终被收养。自己省吃俭用，独于山石不能廉，李观云有了孟尝君之风，天下奇石就为之而趋——其中发生过许许多多神秘的故事——如果石能语，石类必有言传：今没梁山泊，却有观云庄。

诸如收养孤儿，诸如孟尝君之风，都是一种对一个人品格的高度褒扬。这一段的结句"今没梁山泊，却有观云庄"，实际上应该这样理解：今天如果有梁山泊，那么李观云肯定会在108将中占有一席之地；可惜，古代梁山泊聚义的辉煌不再，所以李观云只能建观云庄来收藏那些天下奇石了。无疑，这是对李观云先生的高洁人品、豪爽性格的高度肯定。

结尾，按照常规，交代写作的缘起。作者也不忘闲笔似的记了一笔：

今年夏初，观云突然从广东来西安，携一册他写的关于石头的书稿嘱我为序，哈，观云好石也知石，石能归他也始他，原是不捉笔之人现在竟一身斯文，笔意通脱沉着！我欣然应允，遂为记之。

"原是不捉笔之人现在竟一身斯文，笔意通脱沉着！"交代了李观云的文笔让作者大呼意外；因为出乎意料，作者才由知而敬，由敬而赏，于是乎"欣然应允，遂为之记"。这样，全文有叙有赞，脉络清晰，层次清楚。此序虽短，但起承转合之间，我们能深深地感知作者对李观云及其奇石收藏和写作文笔的一种激赏。文中有一个在贾平凹先生的散文中非常少见的"哈"字，独词成句，表达感叹，这样的行文，正透露出那种激赏与喜悦。

记得明代公安派文学家袁宏道说过："余观世上语言无味、面目可憎之人，皆无癖之人耳。"[1] 明代遗民张岱的说法，则更是惊世骇俗、石破天惊："人无癖不可与交，以其无深情也。人无疵不可与交，以其无真气也。"[2]

假设一个人一点嗜好都没有，那么他对这个世界的一切，都很可能无动于衷。这样的结果，家又怎样，国又怎样，似乎都提不起他的兴趣。这样的人，了无生趣，了无人情，难道还值得相交、值得深交吗？非也！

要知道，贾平凹先生也是一个有趣之人。他从事写作，无论是新诗、散文，还是小说、随笔，都在勤奋耕耘，而且获得鲁迅文学奖、茅盾文学奖。他喜爱书法和国画，他的国画线条老到、造型奇特，他的书法拙、厚、朴，都广受欢迎。至于他的收藏，以石雕为主，以佛像为主，旁及金属、竹木、陶器，满可以开一个专业的"贾平凹藏品博物馆"了。

正因为如此，贾先生才会与奇石爱好者、收藏家李观云先生惺惺相惜。他们都是"操千曲而后晓声，观千剑而后识器"[3] 的人，互为知音，互相欣赏，也才会留下这一段文坛、艺坛的佳话。

是故世先有有趣之人，而后有有趣之文。真是这样！

---

[1] 袁宏道：《瓶史·好事》。

[2] 张岱：《陶庵梦忆》卷四。

[3] 刘勰：《文心雕龙·知音》。

第四章　贾平凹散文的人情美

自古以来，散文就是一种密切关照现实生活的文体。因此，可以这样说，散文应当对人情、人性进行叙述与描绘。中国散文传统就是关照生活，传递人情，表达人性。

我们去读诸葛亮的前后《出师表》，诸葛亮对蜀汉政权的耿耿忠心，令我们唏嘘不已；读李密的《陈情表》，李密对祖母的那种深厚的孝敬之情，令我们感慨万端；读王羲之的《兰亭集序》，作者那种对自然的崇尚、对人生的终极关怀，让我们于潇洒、散淡之中，增加了一份淡淡的忧伤；读颜真卿的《祭侄文稿》，让我们感受到一种悲愤之情在纸面弥漫；读韩愈的《祭十二郎文》，少年叔侄之间那种胜似弟兄的情感，令我们悄焉动容，潸然泪下……

非独古代，现当代的散文，同样如此。

鲁迅的《从百草园到三味书屋》，展现儿童的天真稚趣，淋漓尽致；朱自清的《背影》，表达真挚的父子之情，让我们热泪盈眶；冰心的《小橘灯》，充溢陌生人之间的爱怜之情，令我们感受到人间的大爱温暖；贾平凹的《哭三毛》《再哭三毛》，让我们跟随作者，为一个文坛女作家的英年早逝而叹惋、哀愁。

……

唐代大诗人白居易说："感人心者，莫先乎情。"[1]一篇优秀的散文，它总是描绘世俗，书写人情，挖掘人性，"其言情也必沁人心脾"，"内足以摅己，外足以感人"[2]，从而引起读者强烈的共鸣，获得最佳的艺术效果。

贾平凹先生的散文，以上这些方面都表现得非常突出。

---

[1] 白居易：《与元九书》。
[2] 王国维：《人间词话》。

第一节　贾平凹散文的人性美

无论古代还是现代，无论中国还是外国，人类有很多共通的东西。而文学创作中重要的一项，就是要挖掘这些人性中的共通之处。

首先，人性美体现在一个"真"字上。

要知道，人性是人所具有的正常的感情和理性，因此有"七情六欲"的说法。对此，儒家经典《礼记·礼运》总结为："七情：喜怒哀惧爱恶欲。六欲：生死耳目口鼻。"佛家认为七情是指喜、怒、忧、思、悲、恐、惊七种感情的表现或心理活动，六欲是指人的眼、耳、鼻、舌、身、意六种生理需求或愿望。但无论是儒家还是佛家，意思大体上是一致的。

一篇散文能否成为一篇优美动人的佳作，与作品是否真实反映人所具有的人情、亲情、友情、爱情等"七情六欲"的情感，显然是有很大关系的。

网上有一种说法，李白的《静夜思》（"床前明月光"），就像小儿胡诌，那样的诗，一天都能写几百首。对此，我们不敢苟同。李白的这首诗，可以说浅近如话，读来毫无障碍。而且，无论是诗句还是诗的内容，都是我们非常熟悉的。但是，我们想一下，在李白之前，谁写过这样的诗？既然没有，那就说明李白这一首是这个题材的开山之作。开山与继起，显然是有很大的区别的。晚清的黄遵宪曾这样评价挚友梁启超："其文章惊心动魄，一字千金，人人笔下所无，却为人人意中所有，虽铁石人亦应感动，从古至今文字之力之大，无过于此者矣。"[1]"人人意中所有"与"人人笔下所无"，这就是李白这首诗的魅力之所在，这也应成为我们文学创作的最大的追求之一。

诗歌如此，散文何尝不是如此啊！

唐代大诗人王勃的名篇《滕王阁序》，1300多年来，一直在中国文坛余音绕梁，至今读来依旧齿颊生香，为什么呢？除了语言优美之外，主要在于作者真真切切地反映了他当时的思想和状态，对都督阎公的盛情相邀与胸怀大度予以了恰如其分的称赞。少年王勃当时正当失意，倍感落寞。"关山难越，谁悲失路之人？萍水相逢，尽是他乡之客！"这样的语言，正是他当时心境的客观而真实的反映。同时，对大唐那种国力上升期的阔大胸怀与气象，文中也有所反映。更重要的是，全文表现出作者那种卓越的才华、昂扬的精神、进取的朝气。所以，不仅朗朗上口，思想内容总体上也是积极昂扬、鼓舞人心的。这样的文章，总令人百读不厌。

贾平凹的散文，在表现人性之美方面，丝毫不输古人。他的作品，总是流露着人性之美，以作者的真情、真意、真性，打动读者，引起读者共鸣。

我们看贾先生的《哭三毛》[2]：

三毛死了。我与三毛并不相识但在将要相识的时候三毛死了。三毛托人带来口信嘱我寄几本我的新书给她。我刚刚将书寄

---

[1] 转引自沈松平《梁启超新民思想再论》，《宁波大学学报》，2002第2期。

[2] 贾平凹：《哭三毛》，选自《贾平凹散文精选》，长江出版传媒/长江文艺出版社，2017年12月。

去的时候，三毛死了。我邀请她来西安，陪她随心所欲地在黄土地上逛逛，信函她还未收到，三毛死了。三毛的死，对我是太突然了，我想三毛对于她的死也一定是突然，但是，就这么突然地，三毛死了，死了。

人活着是多么的不容易，人死灯灭却这样快捷吗？

三毛不是美女，一个高挑着身子，披着长发，携了书和笔漫游世界的形象，年轻的坚强而又孤独的三毛对于大陆年轻人的魅力，任何局外人作任何想象来估价都是不过分的。许多年里，到处逢人说三毛，我就是那其中的读者，艺术靠征服而存在，我企羡着三毛这位真正的作家。

夜半的孤灯下，我常常翻开她的书，瞧着那一张似乎很苦的脸，作想她毕竟是海峡那边的女子，远在天边，我是无缘等待得到相识面谈的。

这是《哭三毛》一文的前几段文字。反复品味这些文字，我们可以感受到：

一是贾平凹先生与三毛并不相识，但却"神交已久"，是真正的文学相知。俩人虽然没有见过面，但互相之间，惺惺相惜，贾先生还给三毛写过信，准备邀请她到陕西、到西安，陪她"随心所欲地在黄土地上逛逛"。

二是贾先生对三毛的死，是感觉非常突然、遗憾、非常痛心、震惊的。"三毛死了。我与三毛并不相识但在将要相识的时候三毛死了。"全文中，"死""死了"这样的字眼，无数次反复使用，如同交响乐中一次又一次重低音主旋律的反复奏响，重重地撞击着作者的心扉，也撞击着读者的心灵，强化了痛心、震惊的情感。

三是贾先生对三毛的评价（包括对三毛的长相的评价），是没有丝毫矫揉造作的成分的。贾平凹先生是一个真性情中人，对自己喜欢三毛的情感，毫不掩饰，毫不做作，而是直抒胸臆。看——

"三毛不是美女，一个高挑着身子，披着长发，携了书和笔漫游世界的形象"，"许多年里，到处逢人说三毛，我就是那其中的读者，艺术靠征服而存在，我企羡着三毛这位真正的作家"。生活中，有的人谨小慎微，有的人如履薄冰，更多的人将自己戴上一副面具，装扮成另外的模样，将人生与社会当作一场假面舞会。但贾平凹先生不！决不！

这样的真情、真性，不仅会打动作者，还会深深地感动读者。再辅之以"人活着是多么的不容易，人死灯灭却这样快捷吗""作想她毕竟是海峡那边的女子，远在天边，我是无缘等待得到相识面谈的"这样的语言，贾平凹先生那种沉重、沉痛、遗憾，真可谓跃然纸上。

在生活中，贾平凹先生也是这样实诚待人。张译丹女士的一段文字，写了贾先生在待人接物中的一个细节：

临近中午，贾先生带我们去一家餐馆就餐。他不喝酒，我们大家都不喝酒。贾先生为我们一一介绍桌上的陕西特色菜品，还劝我们多吃一点，不要客气。等到用餐结束，去前台结账，服务员却坚决不收。她说："贾先生进门即示意我，不能收你们的钱。"看来，贾平凹先生并不是那种大大咧咧的西北汉子的性格，从这一件小事，就可以看到他心细如发。一个作家，他永远都会用心去体察世界，体察人情。[1]

正如张译丹所说，"一个作家，他永远都会用心去体察世界，体察人情"。贾平凹在生活中是如此地体贴朋友，在写作中他也

---

[1] 张译丹：《我眼中的贾平凹先生》，《大中华文学》微信公众平台，2022年5月14日第1755期。

会"心细如发",体察人情,将作品写得真切动人。

其次,人性美体现在一个"善"字上。

阅读贾平凹先生的作品,我们往往能感受到他对家乡丹凤、对棣花的爱,对西安的爱,对三秦那片热土的眷念,对中国的爱,对中国知识分子命运的担忧与关怀。具体而微,他的善良,表现在待人接物的方方面面。在其散文中,也多有表现。

诺贝尔文学奖得主莫言先生,曾经写过一个关于贾平凹的小故事:

> 几年前,我曾经在日本读过一篇给日本人做教材的散文,就是贾平凹先生写的,他写的是关于名字的问题。1986年的夏天,他突然接到了一个叫莫言的人从新疆拍来的电报,让去迎接他。当时我跟他素不相识,没有任何交往,但是,我们被困在兰州,要在西安落一下,找不到一个熟人。后来我说试一下,给贾平凹拍封电报,写陕西省作家协会贾平凹收。
>
> 火车晚点四个多小时,到广场一看已经没有人了,我们几个同学在广场上转了一圈,喊贾平凹的名字也喊不到人,后来他们说你别在那儿自作多情了,你也不认识人家,也没有任何交往,人家凭什么接了莫名其妙的电报就跑这么远来接你呢?后来我觉得大家说得对。但是过了许多年之后,我看了这篇文章才知道,平凹真去接我了,他骑自行车去接我,举了一个皮包,皮包上写了两个字——"莫言",到处问,却没人回答他。这真是一段佳话。我知道后也在想,换到我身上能不能做到这一点?我根本不认识这个人,干吗要接他?而且在广场转了很长时间。所以,我觉得欠了平凹一顿饭。[1]

---

[1] 莫言:《我眼里的贾平凹》,见《东吴学术》2016年第1期,《新华文摘》2016年第7期全文转载。

试想，如同莫言自己的思考："换到我身上能不能做到这一点？我根本不认识这个人，干吗要接他？而且在广场转了很长时间。"但生活中，贾平凹对当时从未谋面的莫言，就是这样的真诚而善良。

关于这件事的真伪，2017年2月3日，在贾平凹先生的上书房，我们当面问过贾先生。先生说，莫言的记载是真实的，确有其事。后来，我们阅读到贾先生的散文《说话》，就是莫言所说在日本选入教材的那一篇，贾先生文中有确实的记载：

有一个夏天，北京的作家叫莫言的去新疆，突然给我发了电报，让我去西安火车站接他，那时我还未见过莫言，就在一个纸牌上写了"莫言"二字在车站转来转去等他，一个上午我没有说一句话，好多人直瞅着我也不说话，那日莫言因故未能到西安，直到快下午了，我迫不得已问一个人××次列车到站了没有，那人先把我手中的纸牌翻个过儿，说："现在我可以对你说话了。我不知道。"我才猛然醒悟到纸牌上写着莫言二字。这两个字真好，可惜让别人用了笔名。[1]

将贾平凹和莫言这两位文坛大家描述同一件事的文字拿来对比阅读，是一件非常有意思的事情，读者朋友们不妨试一试。

在贾平凹先生的散文中，他很注重对"善"的发现与表现。比如，《我的老师》[2]一文，主角不是大人，更不是名人，而是一位说话、

---

[1] 贾平凹：《说话》，选自《贾平凹散文精选》，长江出版传媒／长江文艺出版社，2017年12月。

[2] 贾平凹：《我的老师》，选自《朋友》，重庆出版社，2005年1月。

做事有板有眼、天真善良的三岁半幼童孙涵泊。但就是从他的身上，作者发现了许多为人处世之道。作者不仅感慨："孙涵泊不管形势，不瞧脸色，不慎句酌字，拐弯抹角，直奔事物根本，他真该做我的老师。""对于美好的东西，因为美好，我也常常就不觉得它的美好了，不爱惜，不保卫，有时是觉出了它的美好，因为自己没有，生嫉恨，多诽谤，甚至参与加害和摧残。孙涵泊却慈悲，视一切都有生命，都应尊重和和平相处，他真该做我的老师。"赤子的最纯真与善良，唤醒了"我"这样的大人们的"真"与"善"。字里行间，流露出贾先生对一个孩子的尊重，对纯真的尊重，对善良的尊重。这样以"善"为依归的散文，它传递的也是"善"，弘扬的是"善"，最后得到的，也必将是"善"的灿烂花开。

【赏析】《再哭三毛》的人性美

贾平凹是大陆作家，常驻陕西省；三毛是台湾作家，常住台湾省。两位大家互相欣赏，却始终缘悭一面，一想起此事，就让贾平凹心痛至今。但天幸三毛去世前最后的文字，是给贾先生写的信；三毛去世之后，贾先生连续写了《哭三毛》《再哭三毛》这两篇真情真性之作，并在三毛生前好友、邻居陈达镇先生受三毛父母委托于1991年6月专程到西安拜访的时候，抱病接待来自台湾的陈先生。

据孙见喜先生《贾平凹传》记载，1990年秋，三毛在杭州西湖花家山宾馆亲口告诉陕西广播电台记者孙聪："在台湾只看到平凹的两本书……我很崇拜他，他是中国当代最好的作家。"[1]

---

[1] 孙见喜：《三毛崇拜贾大师》，选自《贾平凹传》，上海人民出版社，2008年1月。

三毛1991年1月1日清晨两点给贾平凹写了一封信，信中称贾平凹是"我心极喜爱的大师"。从信中得知，是三毛收到了贾平凹的信和赠书，然后回的函。1991年1月4日凌晨，三毛离世。看到新闻，贾平凹悲痛欲绝。1月7日，贾平凹写下《哭三毛》。1月15日，贾平凹收到三毛的信件，含悲写下《再哭三毛》。

三毛去世后不久，香港某报社的记者采访贾平凹，贾平凹对自己创作《哭三毛》和《再哭三毛》的写作背景作了解说："第一篇文章是我听到三毛死讯时写的，第二篇文章是我收到三毛临死前给我的信后写的。我感谢三毛对我小说的理解，引她为创作上的一个知音。两篇文章都表达了我对台湾这位有着独特艺术个性的女作家的悼念，也道出了我对她的人和作品的理解。"[1] 正所谓"不惜歌者苦，但伤知音稀"[2]，中国传统文人之间那种引为知音、惺惺相惜的纯真情感，令人动容。

《再哭三毛》[3]，就是在这样的情形之下含泪写成的。下面我们一道来欣赏这篇悼念亡友的美文：

> 我只说您永远也收不到我的那封信了，可怎么也没有想到您的信竟能邮来，就在您死后的第十一天里。今天的早晨，天格外冷，但太阳很红，我从医院看了病返回机关，同事们就叫着我叫喊："三毛来信啦！三毛给你来信啦！"这是一批您的崇拜者，自您死后，他们一直浸沉于痛惜之中，这样的话我全然以为是一种幻想。但禁不住还在问："是真的吗？你们怎么知道？"他们就告诉说俊芳十

---

[1] 孙见喜：《三毛崇拜贾大师》，选自《贾平凹传》，上海人民出版社，2008年1月。

[2]《古诗十九首·西北有高楼》。

[3] 贾平凹：《再哭三毛》，选自《平凹书信》，陕西师范大学出版总社，2018年9月。

点钟收到的（俊芳是我的妻子，我们同在市文联工作），她一看到信来自台湾，地址最后署一个"陈"字，立即知道这是您的信就拆开了，她想看又不敢看，啊地叫了一下，眼泪先流下来了，大家全都双手抖动着读完了信，就让俊芳赶快去街上复印，以免将原件弄脏弄坏了。听了这话我就往俊芳的办公室跑，俊芳从街上还没有回来，我只急得在门口打转。十多分钟后她回来了，眼睛红红的，脸色铁青，一见我便哽咽起来："她是收到您的信了……"

收到了，是收到了，三毛，您总算在临死之前接到了一个热爱着您的忠实读者的问候！可是，当我亲手捧着了您的信，我脑子里刹那间一片空白呀！清醒了过来，我感觉到是您来了，您就站在我的面前，您就充满在所有的空气里。

这信是您一月一日夜里二点写的，您说您"后天将住院开刀去了"，据报上登载，您是三日入院的，那么您是以一九九０年最后的晚上算起的，四日的凌晨二点您就去世了。这封信您是什么时候发出的呢，是一九九一年的一月一日白天休息起来后，还是在三日的去医院的路上？这是您给我的第一封信，也是给我的最后一封信，更是您四十八年里最后的一次笔墨，您竟在临死的时候没有忘记给我回信，您一定是要惦念着这封信的，那亡魂会护送着这封信到西安来了吧！

前几天，我流着泪水写了《哭三毛》一文，后悔着我给您的信太迟，没能收到，我们只能是有一份在朦胧中结识的缘分。写好后停也没停就跑邮局，我把它寄给了上海的《文汇报》，因为我认识《文汇报》的肖宜先生，害怕投递别的报纸因不认识编辑而误了见报时间，不能及时将我对您的痛惜、思念和一份深深的挚爱献给您。可是昨日收到《文汇报》另一位朋友的谈及别的内容的信件，竟发现我寄肖宜先生的信址写错了，《文汇报》的新址是虎丘路，我写的是原址圆明园路。我好恨我自己呀，以为那悼文肖先生是收不到了，就是收到，也不知要转多少地方费多少天日，今日正考虑怎么个补救法，您的信竟来了，您并不是没有收到我的信，您是在收到了我的信后当晚就写回信来了！

读着您的信，我的心在痉挛着，一月一日那是怎样的长夜啊，万家灯火的台北，下着雨，您孤独地在您的房间，吃着止痛片给我写信，写那么长的信，我禁不住就又哭了。您是世界上最具真情的人，在您这封绝笔信里，一如您的那些要长存于世的作品一样至情至诚，令我揪心裂肠的感动。您虽然在谈着文学，谈着对我的作品的感觉，可我哪里敢受用了您的赞誉呢，我只能感激着您的理解，只能更以您的理解而来激励我今后的创作。一遍又一遍读着您的来信，在那字里行间，在那字面背后，我是读懂了您的心态，您的人格，您的文学的追求和您的精神的大境界，是的，您是孤独的，一个真正天才的孤独啊！

现在，人们到处都在说着您，书店里您的书被抢购着，热爱着你的读者在以各种方式悼念您，哀思您，为您的死做着种种推测。可我在您的信里，看不到您在入院时有什么自杀的迹象，您说您"这一年来，内心积压着一种苦闷，它不来自我个人生活，而是因为认识了您的书本"，又说您住院是害了"不大好的病"。但是，您知道自己害了"不大好的病"，又能去医院动手术，可见您并没有对病产生绝望，倒自信四五个月就能恢复过来，详细地给了我的通讯地址和电话号码，且说明五个月后来西安，一切都作了具体的安排，为什么偏偏在入院的当天夜里，敢就是四日的三点就死了呢？！三毛，我不明白，我到底是不明白啊！您的死，您是不情愿的，那么，是什么原因而死的呀，是如同写信时一样的疼痛在折磨您吗？是一时的感情所致吗？如果说这一切仅是一种孤独苦闷的精神基础上的刺激点，如果您的孤独苦闷在某种方面像您说的是"因为认识了您的书本"，三毛，我完全理解作为一个天才的无法摆脱的孤独，可牵涉到我，我又该怎么对您说呢，我的那些书本能使您感动是您对我的偏爱而令我终生难忘，却更使我今生今世要怀上一份对您深深的内疚之痛啊！

这些天来，我一直处于恍惚之中，总觉得常常看到了您又都形象模糊不清，走到什么地方凡是见到有女性的画片，不管是什么脸型的，似乎总觉得某一处像您，呆呆看一会儿，眼前就全是您的影子。昨日晚上，却偏偏没有做到什么离奇的梦，对您的来信没有丝毫预感，但您却来信了，信来了，您来了，您到西安来了！现在，我的笔无法把我的心情写出，我把笔放下了，又关了门，不让任何人进来，让我静静地坐一坐。不，屋里不是我独坐，对着的是您和我了，虽然您在冥中，虽然一切无声，但我们在谈着话，我们在交流着文学，交流着灵魂。这一切多好啊，那么，三毛，就让我们在往后的长长久久的岁月里一直这么交流吧。三毛！

这篇《再哭三毛》，与《哭三毛》一样，都是贾平凹先生悼念三毛的散文名篇。《哭三毛》是他听闻三毛去世的消息后写的悼文，《再哭三毛》则写了在三毛去世后收到三毛的来信时作者的心情与心境。读后，总令我们同感切肤之痛。为什么会这样呢？我们的感觉是，两篇文章一样，都闪耀着人性美的光辉。具体而言，文章的人性美主要通过以下三方面表现出来：

其一，为人的真性情，决定了作品的格调。

三毛的写作风格，我们认为可以用八个字概括：真情实感，平易近人。三毛是一个很浪漫、奇特的女子，是一个非常有个性的作家。她的散文，能将自己平凡艰苦的生活中那些点点滴滴的快乐，通过自己的笔，用平实的语言、优美的意境，将它们描绘出来，传递快乐，表达忧伤，感染读者。

在这方面，贾平凹先生与三毛有共通之处。

贾先生为人正直实诚，勤奋踏实，重亲情且重友情，爱写作而爱生活。他经常说自己就是一名默默耕耘的"名副其实的农民"[1]。他在《怀念狼》的后记中，这样给自己定位：

---

[1] 贾平凹：《我是农民》，选自《我是农民》，译林出版社，2015年5月。

> 作为一个作家，我就像农民，耕地播种长了庄稼，庄稼熟了就收获，收获了又耕地播种，长了庄稼又收获，年复一年，月复一月，日复一日吧。[1]

这些年，红尘喧嚣，人心浮躁。有的作家，未出名时一心想着出名，出名之后则一心想着捞取政治的、经济的、其他的好处。在众多的中国作家中，贾平凹先生是出了名的甘坐冷板凳、坐得住冷板凳、禁得住苦难、耐得住寂寞的人。他成年累月地坚持写作，无论是顺风顺水，还是遭受误解、批评甚至挞伐，他都以一颗平常之心，坚守文学阵地。迄今，已笔耕不辍、勤奋写作半个世纪。他的散文《哭婶娘》《哭三毛》《再哭三毛》（我们将这三篇合称"三哭"），哪一篇不是他为人真情真性的结晶？他的《祭父》《献给母亲》《在女儿婚礼上的讲话》，更是将一个作家的真情真性，展露无遗。

《三字经》曰"性相近"，正因为如此，真情真性的三毛才与同样真情真性的贾平凹，产生相互欣赏、相互倾慕的超越时空的惺惺相惜。三毛称贾平凹是"我心极喜爱的大师"，是"大师级的作家"，甚至很坦率、谦虚地说："三毛的作品是写给一般人看的，贾平凹的著作，是写给三毛这种真正以一生的时光来阅读的人看的。"[2] 据贾平凹先生推测，这是三毛1月4日凌晨两点离世前，留给人间的最后一件文字作品。因此，既弥足珍贵，又让贾先生无比悲痛。

---

[1] 贾平凹：《怀念狼》，作家出版社，2000年6月。
[2] 三毛：《致贾平凹的信》（1991年1月1日），选自《平凹书信》，陕西师范大学出版总社，2018年9月。

在贾平凹眼里,"年轻的坚强而又孤独的三毛对于大陆年轻人的魅力,任何局外人做任何想象来估价都是不过分的",三毛是"真正的作家"[1]。一想到三毛,就"禁不住又哭了","这些天来,我一直处于恍惚之中",他理解三毛"作为一个天才的无法摆脱的孤独"。

感谢上苍!这种纯真的情感,现已成为海峡两岸文坛的一段经典的佳话。虽然我们遗憾三毛与贾平凹之间终身未能见上一面,但我们却无比庆幸,有了《哭三毛》和《再哭三毛》这样的佳作、名篇。

其二,行事的真性情,决定了作品的率性。

三毛这个人,非常率真,不矫揉造作,时时处处流露出的都是真情真性。不管是生活还是写作,她都是说真话,叙真事,抒真情。她初见漫画家张乐平,可以亲切地叫他"爸爸";既见西部歌王王洛宾,可以和他热烈地拥抱在一起;她慧眼独具,极力推崇贾平凹为大陆最优秀的、第一流的作家;……她的作品,处处洋溢着调皮、机灵、幽默、乐观,处处充满着一种浓浓的亲情、乡情,透露出一种深沉的、真诚的人文关怀。敢说敢作,敢作敢当,敢爱敢恨,敢生敢死,这是三毛作为一个女人的特点,也正是她作为一个女性作家的特点。三毛的质朴天真,平和大气,有多少男子能够企及?

贾平凹先生也一样,

他对文学没有功利之心,"平生一片心,不因人热;文章千

---

[1] 贾平凹:《哭三毛》,选自《平凹书信》,陕西师范大学出版总社,2018年9月。

古事，聊以自娱"[1]，始终以一颗平常心对待之。2018年12月16日，曾令琪曾经率领弟子杨华和她的孩子杨炅灵等一行，到西安拜访师父贾平凹先生。当时，杨炅灵12岁，刚上初中，热爱文学，课余坚持读书、写作，平凹先生非常喜欢他。为了鼓励孩子，他专门为孩子题词："多读多写，培养自己的想象能力、观察能力、叙述能力，愿将来有大作为！"

几十年来，贾平凹如同范仲淹提倡的一样，"不以物喜，不以己悲"。在《怀念狼》[2]的《后记》中，贾先生写道：

人的一生写多少文字，什么时候写，都不是以人的意志所转移的。……我自认为文章是天地的事，不敢随便地糟蹋纸和文字，更认为能不能写成，写成什么样儿，不是强为的。……写作在于自娱和娱人，自娱自然有我的存在，娱人而不是迎合，包括政治的也包括世俗的。

这是一个喧嚣的时代，也是一个寂寞的时代。喧嚣，是因为很多人不甘寂寞，功利心太重；寂寞，是这个时代层级分明，一般的人很难在文坛"出头"。作为一个大师级的作家，贾平凹先生没有丝毫的哗众取宠之心，而是一如既往，执着于梦想，兢兢于写作。他的文学创作，总是倾注了他的思想、他的灵魂、他那全身心的情感。他和三毛都在默默地关注着对方，关注着对方的创作，研读着对方的文字，感受着对方的温度。

---

[1] 贾平凹：《五十大话》，选自《贾平凹散文精选》，长江出版传媒／长江文艺出版社，2017年12月。

[2] 贾平凹：《怀念狼》，作家出版社，2000年6月。

如果硬要作比,那么,三毛如同一眼叮咚的山泉,汇而成一条清澈见底的小溪,蜿蜒流淌在清幽的山间,快乐地奔向诗意的远方。贾平凹先生则如同一汪泉水,平平的,静静的,几乎没有一点波澜。但静水流深,他的博大,正如同他那陕西人的厚拙朴实。这些,都能在他们的性格与作品中,找到最好的表现。

其三,为文的真性情,决定了作品的风格。

生活中,一个人可以"装",展示自己"伟光正"的一面。但在文学创作时,却不容易"装"得出、"装"得像、"装"得长久。

三毛的作品,总是以真情真性打动着我们,尤其是她与荷西那传奇般的爱情,更是将她的一生演绎得浪漫斑斓,成为我们津津乐道的故事。三毛的散文,取材广泛,很多散文常常有着特别的异国情调。爱与恨,在三毛的笔下,都是真实可感的。通过她的作品,我们可以感受她那素朴、简洁、浪漫的笔触,感受她对生活、对生命、对自然的挚爱。很多中华古典的精髓,被三毛盐溶于水一般,巧妙地融入了自己的作品之中。初唐书法家、书法理论家孙过庭在其名著《书谱》中说:"初学分布,但求平正;既知平正,务追险绝;既能险绝,复归平正。"三毛的作品,就是这种"绚烂之极,复归平淡"的佳作。三毛的行文,自然流露出自己毫不掩饰的情感。她的作品,行云流水一般原汁原味地描绘了生活的本色,揭示了生活的本质。那些曾经绚烂我们青春梦想的作品,如《撒哈拉的故事》《万水千山走遍》《梦里花落知多少》《背影》《似曾相识燕归来》等诗意盎然的三毛散文,在那个纸媒盛行的时代让我们了解异域,增长见闻,怦然心动,沉郁哀婉。

贾平凹先生也一样,其为文从来就是一任真情真性,该深就

深,该浅就浅。比如,他的《在女儿婚礼上的讲话》[1],主要表达了三层意思:

第一句,是一副老对联:"一等人忠臣孝子,两件事读书耕田。"做对国家有用的人,做对家庭有责任的人,好读书能受用一生,认真工作就一辈子有饭吃。第二句话,仍是一句老话:"浴不必江海,要之去垢;马不必骐骥,要之善走。"[2]做普通人,干正经事,可以爱小零钱,但必须有大胸怀。第三句话,还是老话:"心系一处。"在往后的岁月里,要创造、培养、磨合、建设、维护、完善你们自己的婚姻。

这三句老话,可以说是贾平凹先生半世人生经验的总结,更是他作为一个父亲,在女儿贾浅浅大婚的日子由衷的祝福与期望。

古人说:"男大当婚,女大当嫁。"女儿要出嫁了,贾平凹的心情是非常复杂的。一方面,应该是喜悦;另一方面,还可能有一种父亲对女儿的不舍、期盼与担忧。但就那么简短的一段话,却将身为父亲的贾平凹此时此刻复杂的心情,表达得淋漓尽致。那种善良、真诚、关爱,通过这样发自真情真性的语言的表达,对女儿、女婿,对参加婚礼的所有宾客,对广大读者,都是一种深深的勉励。

对亲人如此,对朋友也是如此。在得知三毛离世后,贾平凹含着悲痛提笔,写出了《哭三毛》和《再哭三毛》这两篇文章。在《再哭三毛》的结尾,贾平凹写道:

这些天来,我一直处于恍惚之中,总觉得常常看到了您,又

---

[1] 贾平凹:《在女儿婚礼上的讲话》,选自《贾平凹散文精选》,长江出版传媒/长江文艺出版社,2017年12月。

[2] 司马迁:《史记·外戚世家》。

都形象模糊不清，走到什么地方凡是见到有女性的画片，不管是什么脸型的，似乎总觉得某一处像您，呆呆看一会儿，眼前就全是您的影子。……就让我们在往后的长长久久的岁月里一直这么交流吧。三毛！

  这样的文字，是真正的以情动人。缠绵哀婉，一唱三叹，深深地打动着读者。关于散文中的真情，贾平凹先生自己就说过："中国散文的一兴一衰，皆是真情的一得一失。60年代初期之所以产生一批散文名家和名作，形成一个不大不小的高潮，依赖的便是真情的勃发。"[1]

  贾先生一贯主张，有无真情是衡量散文艺术质量高低的重要标准和依据；散文佳作，肯定会或直接或间接，表现出作家的思想、人格、灵魂、情感、志趣、爱好，等等。现代文学家、教育家叶圣陶先生说："假如我们的情感是在那里培养着的，则凡有所写，都属真情实感；不是要表现于人前，便是吐其所不得不吐。"[2] 贾平凹从来都反对那种创作中的装腔作势、行文中的无病呻吟、语言上的哗众取宠，反对那种只注重形式、不注重内容的创作方式。在数十年如一日的创作中，他一直坚持表达自己的生命意识，表达自己的人生观、价值观，强调一个人的作为，应该顺应时代的滚滚洪流，顺应社会的飞速发展，顺应人性的真实表达。

---

  [1] 贾平凹：《对当前散文的看法——〈西安散文选〉序》，选自《关于散文》，生活·读书·新知三联书店，2015年1月。

  [2] 叶圣陶、夏丏尊：《叶圣陶教你写作文》，新世界出版社，2016年10月。

泰戈尔诗云："世界以痛吻我，我却报之以歌。"[1] 贾平凹与三毛这样的作家，都是见过沧海桑田的人，越是经历得多，他们和他们的文字，也越能表现出一种从容不迫的气度、海纳百川的包容、悲天悯人的情怀、真情真性的流露。也只有这样的表达和表现，才能感动作者自己，并打动更多读者。

在散文创作中，贾平凹不虚伪、不做作、不伪装，充分展示着自己的真性情，表现出一种人性之美。有了这样的认识，我们再去阅读他的《再哭三毛》这类的作品，就能更好地理解他的为人、行事和为文，更好地理解他的作品的情感与内涵。

---

[1] 泰戈尔：《飞鸟集》，冰心、郑振铎译，译林出版社，2010年6月。

第二节　贾平凹散文的人情美

《红楼梦》中写贾宝玉在东府神游幻境，因午困而须小憩，遂到尤氏上房。一进门，见正面高悬一联："世事洞明皆学问；人情练达即文章。"[1]自《红楼梦》诞生至今，这副对联一直受到中国人的推崇。但是，在这世上，有多少人能真正地做到世事洞明、人情练达呢？

这副对联之所以令人过目难忘，是因为它写出了一种人生的哲理和内涵，充满着一种人生的智慧与规劝。一个人一辈子如果能够做到这样的话，那他无论是个人修养还是实际生活，已经殊为不易，而且非常成功了。要知道，对人间世事都洞察明了，官场生态、人际是非都看得透彻，那是真学问，非常了不起；从事多项工作，在很多岗位辗转历练，积累的经验很丰富，总结的教训也很有益，那么就能通达于人情世故，在社会生活与人际交往中应付裕如。这些，真是一篇人生的大文章，不是那种诉之于笔墨、写在纸上的有形的文章所能比拟的。

也正因为如此，在阅读贾平凹先生散文的时候，我们才更加由衷地敬佩他那种对社会的体察入微，对世情的深刻解剖，对人情的细致描绘，对人生的诸多思考，对情感的细腻表达。贾先生重亲情，重友情，重人情。在生活中，他为人诚朴，厚重，内敛；

---

[1] 曹雪芹：《红楼梦》第五回"贾宝玉神游太虚观　警幻仙曲演红楼梦"。

在创作中，他幽默，风趣，勤奋，认真，情真意切，敢于表达、也善于表达自己的真情实感，创作了很多富于人情美的作品。

阅读贾平凹先生的散文，我们可以感受到他的作品当中那种浓浓的人情美。概括而言，在表现人情美方面，贾先生的散文主要有以下三个显著的特点：

首先，表现在亲情的"醇厚"。

大家知道，古代中国有"五伦"的说法，指的是五种人伦关系和言行准则，即君臣、父子、兄弟、夫妇、朋友五种人伦关系，并以忠、孝、悌、忍、善为"五伦"关系准则。自古以来，中国人就生活在一种复杂的人际关系之中，无论王公贵族还是草根百姓，无论市井商贾还是逍遥书生，都不例外。《红楼梦》第六回"刘姥姥一进荣国府"中，凤姐对刘姥姥说："'朝廷还有三门子穷亲戚'呢，何况你我。"凤姐的话，很好地诠释了中国的人际关系生态。

贾平凹先生的父亲是一个乡村教师，他自幼生活在父亲的严格教育与管束之下，传统的人伦关系在他心中扎下了根。谈到父亲对自己的影响，贾平凹曾经深情地回忆：

从上大学一直到父亲去世前，漫长的 20 年中，只要我回去，哪怕明天早上要走了，父亲前一天晚上肯定要开一个家庭会议，把妈妈弟弟妹妹都叫上，有时开到半夜一两点，跟孩子们讲人情世故，讲单位的事情怎么好好干，对人家长辈怎么尊敬，做人应该怎样善良宽容，怎样要谦虚不要张狂等等。这些老话，今天说了明天可能还说，所以大家都在那儿打盹。最后才说，晚了，一点了，该睡了，大家才散了睡了。[1]

---

[1] 走走：《贾平凹访谈录》，浙江出版集团数字传媒有限公司，2014 年 2 月。

在贾平凹的心目中，父亲对他一生的影响是巨大而深远的。父亲这个乡村教师，喜欢热闹，喜欢结交朋友，喜欢在村里出面主持公道，但他对家里人都严厉得很，对身为长子的贾平凹，要求更加严格。贾平凹从小到大都很畏惧父亲，父亲的话，在他心中无异于圣旨。即使结婚之后，父亲也曾动手打过他。但父亲的严厉，使得贾平凹健康地成长起来。父亲经常念叨的"做人要宽容、要善良、要谦虚、要好好干事"，影响了贾平凹的一生，成了他人生与文学创作中取之不尽的源泉。

请看——

父亲是教了半辈子书的人，他胆小，又自尊，他受不了这种打击，回家后半年内不愿出门。但家政从政治上、经济上一下子沉沦下来，我们常常吃了上顿没有下顿，自留地的包谷还是嫩的便掰了回来，包谷棵儿和穗儿一起在碾子上砸了做糊糊吃，麦子不等成熟，就收回用锅炒了上磨。全家唯一指望的是那头猪，但猪总是长一身红绒，眼里出血似的盼它长大了，父亲领着我们兄弟将猪拉到十五里的镇上去交售，但猪瘦不够标准，收购站拒绝收。听说二十里外的邻县一个镇上标准低；我们决定重新去交，天不明起来，特意给猪喂了最好的食料，使猪肚撑得滚圆，我们却饿着，父亲说："今日把猪交了，咱父子俩一定去饭馆美美吃一顿！"这话极大地刺激了我和弟弟，赤脚冒雨将猪拉到了镇上。交售猪的队排得很长，眼看着轮到我们了，收购员却喊了一声："下班了！"关门去吃饭。我们叠声叫苦，没有钱去吃饭，又不能离开，而猪却开始排泄，先是一泡没完没了的尿，再是翘了尾巴要拉，弟弟急了，拿脚直踢猪屁股，但最后还是拉下来，望着那老大的一堆猪粪，我们明白那是多少钱的分量啊。骂猪，又骂收购员，最后就不骂了，因为我和弟弟已经毫无力气了。直等到下午上班，收购员过来在猪的脖子上捏捏，又在猪肚子上揣揣，头不抬他说：

第四章 贾平凹散文的人情美

127

"不够等级！下一个——"父亲首先急了，忙求着说："按最低等级收了吧。"收购员翻着眼训道："白给我也不收哩！"已经去验下一头猪了。父亲在那里站了好大一会儿，又过来蹲在猪旁边，他再没有说话，手抖着在口袋里掏烟，但没有掏出来，扭头对我们说："回吧。"父子仨默默地拉猪回来，一路上再没有说肚子饥的话。[1]

贾平凹的父亲贾彦春先生本来是教师，后来蒙冤被开除公职（多年后才平反昭雪，复职退休），回到老家乡下。父亲是严厉的，但作为生活在二十世纪六七十年代那个特殊环境之下的农村人，父亲又是忍辱负重的一个典范。贾平凹在父亲逝世之后，强抑悲痛，以缓缓的语调，不假修饰地详细描述了父亲带着作者和弟弟去"卖猪"的整个过程，原汁原味地传达出贫穷落后时代贫穷落后农村的下层贫苦之家的生存状态。整段文字，很少有直接的抒情和议论，就像影视片中的一个长镜头，纯用白描式的、画面感极强的"镜头"式语言，客观地展现人物与事件，而作者之情却充溢全文，令读者悄焉动容。

从小生活在"虎爸"的严格管束与富于传统的教育之下，贾平凹逐渐成长为一个非常注重传统的作家，他的散文对中国传统的"五伦"自然也就有很多表现。其中，表现亲情的醇厚，往往拨动读者的心弦。除了前面所举的《祭父》，《纺车声声》《写给母亲》《我不是个好儿子》等散文中，那种浓郁、醇厚的亲情，可谓催人泪下。

其次，表现了亲情的"纯净"。

贾平凹是一个富有中国传统的文人，中国传统的忠、孝、仁、

---

[1] 贾平凹：《祭父》，选自《朋友》，重庆出版社，2005年1月。

义、礼、智、信，在他身上都有很突出的表现。从出生到现在，七十年的人生里，贾先生都恪遵、践行中国传统道德，并以他那特别丰富的情感，行之于文，感激那些出现在他人生里的人物，特别感恩那些于他有恩的人物。1981年5月20日晚写作于静虚村的《哭婶娘》[1]，就是这样的一篇佳作。

由于时间跨度很大，所记之事必多，与婶娘相处的点点滴滴，也就必然千头万绪，涌上心头。

《哭婶娘》一文的开篇，作者写道：

婶娘，你死的时候，我是在西安，远隔你千里，生不能再见一面，死不能扶你入棺，死者你走得不会心甘，生者我活得不能安宁，天地这般儿残酷，使我从来没有想到，而却重重地惩罚到我的头上了。如今我站在你的坟前，我叫你一声"婶娘！"不知你可听见？我知道人总是要死的，但我却怎么也受不了你死的打击！

作者直接写婶娘的死对自己的打击，通过"你死的时候，我是在西安，远隔你千里，生不能再见一面，死不能扶你入棺，死者你走得不会心甘，生者我活得不能安宁"，表达的是生老病死的残酷和作者万般无奈的遗憾与悔恨。然后，作者怀着沉痛的情感，以质朴的笔调，缓缓地为我们叙述了婶娘的一生：婶娘一生无儿无女，"一直带我在你身边"，"小的时候，过了满月，就留我在老家让你经管。夜夜我衔着你的空奶头睡觉，一把屎，一把尿，从一尺五寸拉扯我长大。"在作者的眼里，婶娘就是世界上最亲的亲人。所以，在作者的心中，婶娘也就占据了无比重要

---

[1] 贾平凹：《哭婶娘》，选自《朋友》，重庆出版社，2005年1月。

的地位:"我自幼叫你是娘,心里曾经这么想过:等我成人了,挣了钱了,一定好好报答你的恩情,给你买好吃的,买好穿的。"

但是,人生一世,总是有很多的不如意。"我长大了,工作了,工资微薄,又忙着筹备结婚,只给你买过二双棉鞋,只说婚后了,缓过几年,先不生养孩子,先不置做家具,一定报答你,没想你竟这么早便死去了。"要知道,婶娘才五十一岁啊!刚好是人到中年,本是应该"享福"的年纪,却突然而逝。行文至此,作者的内心充满深深的遗憾、无比的惆怅和万般的悔恨:"唉,都怪我太相信人的寿命了,人真是不如一棵草,真是不能掌握自己,造成我一生不可挽回的遗恨。"

再后,作者的思绪如一张撒开的大网,将过去的记忆一网兜住,然后从中将婶娘值得纪念的过往,娓娓道来,让我们感受到婶娘这个纯粹的农村妇女的淳朴、本分与伟大。因为所有的事例都是紧紧围绕作者眼中的婶娘来写,围绕婶娘对全家的付出、特别是婶娘对"我"的思想与品德的影响来写,所以虽然事例众多,但由于作者思路清晰,主旨明确,基本上以时间为序,故而条理清晰,处处流露出真情实感,很好地表现了亲情的"纯净"。在该文的结尾,作者写了婶娘"走"后,家中从奶奶到父母到"我"的安排:

奶奶痛哭了你几日,身体越发虚弱了,我的父母决定接她老人家到他们单位去度晚年。我坚决要领小慰儿跟我到城里去,我管她生活,管她上学,将来管她成人出嫁。我们后天就走,但是一家人都走不痛快,想我们都要走了,只留下你在这里,就不禁又哭成一团。但是,我又想,你是不会生气的,你要是活着,你也会同意的。因为你是舍不得这块故土,当年伯父走了,你没有走,这二十多年里,你没有走,你死了,也要守在这里的。可你相信,我们会永远记住你的,每年会回来看你的,你就安安地睡吧,婶娘!

这里，作者以呼告式的行文，拉近了作者与逝者，也拉近了作品与读者，具有很强的"代入感"。读到此处，我们不禁想到明代汤显祖的一段话："情不知所起，一往而深，生者可以死，死可以生。生而不可与死，死而不可复生者，皆非情之至也。"[1]

世间上的"情"，只要真挚、纯净，那它就一定会充满美感，并存之永恒。无论是男女之爱情，朋友之友情，亲人之亲情，莫不如此。唐代大诗人白居易说："感人心者，莫先乎情。"打动读者的，首先就是这个"情"字。

再次，表现在亲情的"绵长"。

人是一种有着高级思维活动的、行为善变的动物。在人类社会这个复杂的大染缸中，每个人都难免受到别人的影响，受到社会的影响。——当然，这些影响可能是正面的，也可能是负面的。春秋、战国之际的墨子就曾说过："染于苍则苍，染于黄则黄。所入者变，其色亦变；五入必而已，则为五色矣。故染不可不慎也！"[2]一块丝绢，将它放入蓝和绿这样的青色染料中，它就变成青色；放入黄色染料中，它就变成黄色。放入什么样的染缸，它就变成什么样的颜色。所放入的染缸变了，它最后的颜色也就随之而变；只要随便放几次，就成为花花绿绿的各种颜色。所以说啊，要染什么色，一定要慎重！因此之故，要进入社会这个大染缸，我们每一个人也"不可不慎也"！

在人类诸多情感之中，比如亲情、爱情、友情、君臣情、师徒情、同窗情、战友情、同事情……最持久的，是亲情。封建时代的君臣，因为君之神圣，臣之卑微，所以觊觎"神器"的权臣、奸臣，历

---

[1] 汤显祖：《牡丹亭·题记》。
[2] 墨子：《墨子·所染》。

代有之；即使山盟海誓，相对于人类的历史长河，爱情也往往因为时间、地点、地位的变化而草草谢幕，"死去活来""地老天荒"的爱情不是没有，而是太少太少；更不用说什么师徒、朋友、同窗、同事、战友之情了。神仙美眷也留不住完整的爱情世界，但亲情却可以越过亘古的洪荒，穿过历史的尘埃，在厚厚的《人生》这部大书中，散发出永恒、持久的熠熠光芒。

贾平凹先生在其很多散文中，都着力表现亲情的绵长。比如他的散文名篇《祭父》《纺车声声》等，就是这样的作品。下面，我们以《祭父》为例，来看看贾平凹先生是如何描绘绵长的亲情的。

《祭父》写作于1989年10月13日，贾平凹先生的父亲贾彦春逝世后的第33天，"五七"之前，是贾平凹先生的散文名篇。

关于以父亲为题材的作品，我们心里随便默一下，就会跳出很多，比如：鲁迅的《父亲的病》，林语堂的《父亲·童年》，茅盾的《我的父亲》，胡愈之的《我的父亲》，朱自清的《背影》，钱穆的《八十忆父》，贾平凹的《酒》，赵丽宏的《挥手》，黄邦寨的《半截钱里的父爱》，贝利的《第一千个球》……无论中国还是外国，这样的优秀作品数不胜数。特别是朱自清先生的《背影》，因其短小精悍，选入中国各版初中语文教材，更是声名鹊起。文中所写父亲的四次背影，作者的四次落泪，让亿万中学生记忆犹新。

我们常说，父母是人生的第一任教师。因为，一般情况下，父母与我们相处的时间都很长——我们小的时候，父母年老的时候，我们和父母都在一起。因此，日常相处中的点点滴滴，在父母过世之后，也就成为我们永恒的回忆。于是，很多人写父亲，都写得沉郁顿挫，令人泪目。

但贾先生此文，却不是如何让读者如泣如诉，而是舒缓自如，自始至终，牢牢把握着节奏——回忆的节奏、情感的节奏、行文的节奏。贾平凹先生就是通过对这样的节奏的把握,叙事与抒情结合,议论点到为止,以情感为经,以回忆为纬,经纬交织,将一个既慈祥又严厉、既勇于担当又甘于奉献的父亲的形象,呈现在我们的眼前。试看文章的开头:

> 父亲贾彦春,一生于乡间教书,退休在丹凤县棣花;年初胃癌复发,七个月后便卧床不起,饥饿疼痛,疼痛饥饿,受罪至第二十六天的傍晚,突然一个微笑而去世了。其时中秋将近,天降大雨,我还远在四百里之外,正预备着翌日赶回。[1]

这个世界多姿多彩,世间的美也就千姿百态。父母逝世,亲人离去,会让我们感受到平时不会有的切肤之痛、长别之悲。贾平凹强忍父亲逝世的悲痛,以缓缓的笔调开篇。乍一看,这个开头,并无一个字交代作者自身的情况,只是以极为经济的笔墨,简单勾勒父亲的姓名、籍贯、生平与生病、逝世的情况。其间,作者以固有的"贾氏笔法",插入一句:"其时中秋将近,天降大雨,我还远在四百里之外,正预备着翌日赶回。"中秋是我们中国人自古以来传统的家庭团圆的节日,"中秋将近,天降大雨"这八个字,看似"闲笔",却将作者那种深深失落的遗憾、撞击心灵的沉痛,隐入其间,将我们迅疾带入作者所营造的氛围之中。

稍后,作者以描写与叙述相结合,辅之以精到的议论与抒情,将作者自己眼中的父亲形象,展现在我们面前,让我们从贾彦春先生短暂的一生中,看到一个命运与时代同浮同沉的伟大而坚韧的父亲。

这篇文章,叙述多而抒情少,描写多而议论少。作者情感的

---

[1] 贾平凹:《祭父》,选自《朋友》,重庆出版社,2005年1月。

节奏与下笔行文的节奏，有机地契合在一起，从而导引读者与作者同频共振，去感知父亲的平凡而伟大。

贾平凹先生一贯反对那种滥抒情，反对那种小家碧玉式的花花草草、卿卿我我般的滥情，大力倡导抒写真情实感。他认为，真情就是作家对自然、社会、历史、人生真切感受与深入的思考，是"或振奋，或消沉；或健康，或颓废；或激动，或冷漠；或欢呼，或反对……"[1] 他还认为，"散文是一种非常特别、非常暧昧的文体，它的起点是非常真实的自我的流露，离开了这个，散文的写作恐怕就是可疑的。……连情都是假的，那还有什么散文？"[2] 正如谢有顺先生所说，贾平凹先生的散文，强化的是文字的叙事功能，这就恰恰迈过了散文界的一个重要陷阱——过度抒情。

本文中，作者以平静、舒缓的开篇写父亲不平凡的一生，这就奠定了《祭父》一文的情感基调。后面，都按照这样的基调，展开叙事。一篇"祭文"，要做到这样的波澜不惊，作者得有多大的毅力、多强的定力，才能控制好自己的情绪啊！但透过这样貌似不惊的波澜，那种传统文化中"孝子"的沉痛，却让我们感同身受。且看——

一下班车，看见戴着孝帽接我的堂兄，才知道我回来得太晚了，太晚了。父亲安睡在灵床上，双目紧闭，口里衔着一枚铜钱，他再也没有以往听见我的脚步便从内屋走出来喜欢地对母亲喊："你平回来了！"也没有我递给他一支烟时，他总

---

[1] 贾平凹：《散文就是散文》，选自《贾平凹散文大系》第2卷，安徽文艺出版社，2013年4月。

[2] 贾平凹、谢有顺：《贾平凹谢有顺对话录》，苏州大学出版社，2003年7月。

是摆摆手而拿起水烟锅的样子,父亲永远不与儿子亲热了。

这里,"太晚了"一词,重叠、反复两次,如同交响乐中的低音,引起我们重重的共鸣。从修辞手法上说,反复重在强调;从表达方式上看,这是典型的抒情。但作者没有就此深入地大抒特抒自己失去父亲的沉痛,而是轻轻荡开一笔,以写实的方式,描写了自己第一眼看到的父亲——"双目紧闭,口里衔着一枚铜钱"。这样,现在躺在灵床上的父亲,自然而然地激活了作者的记忆——以前听到"我"的脚步声,父亲就会向母亲喊话"你平回来了";以前"我"递给他香烟,父亲总是摆摆手而拿起自己的水烟锅。这两个生动的细节的回忆,归结为"父亲永远不与儿子亲热了",将阴阳两隔、生死异路的沉痛,表现得淋漓尽致。这样,为下文进一步叙事、抒情、说理,奠定了坚实的基础。亲情的绵长,正是这样通过作者那独有的风格,绵长的情感,真实而不做作地予以充分的表现。

【赏析】《纺车声声》的人情美

残月高挂,院子朦胧,"嗡儿,嗡儿"的纺车声,如同那一声声的低吟浅唱,随贾平凹先生一道,走进他的孩提时代,去认识那位用一生的爱、勤劳的双手、艰辛的努力,以维持全家基本生活的小脚女人——贾先生的母亲。

《纺车声声》[1]这篇散文,篇幅较长,以故事性的叙述为多,全篇文章就是以一个接一个的家庭小故事,来传递在艰难困苦之

---

[1] 贾平凹:《纺车声声》,选自《自在独行》,长江出版传媒/长江文艺出版社,2016年6月。

下生活的不易、人生的苦痛、家庭的温暖、亲情的温馨。下面，我们节选一部分来进行解读和赏析。

如今，我一听见"嗡儿，嗡儿"的声音，脑子里便显出一弯残月来黄黄的，像一瓣香蕉似的吊在那棵榆树梢上；院子里是朦朦胧胧的，露水正顺着草根往上爬；一个灰发的老人在那里摇纺车，身下垫一块蒲团，一条腿屈着，一条腿压在纺车底杆上，那车轮儿转得像一片雾，又像一团梦，分明又是一盘磁音带了，唱着低低的、无穷无尽的乡曲……

这老人，就是我的母亲，一个没有文化的、普普通通的山地小脚女人。

……

我瞧着母亲一天一天头发灰白起来，心里很疼，每天放学回来，就帮她干些活：她让我双手扩起线股，她拉着线头缠团儿。一看见她那凸起的颧骨，就觉得那线是从她身上抽出来的，才抽得她这般的瘦，尤其不忍看那跳动的线团儿，那似乎是一颗碎了的母亲的心在颤抖啊！我说：

"妈，你歇会儿吧。"

她总给我笑笑，骂我一声：

"傻话！"

夜里，我们兄妹一觉睡醒来，总听见那"嗡儿，嗡儿"的声音，先觉得倒中听，低低的，像窗外的风里竹叶，又像院内的花间蜂群，后来，就听着难受了，像无数的毛毛虫在心上蠕动。我就爬起来，说：

"妈，鸡叫二遍了，你还不睡？"

她还是给我笑笑，说：

"棉花才下来，正是纺线的时候，前日买了五十斤苞谷，吃的能接上秋了，可秋天过去，你们又是一个新的学期呀……"

我想起上一学期，我们兄妹一共是二十元学费，母亲东借西凑，到底还缺五元。学校里硬是不让我报名，母亲急得发疯似的，嘴里起了火泡，热饭吃不下去，后来变卖了家里一只铜洗脸盆，我才上了学，已经是迟了一星期的了。现在，她早早就做起了准备……我就说：

"妈，我不念了，回来挣工分吧！"

她好像吃了一惊，纺车弦一紧，正抽出的棉线"嘣"的一声断了，说：

"胡说！起了这个念头，书还能念好？快别胡说！"

我却坐起来，再说：

"念下去有什么用呢？毕了业还不是回来当农民？早早回来挣工分，我还能养活你们哩！"

母亲呆呆地瓷在那里了，好久才说：

"你说这话，刀子扎妈的心。你不念书了，叫我怎么向你爸交代呀？"

……

日子是苦焦的，母亲出门，手就总是不闲，常常回来口袋里装些野菜，胳肘下夹一把两把柴火。我们也就学着她的样，一放学回来，沿路见柴火就捡，见野菜就挑，从那时起，我才知道能吃的菜很多：麦瓜龙呀，芨芨草呀，灰条，水蒿的。这一天傍晚，我和弟弟挑了一篮子灰条高高兴兴地回来，心想母亲一定要表扬我们了，会给我们做一顿菜团团吃了，可一进门，母亲却趴在炕上呜呜地哭。我们全都吓慌了，跪在她的身边，不知道发生了什么事，她突然一下子把我们全搂在怀里，问：

"孩子，想爸爸吗？"

"想。"我们说，心里咚咚直跳。

"爸爸好吗？"

"好。"我们都哭开了。

"你们不能离开爸爸，我们都不能离开爸爸啊！"她突然大声地说并拿出一封信来。我一看，是爸爸寄来的，我多么熟悉爸爸的字呀，多少天来，一直盼着爸爸能寄来信，可是这时，我却害怕了，怕打开那封信。母亲说：

"你五叔已经给我念过了,你再念一遍吧。"

我念起来:

"龙儿妈:

"我是多么想你们啊!我写给你们几封信,全让扣压了,亏得一位好心的看守答应把这封信给你们寄去……接到信后,不要为我难过,我一切都好。

"算起来,夫妻三十年了,谁也没料到这晚年还有那么大的风波!我能顶住,我相信党,也相信我个人。活着,我还是共产党人,就是死了,历史也会证明我是共产党的鬼。可是现在,我却坑害了你们。我知道你和孩子正受苦,这是使我常常感到悲痛的事,但你们要活下去,而且要活得好!所以,我求你们忘掉我,龙儿妈,还是咱们离了婚好……"

我哇地一声哭了,弟弟妹妹也哭了起来,母亲却一个一个地拉起我们说:

"孩子,不要哭,咱信得过你爸爸,他就是坐个十年八年牢,咱等着他!龙儿,你给你爸爸回封信吧,你就说:咱们能活下去,黄连再苦,咱们能咽下!"

母亲牙齿咬着,大睁着两眼,我们都吓得不敢哭了,看着她的脸,像读着一本宣言。母亲的那眼睛,那眉峰,那嘴角,从那以后,就永生永世地刻在我的心上了。

这天夜里,天很黑,半夜里乌云吞了月亮,半空中响着雷,电也在闪,像魔爪一样地撕抓着,是在试天牢不牢吗?母亲安顿我们睡下了,她又坐在灯下纺起线来。那纺车摇得生欢,手里的棉花无穷无尽地抽线……鸡叫二遍的时候,又一阵炸雷,她爬过来,就悄悄地坐在我们身边,借着电光,端详起我们每一张脸,替我们揩去脸上的泪痕,当她给我揩泪的时候,我终忍不住,眼泪从闭着的眼皮下簌簌流下来,她说:

"你还没睡着?"

我爬起来,和母亲一块坐在那里。母亲突然流下泪来,说:

"咳,孩子,你还不该这么懂事的呀!"

我说：

"妈，你儿子已经长大了哩！"

母亲赶忙擦了擦眼泪说：

"孩子，我有一件事想给你说，我作难了半夜，实在不忍心，可也只有这样了。今年年景不好，吃的、烧的艰难，我到底是妇道人家，拿不来多少；你爸不在，弟弟妹妹都小，现在只能靠得上你了，你把书拿回来抽空自学吧，好赖一天挣些工分，帮我一把力吧。"

我说：

"我早该回来了，你别担心，我挣工分了，咱日子会好过哩。"

从此，我就退学务农了。生产队给我每天记四分工，算起来，每天不过挣了二角钱。但我总不白叫母亲养活了！母亲照样给人纺线，又养了猪，油、盐、酱、醋，总算还没断过顿的。

但是，这年冬天，母亲的纺车却坏了。先是一个轮齿裂了，母亲用铁丝缠了几道箍，后来就是杆子也炸了缝，一摇起来，就呱啦呱啦响，纺线没有先前那么顺手了：往日一天纺五两，现在只能纺三两。母亲很是发愁，我也愁，想买一辆新的，可去木匠铺打问过了，一辆新纺车得十五元。这十五元在哪儿呢？

这一天，我偷偷跑上楼，将爸爸藏在楼角的几大包书提了下来，准备拿到废纸收购店去卖了。正提着要出门，母亲回来了，问我去干啥我说卖书去，她脸变了，我赶忙说：

"卖了，能凑着给你买一辆新纺车啊……"

母亲一个巴掌就打在我的脸上，骂道：

"给我买纺车？我那么想买纺车的？！唵！"

"不买新的，纺不出线，咱们怎么活下去呀？"我再说。

"活？活？那么贱着活？为啥全都不死了？！"她更加气得浑身发抖，嘴唇乌青，一只手死死抓着心口，我知道她胃疼又犯了，忙近去劝她，她却抓起一根推磨棍，向我身上打来，我一低头，忙从门道里跑出来，她在后边骂道：

"你爸一辈子，还有什么家当？就这一捆书，他看得命样重，我跟了他三十年，跑这调那，我带什么过？就这一包袱一包袱背了书走！如今又为这书，你爸被人绳捆索绑，我把它藏这藏那，好不容易留下来，你却要卖？你爸回来了还用不用？你是要杀你爸吗？"

听了母亲的话，我才知道自己错了。我不敢回去，跑到生产队大场上，钻在麦秸堆中呜呜地哭了一场。哭着哭着，便睡着了，一觉醒来，竟是第二天早上了，拍打着头上的麦草，就往回走。才进巷口，弟弟在那里嘤嘤泣哭，一见我，就喜得不哭了，给我笑笑，却又哭开了，说："昨天晚上，全家人到处找你，崖沟里看了，水塘里看了，全没个影子，母亲差不多快要急疯了，直着声哭了一夜，头在墙上都撞烂了。"

"哥哥，你快回去吧，你一定要回去！"

我撒脚就往回跑，跪在母亲面前，让她狠狠骂一顿，打一顿，但是，母亲却死死搂住我，让我原谅她，说她做妈的不好。

……

就在那月底，我们全家人都到木匠铺去，买回来了一辆新的纺车。最高兴的莫过于母亲了，她显得很年轻，脸上始终在笑着，把那纺车一会儿放在中堂上，一会儿又搬到炕角上，末了，又移到院中的榆树下去纺。她让我给爸爸写信，告诉他这是我的功劳，说孩子长大了，真的长大了，让他什么也别操心，好好珍重身子，将来回来了，儿子还可以买个眼镜给他，晚上备课就不眼花了。最后，硬要弟弟、妹妹都来填名，还让我握着她手在信上画了字。这一次，她在新纺车上纺了六两线，那"嗡儿，嗡儿"的声音，响了一天半夜，好像那是一架歌子，摇摇任何地方，都能发出音乐来的。

母亲的线越纺越多，家里开始有了些积攒，母亲就心大起来，她从邻居借了一架织布机，织起布来卖了。终日里，小院子里一道一道的绳子上，挂满了各色二浆线。太阳泛红的时候，就喜欢经线、经筒儿一摆儿插在那里，她牵着几十个线头，魔术似的来回拉着跑，那小脚踮踮的，像小姑娘一样的快活了。晚上，机子就在门道里安好了,她坐上去,脚一踏,手一搬,哐哩哐当,满机动弹:家里就又增加起一种音乐了。

母亲织的布,密、光,白的像一张纸,花的像画一样艳,街坊四邻看见了,没有一个不夸的。布落了机,就拿到集市去卖,每集都能买回来米呀,面呀,盐呀,醋呀,竟还给我们兄妹买了东西:妹妹是一人一面小圆镜;我和弟弟是一支钢笔,说以后还要再买些书,让我们好好自学些文化。

……

几乎就从那时起,我便坚持自学,读完了初中课程,又读完了高中课程,还将楼上爸爸的那几大包书也读了一半。"四人帮"一粉碎,爸爸"解放"回来了,那时他的问题才着手平反,我就报考了大学,竟被录取了。从此,我就带着母亲为我做的那套土布印花被子,来到了大城市,开始了新的生活,几年间,再没有见到我的母亲。后来,父亲给我来了信,信上说:

"我的问题彻底落实了,组织上给平了反,恢复了职务,又补发了二千元工资。但你母亲要求我将一千元交了党费,另一千元买了一担粮食,给救济过咱家的街坊四邻每家十元,剩下的五百元,全借给生产队买了一台粉碎机。她身体似乎比以前还好,只是眼睛渐渐不济了但每天每晚还要织布、纺线……"

读着父亲的信,我脑子里就又响起那"嗡儿、嗡儿"的声音了。啊母亲,你还是坐在那院中的月光底下,摇着那辆纺车吗?那榆树梢上的月亮该是满圆了吧?那无穷无尽的棉线,又抽出了你多少幸福的心绪啊,那辆纺车又陪伴着你会唱出什么新的生活之歌呢?母亲!

《纺车声声》这篇散文,主要写了几个故事:
第一个,母亲凑钱为作者兄妹上学。
第二个,"我"为母亲念父亲来信。
第三个,母亲含泪与"我"商量,让"我"辍学回家。
第四个,母亲给"我"一巴掌,不允许"我"卖书凑钱。

第五个,"我"去大山里砍柴,凑钱为母亲买纺车。

第六个,母亲劳作一夜,买回语文课本。

这些故事中,有的详,有的略;有的长,有的短;有的于平淡之中,满含苦难的泪水;有的于不经意间,传递出一种特殊年代才有的特殊的温馨。这当中,尤数"我"被母亲一个巴掌打在脸上那个故事,最能拨动读者的心弦。

因为家里实在太困难,在经过慎重的考虑之后,母亲含泪决定让"我"辍学回家。懂事的"我",从此退学,参加生产队的集体劳动:

生产队给我每天记四分工,算起来,每天不过挣了二角钱。但我总不白叫母亲养活了!母亲照样给人纺线,又养了猪,油、盐、酱、醋,总算还没断过顿的。

这一段叙述看似平静,但我们可以毫不夸张地说,这里的每一个字的背后,都有可能是一个故事!

如果能这样过下去,也许,日子虽然艰辛,也还算勉强过得。但"屋漏偏遭连夜雨",一些不顺心的事,总喜欢一溜烟儿跑来,给人们开玩笑。"这年冬天,母亲的纺车却坏了",顿时,家庭陷入一片恐慌之中:

先是一个齿轮裂了,母亲用铁丝缠了几道箍,后来就是杆子也炸了缝,一摇起来就呱啦呱啦响,纺线没有先前那么顺手了:往日一天纺五两,现在只能纺三两。母亲很是发愁,我也愁,想买一辆新的,可去木匠铺打问过了,一辆新纺车得十五元。这十五元在哪儿呢?

没办法,"我"就偷偷跑上楼,将爸爸藏在楼角的几大包书提下来，准备拿到废纸收购店去卖了。在得知"我"要卖书买纺车后，母亲"一个巴掌就打在我的脸上"：

给我买纺车？我那么想买纺车的？！唵！……活？活？那么贱着活？为啥全都不死了？！……你爸一辈子，还有什么家当？就这一捆书，他看得命样重，我跟了他三十年，跑这调那，我带什么过？就这一包袱一包袱背了书走！现如今为这书，你爸被人绳捆索绑，我把它藏这藏那，好不容易留下来，你却要卖？你爸回来了还用不用？你是要杀你爸吗？

  母亲是一个不识字的农村妇女，但正因为不识字，她才更知晓知识、文化的重要性。这一段"教子语录"，将家庭的处境，政治上的遭受打压，在那个特殊的情景之下，和盘托出，既为展现身为曾经的校长之妻的母亲这一人物的个性，更为下文"我"跑出去，跑到生产队的大场上、钻进麦秸堆中痛哭一宿，做足铺垫。

  文章至此，儿子为家庭着想的心意，被母亲"误会""曲解"；但母亲看中的是，经济再艰难，也要考虑"怎么活"；这样的"母教"，令我们警惕，引起我们深深的思索。父母是人生的第一任教师，父母的一言一行，往往给孩子以终身的影响。从这里，我们可以看到，"贾母"是一个在关键问题上非常有主见的人，她对生活并非全部的逆来顺受，而是坚持着自己最基本的原则，在以自己的力量，顽强地同生活抗争，并以自己的这种精神，影响着自己的孩子。正因为如此，才有"我"后来的刻苦自学，抓住机会，考上大学，彻底改变了人生的命运。这样的"严母"，对贾平凹先生永不服输的性格的形成，对他今后读书、写作上永不言弃的韧性人格的塑造，可谓功莫大焉。

  全文的故事从黑暗的"文革"年代中作者家庭的极度贫困写起。过去，很多家庭、特别是广大农村和小城镇的一些家庭，往

143

往都有一架纺车,靠女主人起早摸黑,以勤劳的双手纺线贴补家用。在"我"家,父亲在外地教书,一双小脚、身子骨又不太好的母亲,便成了日常家庭生活的"顶梁柱",几乎所有的重担,都压在了她的肩上。于是,"嗡儿,嗡儿",纺车声声,也就成了作者家中一道独特的"风景"——一家大小生活的希望。纺线看似简单,其实是一个体力活,不仅仅需要技术,还需要体力,更需要一种韧劲。为了孩子能有吃的,能上学,瘦弱的小脚母亲使出了浑身解数,倾注了所有的汗水与心血。

《纺车声声》这篇散文,以纺车为线索,将母亲与纺车紧紧地联系在一起。文中的每一个故事,都与纺车有关,都与母亲那"纺车声声"有关。母亲靠纺车艰难养家—纺车罢工,我担负起买新纺车的重任—新纺车给家庭带来的变化—"我"逐渐走上自学道路。作者通过这一系列的故事,剥蕉见心,层层展开,将一个平凡而伟大的母亲形象,展现在我们面前。全文泪水与汗水交织,执着与坚韧凸显,抽丝剥茧,为我们描绘了特殊年代社会底层寻常人家的酸甜苦辣,"嗡儿,嗡儿",传递出的是母亲的慈祥,母亲的坚韧,家庭的苦难,人间的至情与大爱!

第三节　贾平凹散文的佛缘美

一些朋友告诉我们，贾平凹先生的一些散文，似乎有一种神秘感，或者说暗藏着一些较为玄乎的东西，我们不能以常理去解释。朋友们不知道，这正是我们要讲的问题——佛理之美、禅理之美，这是贾平凹先生散文创作中传统东方哲学思想表达的一个重要组成部分。

大家知道，贾平凹先生的散文开朗、豁达、通透、静谧，其率真之性、朴质之诚，通过他不乏幽默之趣的行文，浑然天成，毫无雕琢的痕迹，称之为"一绝"，毫不为过。因此，"贾迷"众多，遍布海内外。

贾先生散文风格的形成，其原因是多方面的、综合性的。比如：出生、成长的地域；从小所受的家庭、环境的影响；青少年时期的知识结构；踏上工作岗位后，人文情怀、人格修养、美学追求的境界高度；等等。

贾平凹出生在陕南的乡间，生长在棣花镇的山野，商洛山的山山水水，丹凤县那朴实的民风、民俗，无不给他以滋养。关于地域对作家的影响，当代著名散文家红孩曾经指出：

地域不同于旅游散文。……就大多数人而言，应该写自己熟悉的生活，用最能表现自己水平的方式写，为自己的心灵写。……一个没有故乡的作家，是很难写好文学作品的。但有了故乡，不等于就是自己的文学的故乡，这里有一个转化的过程。……生活在某一地域，有雄心壮志为家乡立言作传的人有很多，但能形成特色的寥寥无几。[1]

贾平凹童年、少年时期，家庭经济极度贫困，上大学时期求学生涯十分艰苦，这些无疑给他的心灵打上了深深的烙印。因此，他的很多作品，不仅充满了浓郁的地方特色，还渗透着一种佛性。比如，他的小说中屡屡提及算命的和尚，有些地方还有不少鬼神之说的描写，这为小说平添了许多神秘而奇异的色彩。这样的情况，在贾先生的散文中，也有不少。

为什么会这样呢？除了上面提到的原因，我们还应该从传统思想影响的角度来看待这个问题。对于崇佛、敬佛、礼佛的贾平凹而言，传统的佛教信仰，不仅已经深入到他的内心，还深入到了他的骨髓、他的血脉，已经成为他日常生活的一部分。在当代的都市文明中，对佛理禅思的参悟，已成为霓虹闪烁的都市文明中寻找心灵慰藉、心灵回归的一种重要的途径。在贾平凹的一些带有佛理特征的散文中，比如《动物安详》《残佛》《古土罐》《感谢混沌佛像》《记五块藏石》《缘分》等，贾平凹已将自己融进了自然，从而物我两生，或者物我两忘，已经通过潜心修悟来成就自己的一颗佛家所说的平常心。阅读那些文字，我们可以充分地感受到一种人间的大爱与慈悲，往往会产生顿然开悟、余音绕梁之感。

说到这里，就不得不提一下我们日常生活常常说到的"佛缘"了。

"佛缘"是一个佛教用语，指某人和佛教中的人物有感性上

---

[1] 红孩：《地域散文大有可为》，选自《红孩谈散文——散文是说我的世界》，中国言实出版社，2018年9月。

的联系或者似曾相识的感觉。这种联系,可以是佛教所说的"前世",也可以是"今世"。信仰佛教者有一个说法,就是——有佛缘的人,往往会受到佛、菩萨、罗汉等佛教人物的"加持"(爱护和关照)。对于信仰佛教的人而言,佛缘就是一种机缘;世间的万事万物,包括我们人类,都存在一个"缘"字,其离合聚散,生老病死,都有"定数"。而我们的日常修行,就是修"来世",就是提倡积善行德,与人为善。所以,有"佛缘"的人,往往也是骨子里透露出善良的人。因为与佛有缘,所以善良;因为善良,所以也就具有一种特殊的美。

贾平凹先生的散文、特别是佛理散文,往往表现出一种清新的佛缘。概而言之,其散文中的佛缘美,主要表现出三个大的特点:

其一,表现在不妄不矫的一种实诚心。

贾平凹生于商洛山区的陕西丹凤县棣花镇。那里地瘠民贫,但民风淳朴。贾先生自幼生活在那样的环境中,熏陶渐染,自然地形成了不妄不矫、为人实诚的性格。

这里,请大家先看一篇曾令琪的散文《谒贾平凹先生记》:

自古以来,国人很喜欢给别人戴高帽,一些人也总喜欢被别人戴高帽。似乎一经戴上"高帽",便立即身价百倍,鹤立鸡群。于是乎,当今中国"大师"帽子满天飞;高帽之下,难免伪大师居多,令人厌而恶之。但"桃李不言,下自成蹊",真大师却从来都是受人景仰的。习近平总书记在文艺座谈会上提到的"二贾"之一的贾平凹先生,就是中国当今文坛首屈一指靠实力说话的响当当的人物。

蒙平凹先生之邀,我们杂志社一行四人,大年初七,驱车北上西安,去谒见曾经数十次通话和短信往返但未睹真容的贾平凹先生。

正月初七是"人日"。传说女娲正月初一创世,七天内每天造出一种生物，前六天诞生了鸡、犬、豕（猪）、羊、牛、马，直到第七天正月初七才创造了人。历史上，唐代的高适、杜甫曾经在成都有著名的人日唱和。咸丰四年（1854年），时任四川学政的何绍基在果州（今四川南充）主考，正月初六回到成都，拟就对联一副："锦水春风公占却；草堂人日我归来。"何绍基熟知高杜人日唱和的典故，特意沐浴静坐，宿于郊外。待到次日正月初七，才赶到草堂题写此联。我们选人日北上，也是为了表达对平凹先生发自内心的敬意。

傍晚到达西安。为了不耽误和平凹先生的见面，我们住宿在距先生第一工作室上书房最近的一家宾馆。晚饭后，到了先生那个小区，"侦查"了一番地形，才放心地回到宾馆。但上床之后，辗转反侧，总是难以入眠。于是，又在网上选读先生的文章。一篇《条子沟》，写尽一个小山村的沧桑；一篇《哭婶娘》，一篇《再哭三毛》，令我黯然泪下。网上闲逛之中，无意间进了先生的新浪博客，读了先生近些年写的一些序、跋、评。说心里话，这样"恶补"，并不是对平凹先生的一种畏惧，而是由衷的尊敬；因为，"功课"不做足，生怕在与先生的言谈之中"露怯"，坏了咱中文系的"名声"。

正月初八，谷日。一大早，沐浴更衣，以示虔诚。上午，我们比先生约定的时间提前24分钟赶到。站在先生的门口，几次想敲门，举起手，又无声地放下。先生是职业作家，长期熬夜，还是到约定的时间再敲门吧。凝神静气之间，忽听得窸窸窣窣一阵声响。估计是先生起床了，估计是先生在洗漱，估计是先生在准备……整10点，我领头，站成一路纵队。我抬起右手，中指轻叩三声。门开了。道声"贾老师好"，多年来只读其文、未见其人的贾平凹先生，便微笑着将我们让进了屋里。

于是坐下，于是品茶，于是闲谈，于是阵阵笑声冲淡了我们后辈谒见大贤那种拘谨和不安，气氛很快便融洽起来。

辛弃疾《鹧鸪天》曰："聚散匆匆不偶然。"人生本如飘萍，有缘则聚，无缘则散，冥冥之中一切似乎都早已注定。少年时代，我喜欢先生的商州系列散文和中短篇小说，读其书而想见其人。而今，看尽千山，阅尽红尘，当年仰慕的文学泰斗，就静静地坐在咫尺之间，真令人百感萦怀。

先生说，他一早就将茶煮好了，等我们的到来。细细一品，茶是上等的黑茶，加了铁皮石斛，还特意加了少许的盐。石斛为中华九大仙草之首，是附生草本植物，吸日月之精华，饮风霜而餐雨露，历来享誉极高。先生以这样的礼节招待，我们顿时心里热乎乎的，浑身十万八千个汗毛孔都充满了舒泰。

我们将给先生带的礼物一一取出，送给先生。这是什么什么酒，这是什么什么烟，这是什么什么茶。先生对四川的黄老五花生糖和资中冬尖很感兴趣。我介绍道，先生经常熬夜，晚上吃两块花生糖，喝一盏热茶，既暖胃，也充饥；冬尖是中国名产，开袋即食；下饭、炒肉丝、做臊子、做烧白，都是上佳之品。末了，我将我写的一幅题了"平凹先生正"的隶书扇面"春风徐来"赠送给先生。平凹先生微笑着，一一接过我们的礼物，一声声道"好"，然后收起来。他还表扬我扇面写得好，让我心里美滋滋的。

在上书房，先生为我们介绍了他的藏品。先生特意告诉我们，随便拍照，不要拘束。先生的书桌上，一副圆圈老花镜，一叠正在撰写的手稿。我们分别坐在桌前，留下了难忘的一瞬。

我们和先生聊文学，聊各地的民风民俗，聊我们少年时代的文学梦，聊我们对先生三十余年的景仰，聊我们阅读先生作品的感受。我还对先生说起1992年先生创办《美文》的一些逸闻趣事，并向先生求证他的生日是不是阴历的二月二十一。平凹先生有问必答，解了我们心中很多的疑惑。先生还给我们讲解他每年抽时间下基层，到农村，深入生活，怎样去寻找创作素材，怎样激发创作灵感。

先生非常高兴地对我们说，上书房不是他最大的工作室，几公里外的新书房才是他藏品最多的地方。说罢，先生领我们去了几公里外的新书房。

好大，好安静，好多藏品！这是我们跨进书房大门的第一感觉。

先生为每一尊大佛上香，然后给我们介绍主要藏品的来历。于是我们知道了佛音鸟，知道了越南花梨木，知道了战国的"方"，知道了北齐的文物。而我们，则争相用手机和相机，记录下很多珍贵的瞬间。先生逐一和我们每一个人多点、多次合影，没有一点不耐烦的样子。在给先生拍摄杂志封面照的时候，先生正襟危坐，表现得很严肃。我居然情不自禁地对先生说："贾老师，您随便一点，想抽烟抽就是。"先生于是点起一支烟，我按下快门，留住了永恒的瞬间。

对我们一行的到来，先生非常高兴，充满着法喜。对我们杂志的办刊理念和成绩，先生予以充分肯定。先生说："你们的刊物比某某省级官办文学刊物还办得好。"作为主编，一闻此言，真是激动万分。我知道，这是先生对我和我们杂志的鼓励。文学之路是艰辛、寂寞而漫长的，我们只有持之以恒、不断努力，才能不辜负先生的期望。关于文物收藏，先生对我们说："文物的聚散也是有定数的。有时候一件文物来了，很快能够引来另一件文物。"我想，是不是先生在借文物的聚散有缘，开示我们这样的禅机——一切随缘，该来的东西自然会来。在介绍文物收藏的间隙，先生居然哼着小调，轻松地迈着小步。我们不由相视莞尔。真难得，我们目睹了先生的赤子情怀。

承蒙青眼，贾平凹先生爽快地答应担任我们杂志首席顾问。我当场填好聘书，先生与我拿着聘书，欣然合影。先生还在几本书上签下大名，赠送给我们一行四人。我得到的，是先生早年的中篇小说集《腊月·正月》。先生的硬笔字和毛笔字一样，铁画银钩，干净简洁，一如他为人的耿介实诚。有人说，贾平凹先生脾气很大，性格古怪。但正如著名报告文学作家尹西农先生所言，我和先生很投缘。我不仅丝毫没有感受到先生为人的古怪，反觉得先生循循如也，蔼蔼如也，言谈举止之间，让我们如沐春风，倍感亲切。

中午，先生带我们去一家小店，品尝著名的小吃岐山臊子面和西安肉夹馍。先生基本吃素，生活挺简单，一个肉夹馍，一碗豆豉汤，如此而已。在等待叫号的时候，先生踱出门外，点起一支烟，不经意地望着街对面，享受着片刻的闲暇。一缕阳光洒在先生的脸上，先生很是惬意。等肉夹馍和豆豉汤端上桌，先生就和我们一道，大庭广众之下，围桌而坐，左手拿馍，右手端汤，呼哧呼哧，颇有魏晋人之风采。真可谓大隐于市，无人识面。由此可见，文学不是热热闹闹的杂耍，作家、文学家的第一功夫，就是要耐得寂寞。

稼轩词曰："明朝放我东归去，后夜相思月满船。"

这次谒见贾平凹先生，对我触动很大。我们都已过半百，人到中年。中文系出身的我们，今生今世不能留下一部"做枕头"的书，我们将会遗憾终身。平凹先生是我们都极为敬重的文学前辈，我们唯有认真写作，实心办刊，才对得起先生对我们的关心和扶掖。

2月6日，在返回四川的高速路上，我填了一首《西江月》词，寄呈贾平凹先生，表达了我当时的心情：

诚恐诚惶北上，文学梦想牵怀。红尘琐事弃尘埃，谷日老天溢彩。　　缘结大师千里，贾门立雪来哉。轶闻掌故话匣开，佛佑三生奏凯。

2016年跨2017年那个春节，农历正月初八，我们到西安拜见贾平凹先生。那是我们第一次见到自己仰慕已久的大师。客观地说，那个时候，我们虽然在川内有点小名气，但在全国可谓"天下无人能识君"，没什么名气，无异于一个"毛头小伙"。但在我们这些第一次见面的文友面前，贾先生从不妄言一句话，从不妄评一个人，也从来没有一句话、一个动作表现出不屑一顾、妄自尊大的所谓"派头"。举手投足之间，贾先生那种和蔼、实诚、厚重、质朴，过去多年，至今还让我们记忆犹新。

文章所写的几个细节，比如贾先生为我们一行煮铁皮石斛，而且还特意加了一点食盐；贾先生带我们参观他的新书房；贾先生在街边小店呼哧呼哧非常响亮地喝下一碗豆豉汤……这些都是百分之百、原汁原味"保真"的描写。除此之外，还有文中未写到的两个细节：一是当听说曾令琪还兼任着老家的佛教协会副会长，贾先生开玩笑说："是啊，会长来了，我不得准备准备嘛！"二是当我们车行西安大街上时，贾先生时不时指着街边的店，道："看，这家店的招牌，是我写的；那边那家，也是我写的！——以后你们如果到西安，忘了我的电话，你们都可以问那些店老板，就找得到我了！"言谈之间，颇是"得意"。

以后，每每谈起这件事，我们都说，社会的发展，导致在人与人的交往中我们很多时候都戴上了面具，好多人深自掩饰还来不及呢，怎么会将自己"开屏孔雀"的"屁股"轻易示人？而贾平凹先生一代大家，享誉中外，却是如此的质朴，像一个儿童一样，最纯真地表达着自己的爱憎。如果没有不妄不矫的实诚之心，他能表现出这样的天真烂漫吗？

明代洪应明在《菜根谭》中说："唯大英雄能本色；是真名士自风流。"贾先生呼哧呼哧喝豆豉汤的响声，与王羲之坦腹东床蒲扇扇风的声音，岂非今古辉映、异曲同工？在日常生活中，贾先生就是如此。而这样的本色，必然在他自己的散文中或多或少地表现出来。

还是让我们来看看贾先生自己的作品吧：

军区在疏勒县，郭玉英的丈夫并不在家，郭玉英让我们吃着水果歇着，她去找检察长，约摸五分钟吧，一个军人抱着一块石头进屋，将石头随手放在窗下，说他姓侯，抱歉因开会没能去城里亲自迎接。

我们便知道这是侯检察长了。

接着郭玉英也进来，也是抱一块石头，径直放到卧室去。

我是痴石头的，见他们夫妇都抱了石头回来，觉得有意思，便走到窗下看那石头，不看不知道，一看就大叫起来。

这石头白色，扁圆状，石上刻凿一尊菩萨的坐像。

我忙问："哪儿找的？"

老侯说："从阿里弄的。"

我说："你也收藏石头？"

他说："给别人弄的。"

老侯似乎很平静，说过了就招呼我们去饭馆吃饭。

我把石头又抱着看了又看，郭不悄悄说："起贪婪心啦？！"

我说："我想得一块佛画像石差不多想疯了，没想在这儿见着！"

郭不笑笑，再没有说话。

在饭桌上，自然是吃酒吃菜，我不喝酒，但大家却都喝得高兴，也没那些礼节客套，一尽儿随形适意。

老侯是言语短却极实在人，对我们能到他这里来感到高兴，说新疆这里也没什么好送的，只是英吉莎小刀闻名于世，他准备了几把。

郭不就给老侯敬酒，说，老侯，你真要送个纪念品，我知道贾老师最爱的是石头。

我去过他家，屋里简直成了石头展览馆了，你不如把刚才抱的那个石头送给他。

郭不话一出口，我脸就红了，口里支吾道："这，这……"心里却感激郭不知我。

老宋更趁热打铁，说："平凹也早有这个意思！"

老侯说："贾老师也爱石头？那我以后给你弄，这一块我答应了我的一个老领导的。你说那石头好吗？"

我说："好！"

郭不说："贾老师来一趟不容易，给老领导以后再弄吧，这一块让贾老师先带上。"

老侯说:"那好。这一块给贾老师!"

我、老宋、郭不几乎同时站起喊了个"好啊!"给老侯再续酒,又续酒。

吃罢饭,去老侯家就取了石头。

这石头我从疏勒抱回喀什,从喀什抱回乌鲁木齐,从乌鲁木齐抱回到西安,现供奉在书房。

日日对这块石头顶礼膜拜时,我总想:如果当时在乌鲁木齐决定去北疆还是去南疆时不因老宋曾在喀什工作过而不去南疆,这块佛像石就难以得到了。

如果到了喀什,周涛未给郭玉英打电话,这块佛像石也难以得到了。如果那个礼拜天郭玉英迟来两分钟,我们去了老曾家这块佛像石也难以得到了。

如果去了郭玉英家,老侯先一分钟把佛像石抱回家然后在门口迎接我们,这块佛像石也难以得到了。

如果老侯抱了佛像石如郭玉英一样抱放在卧室,我们不好意思去人家卧室,这块佛像石也难以得到了。

如果老侯的老领导还在疏勒,这块佛像石也难以得到了。

如果酒桌上郭不不那么说话,我又启不开口,这块佛像石也难以得到了。

这一切的一切,时间卡得那么紧,我知道这全是缘分。

我为我有这个缘分而激动得夜不能寐,我爱石,又信佛,佛像石能让我得到,这是神恩赐给我的幸运啊!

上面这部分文字,选自贾平凹散文的《缘分》[1]。

贾平凹先生爱石、信佛,这是很多人都知道的;但面对自己

---

[1] 贾平凹:《缘分》,选自《远山静水》,时代文艺出版社,2017年6月。

钟情的东西，他却像一个未经世事的赤子。"起贪婪心"——"脸就红了，口里支吾"——"几乎同时站起喊了个'好啊'！"——"日日对这块石头顶礼膜拜"，其心里有一个从渴求到忐忑再到自然的过程。这些，都是真实不虚、天然本真、不妄不矫的记叙和描写。后面几段，以"如果"引出一系列的假设，最后，将这一切的因缘，都归之为"缘分"，真可谓水到渠、顺理成章。这个篇末的"点睛之笔"，将全文的主旨一下升华；同时，也将作者对朋友们的感激和盘托出，表达出贾平凹对人间友情的看重和珍惜。

其二，表现在顺其自然的一种平常心。

大家知道，有一个成语，叫作"道法自然"；殊不知，佛家也非常重视"自然"一词。将"自然"用之于日常的社会生活，也就成了佛家所提倡的对待一切事情都要具备的"平常心"。

陕西十大青年作家之一的女作家林仑，对贾先生日常生活的平常心，描写得非常充分。我们随举两个片断：

其一

记得当时贾平凹的宿舍是在北大街一个两层楼上，进了他住的宿舍，窗台外，一只被黑垢痂裹身的绿色铁皮煤油炉子告诉我，这就是贾平凹的生活。

宿舍很小，还好，就住他一个人。门背后放了一把蔫蔫的小青菜，那时是用稻草秸捆住的。旁边有一只没油漆的小木凳，上面放有一块木案板，案板底下卧着几只搪瓷青碗，算是贾平凹全部的过活了。房子最里边支了一张单人木板床，床上还算干净，蓝格子的粗布单子，显得有些温馨。整个屋子看起来很简单，但却透出些许生活的贴心味道。

贾平凹当时是在一家杂志社上班的。三哥和我，还有我的一位当时正在西安上大学的堂兄一到，总算是朋友加客人了。那时招待客人吃饭对每个国人来说比什么都重要，也是来人接待的基本常情。贾平凹先是点着了外面的煤油炉子，待水开后，就往清水锅里放了白白的挂面和青青的菜叶子。烧好后，一人只能盛大半碗，然后调了盐、醋、辣子，总算凑合着吃了一顿。

开饭时，贾平凹慢条斯理地说了一句："咱这顿饭好着哩，青菜煮挂面，一青二白。"

我知道，当时所有在场的人都没吃够，因为一个人的小锅，要下出几个人的饭来，只能打个尖，垫个饥而已。对于贾平凹那会儿蔫蔫的一句解释，我和三哥、堂兄还有他本人都"嗤嗤嗤"有声又无声地笑了。

我一直操心着贾平凹烧香的事儿。小小房间没见着香炉呀佛像什么的，但是，我还是闻出了香的气味……

其二

我的长篇小说《终南山》写出后，放了好几年，三哥才交给贾平凹，说是让他看一下，提点意见。三哥他们是患难时期的故交，因此还按老早的习惯，作品一写出来，相互当作第一读者拜读。

为听取他对《终南山》的意见，我才在几十年后，又一次到了贾平凹的家。

我一进门，贾平凹就直接进入主题。

"看完你这部《终南山》，让我想起了过去好多事。"

他还是一副蔫蔫的神情，不慌不忙地抽着香烟。我也是那种不会说恭维话的笨人，只是由衷地说了一句："平凹哥这些年写的东西真不少！"

"奈——还是你弄得好。"他软软地回应道。

我明白，贾平凹指的是《终南山》，并不是赞扬我在社会上干的事情好。[1]

---

[1] 林仑：《贾平凹的拜佛情结》，选自林仑女士新浪博客。

这里所引的两段文字，从一个文友的感慨，引出对贾先生的信佛、拜佛的叙写，最后写出作者的感悟："心有灵犀才能一点通。贾平凹的蛙缘，佛缘，怎能任由人心揣摩得出？"

这两个片断，前一部分重点关注的是贾平凹宿舍的陈设，与他共进的一顿"青菜煮挂面"。后一部分的重点，是与贾平凹交流作者的一部长篇小说《终南山》的创作。前者，作者归结为"我一直操心着贾平凹烧香的事儿。小小房间没见着香炉呀佛像什么的，但是，我还是闻出了香的气味"，后者，则以一句"我明白，贾平凹指的是《终南山》，并不是赞扬我在社会上干的事情好"收束。表面看起来二者有点风马牛不相及，实际上，前一个片断是通过贾先生日常生活的简单、朴素，写出贾先生所信仰的佛、所礼拜的佛，已经深入他的日常生活，浸入他的日常烟火；后一个片断，则通过"他还是一副蔫蔫的神情，不慌不忙地抽着香烟"这个神情、动作，加上"奈——还是你弄的好"这一句"他软软地回应"的语言，写出贾平凹先生日常生活中语言表达的"迟拙"。这既是贾平凹的性格使然，更是他几十年信佛、礼佛、崇尚佛家"头陀行"一般苦行僧生活而顺其自然、随遇而安的"至简"的结果。佛在哪里？禅在哪里？佛在我们每个人的心中，禅则在我们的日常生活之中。这样，贾平凹先生的形象，就立体般"站"在了我们的面前。

所谓心态决定行为。贾平凹先生的散文，很多地方都表现出一种顺其自然的平常心。比如：

我来自乡下，其貌亦丑，爱吃家常饭，爱穿随便衣，收藏也只喜欢土罐。西安是古汉唐国都，出土的土罐多，土罐虽为文物，但多而价贱，国家政策允许，容易弄来，我就藏有近百件了。家居的房子原本窄狭，以至于写字台上，书架上，客厅里，甚至床的四边，全是土罐。我是不允许孩子们进我的房子，他们毛手毛脚，但怕撞碎，胖子也不让进来，因为所有空间只能独人侧身走动。曾有一胖妇人在转身时碰着了一个粮仓罐，粮仓罐未碎，粮仓罐上的一只双耳唐罐掉下来破为三片。许多人来这里叫喊我是仓库管理员，更有人抱怨房子阴气太重，说这些土罐都是墓里挖出来的，房子里放这么多怪不得你害病。我是长年害病，是文坛上著名的病人，但我知道我的病与土罐无关，我没这么多土罐时就病了的。至于阴气太重，我却就喜欢阴，早晨能吃饭的是神变的，中午能吃饭的是人变的，晚上能吃饭的是鬼变的，我晚上就能吃饭，多半是鬼变的。有客人来，我总爱显示我的各种土罐，说它们多朴素，多大气，多憨多拙，无人了，我就坐在土罐堆中默看默笑，十分受活。[1]

这是贾平凹散文《古土罐》的第一段。这段文字，作者将自己的出身、性情、爱好、健康状态，一一展现在我们面前。作者重点介绍的是自己喜欢土罐，喜欢"阴"，文中，辅之以这样的幽默、风趣："早晨能吃饭的是神变的，中午能吃饭的是人变的，晚上能吃饭的是鬼变的，我晚上就能吃饭，多半是鬼变的。"一般的人，对出自墓中的土罐避之唯恐不及，而"我"却偏偏喜欢，而且表现出常人难以理解的快活："有客人来，我总爱显示我的各种土罐，说它们多朴素，多大气，多憨多拙，无人了，我就坐在土罐堆中默看默笑，十分受活。"这样的旷达，坦然，令我辈仰而视之。

"平常心"，说起来只有简简单单的三个字，做起来却很难，特别是要几十年坚持一贯，而不是偶尔地装模作样、故弄玄虚。

---

[1] 贾平凹：《古土罐》，选自《贾平凹散文精选》，长江出版传媒／长江文艺出版社，2017年12月。

因为，生、老、病、死、爱别离、怨憎会、求不得，这些都是我们每个人要经历的痛苦。很多人无法解脱，所以也就在自己的"围城"中沉迷。而佛家倡导的，就是要以一颗平常心，去对待这些。要知道，心随境转，世间的一切得与失，都是相互转化的；要珍惜现在，珍惜当下，珍惜自己现在所拥有的，而不要好高骛远，去追求水花镜月；心要"大"一些，不要斤斤计较于生活中的一些细事、琐事，才能有更宽阔的空间，容纳更多的东西。古人所谓"海纳百川，有容乃大"，即此之谓也。

对此，王冰、吴艳这样总结："平凹先生的散文就是凭借着对此的一种通透万物的悟力，来解读这一切的，他的散文似乎让我们在瞬间有了一种彻悟，比如万物生灭，时序迁流，及人生的真谛，生老病死，穷途末路等。"[1] 这个总结，是非常到位的。可以说，阅读贾先生的很多作品，我们都能感受到他那种安时处顺的人生态度。

其三，表现在空灵剔透的一种禅净心。

贾平凹先生的很多散文，具有一种空灵剔透的佛禅之美，这是文学界公认的。佛家有个著名的说法，叫作"相由心生"。这个词语见于《尊婆须蜜菩萨所集论》《苏平仲文集》等若干古籍。所谓"相"，一般是指事物的表现形式，与"性"（事物的本质）相对。一般而言，"相由心生"的"相"，指的是外在的物相，"相由心生"即指一个人看到的事物，或者对事物的理解、解释、观感，全部都由他的内心决定着。

这种说法可能来源于佛教"唯识宗"的一桩公案。《六祖坛经》有一个著名的小故事：禅宗六祖惠能大师于黄梅得法后，至广

---

[1] 王冰、吴艳：《贾平凹：弥散着文化之异的散文》，《名作欣赏》杂志，2007年第10期。

州法性寺,值印宗法师讲《涅槃经》。时有风吹幡动,一僧曰风动,一僧曰幡动,议论不已,慧能进曰:"非风动,非幡动,仁者心动。"自此之后,世乃有言曰:"命由己造,相由心生。"谓世间万物皆是化相,心不动,万物皆不动;心不变,万物皆不变。由此看,人们所处的状态都是众生的"心"之所造。

关于这个问题,著名作家、诗人雷抒雁曾经有一段非常精彩的文字:

雷达急着要看这"金香玉",又觉凑上前去,动作不雅,便连声喊道:"卸下来!卸下来!"

想来这方佩玉是平凹极为钟爱之物,一条细绳系在脖颈,那绳子又十分紧短,戴卸均不方便。眈眈委委,拉拉卸卸,红绳差点没把一双耳朵刮了下来。

这一卸,却是祸事的开端。《玉藻》一书早有提醒:"君子无故,玉不去身。"大约这一去身,就埋下不祥。

雷达握玉在手,看了又看,闻了又闻。果然,那一方玉,倒像是一片巧克力,浓重的色彩里,透着一股异香。

众人争看,平凹便不紧不慢讲起这金香玉的来历。说是陕南某地,有一老人偶在一处山洞,碰见一块有香味的石头,便搬了回去;后来,被地质部门认定为稀世珍宝"金香玉",再去找,则山塌洞灭,迷不知处。后来,只是偶然的原因,有这三方行诸于世,剩余的玉料老人便秘不示人了。

既是绝品,就更让人爱不释手。一遍传罢,毕英杰女士复还给平凹,谁知就在递接瞬间,一失手,只听嘎然一声那方玉掉落在茶几之上。平凹是奇人,听声之后,先是一惊,接着闭目伸手,连叫:"六块,六块!"那声音怪异,像是祈祷,又像是判定。

众人静下神,俯身去拣,果然六块。平凹说:"如何?玉是灵性之物,知道诸位心私爱之,又不便说出口;且只一块给谁也不合适。如今碎了,在场共六人定然是六块。每人一块,拿去吧!"[1]

这个故事,见诸雷抒雁《分香散玉记》。记叙的是1999年11月某日晚发生的事。当时,贾平凹先生荣获"中国石油铁人奖",在人民大会堂得一奖牌并3000元奖金,晚上庆功宴之后,一群京内朋友邀聚白描先生家中闲聊。一并六人——贾平凹、雷达、李炳银、雷抒雁以及白描和夫人毕英杰。在外人看来可能无非巧合的一件事,在贾平凹和他那帮朋友们看来,则是禅境空灵,妙趣横生。难怪,雷抒雁这篇文章也写得充满"禅趣"呢。

再回到贾平凹先生的散文。贾先生因为长期浸淫于佛教的氛围之中,所以,谈话之中,时露机锋;起行坐卧,往往也充满禅理、禅意。因此,下笔成文之际,难免也就自然带上一些禅意。看他的集子、单篇:《远山近水》《自在独行》《生命是孤独的旅程》《残佛》《坐佛》《动物安详》……似乎都或多或少有一种禅意,给人以空灵、静谧之感。

先看下面这一段文字:

或说,佛毕竟是人心造的佛,更何况这尊佛仅是一块石头。是石头,并不坚硬的沙质石头,但心想事便可成,刻佛的人在刻佛的那一刻就注入了虔诚,而被供奉在庙堂里度众生又赋予了意念,这石头就成了佛。钞票不也仅仅是一张纸吗,但钞票在流通中却威力无穷,可以买来整庄的土地,买来一座城,买来人的尊严和生命。或说,那么,既然是佛,佛法无边,为什么会在泾河里冲撞滚磨?对了,是在那一个夏天,山洪暴发,冲毁了佛庙,

---

[1] 雷抒雁:《分香散玉记》,中国作家网2007年1月29日。

> 石佛同庙宇的砖瓦、石条、木柱一齐落入河中，砖瓦、石条、木柱都在滚磨中碎为细沙了而石佛却留了下来，正因为它是佛！请注意，泾河的泾字，应该是经，佛并不是难以逃过大难，佛是要经河来寻找它应到的地位，这就是他要寻到我这里来。古老的泾河有过柳毅传书的传说，佛却亲自经河，洛河上的甄氏成神，飘渺一去成云成烟，这佛虽残却又实实在在来我的书屋，我该呼它是泾佛了。[1]

这是贾平凹先生《残佛》中的一段。这里，作者先是叙述了"去泾河里捡玩石"、得到残佛的经过，猜测了这尊佛的来历，表达了得佛之喜悦，发出了"佛残缺了却依样美丽"的感叹。整个事件，从头到尾，无不充满着禅意。这一段文字，就是贾先生对残佛来历的猜测。通过作者一系列的猜测、推测，我们感受到传统文化中佛的庄严与伟大，也感受到了佛境的空灵剔透与历经劫难之后依然如故的美丽。这一段内容很重要，它为全篇文章结尾处的议论张本："人都是忙的，我比别人会更忙，有佛亲近，我想以后我不会怯弱，也不再逃避，美丽地做我的工作。"可以说，作者通过对到泾河捡玩石却得到残佛这个"意外之喜"的由来的叙述，通过对残佛来到"我的书屋"这个结果的叙述，从历经自然界磨难的残佛身上，获得了自己"以后我不会怯弱，也不再逃避"的强大精神力量。

阅读贾平凹的很多散文，我们常常感到，即使非常普通的一个景致，在他手中也会上升到一种美学的境界。我们想，这与贾先生传统文化的修为、特别是佛教哲学的修养，一定存在很大程

---

[1] 贾平凹：《残佛》，选自《贾平凹散文精选》，长江出版传媒/长江文艺出版社，2017年12月。

度的因果关系。美国当代作家安迪·安德鲁斯说："我们都是时间旅行者，为了寻找生命中的光，终其一生，行走在漫长的旅途上。"[1] 尘世喧嚣，霓虹幻眼，能敬畏生命，敬畏自然，虔诚于信仰，执着于追求，那应该是可敬可信、可亲可近的人。这样的作家，他的内心也必然是空灵、剔透而禅净的，其作品当然可读、应读、能读、必读。从中，我们也一定能汲取积极、向上的精神力量。

【赏析】《月迹》的禅趣

小时候，听过一首儿歌："月亮走，我也走，我给月亮打烧酒。烧酒辣，买黄蜡。黄蜡苦，买豆腐。豆腐薄，买菱角。菱角尖，尖上天。天又高，好打刀。刀又快，好切菜。菜油清，好点灯。灯又亮，好算账。一算算到大天亮，看见桌子上有个大、和、尚！"[2] 这首童谣句式整齐而又有变化，回环往复，一步一步，将一个稀奇古怪的结句推出来，令人意外。整首儿歌，充满童真、童趣，给人以音韵和谐、顶真回环之美。

阅读贾平凹先生的《月迹》[3]，就像上面所引的儿歌一般，将我们带进童话般晶莹剔透的梦幻之中，让我们回到儿时的世界。这篇散文，除了给我们以回味无穷的童真、童趣，还给我们一空灵的境界、澄澈的禅意——虽然全文没有一个"禅"字。

下面，我们一道来阅读赏析这篇散文佳作。

---

[1] 安迪·安德鲁斯：《上得天堂，下得地狱》，中信出版社，2011年12月。

[2] 四川儿歌，主要流行于资中、内江一带。

[3] 贾平凹：《月迹》，选自《自在独行》，长江文艺出版社，2016年6月。

贾平凹/散文解读

我们这些孩子,什么都觉得新鲜,常常又什么都觉得不满足;中秋的夜里,我们在院子里盼着月亮,好久却不见出来,便坐回中堂里,放了竹窗帘儿闷着,缠奶奶说故事。奶奶是会说故事的;说了一个,还要再说一个……奶奶突然说:"月亮进来了!"

我们看时,那竹窗帘儿里,果然有了月亮,款款地,悄没声儿地溜进来,出现在窗前的穿衣镜上了:原来月亮是长了腿的,爬着那竹帘格儿,先是一个白道儿,再是半圆,渐渐地爬得高了,穿衣镜上的圆便满盈了。我们都高兴起来,又都屏气儿不出,生怕那是个尘影儿变的,会一口气吹跑呢。月亮还在竹帘儿上爬,那满圆却慢慢儿又亏了,缺了;末了,便全没了踪迹,只留下一个空镜,一个失望。奶奶说:"它走了,它是多多的;你们快出去寻月吧。"

我们就都跑出门去,它果然就在院子里,但再也不是那么一个满满的圆了,进院了的白光,是玉玉的,银银的,灯光也没有这般儿亮的。院子中央处,是那棵粗粗的桂树,疏疏的枝,疏疏的叶,桂花还没有开,却有了累累的骨朵儿了。我们都走近去,不知道那个满圆儿去哪儿了。却疑心这骨朵儿是繁星儿变的;抬头看着天空,星儿似乎就比平日少了许多。月亮正在头顶,明显大多了,也圆多了,清清晰晰看见里边有了什么东西。

"奶奶,那月上是什么呢?"我问。

"是树,孩子。"奶奶说。

"什么树呢?"

"桂树。"

我们都面面相觑了,倏忽间,哪儿好像有了一种气息,就在我们身后袅袅,到了头发梢儿上,添了一种淡淡的痒痒的感觉;似乎我们已在了月里,那月桂分明就是我们身后的这一棵了。

奶奶瞧着我们,就笑了:

"傻孩子,那里边已经有人了呢。"

"谁?"我们都吃惊了。

"嫦娥。"奶奶说。

"嫦娥是谁?"

"一个女子。"哦,一个女子。我想。月亮里,地该是银铺的,墙该是玉砌的:那么好个地方,配住的一定是十分漂亮的女子了。

"有三妹漂亮吗?"

"和三妹一样漂亮的。"

三妹就乐了:

"啊啊,月亮是属于我的了!"

三妹是我们中最漂亮的,我们都羡慕起来。看着她的狂样儿,心里却有了一股儿的嫉妒。

我们便争执了起来,每个人都说月亮是属于自己的。奶奶从屋里端了一壶甜酒出来,给我们每人倒了一小杯儿,说:"孩子们,你们瞧瞧你们的酒杯,你们都有一个月亮哩!"

我们都看着那杯酒,果真里边就浮起一个小小的月亮的满圆。捧着,一动不动的,手刚一动,它便酥酥地颤,使人可怜儿的样子。大家都喝下肚去,月亮就在每一个人的心里了。奶奶说:

"月亮是每个人的,它并没有走,你们再去找吧。"

我们越发觉得奇了,便在院里找起来。妙极了,它真没有走去,我们很快不在葡萄叶儿上,磁花盆儿上,爷爷的锹刃儿上发现了。我们来了兴趣,竟寻出了院门。

院门外,便是一条小河。河水细细的,却漫着一大片的净沙;全没白日那么的粗糙,灿灿地闪着银光,柔柔和和地像水面了。我们从沙滩上跑过去,弟弟刚站到河的上湾,就大呼小叫了:

"月亮在这儿!"

妹妹几乎同时在下湾喊道:"月亮在这儿!"

我两处去看了,两处的水里都有月亮,沿着河沿跑,而且哪一处的水里都有月亮了。我们都看起天了,我突然又在弟弟妹妹的眼睛里看见了小小的月亮。我想,我的眼睛里也一定是会有的。噢,月亮竟是这么多的:只要你愿意,它就有了哩。

我们就坐在沙滩上,掬着沙儿,瞧那光辉,我说:

"你们说,月亮是个什么呢?"

"月亮是我所要的。"弟弟说。

"月亮是个好。"妹妹说。

我同意他们的话。正像奶奶说的那样：它是属于我们的，每个人的。我们就又仰起头来看那天上的月亮，月亮白光光的，在天空上。我突然觉得，我们有了月亮，那无边无际的天空也是我们的了：那月亮不是我们按在天空上的印章吗？

大家都觉得满足了，身子也来了困意，就坐在沙滩上，相依相偎地甜甜地睡了一会儿。

《月迹》是贾平凹先生写于20世纪80年代初的一篇散文，最初发表在《散文》1980年第11期，后编入散文集《月迹》，再收入多种集子中。

古人论文，有"凤头、猪肚、豹尾"之说，要求开篇写得如同凤凰的头部，漂亮而吸引读者；中间部分要像猪肚，内容充实；结尾要像豹子尾巴，简洁有力。对一篇文章而言，开篇的确很重要。初唐书法家、书法理论家孙过庭所强调的"一点成一字之规，一字乃终篇之准"[1]，虽然是针对书法而言，但天下事理相通，写作散文，何尝不是如此！

古人认为，写作的奥秘之一是"立片言而居要，乃一篇之警策"[2]。本文开篇，贾平凹即写下"我们这些孩子，什么都觉得新鲜，常常又什么都不觉满足"这样夹叙夹议的句子，为全文定下基调。作者在这里用"新鲜""满足"来串起全文：中秋之夜，盼月之急切—镜中之月，惊喜与失望—空中之月，神奇与迷人—酒中之月，可爱与可怜—水中之月，幽静与欢呼—眼中之月，喜

---

[1] 孙过庭：《书谱》。

[2] 陆机：《文赋》。

悦与满足。这样，一层一层，由新鲜到满足，将"我"与弟弟、妹妹们那时的孩童心理，描绘得真实亲切，可感可信。

月亮是中国古代诗文中的"常客"，是诗词中一个非常重要的意象。月光皎洁，清辉似水，所以月亮也就代表着纯洁无瑕；月光随人而走，月影紧随人身，于是乎又让我们常常想起远方的亲人、朋友；月亮有盈有亏，故而月圆则象征家人团圆，月亏则意味着亲朋分离；更不要说一系列的诗词名句、一系列的神话故事，往往都与月有关了……可以说，自然界的诸多外物中，能引起我们发思古之幽情的物象，月亮当之无愧排在第一。

文中的月亮象征着一切美好的事物，因此，作者通过奶奶的引导，含蓄地告诉我们：世间一切光明、美好的事物，都不可能轻而易举地得到；只有通过自己坚持不懈的努力，才可能认识美、感知美、获得美、欣赏美。文中，作者不仅生动地描绘了月光的清冷、娇美，还非常真实地写出了孩子们对月亮的热爱，写出了他们那种年龄特有的天真、好奇，为后面"我"和弟弟妹妹出门去"寻月"，进行铺垫。

在中国传统文化中，"奶奶"啊，"姥姥"啊，往往是慈祥、善良、智慧的代表。这篇散文也不例外。在贾平凹笔下，"奶奶"是全文的一个线索人物，全文的情节，都与她的"导引"发生直接的关联。

她可能没有什么书面的知识，但她的社会知识很丰富。她善良，慈祥，睿智。她就像一个技术高超的渔人，懂得什么时候将那一张引导孩子们的大网撒出去，什么时候收回来。一"撒"一"收"之间，她也就将她积累的人生智慧，不知不觉地传递给了孙儿、孙女们。

所以，随着奶奶出来倒酒、喝酒，她用一个个小小的酒杯，证明了月亮是属于大家的，而不是哪一个人私有的。接着一句话：

"它走了,它是多多的;你们快出去寻月吧。"让孩子们自觉而兴趣盎然地到处寻找,于是乎在院内、院外、河床、河的上湾、下湾,以及同伴眼睛里,全都发现了月亮。至此,恍然大悟:"月亮竟是这么多的:只要你愿意,它就有了哩。"爱与追求的思想,进一步深化。

唐代与南岳怀让、青原行思等同列禅宗六祖慧能门下的永嘉大师(法号玄觉),在《证道歌》的第三十五首中吟唱道:"一性圆通一切性,一法遍含一切法。一月普现一切水,一切水月一月摄。"永嘉大师说的是,天上、水中,月亮看似两个,但实际上是一个;月亮也有佛性,它能普照"一切水",同时,"一切水"也能反照月亮。

贾平凹这篇《月迹》,虽充满禅心、禅意、禅美,但全文不着一个"禅"字,却处处充满"禅"机和"禅"趣;没有出现一个"禅"字,却将前面那诸多意思都表现得淋漓尽致。这篇散文,语言清新优美,含蓄凝练,而且富有诗一般的韵味与意象、意境,令人回味无穷。关于意象,贾平凹说:"我就是要在现实的基础上建立自己的一个符号,一个意象世界,不要死抠那个情节真实不真实,能给你一种启示,一种审美愉悦就对啦。"[1]

本文的节奏,如同月光铺地,轻轻地,缓缓地;全文的情感,也玲珑剔透,澄澈分明,如同月亮洒下的清辉。"放了竹窗帘儿","玉玉的、银银的,灯光也没有这般儿亮","款款地,悄没声儿地溜进来","原来月亮是长了腿的,爬着那竹帘格儿……"这样童话般的语言,给我们的成人世界,谱写了一曲和谐舒缓的《月光曲》,构筑起一座玲珑剔透的"月亮宫",带给我们以静谧、

---

[1] 贾平凹:《贾平凹文集》,陕西人民出版社,1998年10月。

甜美、安稳的享受。

　　南朝梁代的刘勰，在《文心雕龙·神思》中说："陶钧文思，贵在虚静，疏瀹五藏，澡雪精神。"阅读贾平凹先生的《月迹》，那种空灵、静虚的境界，令我们虽在喧嚣的都市，却纤尘不染，心生向往。

第五章　贾平凹散文的风俗美

大诗人杜牧在给自己的好友、天才诗人李贺的遗作《李贺集》作序时,这样评价李贺的诗:"云烟绵联,不足为其态也;水之迢迢,不足为其情也;春之盎盎,不足为其和也;秋之明洁,不足为其格也。"

杜牧评价的是李贺的诗,其实,散文又何尝不是这样。

散文的美,也如同向春竞艳的百花,内容丰富,千姿百态,风格各异,多种多样,真可谓目不暇接,美不胜收。其中的很多散文,往往能描写风景,描摹世相,描绘风俗,给读者展现普罗大众生活的方方面面。

最是人间烟火气,伴得浮生年复年。贾平凹先生的散文中,就有很多这样的作品。他的散文,描写风景的作品,粗犷细腻,异彩纷呈;描摹世相的作品,语言活泼,生动传神;描绘风俗的作品,如诗如画,恬淡静美。

自古以来,我国就有重视风俗的传统,"为政必先究风俗""观风俗,知得失",成为中国古代的历史传统。因为,风俗与天下的盛衰密切相关,风俗变化影响世道人心与治乱兴亡,风俗正邪攸关天下盛衰与国运久暂。因此,历朝历代,往往通过"广教化"来实现"美风俗"。风景、世相、风俗,可以说构成了我们普通人生活的极为重要的"三足",也是文学作品、特别是散文内容的重要组成部分。

第一节 贾平凹散文的风景美

在谈贾平凹先生散文的风景美之前，我们先来看一个与江南的风景描写有关的历史故事。

说到江南，我们的眼前总会幻化出一幅富有诗意的图画。千里莺啼绿映红，水村山郭酒旗风。江南水乡之地，稻香鱼肥，在粼粼波光之上，悠悠泛过一只小舟，橹声、桨声、水声，陶醉了一襟情怀。江南的陈伯之曾于南朝齐末为江州刺史，梁武帝萧衍起兵攻齐，招降了他，任命其为镇南将军、江州刺史，并封为丰城县公。梁武帝天监元年（502年），陈伯之听信部下邓缮等人的挑唆，起兵反梁，战败后投奔北魏，为平南将军。天监四年（505年）冬天，梁武帝命其弟临川王萧宏统率大军伐魏，陈伯之前来抵抗。

一时之间，剑拔弩张，形势严峻。没有想到的是，在大敌当前之时，临川王幕府的丘迟，居然生出了读书人的闲情逸致。他深谙月是故乡明，山是故乡青，水是故乡甜。所以当临川王萧宏让"幕府参谋"丘迟以私人名义写信给陈伯之劝其归降的时候，丘迟便写下了一封短短的书信。在信中，丘迟首先义正词严地谴责了陈伯之叛国投敌的卑劣行径，然后申明了梁朝不咎既往、宽大为怀的政策，向对方晓以大义，陈述利害，并动之以故国之恩、乡关之情，最后奉劝他只有归梁才是最好的出路。文中理智的分析与深情的感召相互交错，层层递进，既有情谊，也有说理，委婉曲折，酣畅淋漓，读来感觉娓娓动听，具有震撼心灵的感染力和说服力。特别是"暮春三月，江南草长，杂花生树，群莺乱飞"这几句，深深打动了陈伯之的思乡之情。史载，陈伯之读信后，立即带领八千部下，重新回到梁朝。

那么，文学作品为什么能发挥这么大的作用呢？

"暮春三月，江南草长，杂花生树，群莺乱飞。"这样描写江南景物的名句，就像老窖名酒，色、香、味俱全。这四句里没有提到风，风本是看不见却又无所不在的。江南的春风抚摸大地，像柳丝的飘拂；体贴万物，像细雨的滋润。这才草长，花开，莺飞……丘迟如同一个高明的写意山水画家，在所写的书信体作品《与陈伯之书》中，只用寥寥几笔，就勾勒出了一幅无比美妙的江南春景图，意境之悠远，境界之高雅，生动地描绘出严冬刚过，春天来临，一派万物复苏、欣欣向荣的景象。——看来，文章高手，一支笔胜过雄兵数千，并非吹牛啊！

王国维在《人间词话》中说："昔人论诗词，有景语、情语之别。不知一切景语皆情语也。"意思是，以前人们谈诗论词，往往有写景、抒情之别，殊不知，世间所有的写景，都是为了表达情感服务的。概而言之，在写景散文中，情是景的灵魂，景是情的依托。我们只有做到情与景的自然交融，才能真正地创作出一篇优秀的散文。清代学者王夫之说："情、景名为二，而实不可离，神于诗者，妙合无垠。"[1]可以说，"情景交融"是天下写景散文所要达到的最高境界。贾平凹先生的散文，很多都是情景交融的佳作。

仔细品味贾平凹先生众多的散文作品，我们可以总结出三个大的特点：

---

[1] 王夫之：《姜斋诗话》卷二。

一是童心童语，率真朴质。

众所周知，写作有五种表达方式，即记叙、描写、抒情、议论、说明。记叙（叙述）的能力，是各种表达方式的基础。散文创作中，描写和抒情也是常常要用到的表达方式。可以说，在五种表达方式中，最常用的其实就是记叙、描写和抒情。散文中的抒情，有直抒胸臆式的直接抒情和通过描写、议论等来抒情的间接抒情两种形式。

在这当中，写景是较为常见的、也是相当重要的一种描写形式，而且是抒情和议论的基础。贾平凹散文中的写景，最大的特点就是常常运用童心童语，给我们营造出一种童话般率真朴质的氛围，从而表达一种自然之趣，纯真之情。

请看——

秋天过去了，又过了一个冬天，孩子自有孩子的快活，我竟将它忘却了。一个春天的早晨，奶奶扫扫院子，突然发现角落的地方，拱出一个嫩绿儿，便叫道：这是什么呀？我才恍然记起了是它：它竟从土里长出来了！它长得很委屈，是弯了头，紧抱着身子的。第二天才舒开身来，瘦瘦儿的，黄黄儿的，似乎一碰，便立即会断了去。大家都笑话它，奶奶也说：这种桃树儿是没出息的，多好的种子，长出来，却都是野的，结些毛果子，须得嫁接才成。我却不大相信，执着地偏要它将来开花结果哩。[1]

夜里，船到了山湾间，月显得很小，两岸黝黝的山影憧憧沉在水里，使人觉得山在水上有顶，水下有根，但河里却铺了银，平静静的似乎不流，愈发使人慌恐。到了渡口，船不走了，只好

---

[1] 贾平凹：《一棵小桃树》，选自《自在独行》，长江文艺出版社，2016年6月。

向岸上的山村投宿,一道石板小路引着向山坡根去了。石板是铿蓝的、赭红的,一块不连着一块,人脚踹得它光滑细腻,发着幽幽的光,像池塘平浮水面的荷叶。在石板路上走,一步一个响声,常常使人觉得后边有人跟着;看半山坡上的灯光,星星点点,似乎对称,又见分散。一直到了坡根,那灯光却再不见,路成了窄巷,陡然向坡上爬去,常常是前边突然无路,一个直角,巷子向旁边拐去了。[1]

  《一棵小桃树》中的句子"一个春天的早晨,奶奶扫扫院子,突然发现角落的地方,拱出一个嫩绿儿"和"它长得很委屈,是弯了头,紧抱着身子的","第二天才舒开身来,瘦瘦儿的,黄黄儿的,似乎一碰,便立即会断了去",《夜籁》中的句子"在石板路上走,一步一个响声,常常使人觉得后边有人跟着",这些描写,都表现出儿童特有的心理、性格特点。——当然,后者不一定是以儿童为题材、为主角,但这并不影响作品中借鉴、运用部分儿童式的天真无邪的语言,来描写成人的世界。行文之中,作者的美学追求表露无遗。作者讲究语言的活色生香,讲究修辞、句法和炼字、炼意,喜用叠词,善于揣摩心理,语言的表现力很强,作品在这些方面均表现出与众不同的风格特征。

  二是计黑留白,恬淡空灵。
  清代中期的著名书法理论家包世臣有一段记载:"是年,又受法于怀宁邓石如完白,曰:'字面疏处可以走马,密处不使透风,常计白以当黑,奇趣乃出。'以其说验六朝人书,则悉合。"[2]包世臣从他的老师、书法家邓石如那里接受书法指导,邓石如传

---

[1] 贾平凹:《夜籁》,选自《贾平凹散文自选集》,漓江出版社,1987年10月。

[2] 包世臣:《艺舟双楫·述书(上)》。

授了一个著名的美学原则"计白当黑",意思是书法的布局中,要将字里行间的虚空处(白),当作实画(黑)一样,来作精心的布置安排,即使不着墨,但它是整体布局谋篇中的一个重要组成部分。

在书法艺术上,有所谓空间分割一说。黑与白具有对立、统一的辩证关系。书法上所谓"肆力在实处","索趣乃在虚处",只有处理好黑与白的关系,才能处理好虚与实的关系。这样,才能获得更好的视觉效果。非惟书法,美术与音乐又何尝不是如此!那么,文学上呢?显然也有可资借鉴之处。

贾平凹除了读书、写作,还喜欢收藏,喜欢写字,喜欢画画。因此,在文学创作上,他非常娴熟地借鉴了其他艺术门类的一些创作手法,将邓石如的"计白当黑",改造成"计黑留白",给我们留下宝贵的财富。试看:

> 放眼而去,一座沙山,又一座沙山,偌大的蘑菇的模样,排列中错错落落,纷乱里有联有系;竖着的,顺着的;脉络分明,走势清楚,梁梁相接,全都向一边斜弯,呈弓的形状;横着的,岔着的,则半圆交叠,弘线套叉,传一唱三叹之情韵。这是沙山之远景啊。沿沙沟而走,慢坡缓上,徐下慢坡,看山顶不高,蒙蒙并不清晰,万道热气顺阳光下注,浮阳光上腾,忽聚忽散,散则丝丝缕缕,聚则一带一片,晕染梦幻,走近却一切皆无,偶尔见三米五米之处有彩光耀眼,前去细辨,沙竟分五色:红、黄、蓝、白、黑,不觉大惊小怪,脚踹之,手掬之,口袋是装满了,手帕是包饱了,满载欲归,却一时不知了东在哪里,西在何方?茫然失却方向了。这是沙山之近景啊。[1]

---

[1] 贾平凹:《敦煌沙山记》,选自《贾平凹游记》,北岳文艺出版社,2018年1月。

这段描写敦煌沙山的文字,先用"放眼望去"引出一段描写,写出因"望"所见,然后点出"这是沙山之远景啊",让"望"字有着落。再用"沿沙沟而走"引出一段描写,"慢坡缓上","徐下慢坡","走近却一切皆无",这些动态式的语言,让读者随着作者移步换景、移步观景,和作者一道"脚踹之,手掬之",实实在在感受沙山的乐趣。

　　这一段文字,有远有近,有虚有实,只不过实在的成分(黑)远多于虚写的成分(白)。但读者由这些文字,可以立即联想到我们传统文化中的一些关于沙、关于沙漠、关于沙山、关于行旅的描写。比如:"大漠孤烟直,长河落日圆"[1],"醉卧沙场君莫笑,古来征战几人回"[2],"平沙落日大荒西,陇上明星高复低"[3],特别是只要一联想到王维的诗句,我们的眼前便立即幻化出一片这样的景致:一盘浑圆的落日,紧紧地贴着沙漠的棱线;一望无垠的沙地被衬得暗沉沉的,透出一层一层的深红;那无边无垠的沙漠,静静地托着落日,我们好像身在一片睡着了的大海之上。那一刻,时间恍惚都凝固了,整个世界变得寂然无声……

　　可以说,贾先生这一段关于沙山的描写,他的"黑"就是实实在在的描写;他的"白",就是他所未写到的、他预期能以他的描写而触发的读者的联想。读者拥有的相关知识越多,联想也将越丰富。这样"计黑留白"的结果,也就越能激发读者的想象和联想,从而获得恬淡空灵的阅读美感。

　　三是节奏跳宕,简洁利落。

---

[1] 王维:《使至塞上》。
[2] 王翰:《凉州词》。
[3] 宋代无名氏:《杂曲歌辞·水调歌第一》。

散文是非常讲究文气的文体。魏文帝曹丕在《典论·论文》中说："文以气为主，气之清浊有体，不可力强而致。譬诸音乐，曲度虽均，节奏同检；至于引气不齐，巧拙有素，虽在父兄，不能以遗子弟。"其实，文气，也就是气韵，差不多等同于我们所说的"节奏"。一篇散文，如果气韵不连贯，节奏就会显得凌乱，整个文章也就粗头乱服、杂乱无章了。任何一种语言，都如同流水一般，可谓之"语流"。既然是"语流"，则会有流速的快慢，有起伏的高低，这样才能形成语言的音乐美。我们的汉语母语，是一种非常具有音乐美的语言，特别是我们的书面语。下笔成文之时，如果我们注意长短句句式的变化与组合，注意语言文字的合理搭配，那么，就一定能让文章语流适中，文气连贯，并形成优美的韵律。

这方面，贾平凹先生的散文中有许多经典的范例，值得我们仔细揣摩。请看——

三边还没到吗？山头变得更小了，也更矮了，末了就缓缓平伏了像瘫了软了下去。几天几夜的山的压抑，使人几乎缩小了许多，猛一出山，车在路上快得蹦跶，人在车上也乐得蹦跳，但很快风大起来，沾身就起一层鸡皮疙瘩。这是个什么地方呢？这么开阔，天看不到边地看不到沿，一满黄沙；这儿，那儿，起落着无数的小洼小包，可以说是哗啦铺下的一张大毯，并未实确，似乎往包上踩踩，包就下去，洼就起来了。草很少，树更没有，天和地是一个颜色，并行向前延伸着是两张黏合的胶布，车的行驶才将它们分开。路端端的，却软得厉害，风一过，就蹿一条尘烟，远远看去，如燃起了一条长长的导火索。只是风沙旋转着往车上打，关了车窗，仍听见

第五章 贾平凹散文的风俗美

177

沙石在玻璃上叮叮咣咣作响。[1]

这一段文字，开头以问句引领，将整段文字的"语流"拉起来，下边就势描写，写出几天几夜"山的压抑，使人几乎缩小了许多"，因此，才会"猛一出山，车在路上快得蹦跶，人在车上也乐得蹦跶"，通过描写，来回答这个提问。这种紧张与舒缓的情景，同时也是一种心境。心境与情景相合，于是大山的起伏，汽车的颠簸，与人内心的感受也顿时同频共振。紧接着再来一问："这是个什么地方呢？"再引出一节描写，通过写远景（"这么开阔""远远看去"）、写近景（"风沙旋转着往车上打"），将客观的外物与内心的感受结合在一起，通过一系列长句与短句的合理搭配，并辅之以夸张与比喻，形成一种舒缓相济、简洁跳宕的节奏，让读者与作者一道，充分感受到陕北安边、定边、靖边三县这"三边"自然环境的险而美，为下文写"三边"的人美、情美，做足铺垫。

散文是一种不讲韵律的文学样式，正因为不讲韵律，所以才更加重视"文气"，更加强调"节奏"。郭沫若在《论节奏》一文中指出："本来宇宙间的事物没有一样没有节奏的，例如，寒往则暑来，暑往则寒来，寒暑相推，四时代序，这便是时令上的节奏。又如高而为山陵，低而为溪谷，陵谷相间，岭脉蜿蜒，这便是地壳的节奏。宇宙内的东西没有一样是死的，就因为都有一种节奏（可以说就是生命）在里面流贯着的。"这一段话中，郭沫若一直在强调"节奏"，其实，就是提醒我们，事物内部都是有规律的。那么，散文创作，也必须遵循散文自身的内部规律。散文的"文气"和"节奏"，就是散文创作应该遵循的重要的规律。

---

[1] 贾平凹：《走三边》，选自《贾平凹散文精选》，长江出版传媒／长江文艺出版社，2017年12月。

关于节奏，贾平凹是这样总结的：

节奏实际上也就是气息，气息也就是呼吸。节奏在语言上是有的，而且对于整部作品来讲它更要讲究节奏。什么是好的身体呢？气沉丹田、呼吸均匀就是好的身体，有病的人节奏就乱了。……如何把握整个作品的气息，这当然决定了你对整个作品的构想丰富程度如何。构思的过程大概都在心里完成了，酝酿得也特别饱满、丰富了，这时你已经稳住了你的心情，慢慢写，越慢越好，像呼气一样，要悠悠地出来。

任何东西、任何记忆都是这样的。你看那些二胡大师拉二胡，不会说"哗啦"地就过去了，而是特别慢的，感觉弓就像有千斤重一样拉不过来。……把气一定要控制住，它越想出来你越不让它出来，你要慢慢来写。在写一个场面的时候，也要用这种办法构思，故意把这个东西不是用一句两句、一段两段说完，你觉得有意思的时候就反复说，反复地、悠悠地来，越是别人着急的地方你越要缓，越是别人缓的地方你越要快，要掌握这个东西。大家都不了解的东西你就要写慢一点，就像和面一样要不停地和、不停地揉，和了一遍又一遍，写了一段换个角度再写，大家都知道的事情你就一笔带过。

……

写作的节奏一定要把握好，一定要慢。这个慢不是故意慢的，而是要把气憋住，慢慢往外出，也必须保证你肚子里一定要有气，一肚子气往外出的时候一定要悠悠地出。[1]

散文这种文体，决定了它的功能以抒发作者的思想情感为主。

---

[1] 贾平凹：《在鲁迅文学院陕西作家研修班上的讲座》，选自《1984—2013〈当代作家评论〉30年文选》，辽宁人民出版社，2014年1月。

而这种思想情感的"潮涨潮落",就决定了作品的抑扬顿挫。跌宕起伏、有规律的情感进程,就构成了散文行文的节奏。正如古希腊先哲亚里士多德在《诗学》中所说:"散文结构的形式,既不应当押韵,也不应当没有节奏。所有的事物都有着数的限制,造成了结构形式节奏。"

因此,在散文的布局上,我们要注意张弛有度,缓急相济;在散文的章法上,我们要开合有度,收放自如;在散文的笔法上,我们要做到虚实有度,疏密适中;在散文的情感上,我们要抑扬有度,有起有伏。而具体到散文的语言,我们认为,需要注意两点。

首先,句式上要长短结合,尽量表现出整散结合之美。比如梁实秋先生的散文名作《下棋》:

君子无所争,下棋却是要争的。当你给对方一个严重威胁的时候,对方的头上青筋暴露,黄豆般的汗珠一颗颗地在额上陈列出来,或哭丧着脸作惨笑,或咕嘟着嘴作吃屎状,或抓耳挠腮,或大叫一声,或长吁短叹,或自怨自艾口中念念有词,或一串串地噎嗝打个不休,或红头涨脸如关公,种种现象,不一而足,这时节你"行有余力"便可以点起一支烟,或啜一碗茶,静静地欣赏对方的苦闷的象征。我想猎人追逐一只野兔的时候,其愉快大概略相仿佛。

这段话有长句,有短句,长短结合,短句为多。长长短短,错综变化,以活泼的语言、跳跃的节奏,将下棋时陷入困境者的诸般窘样、行棋占上风者志得意满的心理与神态,都刻画得无比的生动形象,同时也具有了一定的圆润、流转的音乐美。

其次,是音节上要奇偶结合,表现出参差错落之美。比如朱自清先生的名作《春》:

桃树,杏树,梨树,你不让我,我不让你,都开满了花赶趟儿。红的像火,粉的像霞,白的像雪。花里带着甜味;闭了眼,树上仿佛已经满是桃儿,杏儿,梨儿。花下成千成百的蜜蜂嗡嗡地闹着,大小的蝴蝶飞来飞去。野花遍地是:杂样儿,有名字的,没名字的,散在草丛里像眼睛像星星,还眨呀眨的。……看,像牛毛,像花针,像细丝,密密地斜织着,人家屋顶上全笼着一层薄烟。树叶却绿得发亮,小草也青得逼你的眼。傍晚时候,上灯了,一点点黄晕的光,烘托出一片安静而和平的夜。在乡下,小路上,石桥边,有撑着伞慢慢走着的人,地里还有工作的农民,披着蓑戴着笠。他们的房屋稀稀疏疏的,在雨里静默着。

这些描写,音节重叠,行文雍容舒展,富有音乐的节奏美,活现出春意盎然的气氛,给读者以美的享受。

刘勰在《文心雕龙·情采》中说:"昔诗人什篇,为情而造文;辞人赋颂,为文而造情。何以明其然?盖风雅之兴,志思蓄愤,而吟咏情性,以讽其上,此为情而造文也;诸子之徒,心非郁陶,苟驰夸饰,鬻声钓世,此为文而造情也。"刘勰提倡那种有了真挚的感情才行之于文的"为情而造文",坚决反对那种为赋新词强说愁般的"为文而造情"。用贾平凹自己的话说,那就是:

我们不是不要散文的艺术抒情性,我们担心的是当前散文路子越走越窄,散文写作境界越来越小。……写现实却没有现实主义的精神,纯艺术抒情性的作品又泛滥成一堆小感觉,所谓的诗意改成了一种做作。[1]

---

[1] 贾平凹:《对话大散文——〈纸生态书系·美文典藏〉前言》,选自《访谈》,生活·读书·新知三联书店,2015年8月。

世间最好的风景，不在于名山大川，不在于险远，而在于"方寸之间"，在于我们无比丰富的内心世界。先有真情而后有美文，这是一条颠扑不破的真理。

【赏析】《在桂林》的剪辑、问询之美

《在桂林》是贾平凹先生的一篇游记散文。本文所选的文字，出自《贾平凹游记》[1]。

这篇散文写作的准确时间，我们目前还没有看到；但根据贾平凹先生的写作习惯，应该是在他游览桂林之时，或者之后不久的某个时候。那么，贾先生是什么时候游览桂林的呢？文章开篇，作者即有所交代：

一九八七年的六月，我来到了桂林。这是我第一次到西南。如今想起，当时怎么就一口应邀了呢？神差鬼使，令我也几多迷惑、梦境般地，突然就身在桂林了！人生有许多说不透的事体，但冥冥的世界里，肯定是有着招魂的神秘，我不知道我已经等待着来桂林有多少个年年月月，而桂林等待我又已经是多少个长长久久呢？

从文中的近指代词"这"（"这是我第一次到西南"），可见，写这篇游记，是在"一九八七年的六月"游览桂林之后不久。细品这篇散文，感觉最大的特点有二：一是写景状物的"剪辑"之美，二是抒情达意的"问询"之美。

高超的剪辑，让桂林山水留下难以磨灭的印象。

---

[1] 贾平凹：《在桂林》，选自《贾平凹游记》，北岳文艺出版社，2018年1月。

在影视的拍摄中，人们经常使用一种表现手法——蒙太奇手法，即适当打破时空的界限，通过剪辑、组织，将许多镜头"串联"起来，从而成为一部前后连贯、首尾完整、主题统一的电影、电视片。那么文学创作中，能否借鉴影视拍摄的"蒙太奇"手法的"剪辑"艺术，来构成画面、推进情节、表达主题呢？我们的回答是肯定的。贾平凹先生这篇《在桂林》，就给了我们有益的启示。

我们先看下面三个段落：

每一条巷巷道道，凡有土的地方都长有桂树。桂树高大，枝冠呈圆，虽然还不是开花时节，但你能闻到一股幽幽的淡香。据介绍，九十月碧树繁花，香袭全城，你不知道这地方哪来的这么多的香气让桂树释放的呢？

差不多都在下着雨，并不大的，淅淅沥沥，大山就渐渐地淡了去，虚了去，幻化成一个影。那树那花，秀丽朦胧，如美人之羞色。但雨还是在下，太阳即使出来，也是水汪汪的软乎乎的一团蛋黄，你似乎醒悟北方的黄土地是太阳太强烈的缘故，而这里的太阳逊色，就是红土地的红质太多了，太盛了。但你却陷入另一层糊涂：桂林的天上哪儿来的这么多的柔情？于是，你似乎又明白了桂林是东方的味，是中国的味，它的存在才使中国有了水墨的画，也之所以走遍桂林的大街小巷，游遍桂林的远郊近县，随处有画店，画店一满字画。但你又疑惑，不知道是真山真水又是谁画的，画这山这水该用去了多少的晕染的墨汁呢？

最是那到了晚上，一街的商店一启洞开，灯火通明如昼，公园里却一片漆黑，唯湖心岛上数点彩灯明灭，如美人调情之眼，平添许多浪漫。小小心心地从蛇行的折桥上走过，身下的水黑绸也似的，斜旁伸过来的棕叶，摩摩象象擦拂肩头，你可看见湖心岛上尽是三三两两的幽会男女，他们的脸乍暗还亮，在朦胧中正美。你立即要吟出这样的爱情诗："到鬼才去的树下，说半明半暗的话，天明了，枯树长出新叶，相对心形由浅到深，由小到大。"

第五章　贾平凹散文的风俗美

183

穿过一对一对的情人，越过水上的石磴，已经走到岸上了，回头看那临街的一岸，五彩灯火倒映湖中，形成立体，变成另一个世界，这时候，你是不是知道了那湖到底是多么个深呢？

《在桂林》全文一共十二个段落，除了第一段写"冥冥的世界里""我"与桂林互相之间存在的一种看不见、摸不着的缘分，其他各段，无一不是在写桂林之美。但具有世界声誉的桂林山水，不是作者一次短短的旅游就能完全深入、细致地予以描绘的，所以，作者就以"剪辑"的形式，将"甲天下"的桂林山水，娓娓道来。看：桂林山水让"我"感觉无法下笔—城市"街随山转、屋沿水筑、山势拔地竖出"—山树"缘壁而生随岩赋形"—石头"一石一景，一景一新"—街道"桂树繁花，香袭全城"—雨水"淅淅沥沥"，街巷画店遍布—夜晚商店"灯火通明"，湖畔情人"乍亮还暗"—漓江"一河珠溅"，宁静祥和—吃食众多，"三花瑞露，荡俗除闷"—城市"天地和谐"，山水"天造地设"—在桂林，享受大自然美的恩赐，"我"不知道是自己做了神仙，还是神仙做了"我"。

上面所选的三个段落，即是写桂林街道"桂树繁花，香袭全城"（这可是桂林得名之因啊！），写桂林雨水"淅淅沥沥"、大街小巷画店遍布，写桂林的夜晚商店"灯火通明"，湖心岛上彩灯明灭，浪漫无比，而湖畔情人的脸上"乍亮还暗"，妙趣顿生。

可以说，每一段差不多就是对桂林的一个侧面的"剪辑"，剪下桂林的侧影，然后一个一个地将剪影拼接起来，就构成了贾平凹先生心目中桂林的城市、桂林的山水、桂林的风俗与人情的完整的印象。

反复的问询，让每个读者牵动心驰神往的神经。

这种手法，现代作家中朱自清先生运用得比较多。比如：

在这薄霭和微漪里，听着那悠然的间歇的桨声，谁能不被引入他的美梦去呢？只愁梦太多了，这些大小船儿如何载得起呀？我们这时模模糊糊地谈着明末的秦淮河的艳迹，如《桃花扇》及《板桥杂记》里所载的。我们真神往了。我们仿佛亲见那时华灯映水，画舫凌波的光景了。

……

秦淮河的水是碧阴阴的；看起来厚而不腻，或者是六朝金粉所凝么？我们初上船的时候，天色还未断黑，那漾漾的柔波是这样的恬静，委婉，使我们一面有水阔天空之想，一面又憧憬着纸醉金迷之境了。等到灯火明时，阴阴的变为沉沉了：黯淡的水光，像梦一般；那偶然闪烁着的光芒，就是梦的眼睛了。[1]

阅读《在桂林》这篇游记散文，语言上最大的特点，可能读者都能第一时间感觉到，那就是——作者运用了一系列的疑问句，通过反复的问询，以疑问的形式，表达了作者对桂林山水的万般喜爱，同时也提起读者的兴味，用作者的感情去打动读者，从而让读者心旌摇曳，心向往之。

同时，我们也可以感知，贾平凹先生早期的散文创作，借鉴、学习了现代文学史上一些大家的技法，并结合自己的写作习惯，表现出崭新的面目。清代诗人袁枚《随园诗话》云："文似看山不喜平。"[2] 文章如果一味地急促或者一味地平缓，都有碍于作者情感的表达。不徐不疾，缓急适当，才能相得益彰，节奏适中。前面朱自清先生这两段文字，以疑问引领，然后带出描写和抒情；贾平凹先生的《在桂林》，则是先记叙、描写，然后以疑问收束，全文

---

[1] 朱自清：《桨声灯影里的秦淮河》。
[2] 袁枚：《随园诗话》："文似看山不喜平，画如交友须求淡。"

十二个段落，每一段都是如此。这样，就在舒缓的语流之中，显现出波澜。在全文第十一段，作者竟然连用九个疑问句，一层一层，将桂林城市天地和谐、桂林山水天造地设，尽情地展示给读者，从而以不言之言，讴歌桂林山水、城市、人情、风俗之美，给读者留下极为深刻的印象。老子说："大方无隅，大器晚成。大音希声，大象无形。"[1] 看来，贾平凹先生是深得道家个中三昧的。

从20世纪70年代开始，贾平凹创作了大量的散文，游记是其中非常重要的一部分。贾平凹认为，散文要"让时代精神进来，让社会生活进来，张扬大度、力度，弃去俗气、小气"[2]。所以，在其游记中，贾先生也是紧扣时代脉搏，描写社会进步，关注当下生活，关心百姓疾苦。杨剑龙先生曾这样评价贾平凹游记："在贾平凹的游记创作中，注重真情和趣味，强调赫然的寓意，强调语言的特性，使贾平凹的游记具有平淡中有奇创、清空中有浓厚的韵味，贾平凹已成为当代游记创作中别具一格的大家。"[3] 细细品读《在桂林》这篇游记散文，我们认为杨剑龙先生这个总结性评价是较为精确、到位的。

---

[1] 老子：《道德经》第四十一章。

[2] 贾平凹：《关于散文》，生活·读书·新知三联书店，2015年1月。

[3] 杨剑龙：《"平淡中有奇创，清空中有浓厚"》，《东吴学术》杂志，2012年第2期。

第二节　贾平凹散文的世相美

贾平凹先生的散文，选材广泛，内容众多，风格各异，其中的很多作品，都广泛流传，为人称道。在表现风俗美一类的作品中，除了上节所谈到的大量描写风景的散文，还有很多描绘世相的作品。赵德利先生通过研究贾先生的众多散文，将其归纳、总结为"自传类、风情类、世相类、禅思类、文化类"等五种审美类型[1]，"世相类"排列在第三类。真可谓"英雄所见"，"于我心有戚戚焉"。

那么，贾先生为什么会有那么多关于描绘世相的散文呢？

我们认为，大致有以下五个最为重要的原因：

其一，出身农家，让他对农村、农业、农民这个"三农"问题很熟悉，积累了丰富的散文创作题材。贾平凹的作品，大多数都与"三农"有关，在长达半个世纪的文学创作中，他从来不忌讳自己的农民出身。他有一本书，书名就叫《我是农民》，由此可证。在自传体散文《我是农民》一文中，贾先生写了一个细节：

1993年，我刚刚出版了我的长篇《废都》，我领着我的女儿到渭北塬上，在一大片犁过的又刚刚下了一场雨的田地里走，脚下是那么柔软，地面上新生了各种野菜，我闻到了土地的清香味。我问女儿：你闻到了清香吗？女儿说没有。我竟不由自主地弯腰

---

[1] 赵德利：《论贾平凹散文的审美类型》，《宝鸡文理学院学报》（社会科学版）2001年9月，第21卷第3期。

挖起一撮泥，塞在嘴里嚼起来，女儿大惊失色，她说："爸，你怎么吃土？"我说："爸想起当年在乡下的事了，这土多香啊！"女儿回家后对妻子说："我爸真脏，他能吃土？！"[1]

贾平凹自己叙述的这个细节，生动、传神地将萦绕他一生的农民情结和盘托出，表现出一个大作家的气度与胸襟。

其二，体验生活，让他对社会最底层人民的疾苦有较为深入的了解，积累了大量的写作素材。几十年来，贾平凹先生以勤奋闻名文坛。他的作息，与大多数常人不一样，甚至与很多作家同行也不一样。他生活上从来不事铺张，反对浮华；提倡实诚，反对虚伪。由于出身贫寒，所以非常关注、同情下层人民的处境，也熟悉他们的生活。生活为他提供了很多创作素材。

其三，创作小说，让他对人生、对社会有非常深入的思考，为创作小说所准备的材料，不能写入小说的，他大多将其写进散文之中。仅举贾平凹的《朋友》[2]一书为例，我们就可以看到他那巨大的"资料宝库"。该书33万字，分为"亲人篇"，写自己和亲人，共6篇；"朋友篇"，写朋友，共134篇。"朋友篇"的作品，涉及文坛前辈，文朋诗友，书法、美术、收藏，所写人物，遍及全国，并达于海外。其中，我们能看到部分作品或多或少有小说人物的影子，或者可以单独成篇，创构小说。只是由于时间、精力的关系，贾平凹所积累的题材，并不能全部以小说的形式来展示，所以有些也就写成了散文的模样。

其四，社会发展，为他的散文创作打开了更为广阔的空间，各种新生事物层出不穷，这些在贾先生的散文中，几乎都有所反映。

---

[1] 贾平凹：《我是农民》，译林出版社，2015年5月。
[2] 贾平凹：《朋友》，重庆出版社，2005年1月。

最近几十年，社会发展很快，变化很大。特别是最近这些年，科技日新月异，社会高速发展，一系列的发展、变化，带来的是新生事物次第产生、发展、壮大。而社会的发展，也带来了人与人之间社会关系的急剧变化。自大学毕业起，贾平凹就一直生活在西安，熟悉西安，熟悉西安的市井。作为第一线的作家，贾平凹抓住契机，用自己手中的笔，真实不虚地记录下来。比如：《西安这座城》，当中就有关于西安的民俗、世相的描绘。该文经中央电视台著名主持人董卿与贾平凹的现场采访、对话、朗诵，使更多的人通过贾平凹先生和他这篇散文，知道了"八百里秦川黄土飞扬，三千万人民吼叫秦腔，调一碗黏面喜气洋洋，没有辣子嘟嘟囔囔"[1]。

其五，形制灵活，能收到"短平快"之效。形制，本身指器物或建筑物的形状和构造，如"形制古朴""形制奇特""殿宇形制雄伟"之类说法。这里，我们借言散文创作的形式、体式、规制。因为形制灵活的原因，篇幅短小的一些散文，其创作的周期大大缩短，这方便了贾平凹将一些较为碎片化的时间予以充分的利用。

泛览与精读贾平凹先生那些描绘世相的散文，我们归纳出三个特点。

第一，题材广泛，内容丰富。

世相，本来是一个佛教词汇，在佛经里作"世间相"讲。明代文学家宋濂《白庵禅师行业碑铭》云："儿患世相，起灭不常，将求出世间法，可乎？"后来，用以指社会的面貌、情况，其义与"市井世态"大致相近，都是对客观世界的统称。鲁迅先生在《中国小说史略》第23篇中说："凡官师，儒者，名士，山人，

---

[1] 贾平凹：《西安这座城》，选自《贾平凹散文精选》，长江出版传媒／长江文艺出版社，2017年12月。

间亦有市井细民,皆现身纸上,声态并作,使彼世相,如在目前。"

既与市井、世态相近,则世相一词,往往多指城、镇而言。对贾平凹来说,城镇生活是他所最熟悉的,其熟悉的程度,很多时候甚至超过了对农村生活的熟悉。因为,贾平凹在农村生活的时间,从出生到他离开家乡去上大学,只有二十年;而他从1972年上大学开始,到今年2022年,整整五十年,都长住西安。可以说,贾平凹对西安是熟稔于心的。而且,因为是大学中文系出身,又是专业作家,他观察世相的眼光自然与众不同,他五十年来对世间众生、人生百态的积累,也必定有自己独特的地方。贾平凹自己就说过:"如果有机会收集一下全城的数千个街巷名称:贡院门、书院门、竹笆市、琉璃市、教场门、端履门、炭市街、麦苋街、车巷、油巷……你突然感到历史并不遥远,以至眼前飞过一只不卫生的苍蝇,也忍不住怀疑这苍蝇的身上有着汉时的模样或者有唐时的标记。"[1]西安深厚的文化底蕴,已经化作鲜红的血液,汩汩流淌在贾平凹的血管内。因此,贾先生的笔下,才会有写不完的题材,才会有内容丰富、无比鲜活的市井人物(也包括贾平凹自己)。

我们随举案头的两个例子:

早上,是这个巷子最忙的时候。男的去买菜,排了豆腐队,又排萝卜队,女的给孩子穿衣喂奶,去炉子上烧水做饭。一家人匆匆吃了,但收拾打扮却费老长时间:女的头发要油光松软,裤子要线棱不倒,男子要领齐帽端,鞋光袜净,夫妻各自是对方的镜子,一切满意了,一溜一行自行车扛下楼,一声叮铃,千声呼应,

---

[1]贾平凹:《西安这座城》,选自《贾平凹散文精选》,长江出版传媒/长江文艺出版社,2017年12月。

头尾相接，出巷去了。中午巷中人少，孩子可以隔巷道打羽毛球。黄昏来了，巷中就一派悠闲：老头去喂鸟儿，小伙去养鱼，女人最喜育花。鸟笼就挂满楼窗和柳丫上，鱼缸是放在走廊、台阶上，花盆却苦于没处放，就用铁丝木板在窗外凌空吊一个凉台。这里的姑娘和月季，突然被发现，立即成了长安城内之最，五年之中，姑娘被各剧团吸收了十人，月季被植物园专家参观了五次。[1]

这一段选自《五味巷》。一听篇名，我们便立刻"五味杂陈"，瞬间进入油盐柴米酱、酸甜苦麻辣的"烟火"氤氲的市井生活状态。前面，作者除总写五味巷之外，基本上是以时间为序，描述巷子春夏秋冬四季的变化，然后，集中笔墨，将镜头的焦点聚集在生活在五味巷的那一群形形色色的人。他们的生存状态，他们的日常生活，他们的人生态度，他们的为人处世，他们的喜怒哀乐，都被一一纳入作者的视野，缓缓行走于作者的笔下。

巷子里是有空闲的时候，那是有工作的都去上班走了，龙钟的退休老人便成了巷子的警察和清洁工。他们会认真地打扫清一切角落，然后就喜欢蹲在南北两个巷口，只要守住这两个巷口，巷子里一切便安全无事。他们开始悠闲地吸烟，烟是上好的水烟，又拌了香油、香精，装在特制的木头旋出的圆盒里，揉出一丸一丸豆粒大小的烟团塞在竹根管做成的烟袋里，吸一下，烟全然入口，这便是最醉心的"一口香"了。一连吸过二十袋，三十袋，香味浓浓地飘满了巷子，他们就闭上眼睛，靠地路灯杆下做一个长长久久的过足瘾后的遐想。最紧张的，却要算一早一晚在厕所的门口了。厕所只有两个，一个在方块的东北角，一个在方块的

---

[1] 贾平凹：《五味巷》，选自《贾平凹经典》，江苏凤凰文艺出版社，2018年5月。

西南角，黎明起来，家家要倒便盆，到了晚上，尤其是一场精彩的电视刚刚完毕，去厕所的小道上就队如长龙。上完厕所，就又要去巷头唯一的水管处挑水，吃和排是人生的两项最重大的工作，那挑水又常常是两个小时、三个小时的心平气和的等待。[1]

这一段选自《河南巷小识》。与五味巷住户来自全国不太一样，河南巷的住户，大多是河南人。他们远离自己的家乡，来到西安这个异乡，在古城墙下的一条小巷住下来，并顽强地扎下根，维持着一家一户的繁衍。贾平凹透过对日常吃喝拉撒的描绘，将自己眼中的"河南巷"，淋漓尽致地展现在我们的面前。于是乎，如文中所说，"大千世界，同此凉热，本地人再不自夸，外地人再不自卑，秦腔和豫调相互共处，形成了西安独特的两种城语"。

从所引的两篇"巷"文中的两段，我们可以看到贾平凹对西安城市居民的生活是非常熟悉的。正因为熟稔于心，下笔之际，他才胸有成竹，得心应手，缓缓道来，游刃有余。可以说，这一类对城市民众生活的认知与描绘的散文类型，比较集中地反映了贾平凹先生从商州农村转向西安省城以后，对现代城市文明生活、对人民群众充满烟火气的日常生活的观察与思考。因为接地气，富有生活味，所以广受读者的欢迎。

第二，幽默生动，妙趣横生。

一个人的性格可能是多方面的，贾平凹也不例外。除了我们经常看到的一面，无论是生活还是创作，他都是较为幽默、风趣的一个人。特别应该注意的一点是，作家的身体状况，对其创作、行文，或多或少是会有一些影响的。正如贾平凹自己所说："我

---

[1] 贾平凹：《河南巷小识》，选自《贾平凹经典》，江苏凤凰文艺出版社，2018年5月。

突然患了肝病，立即像当年的坏分子一样遭到歧视。我的朋友已经很少来串门，偶尔有不知我患病消息的来，一来又嚷着要吃要喝，行立坐卧狼藉无序。……从此，我倒活得极为清静，左邻右舍再不因我的敲门声而难以午休，遇着那可见不见的人，数米外抱拳一下就敷衍了事了，领导再不让我为未请假的事一次又一次写检讨了，那些长舌妇和长舌男也不用嘴凑在我的耳朵上是是非非了。我遇到任何难缠的人和难缠的事，一句'我患了肝炎'，便是最好的遁词。"[1]2006年12月8日《金融时报》发表贾平凹的一篇文章，他说："我是文坛著名的病人，差不多的日子都是身体这儿不舒服那儿又难受，尤其在三十出头的年龄里患上了乙肝，一直病恹恹的近二十年。这几年胳膊腿儿来了劲，肝病竟没事了。得知肝病没了，许多人都来讨药方，我的答复是：有两点可以使自己健康，那便是精神放松和多做好事。"贾先生将胸中的郁气，以风趣、幽默的语言行之于文，这对于一个曾经身患肝病多年的人而言，不失为一种良法。请看：

我体弱多病，打不过人，也挨不起打，所以从来不敢在外动粗，口又浑，与人有说辞，一急就前言不搭后语，常常是回到家了，才想起一句完全可以噎住他的话来。我恨死了我的窝囊。我很羡慕韩信年轻时的样子，佩剑行街，但我佩剑已不现实，满街的警察，容易被认作行劫嫌疑。只有在屋里看电视里的拳击比赛。[1]

长住西安五十年，贾先生先说目睹城市文明中种种陋习怪僻，因此，他的笔下就更多地描写现代人五光十色、怪异荒诞的种种

---

[1] 贾平凹：《我有了个狮子军》，选自《顺从天气》，时代文艺出版社，2017年6月。

病态。自20世纪80年代后期写下《笑口常开》《人病》《闲人》等名篇之后，进入90年代，他又续写了《名人》《说孩子》《说家庭》《说打扮》等一系列散文，对社会生活中的一些人与事，通过幽默、风趣的语言，表达着自己的见解。非但对别人如此，对自己，贾先生也同样如此。

上面所引这段文字中，贾先生先言自己体弱、口浑，既不能打，也拙于说；再说羡慕长铗陆离的青年韩信；最后说自己只能"在屋里看电视里的拳击比赛"过干瘾。虽然是一小段文字，但语言、心理的起伏，也经历了一个抑—扬—抑的过程。加拿大作家、心理学家斯蒂芬·李科克说："幽默的本质是通情达理，是对一切存在事物的热忱而温存的同情，它的本质是爱，而不是蔑视。"在语言表达上，前面两段文字风趣、幽默、轻松、洒脱的特点非常明显，给读者描绘了一个身衰体弱、胆小怕事、只能看看电视、过过嘴瘾的"宅男"作家的形象。读罢此文，读者不免会心一笑，并从中看到自己的影子。

第三，指点平章，寄情托兴。

文学是对社会生活的反映，散文是一种与社会生活联系非常紧密的文体，在反映生活的问题上，散文有自身短、平、快的优势。我们一再强调，作家的历史责任，散文的历史担当。我们认为，简而言之，就是作家、作品的倾向性和责任感。

文学史告诉我们，从魏晋开始，中国文学开始进入"自觉"的时代，文人们主动担负起历史赋予的责任，也涌现出一大批风骨耿耿的优秀作家，出现了很多"骨气端翔，音情顿挫，光英朗练，有金石声"[1]的优秀作品。到盛唐时代，诗圣杜甫公开提出作家

---

[1] 陈子昂：《修竹篇序》。

的历史责任和奋斗目标："致君尧舜上，再使风俗淳！"[1]

作为浸淫中国传统文化多年的一线作家，贾平凹深知任重道远。所以，往往借散文创作之机，针砭时弊，鞭笞丑恶，指点平章，寄情托兴，创作、发表了很多世相类的优秀散文。

比如：

粤菜馆的饭局我就不去了。在座的有那么多领导和大款，我虽也是局级，但文联主席是穷官、闲官，别人不装在眼里，我也不把我瞧得上，哪里敢称作同僚？他们知道我而没见过我，我没有见过人家也不知道人家具体职务。若去了，他们西装革履，我一身休闲；他们坐小车，我骑自行车；他们提手机，我背个挎包。于我觉得寒酸，于人家又觉得我不合群，这饭就吃得不自在了。吃饭要和熟人吃才香，爱吃的多吃，不爱吃的少吃，可以打嗝儿，可以放屁，可以说趣话骂娘，和生人能这样吗？和领导能这样吗？知道的能原谅我是懒散惯了，不知道的还以为我对人家不恭，为吃一顿饭惹出许多事情来，这就犯不着了。[2]

人都是社会性的动物，很多时候，为了照顾各种关系，我们往往都屈己以顺人。所谓"人在江湖，身不由己"，便是此等状况的形象反映。

试问，刚刚踏上社会这所大学的初出茅庐者，谁不做一些无聊、无益的事？谁没被一些身不由己的饭局困扰过？特别是前些年，在那貌似热情、其实假大空充斥的饭局，如果有一些架子山

---

[1] 杜甫：《奉赠韦左丞丈二十二韵》。

[2] 贾平凹：《辞宴书》，选自《平凹书信》，陕西师范大学出版总社，2018年9月。

大的领导在场，入座、点菜、敬酒、散烟，哪一个环节不需要拿捏分寸？哪一个环节不需要小心翼翼、如履薄冰？

贾先生一直不喜欢应酬，特别是他年轻时候患上肝病之后，既不喜、更不能"开怀畅饮"，对某些饭局也就打心底更加反感。特别是20世纪90年代中期以后，有一阵子社会风气很不好，吃喝风大盛，贾平凹先生只能采取创作《辞宴书》这样的形式，来进行一个作家的抗争。

贾平凹先生的《辞宴书》，全文只有短短的八百余字，但堪称谢绝宴请的经典之作。为了"辞"宴，贾先生为自己找了五个理由：

第一个理由是自己太随便：穿着太随便，又骑着自行车，与座上的领导、大款们的派头不协调。第二个理由是自己丝毫不顾及影响，爱吃的多吃，不爱吃的少吃；想打嗝就打嗝，想骂娘就骂娘。第三个理由是不习惯什么座次的问题，也分不清谁是大领导，谁是小领导。第四个理由是自己不清楚在宴席上敬酒时先敬谁，后敬谁。第五个理由是说自己不善笑、不善饮，更不能奴相逢迎。所以，最后，归结为一句话："还是放过我，免了吧。"

阅读贾平凹先生的《辞宴书》，感觉同魏晋时代嵇康的《与山巨源绝交书》的体式、风格很相似。不信？我们选一段大家看一看：

吾每读尚子平、台孝威传，慨然慕之，想其为人。少加孤露，母兄见骄，不涉经学。性复疏懒，筋驽肉缓，头面常一月十五日不洗，不大闷痒，不能沐也。每常小便而忍不起，令胞中略转乃起耳。又纵逸来久，情意傲散，简与礼相背，懒与慢相成，而为侪类见宽，不攻其过。又读《庄》《老》，重增其放，故使荣进之心日颓，任实之情转笃。此犹禽鹿，少见驯育，则服从教制；长而见羁，则狂顾顿缨，赴蹈汤火；虽饰以金镳，飨以嘉肴，愈思长林而志在丰草也。

然后,嵇康对自己找出的理由——"七不堪"和"甚不可二"逐一道来,最后上升到"理论"的高度、吓人的程度:"非汤、武而薄周、孔。"让山涛打消了推荐他的念头。同样是书信体,同样的看似贬损自己,同样的嬉笑怒骂,同样的用貌似嘻哈打笑的口吻来表达一个非常庄重的主题,同样最后得出相同的结论——"辞"。贾先生推辞的是别人做东的宴会,嵇康推辞的是山巨源(山涛)推荐自己做官的美意。一今一古,可谓交相辉映。看似闲谈、乱谈,实则庄谈、正谈,满纸不屑,一腔真性,让人在爆笑之余,又不禁掩卷而叹。

我们第一次读到贾平凹先生《辞宴书》的时候,脑海里立即冒出了嵇康《与山巨源绝交书》。嵇康那种"必不堪者七,甚不可者二",那种戏谑式的"非汤、武而薄周、孔",在贾先生这篇文章中有没有?答案显然是肯定的。贾先生这样的文字,看似随意,实则立意谋篇,都非常讲究;文章不长,却透彻地彰显了他人格的魅力、为人的坦诚、行事的磊落与个性的独特。从文风看,贾先生深受中国传统文化的影响。"智者装憨""大智若愚",这是我们的感觉。贾先生的散文,时见老庄崇尚自在、倡导个性的思想流露,也就毫不奇怪了。

《辞宴书》创作于1998年1月2日,发表后影响甚大,有的书籍、平台,将其改名为《今晚的饭局我就不去了》,受到广大读者的真心喜爱,扩大了网络时代的传播范围。要知道,该文创作之时,正是中国处于由传统农耕文明向现代工业文明急剧转型之中,金钱崇拜、明星崇拜、道德沦丧比较盛行,好些个优良传统丢失殆尽,社会呼唤优秀传统文化的回归,呼唤重建传统文明。如果说贾平凹先生创作这篇散文,谈笑之间,指点平章,别有寄托，以反讽的方式，书写了自己的人生观、社会观、价值观，表达了他对当时不良的社会风气的反感，这种理解，大家觉得应该没有什么问题吧？

【赏析】《食神》之"奇"

贾平凹先生的部分散文，发扬了中国古代志人小说（如《世说新语》）和志怪小说（如《搜神记》）的优良传统，并结合新时代的社会状况，写出了一批高质量的"新志人""新志怪"散文，在"世相写真"类散文中，表现出特有的贾氏"奇人""奇事"的面貌和风格。

创作于2005年6月3日的《食神》[1]，就是其中非常具有代表性的一篇。我们节选该文前面"现场"部分（文章最后三段，为贾先生回到家后的笔记，此处略去），先读一读，然后奇文共欣赏：

饕餮是个什么样子？我不知道，但我见过食神。

食神叫赵芷滢，女的，一九八〇年生人，身高一米三，体重四十三公斤，瘦得皮包骨头，还有点羞怯，遇着陌生人就低头眨眼。

我见赵芷滢是在西安的一家宾馆餐厅，眼看着她吃了十二斤红烧肉，十斤三文鱼片，还有几乎我们八人没有动几筷的一大桌各类海鲜、糕点和面条。又喝了三大碗油汤，四罐羹，十瓶苹果醋饮。她吃喝起来很急，急不可耐，甚至来了脾气，催服务员再上一笼三文鱼片呀，要肥一点的，再上一盘红烧肉呀，越热越好，还问，不是要了一盘烧鳗和四个鱼头吗，鱼呢，那鱼呢？！

我们都惊骇地看着她，好像在做梦。后来围观的人便多起来，

---

[1] 贾平凹：《食神》，选自《顺从天气》，时代文艺出版社，2017年6月。

有服务员，有餐厅老板，厨房里的师傅也跑了来。大家都兴奋，似乎赵芷滢是星外来客，一个怪物，带来了从未有过的观赏快乐。

饭局持续了两个半小时，赵芷滢一直在吃喝，而她没有上厕所，肚子也不见凸起来。桌上的碗盘全都空了，又要了一盘的三文鱼片和炒蛋迟迟没有端来，陪她来的是一位领导，说：好了没？大家都忙，时间不早啦！赵芷滢这才放下筷子，舌头舔了舔嘴唇上的明油，说：好了吧。给我们抱歉地笑笑。

席间，我和那位领导有过短暂的交谈，我问是不是赵芷滢有病，比如甲亢什么的，他说没有。我问那吃喝得这么多，吃到哪儿去了呢，怎么一点儿不胖呢？他说，用常规思维是无法解释的，有关部门每月提供赵芷滢百分之八十的伙食费，对她已观察研究了七年，但至今的研究结果仅仅证明她的胃和正常人一样大小，而消化酶高出正常人的六倍，食物一到胃立即就分解了，转为能量，她是从来没有饱的感觉，只是觉得身上热了就算吃喝好了，一旦热量充分，她就能透视人体病灶，没有不准的。

送走了赵芷滢，看热闹的人仍兴奋得不能安静，有的说：天哪，看她吃喝，我真恐怖！有的说：谁接待她也只能接待一次吧？有的说：如果和某自助餐馆有仇，每日就领着她去！有的说：和她接接吻，能不能多些酶咱也就胃病好了？

这篇"志人"兼有点"志怪"的散文，既是作者现场亲眼所见，真实性应该不容置疑；更相当于为一个"奇人"立传，传奇性很强。读罢全文，"赵芷滢"的形象立体般呈现在我们的眼前。

这篇散文的风格，与其所写内容一样，最大的特点就在于一个"奇"字。文章开篇便道："饕餮是个什么样子？我不知道，但我见过食神。"什么是饕餮？饕餮，是中国古代传说中的一种凶恶、贪食的野兽，古代青铜器上常浇铸其纹以避邪。后来，"饕餮"常用来形容极度好食的人。

在《食神》中，"饕餮"取其中性意义，着重表现赵芷滢这个女孩的特别之处。试看：

第一奇：人矮体瘦，年轻羞怯。作者以极为经济的文字，介绍了"传主"："食神叫赵芷滢，女的，一九八〇年生人，身高一米三，体重四十三公斤，瘦得皮包骨头，还有点羞怯，遇着陌生人就低头眨眼。"虽然"经济"，但内容一个也不落下——姓甚名谁，出生年月、身高体重、外形表情，都有条不紊地进行了介绍，让我们对赵芷滢有个初步的印象。而这个印象，恐怕更多的是令人感到奇怪：身高那么矮，年龄才二十出头，"皮包骨头"的身体，能当得"食神"这个美称吗？如此巨大的反差，形成第一奇。——百忙之中，作者还"好整以暇"，不忘写一个细节："还有点羞怯，遇着陌生人就低头眨眼。"让赵芷滢这个人物在平面的介绍中，以动态"立起来"，鲜活、立体地"站"在我们面前。

第二奇：风卷残云，大肚能容。这一段，作者交代"我见赵芷滢是在西安的一家宾馆餐厅"，"眼看着她"云云，这是表明信息之来源、文章写作之缘由，强调文章所写之真实不虚。这一奇，纯用客观的描写，将赵芷滢的神情、动作、急不可耐的性格，表现得淋漓尽致。我们闭着眼想一下：十二斤红烧肉，十斤三文鱼片，八人几乎没有动几筷的一大桌各类海鲜、糕点和面条，三大碗油汤，四罐羔，十瓶苹果醋……我的天，竟然装下那么多东西！而赵芷滢呢，吃喝起来很急，急不可耐，甚至来了脾气，不停地问："不是要了一盘烧鳗和四个鱼头吗，鱼呢，那鱼呢？！"这一段描写，颇有太史公司马迁《史记》"鸿门宴"一节中描写樊哙的文风：

哙即带剑拥盾入军门。交戟之卫士欲止不内，樊哙侧其盾以撞，卫士仆地，哙遂入，披帷西向立，瞋目视项王，头发上指，目眦尽裂。项王按剑而跽曰："客何为者？"张良曰："沛公之参乘樊哙者也。"项王曰:"壮士!赐之卮酒!"则与斗卮酒。哙拜谢,起,立而饮之。项王曰:"赐之彘肩!"则与一生彘肩。樊哙覆其盾于地,加彘肩上,拔剑切而啖之。项王曰:"壮士!能复饮乎?"樊哙曰:"臣死且不避,卮酒安足辞!"[1]

太史公写樊哙,主要是通过其动作与语言来写,突出的是樊哙在情势危急关头那种无所畏惧的勇猛;贾平凹写赵芷滢,则是动作、语言、神情兼而有之,突出的是她在和平年代出奇的食量。真可谓一古一今,相映成趣。

第三奇:持续进餐,不上厕所。上一段写毕,作者还不忘以补叙的方式交代一番:饭局持续两个半小时,说明时间之长,赵芷滢之"吃得";令人啧啧称奇的是,赵芷滢"一直在吃喝,而她没有上厕所,肚子也不见凸起来","桌上的碗盘全都空了,又要了一盘的三文鱼片和炒蛋迟迟没有端来"。这一段文字,"同桌"的人怎样看、怎样想、怎样的表情,作者没有具体地写,而是给读者"留白",给读者留下了很大的想象空间:吃那么多,却肚子不鼓,也不去上厕所,那些东西装到哪里去了?这里,作者没有写赵芷滢怎么等、怎么催,而是用领导委婉的提示,侧面烘托:"陪她来的是一位领导,说:好了没?大家都忙,时间不早啦!"至此,"赵芷滢这才放下筷子,舌头舔了舔嘴唇上的明油,说:好了吧。给我们抱歉地笑笑。"领导的那种迁就、怜惜,"传主"的那种略微有一点儿的言不由衷,既形象、又生动地展现在我们面前。

第四奇:各方研究,未明其因。"席间,我和那位领导有过短暂的交谈,我问是不是赵芷滢有病,比如甲亢什么的,他说没有。"在作者与领导的一问一答之中,领导将研究尚未解开赵芷

---

[1] 司马迁:《史记·项羽本纪》。

滢"能吃之谜"的事告诉读者。如果赵芷滢仅仅是吃得下、吃得多、不解手，还不算最"奇"的；最"奇"的是，"有关部门每月提供赵芷滢百分之八十的伙食费，对她已观察研究了七年"，"但至今的研究结果仅仅证明她的胃和正常人一样大小，而消化酶高出正常人的六倍，食物一到胃立即就分解了，转为能量"。不仅如此，"她是从来没有饱的感觉，只是觉得身上热了就算吃喝好了"，所以，"一旦热量充分，她就能透视人体病灶，没有不准的"。这是从领导的角度，加以阐释，从侧面来写出赵芷滢之"奇"，至今仍然是科学未能全解之谜。最后所说，居然还有特异的"透视"功能，这个结果的确让人感到不可思议，却又不得不信！

正是因为有上面这四"奇"，赵芷滢也就变得"立体"起来。我们闭着眼睛，眼前便会立刻出现她的形象：人很年轻，身体瘦弱，如同饕餮，风卷残云，大快朵颐之余，让观者目瞪口呆，如同木鸡……

难怪，贾先生称呼赵芷滢为"食神"呢！

这篇文章结尾的三个自然段，贾平凹先生还以补叙的笔法，记下两点感受，表达的意思主要是：其一，食神只能出现在盛世。贾先生言下之意，以前吃不饱、穿不暖的时代，赵芷滢那样的人，早饿死了。只有在物质丰富而有余的今天，食神之类的人，才能到处受邀吃喝。换言之，现在能出现赵芷滢这样的人物，是时代发展、社会进步的结果。其二，观众是猎奇的为多，赵芷滢得好好保护好自己。随着科学的发展，有关的"谜底"，一定会有揭开的一天。

这样，正文的几个段落与结尾的补叙，互为补充，构成一个有机的整体，将新时代社会生活中的一个市井人物、一个奇特的"世相"，生动地展现在我们的面前。读之，不禁令人啧啧称奇。

第三节　贾平凹散文的风俗美

管仲说："古之欲正世调天下者，必先观国政，料事务，察民俗，本治乱之所生，知得失之所在，然后从事。故法可立而治可行。"[1]也就是说，民俗反映出施政好坏，"察民俗"能知晓施政得失，为治国兴邦提供借鉴。要知道，风俗也就是相习相沿的群体习惯，它与特定的时间、空间、地域环境密切相关。各地自然环境千差万别，《礼记·王制》篇谓之"天地寒暖燥湿，广谷大川异制"。正是因为天与地、寒与暖、燥与湿大相径庭，所以这些自然的因素也就决定了人们的生活习惯与各地的风土人情各不相同，"民生其间者异俗"[2]。而描绘、研究风俗的差异，就可以究明施政之得失，为社会服务与社会治理提供有效的借鉴。

贾平凹先生的作品中，有大量描绘风俗之美的散文佳作，特别是他早年的一些散文。

这类散文，主要集中体现在80年代商州题材的作品中，还包括陕北、关中以及陕西以外地方风情的作品。比如，描写陕西的风俗的作品，据赵德利先生统计，大致有：描写陕北的15篇，包括《走三边》《黄土高原》等；描写关中的20篇，包括《五味巷》《关中论》等；描写陕南的45篇，包括"商州三录"

---

[1] 管仲：《管子·正世》。
[2]《礼记·王制》。

等[1]。

贾平凹的这些作品,对故乡陕西的民风、民俗进行了仔细的梳理,他以饱含深情的笔触,对具有陕西地域特色的民俗、风情进行了大量耐心、细致的描绘。给读者印象最深的,应该是《商州初录》《商州又录》《商州再录》这"商州三录"。贾平凹以这"三录",在中国文坛高树贾氏散文的地标,毫不掩饰地表达了他对故乡、对故乡文化的"情有独钟"。正如贾平凹自己所说:"商州成全了我作为一个作家的存在。"[2]贾平凹的"商州情结",四十年来影响了几代读者。研究、品味他散文中的风俗美,也许,我们能得到一些有益的启示。

在我们看来,贾先生散文的风俗美,主要体现在:

第一个方面,活泼的语言特色。

语言是最能代表作家个性的最为重要的因素。一个作家与另一个作家的不同,很大程度上表现为语言风格的不同。贾平凹的散文,很多时候在语言上表现出一种活泼泼的形式,深受广大读者的喜爱。那么,这种"活泼泼"的语言源自哪里呢?文学史告诉我们,文学的语言来源于生活。显然,贾平凹散文的"活泼泼",也来源于他的日常生活,来源于他对生活的观察、提炼与总结。新时期以来,他注重从故乡商州汲取语言的营养,将文言、方言与现代汉语融为一体,无论是叙述语言还是人物对话,都力求更本色、更传神,最大程度保持文学语言的生活化,以达到原汁原味地还原凡人俗事,刻画人物形象。形成了地域化、民族化、音

---

[1] 赵德利:《论贾平凹散文的审美类型》,《宝鸡文理学院学报》(社会科学版)2001年9月,第21卷第3期。

[2] 贾平凹:《商州:说不尽的故事》,华夏出版社,1995年1月。

乐化的语言特色。[1] 我们试看：

> 当年眼羡城里楼房，如今想来，大可不必了。那么高的楼，人住进去，如鸟悬窠，上不着天，下不踏地，可怜怜掬得一抔黄土，插几株花草，自以为风光宜人了。殊不知农夫有农夫得天独厚之处。我不是农夫，却也有一庭土院，闲时开垦耕耘，种些白菜青葱。菜收获了，鲜者自吃，败者喂鸡，鸡有来杭、花豹、翻毛、疙瘩，每日里收蛋三个五个。夜里看书，常常有蝴蝶从窗缝钻入，大如小女手掌，五彩斑斓。一家人喜爱不已，又都不愿伤生，捉出去放了。[2]

这一段文字，先说当年如何，现在如何，是贾平凹先生在经历从农民到学生再到"城里人"之后，对社会、对人生的一种认识。他当时的居所，命名为"静虚村"，就很有点道家老祖老子"致虚极，守静笃"[3]的风范。语言的通俗与活泼，是本段文字最大的特点。

南宋诗人葛天民在《寄杨诚斋》一诗中说："参禅学诗无两法，死蛇解弄活泼泼。"参禅、学诗，都需要"活泼泼"，而不是生搬硬套。那么，散文的语言，更应如此。你看："人住进去，如鸟悬窠，上不着天，下不踏地。"这些四字句式的系列组合，灵动剔透，音韵铿尔，古味十足。"闲时开垦耕耘，种些白菜青葱。菜收获了，鲜者自吃，败者喂鸡，鸡有来杭、花豹、翻毛、疙瘩，每日里收蛋

---

[1] 参阅《陕西三位作家：路遥、贾平凹、陈忠实之比较》，选自 360 图书馆 2022 年 5 月 21 日。

[2] 贾平凹：《静虚村记》，选自《抱散集》，作家出版社，1994 年 9 月。

[3]《老子·第十六章》。

三个五个。"这是"白描"日常生活，原汁原味，极具生活化地展示作者超然物外、自得其乐的满足。"夜里看书，常常有蝴蝶从窗缝钻入，大如小女手掌，五彩斑斓。"则表现出作者对环境观察的细致，表现出一种生活的情趣。

我们再看一段：

走进村去，一层窑洞，原来竟是一条自然的巷道，虽是只有半边，出奇也正是这半边：上面人家门前的场地，便是下面人家的窑顶，层层叠起来，可谓人上有人，巷上有巷。墙壁是瓷的，台阶是瓷的，水沟是瓷的，连地面也是瓷片儿横着一片一片铺成的。站在这里，一声呐喊，响声便有了瓷的律音，空清而韵长。[1]

这一段文字，大致可以看作两层——前一层写窑居人家的环境，后一层写他们居处的特点（到处都是瓷）。后一层写得特别出彩，作者描绘了"瓷"的音律、韵味，表现得嘎嘣生脆，陈炉这座渭北的"瓷城"，如在目前。中国人自古生活在"瓷器"之中，一说到瓷器，我们便会联想到冰清玉洁、玲珑剔透这样的词汇，什么薄如蝉翼、声如钟磬之类的词组，也会一股脑儿地跳入我们的脑海之中。贾先生这一系列的排比组合，既清纯无比，又朗朗上口，节奏上契合瓷器独有的韵味，于小巧、活泼、精致之中，表现出节奏与音韵的双美。整段文字，充满乐音，引人遐想。

对散文而言，语言问题是谁也绕不开的一个非常重要的问题。贾平凹先生曾说："嚼别人嚼过的馍没有味道，随心所欲更是荒唐。你必须是你自己的，你说出的必须是别人都意会又

---

[1] 贾平凹：《陈炉》，选自《贾平凹散文自选集》，漓江出版社，1987年10月。

都未道出的。于是乎，你征服了读者，迫使着他们感而就染，将各自的经历体会的色彩涂给了你的文章。你，也便成功了。"[1]

"问渠那得清如许？为有源头活水来。"总之，贾平凹先生眼观生活，耳闻风雨，心怀天下，笔下才会将他眼中的明月呀，清风呀，风竹呀，蝴蝶呀，都写得那么的细腻而有情致。这中间，"活泼泼"的语言增加了不少的亮色。而"一切景语皆情语也"[2]，贾先生笔下的这些意象，与"静""虚"二字相结合，展示出他的创作心境，也体现了他对生活的认知。要知道，人间烟火味，最抚凡人心。贾先生所描绘的风俗之美，就是这样通过对日常生活之美的描绘，表现得淋漓尽致，令人神往。

第二个方面，优美的地域特色。

一个作家总是生活在一定的地域当中，他生活的地域，必将给他和他的作品打上鲜明的烙印。

贾先生的故乡商州，位于秦岭的南麓，历史悠久，文化底蕴深厚。因此，无论是小说还是散文，贾先生的笔触总是根植在这片古老的土地上。正如曾令存先生所说："十九年的乡村岁月于贾平凹却并不仅仅是个'时间'概念，而早已或为一种'心理'沉淀，作为一种世界观与人生观的'原型记忆'陪伴着他的一生，铸造着他的精神气质并渗透到他的创作追求中。"[3] 西安是贾先生生活、工作半个世纪的地方，他的很多题材，其人物、情节、事件、语言、环境等，都源自西安。1993年3月，贾平凹先生在

---

[1] 贾平凹：《语言——人道与文道杂说之一》，选自《关于散文》，生活·读书·新知三联书店，2015年1月。

[2] 王国维：《人间词话》。

[3] 曾令存：《贾平凹散文研究》，中国社会科学出版社，2003年4月。

接受西德汉学家魏侃的访谈时,曾经专门谈到这个问题。他说:"西北,特别是陕西一带,有浓郁的民俗民情民风,这一带是中国古代文化的发祥地,传统的东西在这里有很深的积淀,中华民族从历史到哲学在这里扎着很厚的根基,从而在民族特色的形态上这里最纯粹……我的故事几乎都发生在偏僻的西北,因为这里更能表现中国人的特点。"[1]

因此,在贾平凹关于商州、关于西安、关于西北的散文中,总是氤氲着一种浓浓的地域特色。读贾先生的散文,扑面而来的是一股浓郁的陕南风情、西安风味、陕西风光、西北风貌,秦腔、秦语、秦俗,如在目前。

我们来看:

左岸的石崖下是一个村庄,房子依崖而筑,门前修一洼水田,前边用偌大的石头摞成滚水形大堤,堤上密密麻麻长满了柳树。

因为水汽的原因吧,这石崖是铁黑色的,这树也是铁黑色的,房屋四墙特高特高,又被更高更高的柳树罩了上空,日光少照,瓦就也成了铁黑色,上边落满了枯叶,地面常年水浸浸的潮湿,生出一种也是铁黑色的苔苴。

铁黑色成了这里统一的调子,打远处看,几乎山、林、房不可分辨,只感觉那浓浓的一团铁黑色的地方,就是村庄了,从村庄往下弯去,便是淤沙地,肥得插筷子都能出芽的土。

右岸却比左岸峻峭多了,河边没有一溜可耕种的田,水势倒过去,那边河槽极低,平日不涨水也潭深数丈。

遇到冬天,水清起来,将石片丢下去,并不立即下沉,如树

---

[1] 孙见喜:《鬼才贾平凹》(第二部),北岳文艺出版社,1994年9月。

叶一般，悠悠地旋，数分钟才悄然落底。

太阳是从来照不到那里去的，水边的崖壁上就四季更换着苔衣。有一条路可到山顶，那里向阳处是一丛细高细高的散子柏，顶上着一朵小三角形叶冠，如无数根立直的长矛，再后，一片如卧牛一般的黑顽石，间隙处被开掘了种地，一户人家就住在那石后。[1]

这里所选的是贾平凹早期散文佳作《桃冲》中的几个段落。前三段和后三段分别是连续性的三个自然段。

先看前三段，写"左岸"。第一段写村庄的位置、地理环境，写村庄，写水田，写大堤，写柳树；第二段写石崖、树、房屋的高墙，写柳树、屋瓦，写地面，写苔茸；第三段写铁黑色的主色，写淤沙地。这一部分，作者运用中国画"散点透视"与西洋画"焦点透视"的原理，对村庄的自然环境、地形地貌、外在观感，进行了粗中有细的白描和细中有粗的勾勒。从视觉上看，角度上仰视、平视、俯视皆有，近景、中景、远景搭配。诸般手法综合之下，将那个"肥得插筷子都能出芽"的宁静、和谐的村庄，优美地呈现在读者的面前，给我们留下了难忘的印象。

再看后三段，写"右岸"。第一段写峻峭的江岸，写水势，写深潭，这是远眺，寥寥数笔，予以勾勒；第二段写江岸背阴（"太阳是从来照不到那里去的"），写冬天的江水，写清清的水潭，这是描绘，突出童年似的、梦幻般的画面感；第三段写崖壁，写公路，写散子柏，写叶冠，写黑顽石，写一户人家，这是细部的皴染，然后落笔于种地的那一户人家。这一段，通过作者精心选用的词语，比如"峻峭""长矛""黑顽石""四

---

[1] 贾平凹：《桃冲》，选自《贾平凹散文精选》，陕西人民出版社，1992年4月。

季更换着苔衣",虚实结合,于优美之中,还给人以生冷的总体感观,让读者对"右岸"人家生存的艰辛环境,有一个整体的印象。

就这样,通过对"左岸"与"右岸"的分别描绘,贾平凹将令人神往的石门河、人杰地灵的桃冲优美的地域特色,毫无保留地展现在读者的面前,令人掩卷犹思,久久难忘。

第三个方面,淳厚的风俗特色。

在乡村生活了20年的农民出身的贾平凹,即使进了城、在西安长居达半个世纪之久,故乡商州的一切,必然还会时时入梦。而他长居的十三朝古都西安,他经常深入实地采访、采风的陕南、陕北、关中大地、大西北,那些在他的大脑皮层留下深刻印象的民风、民俗、民情,必然在他提笔之时即自动跳出。在贾平凹的笔下,淳厚的风俗特色,可谓随处可见。

曾令存先生在《贾平凹散文研究》中,曾经对贾平凹早中期的"秦地民俗散文"进行过较为精确的统计:

陕北风情类:约十五篇,其中包括《走三边》《黄土高原》《在米脂》《清涧的石板》《惯看砂砾记》等。

关中风情类:约二十篇,其中包括《秦腔》《关中论》《河南巷小识》《五味巷》《静虚村记》《耍蛇记》《这座城的墙》以及长篇散文《老西安》等。

陕南风情类:约四十五篇,其中包括"商州三录"、《紫阳城记》《张良庙记》《游寺耳记》《一个有月亮的渡口》等。

此外,还有《陕西小吃小识录》《戏问》《陕西平民志》(之一、之二、之三)等从不同侧面去描摹秦地风土民情的散篇。[1]

---

[1] 曾令存:《贾平凹散文研究》,中国社会科学出版社,2003年4月。

这当中，陕南、陕北的风情类作品，侧重写乡村的民风民俗；关中风情类作品，则侧重于写都市的风土人情。乡村与都市并重，风土与人情同辉，共同构成贾平凹风俗类散文中最为重要、不可分离的"两翼"，展现出贾平凹早年散文的商州特色与中晚期散文的关中特色。

我们先看一节贾平凹先生的散文：

如今县城扩大了，商店增多了，人都时髦了，但也便哑巴吃黄连，有苦说不出。因为开支吃不消，往日一个鸡蛋五分钱，如今一角一只；往日木炭一元五十斤，如今一元二十斤还是青枫木烧的。再是，菜贵、油贵、肉贵，除了存自行车一直是二分钱外，钱几乎花得如流水一般。深山人一日一日刁滑起来，山货漫天要价，账算得极精，四舍五入的多，舍的少……毕竟乡下人报复城里人容易，若要挑着山货过亲戚门，草帽一按，匆匆便过，又故意抬价，要动起手脚，又三五结伙。原先是城里人算计赚乡下人钱，现在是乡下人谋划赚城里人钱：辣面里掺临谷皮，豆腐里搅包谷面，萝卜不洗，白菜里冻冰……[1]

贾平凹先生的早期散文，以商州散文为代表，主要包括《商州初录》《商州又录》《商州三录》系列散文。这些作品，都以商州作为地域背景，深入挖掘楚、汉文化的源流，从而全方位地展现商州在现代文明的时代嬗变中的整合、发展与变迁史。而商州系列的散文"组合"，构成了一个相对独立的文化空间，对商州的人文、地理、风情、民俗等商州"文标"，进行了传神而朴质的描摹，无异于一部商州文化的寻根史。通过这一"寻根"，

---

[1] 贾平凹：《商州初录·龙驹寨》，选自《贾平凹散文大系》（第二卷），漓江出版社，1993年6月。

贾先生将人文、地理、风情、民俗，融入作品之中，精心营造了一种浓郁的地域文化的氛围，勾勒出商州文化之魂。比如，《黑龙口》"旅店"中，客人与主人媳妇同睡一张炕，"只是主人睡在中间，作了界墙而已"，主人要是出外，也只是在两人中间横上一根扁担……回来叫你喝一碗凉水，"你若不喝，说你必是有对不起人的事"……表现商州人的宽厚、淳朴。《龙驹寨》中，贾先生写龙驹寨人紧跟时代，以"西安街头出现什么风气，龙驹寨很快也就出现什么风气"，写出改革开放之初年轻人追逐时髦、争学赚钱的具体表现。

前面这段选文，作者客观地叙说"如今县城扩大了，商店增多了，人都时髦了"，写出时代发展给县城、给人们带来的巨大变化。然后，从物价、社会风气、百姓习俗、精明程度各个角度，描绘了一幅社会生活的"风俗画"，将商州地域的民情、风俗，描绘得非常充分。这个过程中，作者看似漫不经心，没有直接表明自己的态度；实际上，是有作者自己精心的裁剪与取舍的，他是在行文之中，流露出自己的倾向性。在这里，贾平凹秉持现代意识，对高速发展、日新月异的商州，进行了较为全面、深入而理性的审视。他将自己的故乡——古老的商州，放在改革开放的大时代背景之下，写出都市文明、现代文化对商州传统的冲击，从而将商州的民风、民俗、民情，予以全景式的展示，表现出一个作家对社会变革和时代发展的冷静观察与娓娓叙述。

总之，商州是贾平凹人生的根，是他认识世界的起点，也是他取之不尽、用之不竭的楚、汉文化母题和创作源泉；西安、陕西、西北，是他营造"秦腔"的大本营，是他深入生活、感受人间烟火气的重要"根据地"。这两方面的结合，就构成了贾平凹先生散文表现风俗美缺一不可的两大支柱。

【赏析】《吃面》的情愫

《吃面》[1]是一篇短小精悍的散文,写作于2004年10月4日,后收入《贾平凹经典》等书中。客观地说,这篇散文在贾平凹众多的散文中并不是特别突出,但此文情真意切,于淡淡的叙述之中,有一种淡淡的人生之沧桑;于淡淡的沧桑之中,又充满一种惯看秋月春风的淡淡从容。全文也就800余字,但不紧不慢地娓娓叙说,其中也有小设疑、小高潮、小答疑,让我们阅读全文,也跟着"头上冒汗",很是享受。

全文仅仅5段,且先看第一段:

陕西多面食,耀县有一种,叫盐汤面,以盐为重,用十几种大料熬成调合汤,不下菜,不用醋,辣子放汪,再漂几片豆腐,吃起来特别有味。盐汤面是耀县人的早饭,一下了炕,口就寡,需要吃这种面,要是不吃,一天身上就没力气。在县城里的早晨,县政府的人和背街小巷的人都往正街去,正街上隔百十米就有一家面铺,都不装饰,里边摆三张两张桌子,门口支了案板和大环锅,热气白花花的像生了云雾,掌柜的一边吹气一边捞面,也不吆喝,特别长的木筷子在碗沿上一敲,就递了过去。排着长队的人,前头的接了碗走开,后头的跟上再接碗。也都不说话,一人一个大海碗了,蹴在街面上吃,吃得一声价儿响。吃毕了,碗也就地放了,掌柜的婆娘来收碗,顺手把一张餐纸给了吃客,吃客就擦嘴,说:"滋润!"

开篇,作者即以一句话点出"陕西多面食,耀县有一种,叫盐汤面"。由陕西而耀县,有由大到小、由空阔到具体之感。起

---

[1] 贾平凹:《吃面》,选自《贾平凹经典》,江苏凤凰文艺出版社,2018年5月。

笔点题,可谓推窗见月,开门见山。这是贾平凹惯用的笔法。比如:"在我四十岁以后,在我几十年里雄心勃勃所从事的事业、爱情遭受了挫折和失意,我才觉悟了做儿子的不是。"[1] "七月十七日,是你十八岁生日,去旧迎新,咱们家又有一个大人了。"[2] 这篇散文也不例外。

然后,作者对耀县盐汤面进行了较为细致的介绍——地点在哪里,民俗之由来,命名之依据。其中,"辣子放汪,再漂几片豆腐",一个"汪"字(似乎有耀县人为人豪爽、口味特重的影子),一个"漂"字(似乎暗示耀县人进食的动作),将盐汤面的红、白二色,静态、动态之美,形象地予以展示,充满一种画面感。而话似乎还没有说完,一波未平,一波又起,作者赓即转入对盐汤面的制作过程、烹饪场面、进食现场的一个叙述与描绘。闭上眼,似乎"正街"上三张两张的桌子,门口那长长的案板和大环锅,还在我们的眼前晃悠;而"热气白花花的像生了云雾","一边吹气一边捞面,也不吆喝"的掌柜,正在用特别长的木筷子敲击着大海碗的碗沿呢!一大碗色香味声齐备的耀县盐汤面,真令我们垂涎欲滴!

这一段,将耀县人吃盐汤面的风俗,写得活灵活现,如在眼前,为下文写作者自己与耀县盐汤面的"因缘",进行了厚厚的铺垫。既然铺垫如此之足,那么,第二段开始以两个自然段的篇幅,对耀县的盐汤面进行一番回忆、评价,也就顺理成章了。

---

[1] 贾平凹:《我不是个好儿子》,选自《贾平凹散文精选》,长江出版传媒/长江文艺出版社,2017年12月。

[2] 贾平凹:《读书示小妹十八岁生日》,选自《朋友》,重庆出版社,2005年1月。

这情景十多年前我见过。那时候，我在县城北的桃曲坡水库写《废都》，耀县的朋友说请我吃改样饭，我从库上下来吃了一次，从此就害上了瘾。在桃曲坡水库待了四十天，总共下库去吃过六次，水库到县城七八里路，要下一面塬坡，我都是步行去的，吃上两碗。一次返回走到半坡，肚子又饥了，再去县城吃，一天里吃了两次。

后来回到西安，离耀县远了，就再没吃过盐汤面。西安的大饭店多，豪华的宴席也赴了不少，但那都是应酬，要敬酒，要说话，吃得头上不出汗。吃饭头上不出汗，那就没有吃好。每每赴这种宴席时，我就想起了盐汤面。

从结构上而言，上一段的第一句"这情景十多年前我见过"，似乎既在总结上文，也在引出下文（作用上更多地倾向于"启下"），过渡到马上转入自己对盐汤面的"历史印象"。这两段，上一段写自己十多年前与耀县盐汤面结下的不解之缘，下一段写"后来回到西安"与盐汤面的"渐行渐远"，趁机将自己的一个观点摆出来——吃饭头上不出汗，那就没有吃好。婉转地告诉读者，离开耀县之后，那种"要敬酒，要说话，吃得头上不出汗"的应酬，让作者几乎失去了吃饭的享受。所谓"没有比较就没有伤害"，两相对比之中，突出了耀县盐汤面在作者心中的地位。

这里，作者前一段写了自己对耀县盐汤面的"痴迷"（"从此就害上了瘾""一天里吃了两次"），后一段写自己厌烦应酬，常常想起盐汤面。读到这里，我们不由得想起鲁迅名篇《社戏》的结尾：

待到母亲叫我回去吃晚饭的时候，桌上便有一大碗煮熟了的罗汉豆，就是六一公公送给母亲和我吃的。听说他还对母亲极口夸奖我，说"小小年纪便有见识，将来一定要中状元。姑奶奶

37，你的福气是可以写包票的了"。但我吃了豆，却并没有昨夜的豆那么好。

真的，一直到现在，我实在再没有吃到那夜似的好豆，——也不再看到那夜似的好戏了。

这样的语言，一种深情贯注其中，一种牵念蕴含其中，一唱三叹，令人回味无穷。

据我们所知，贾平凹先生确实是一个"面迷"。我们2016年跨2017年的春节第一次到西安拜见他的时候，他就领着我们去街头寻找岐山臊子面。他还告诉我们，他当年在四川绵阳养病的时候，很钟情绵阳的米粉和小面。

尤需提及的是，贾平凹先生与耀县盐汤面之所以结缘，是因为十多年前"我在县城北的桃曲坡水库写《废都》"。《废都》一出，誉者如云，毁者如雨，在中国文坛乃至世界文坛造成的轰动，中国乃至世界现当代文学史上都是罕见的。曾国藩有一句名言："名满天下，谤亦随之。"《废都》出版之后遭禁十七年，贾平凹先生心中那一份难以言说的情感，全都融进笔下对耀县那一碗盐汤面的情愫之中了。对此，贾平凹先生说："喜欢我作品的人说好得不得了，不喜欢的人骂得一塌糊涂。……1994年和1995年，谁提《废都》都不行，提了就要写检查。陕西的报纸，提到我名字的检讨报社就不知写了多少次，到处都是批判。"[1]生活往往就是这样的无奈，人生常常就是这样的不可捉摸。难怪，只要一想起耀县的盐汤面，贾平凹先生就情不能已。写到这里，作者还意犹未尽，于是，在时隔多年之后，他"创造机会"，主动提出："咱到耀县吃盐汤面吧！"

---

[1] 贾平凹、张英：《贾平凹：我这辈子，最下功夫的是作家这个角色》，《作品》2022年第4期。

今年夏天，我终于对一位有小车的朋友说：咱到耀县吃盐汤面吧！洗了车，加了油，两个小时后到了耀县，当年吃过的那些面铺竟然还在，依旧是没装修，门口支着案板和环锅。我一路上都在酝酿着一定要吃两碗，结果一碗就吃饱了，出了一头汗。吃完后往回走，情绪非常好，街道上有人拉了一架子车玫瑰，车停下来我买了一枝。朋友说："我以为你是贵人哩，原来命贱。"我说："咋啦？"他说："跑这么远，过路费都花了五十元，就吃一碗面呀？"我说："有这种贱吗，开着车跑几小时花五十元过路费十几元油费就要吃一碗啊！"

于是，和朋友一道，洗车，加油，拿出专门的时间，去到耀县。"当年吃过的那些面铺竟然还在，依旧是没装修，门口支着案板和环锅。"这些，睹物忆旧，触景生情，无疑都在验证着当年的记忆，印证着当年的"痴迷"，也让作者"出了一头汗"，心理上获得了极大的快感与美感。这一段中，作者与朋友的对话，一点也不显得多余。内容上起到一个补充的作用，情感上则流露出作者的怀旧心理，表现出特殊年月的特殊情怀。

那面很便宜，一元钱一碗，现在涨价了，一碗是一元五角钱。

最后这一个自然段，将非常大众化、世俗化、特色化的耀县盐汤面的价格，以"揭秘"一般的方式，直接写出，其价格便宜得超乎常人的想象，更加地印证了耀县盐汤面的"实诚"不欺。

这个结尾，语言上干净简洁，内容上揭秘兜底，风格上幽默风趣。在商品经济与商品人际日渐"发达"的2004年（作者写作该文的时间），真可谓风俗之美，众口共谈，韵味无穷，引人深思。

第六章　贾平凹散文的细节美

无论是小说还是散文,都比较注重细节的描写。文章要生动,人物要形象,表情达意要感人,如果没有真实、细致、富有节奏的细节描写,那怎么能产生强烈的艺术感受呢!

那么,什么是细节呢?

细节,是构成情节的最小的单位。细节描写,就是对人物、事件、事物,进行细致的描绘。这种描绘,应该是绘形绘影、绘声绘色、形象生动、栩栩如生的细部描摹。失败的细节描写,要么描绘粗疏,要么画蛇添足,不是显得不足,就是显得多余,这样的细节描写,对事件的叙述、人物的刻画、事物的描绘将会产生负面效应。而成功的细节描写,是"写情则沁人心脾,写景则在人耳目,叙事则如其口出"[1],将事件叙述得声情并茂,将人物刻画得真实感人,将事物描摹得生动传神。

唐代张彦远《历代名画记》卷五,记载了东晋大画家顾恺之的一则轶事:"(顾恺之)画人,尝数年不点目睛。人问其故。(顾恺之)答曰:四体妍蚩,本亡关乎妙处;传神写照,正在阿堵之中。"顾恺之说,画人物要传神,就得画好"这个东东"(指眼睛)。那么,散文要"传神写照",就得写好细节。古今中外,

---

[1] 王国维:《宋元戏曲考》。

细节出色的作品，往往都能将人物的思想、性格、情感、精神表现出来，从而产生一种"现场感"和"代入感"，让作品百读不厌，历久弥香。

比如，我们读罢鲁迅的小说《故乡》，谁能忘记那个"圆规"一样的"豆腐西施"杨二嫂？为什么不能忘？因为鲁迅对杨二嫂的出场作了精心的安排："我吃了一惊，赶快抬起头，却见一个凸颧骨，薄嘴唇，五十岁上下的女人站在我面前，两手搭在髀间，没有系裙，张着两脚，正像一个画图仪器里细脚伶仃的圆规。"这一小节文字，抓住人物的外形特征，着力进行细节描写，对杨二嫂"凸颧骨""薄嘴唇"的面部的特征，"两手搭在髀间""张着两脚"的外形姿态，再辅之以"画图仪器里细脚伶仃的圆规"这个比喻，进行真实、精准的细部刻画，将一个世俗、势力、尖酸的小市民形象，展现在读者面前，作者的情感倾向也由此可见，给读者留下了极为深刻的印象。

打个比方来说吧，作家写细节，就如同医学家、生物学家拿着放大镜、显微镜在进行医学解剖、生物实验一样。在细节描写这个"放大镜""显微镜"之下，人物、事件、事物，无论"妍媸"（美丑），都会被放大无穷倍。

一般而言，细节描写要真实、典型、独特、简洁。贾平凹先生的散文，其细节描写的真实美、细腻美与节奏美，表现得非常突出，给我们留下了很多成功的范例。

第六章 贾平凹散文的细节美

第一节　贾平凹散文细节的真实美

关于细节，2015年7月19日在一次题为《我的创作观》[1]的演讲中，贾平凹先生这样说：

> 我写东西都是写我以前发生过的，是我起码经历过、听说过、体验过、采访过的一些事情，可以说全部都是我记忆的一些东西。而这些记忆又是生活，生活是啥呢，生活就是关系。你所谓的表现生活，那就把关系写清，在作品中把这个人和那个人的关系、人和物的关系、人和自然的关系、人文关系等各种关系写清、写丰富，自然就啥都有了。要写得生动形象就是靠细节，细节要凭自己来观察，把握这个就对了。
>
> 我经常强调生活的意义、生活与艺术的关系。……实际上我后来理解深入生活就是搜集细节，就是一些知识性的东西。知识性的东西用笔可以记下，细节我就不用笔来记，脑子记下来的东西才是有价值的东西，用笔记下来的东西都是知识性的东西。知识性的东西写的时候随时都可套用，而细节则完全在脑子里。

是的，我们生活的社会，就是一种"关系"。我们强调要深入生活，实际上就是要深入了解这种"关系"。而要在作品中将这种"关系"表现得完整充分、形象生动，那就需要我们拿出强

---

[1] 贾平凹：《我的创作观》，选自简书"超级写作"，2018年9月27日。

有力的细节来支撑。没有细节的作品（特别是小说和散文），很容易流于平铺直叙，很有可能做无用功。好的细节，只有通过认真观察、仔细分析、斟酌取舍，才能获得。

贾平凹散文细节的真实美，大致表现在以下三个方面：

首先，是细节的真实性。

贾先生的散文，特别是他早年的散文，之所以广为流传，布在人口，其中一个相当重要的原因就是，贾先生散文的真实性几乎达到了令人不容置疑的程度。

我们不妨先看一段文字：

抓牌开始，开始了反倒一切平静。玩牌人没有打过仗，但枪一响，老子今天就死在战场上了，能在战壕里掏出女人的照片亲一口，能在间隙中打个盹或是下一盘棋，这况景咱们是体验了，理解了。大家开始说戏谑的话，夸奖谁是"刀子手"，刀子虽然曾剜过自己的肉，还大度地恭维；又作践谁是"老送"，虽然人家输给了你，却仍竭尽嘲笑和鄙视。残酷的竞争在这种友好的气氛里悄悄进展，戏谑之语渐渐停止，因为有人一盘不和，又一盘还不和，虽然是"千刀万剐不和第一把"，虽然是"好汉不赢前三盘"，但已经一圈两圈下来了仍未有和，细细的汗珠就在鼻尖沁现了。高潮一旦产生，有的在虚张声势，连呼好牌，有的干脆暗倒了，挽起袖子大幅度做自摸的动作，胆小的浑身燥热，稳健的不动声色，有的将打出的牌偏要放在某一位面前让其和。突然有人自摸到手了，迅雷不及掩耳地两声爆响，一声是将夹张的二饼重重地砸磕在桌面上，但牌已断裂，看到的是一个一饼，另一声则是飞起的那半截到了水泥楼顶上，飞丢的是另一个一饼。这响声如广岛的原子弹爆炸，巨大的欢乐使一个人的心神粉碎到了半空，巨大的沮丧同时使三个人一下子推乱了牌摞，脸灰得如摔了土袋。[1]

这是贾平凹散文《牌玩》中的一段。《牌玩》的创作时间，大致是1990年底。

这段文字，可以分为三层：

第一层：从"抓牌开始"到"体验了，理解了"。这一层，主要描绘"大战"前的短暂平静。牌场就是赌场，赌场就是战场。大战来临之前，战场总是出奇的平静，平静得微风吹过，都会鸣鸣有声。所以，深谙此道的贾平凹将战场上的画面移植过来，写牌战即将开始时那种异样的平静。明写牌场气氛，暗写众人各自心怀鬼胎。从文字看，这是略写；从情节看，这是舒缓。不用细节支撑，只需简单平和地叙述即可。

第二层：从"大家开始说戏谑的话"到"细细的汗珠就在鼻尖沁现了"。这一层，主要描绘牌桌上的互相"夸赞"和"作践"。这是牌战拉开序幕，渐渐推进的情形。作者观察得很仔细，"察言观色"很是到位，明写大家闲话家常，暗写众人奋袖出臂。你来我往之间，什么"刀子手"啊、"老送"啊，美号绰号满天飞，将此时"残酷的竞争在这种友好的气氛里悄悄进展，戏谑之语渐渐停止"的情形，描绘得宛若眼前一般。这一段，末尾用了一个细节"细细的汗珠就在鼻尖沁现了"，暗示读者，牌战的高潮即将到来，有的人开始紧张了。

第三层：从"高潮一旦产生"到"脸灰得如摔了土袋"。这一层，主要描绘牌桌上"高潮迭起"中的精彩场面。这一段描写，可以看作三个小层次。一是写出牌场四人的"众生相"。无论是

---

[1]贾平凹：《牌玩》，选自《太白山魂》，时代文艺出版社，2017年6月。

小说还是散文，多人聚集的场合，千万不能只顾写某一人；若能以一定的笔墨，写一写大家，写一写"群像"，再重点写某一人，则自会生出有点有面、点面结合的佳处，令人回味。所以，在激烈的牌战之中，作者好整以暇，还不忘以"有的"引领，"组团"式地将四个人不同的神情、动作，描写一番。二是重点写"自摸到手了"的那人的动作与其动作的效果。先是"迅雷不及掩耳地两声爆响"，然后是对那"两声爆响"的具体可感的描写。作者以这样的细节，将牌战情节推向高潮："一声是将夹张的二饼重重地砸磕在桌面上，但牌已断裂，看到的是一个一饼，另一声则是飞起的那半截到了水泥楼顶上，飞丢的是另一个一饼。"一个二筒断裂成两个"一饼"，这个细节将我们读者未能谋面的那个"牌手"的心理、神情、动作、气势，如同国画中的"泼墨"一般，淋漓尽致地"泼"在我们面前。这里的描写，与《水浒传》第三回"史太郎夜走华阴县　鲁提辖拳打镇关西"中，施耐庵对鲁智深打向"镇关西"那三拳的描写，是不是有异曲同工之妙？三是作者最后的客观描述，将"两声爆响"的效应，以影视"特效"的方式予以扫描。——这同时也是作者没有"站出来"的评论。"这响声如广岛的原子弹爆炸，巨大的欢乐使一个人的心神粉碎到了半空"，这是对得意者的描写；"巨大的沮丧同时使三个人一下子推乱了牌摞，脸灰得如摔了土袋"，这是对失意者的描写。得意者如何，失意者如何，两相对比，神情毕肖，令人回味无穷。而结尾处的"脸灰得如摔了土袋"，简直就像是一幅简笔画，戛然而止，令人忍俊不禁。

　　这一段文字，既表现出贾平凹深厚的文学功力，同时也说明贾先生是生活的参与者、观察者、记录者。对了解"麻坛"、看过"麻战"、上过"麻场"的人而言，应该感到贾先生的描写真实无虚，可感可信。

当然，对散文的"真实性"，我们还必须多说几句。我们的观点是——生活的真实，并不完全等于艺术的真实；散文的创作，要尽可能符合生活的真实，更要力争符合艺术的真实。关于这个问题，当代著名散文家红孩曾经指出："文学的真实跟生活的真实是截然不同的概念。既然文学属于艺术，就不能把生活的真实完全原封不动地放在作品里。"[1]

对此，贾平凹先生曾在《平凹病中答客问》[2]一文中专门谈及：

"你的散文《丑石》实在令人过目不忘，你老家门前真的有那块'丑石'么？"

"没有。"

"那这块'丑石'是假的、编的了？"

"假的你怎么信以为真？可见文学就是真真假假，假假真真。其实要说编，文学作品就都是编的，就是虚构，就是创作。纯自然的真实不是文学，只能是新闻，而新闻也有个去伪存真。当然，编不是凭空捏造，胡吹乱诌，那也不是文学。"

由此可见，在散文中写真人真事是常见的，在散文中将社会生活中的人、事、景、物，提炼、归纳、综合在一起，甚至虚构部分的细节，也是应当允许的。20世纪风靡一时的杨朔散文，我们看也不见得全部是生活的真实。比如，《荔枝蜜》中的养蜂员老梁，《茶花赋》中的花工普之仁，《雪浪花》中的老渔民（老泰山），哪一个人物不是杨朔综合、取舍的结果呢？

---

[1] 红孩：《散文中的几个哲学关系问题》，选自《红孩谈散文——散文就是说我的世界》，中国言实出版社，2018年9月。

[2] 贾平凹：《平凹病中答客问》，选自《土门胜境》，时代文艺出版社，2017年6月。

所以，我们主张——如果是生活中的真人真事，我们身边很多人都很熟悉，即使虚构一点点人物生活中没有的细节，都会减弱文章的真实性，冲淡作品的可信度，那么这种情况下就不要虚构细节；如果是以某人、某事为原型进行深度加工、进行再创作，那么，应该可以进行适当的加工、进行一些细节的虚构。要知道，散文是文学百花园中最单纯、最活泼、最无拘无束的文体。从形式上看，可以轻吟慢唱，也可以对酒高歌；可以菩萨低眉，也可以金刚怒目。从表达看，可以写实，也可以虚构；可以忠实于生活的细节，也可以虚构以升华。既然是写作的艺术，那么当然有艺术需要遵循的创作规律。

其次，是细节的独特性。

细节的独特性，特指具有贾氏风格的细节描写。根据我们阅读贾平凹散文的心得，感觉他在细节描写上，确实有独到之处。贾平凹曾经多次强调："文学，换一种说法即虚构性写作。得明白掌握两点，一是会讲故事，二是会用细节，故事就是好的情节，情节可以任意编排，细节却必须真实了再真实，有了真实细节，再离奇的故事都有人信，没有细节，再真实发生的故事写出来人都不信。如果你的细节真实而具有典型性，你的作品就是不朽的作品。"[1] "细节的观察就是在世界的复杂性中，既要有造物主的眼光，又要有芸芸众生的眼光，你才能观察到人的独特性。现在没有人不会编故事。你可以坐在房子里随便编故事，如果你有细节，你的故事再编，别人都说是真实的。如果你没有细节，哪怕是真实发生的事情，别人也都说你是胡

---

[1] 贾平凹：《好的文学语言》，选自《顺从天气》，时代文艺出版社，2017年6月。

乱编造的,这就是生活气息。"[1]

我们举一个例子:

她其实不住在我家隔壁,在一个城市里,是我的熟人,女熟人。那天她牵着她的孩子来见我,穿着牛仔裤和一件紧身的有着紫红色碎花的上衣,倚在我的书架上和我说话,窗外的阳光正好,一只麻雀又落在窗台上。我说:我给你画个像吧?她说:画我呀?画我什么?!我说:画你是个少妇。她就让我画起来,但她总不能固定姿势,一会儿呼叫小儿不要撞翻书桌上的陶罐,一会儿又看着我栽的盆花说她要送我一瓶干枝梅,然后就不停地说到新近某某市场有了什么家具别致又便宜,问我身上的T恤衫哪儿买的应该给孩子他爸也买一件,后来又说她母亲和婆婆。画到一半,她要过来看画得像不像,我不让她动,她说你要把我画漂亮些,不能画出我的近视。我说:漂亮女人多半都是近视。她还说:你发现了没有,我嘴有些歪,这不能画的。我说:电影明星好多都是你这个嘴型的。[2]

《邻家少妇》是贾平凹2002年5月4日创作的一篇精短的散文,前面这段选文是其第一段。

贾平凹先生的散文,行文之中有两个特点,一是人物对话尽量不用引号、少用引号,即使是直接引语,也尽量不用、少用引号。二是很多细节往往以"不经意"的"补笔""闲笔"方式出之,以尽量减少人工雕琢的痕迹,让行文显得更加自然。——换句话

---

[1] 贾平凹:《没有细节一切等于零》,《工人日报》,2015年1月26日。

[2] 贾平凹:《邻家少妇》,选自《倾听笔墨》,时代文艺出版社,2017年6月。

说，"闲笔"式的细节，恰恰就是贾平凹散文中细节描写的"贾氏风格""贾氏特色"。前面所引，整段文字几乎都是以"我"和邻家少妇的对话构成，其中穿插几个细节：

"穿着牛仔裤和一件紧身的有着紫红色碎花的上衣"，这是着装的细节，可以归到外貌描写（肖像描写）一大类；

"窗外的阳光正好，一只麻雀又落在窗台上"，这是环境的细节，属于环境描写；

"一会儿呼叫小儿不要撞翻书桌上的陶罐，一会儿又看着我栽的盆花说她要送我一瓶干枝梅，然后就不停地说到新近某某市场有了什么家具别致又便宜，问我身上的T恤衫哪儿买的应该给孩子他爸也买一件，后来又说她母亲和婆婆"，这是语言的细节，属于语言描写。这和下文"你发现了没有，我嘴有些歪，这不能画的"一道，对刻画"邻家少妇"那种"嘴碎"、善拉家常的性格特征，非常有益。

这一系列的细节"组合"之中，我们最欣赏"窗外的阳光正好，一只麻雀又落在窗台上"这个细节。"窗外阳光正好"，这无异于一个小小的闲笔；"一只麻雀又落在窗台上"，这更是在闲笔之中，以鸟之相亲，衬托出"邻家少妇"小鸟依人的模样。——这里的"又"字透出了"玄机"，说明这只麻雀落在窗台上这样的情形，是作者日常所见。——作者以阳光、小鸟的平静、祥和，烘托出一种宁静的氛围，将特定时间、特定场合那种氛围，以平和、舒缓的方式，展现在读者的面前。为篇末点明题旨，做足了铺垫。所以，全文看起来前"重"后"轻"，但结尾处戛然而止，并不显得仓促，更不显得突兀，而是给人以水到渠成之感。

再次，是细节的生动性。

除了真实，细节描写还必须生动。生动的前提，往往是形象。所以，细节要描写得生动，往往要在"形象"上花功夫，这样，才能让所刻画的人物"立"起来。我们看一节鲁迅先生《藤野先生》中的文字：

那坐在后面发笑的是上学年不及格的留级学生，在校已经一年，掌故颇为熟悉的了。他们便给新生讲演每个教授的历史。这藤野先生，据说是穿衣服太模胡了，有时竟会忘记带领结；冬天是一件旧外套，寒颤颤的，有一回上火车去，致使管车的疑心他是扒手，叫车里的客人大家小心些。

因为看不惯某些"清国留学生"的丑态，所以鲁迅从上野到仙台，进入医学专门学校。在写与老师藤野先生正式接触之前，鲁迅通过别人之口，写出生活中藤野先生的"可笑"之处。"据说是穿衣服太模胡了，有时竟会忘记带领结"，这是写藤野先生的不修边幅；这种"不修边幅"，还给他造成了"麻烦"，以至于"有一回上火车去，致使管车的疑心他是扒手，叫车里的客人大家小心些"。这两个细节，鲁迅叙述的时候，是"冷静"式的转述，属于间接描写；但读者闭上眼睛一想，就会感到滑稽可笑。因为，这样的细节，确乎是非常形象的，将藤野先生专注学术研究和教学、忽略日常生活的性格，写得恰到好处，与下文藤野先生对"我"的严格要求、无私帮助，形成巨大的反差，从而凸显藤野先生那种超越民族、超越国界的博爱。

贾平凹的散文，很多地方往往用形象生动的细节描写，来叙述事件，描写人物，描摹风景，令人过目难忘。请看：

终于台上锣鼓停了，大幕拉开，角色出场。但不管男的女的，出来偏不面对观众，一律背身掩面，女的就碎步后移，水上漂一样，台下就叫：瞧那腰身，那肩头，一身的戏哟是男的就摇那帽翎，一会双摇，一会单摇，一边上下飞闪，一边纹丝不动，台下便叫：

绝了，绝了！等到那角色儿猛一转身，头一高扬，一声高叫，声如炸雷豁啷啷直从人们头顶碾过，全场一个冷颤，从头到脚，每一个手指尖儿，每一根头发梢儿都麻酥酥的了。如果是演《救裴生》，那慧娘站在台中往下蹲，慢慢地，慢慢地，慧娘蹲下去了，全场人头也矮下去了半尺，等那慧娘往起站，慢慢地，慢慢地，慧娘站起来了，全场人的脖子也全拉长了起来。他们不喜欢看生戏，最欢迎看熟戏，那一腔一调都晓得，哪个演员唱得好，就摇头晃脑跟着唱，哪个演员走了调，台下就有人要纠正。说穿了，看秦腔不为求新鲜，他们只图过过瘾。[1]

这一段文字，写乡间农闲时节群众性的秦腔表演。作者以集中的笔墨着力描绘了演出现场的情景，通过真实、细腻、生动的细节描画，形象地展示舞台演员高超的表演。其中，"一律背身掩面，女的就碎步后移，水上漂一样"，这个细节，真实不虚，写演员的出场，让全场目光聚焦。"猛一转身，头一高扬，一声高叫，声如炸雷豁啷啷直从人们头顶碾过"，这个细节，生动地写出演员腔调之高、音域之广。"全场一个冷颤，从头到脚，每一个手指尖儿，每一根头发梢儿都麻酥酥的了"，这个细节形象地描绘了观众的神情、心理。"全场人的脖子也全拉长了起来"，这个细节，特别形象，将观众的渴望，以动作、神态出之，侧面烘托出演员艺术之精湛。本段文字，叙述之中，运用细节描写，虚写与实写结合，直接描写与间接描写结合，正面描写与侧面烘托结合，个体形象与群像描写相结合，将陕西农村农闲时节的秦腔演出，写得形象生动、具体可感。如果读者有心，可以将其与鲁迅《社戏》中写社戏现场表演那一段或者与刘鹗《老残游记》

---

[1] 贾平凹：《秦腔》，选自《贾平凹散文自选集》，漓江出版社，1987年10月。

中《明湖居听书》王小玉出场表演那一段，进行对比阅读，比较分析，一定会有别样的心得与收获。

总之，细节描写能够展示个性，细节描写能够体现独特，细节描写能够决定文章的高低。在散文创作中，真实、独特、生动的细节描写，将使作品手法多样，表现丰富，增强感染力，从而提升作品的审美特质、审美情趣和艺术真实，产生特殊的艺术魅力。

【赏析】《闲人》之"闲"

《闲人》[1]是贾平凹20世纪90年代初写的一篇散文，后收入《太白山魂》等集子。这篇散文，相当于为"闲人"画像、立传。这里选出该文的前六段，略为赏析。

不知从什么时候起，社会上有了闲人。

闲人总是笑笑的："喂，哥们儿！"他一跳一跃地迈雀步过来了，还趿着鞋，光身子穿一件褂子，也不扣，或者是正儿八经的西服领带——总之，他们在着装上走极端，但却要表现一种风度。他们看不起黑呢中山服里的衬衣很脏的人，耻笑西服的纽扣紧扣却穿一双布鞋的人。但他们戴起了鸭舌帽，许多学者从此便不戴了，他们将墨镜挂在衣扣上，许多演员从此便不挂了——"几时不见哥们儿了，能请吃一顿吗？"喊着要吃，却没吃相，扔过来的是一颗高档的烟。弹一颗自个儿吸了，开始说某某熟人活得太累，脸始终是思考状，好像杞人忧天；又取笑某某熟人见面总

---

[1] 贾平凹：《闲人》，选自《太白山魂》，时代文艺出版社，2017年6月。

是老人还好,孩子还乖?末了就谈论天气,那一棵烟在说话的嘴上左右移动,间或喷出一个极大的烟圈,而拖鞋里的小拇指头一开一合地动。

闲人的相貌不一定俊,其实他们忌恨是小白脸,但体格却非常好,有一手握破鸡蛋之力。和你握手的时候,暗中使劲令你生痛,据说其父亲要教训,动手来打,做闲人的儿子会一下子将老子端起来,然后放到床上去,不说一句话,老子便知道儿子的存在了。他要请客,裹胁你去羊肉串摊,说一声吃吧,自己就先吃开,看见他一气吃下一百二十串羊肉串,喝下十瓶啤酒,你目瞪口呆。"我有一个好胃!"他向你夸耀,还介绍他受得饿,常常一天到黑只吃一碗饭,却不减膘,仍有力气。他说:"你行吗?"你不行。

闲人的钱并不多,这如同时髦女子的精致的小提兜里总塞着卫生纸一样,可闲人不珍贵钱,所以显得总有钱。他们口袋里绝不会装两种不同质量的烟,从没有摸索半天才从口袋捏出一颗自个儿吸,嘶啦一声,一包高档烟盒横着就撕开了,分给所有在场的人。没有烟了,却蹴在屋角刨寻垃圾中的烟头。钱是人身上的垢痂,这理论多达观,所以出门就打出租车,也往豪华宾馆里去住一夜两夜。逢着骑自行车那几乎是表演杂技,于人窝里穿来拐去,快则飞快,慢则立定,姿势是头缩下去,腰弓着,腿蜷成圆形,用脚跟不停地倒转脚踏板。

闲人的朋友最多,没有贵贱老幼之分,三句话能说得来,咱们就是朋友了,"为朋友两肋插刀",让我办事就是看得起我呀!闲人的有些朋友是在厕所撒尿时就交上了。当然,这些朋友有的交往时间长,有的交往时间短,但走了旧的来了新的,闲人没有"世上难逢一知己"之苦。若有什么紧俏东西买不到,寻闲人去。闲人很快就买来了,而且比一般价格还便宜。要搬家,寻闲人去,闲人一个人会扛件大衣柜上楼的。不幸的是家中失盗,你长吁短叹,闲人骂一顿娘就出去了,等回来,说:"我问过一个贼头了,他说你们家这一片不属于他管,我告诉了他,不属于他的地盘就查查是谁的地盘?!"闲人不偷人,但偷人的贼是不敢得罪闲人的。

闲人真瞧不起小偷、流氓,甚至那些嫖客、暗娼,和拦路强奸者,觉得没意思,恶心,也害怕艾滋病。但闲人谈女人的头发、鼻子,他们相信男人的成熟和人生的圆满是需要有一个醉心的女人,甚至公开讥笑自己的从事文艺工作的父亲之所以事业不辉煌是只守了一个自己的母亲。他们有意地留神看街上来往的女人,张口闭口阐述花朵是花草的生殖器什么,到后来,闲人们分别是有了姑娘,姑娘自然很漂亮,他们就会同骑一辆车子招摇过市,姑娘分腿骑在后座上,腿长而圆像两个大白萝卜。闲人待姑娘好时好得你吃饱了还要往你嘴里塞油饼,不好了,就吼一声:"滚!"但姑娘不滚,十分忠诚。

开篇,作者以一句"不知从什么时候起,社会上有了闲人"总领全文,将"闲人"之缘起,略加说明。正是因为"不知从什么时候起",所以"闲人"如同"横空出世"一般,召之即来。这样写,与贾先生一贯的文风是相匹配的。同时,也减少了不必要的叙说因由之繁复。大家一读就明白,"闲人"之出现,是与社会发展同步同频的。这个开头,可谓简洁至极,但又能统领下面的全部文字。

下面几个自然段,各有侧重,写出"闲人"性格中的一项。

第二段,写"闲人"的不修边幅。他们走路、迈步,是"一跳一跃地迈雀步","还趿着鞋,光身子穿一件褂子,也不扣";他们最瞧不起中山装里衬衣很脏的人,瞧不起穿西服蹬布鞋的人;他们与人聊天,是"那一棵烟在说话的嘴上左右移动,间或喷出一个极大的烟圈,而拖鞋里的小拇指头一开一合地动"。这样的细节,正符合我们前面总结的"贾氏风格""贾氏特色"的"闲笔"式的细节描写。这一段,重在神情、动作的描写。

第三段,写"闲人"的孔武能吃。他们"相貌不一定俊",但"体格却非常好",所以,与人握手,常常暗中使劲;与父亲争执,只需要将父亲"端起来，然后放到床上"，父亲就知道再也不是他们的对手了；他们可以"一气吃下一百二十串羊肉串，喝下十瓶啤酒"，让你目瞪口呆，感到匪夷所思。这一段，重在写"闲人"的性格特征。"闲人"胀也胀得，饿也饿得，活脱脱一个打滚腻皮的形象。

第四段，写"闲人"的使钱任性。因为钱不多，所以"闲人"也不乱用钱；因为不乱用钱，所以兜里也就总是"有钱"。他们有烟抽的时候，一包高档烟一下就没了，不觉得多么的了不起；没烟抽的时候，也就难免"蹴在屋角刨寻垃圾中的烟头"。有钱的时候，可以出门就打出租车，或者到豪华宾馆住上一两夜；没钱的时候呢？作者没有写，估计"闲人"也能忍受饥虱饿虫之叮咬。他们骑自行车，往往是"头缩下去，腰弓着，腿蜷成圆形，用脚跟不停地倒转脚踏板"，如同表演杂技。这一段，重在写"闲人"在生活中的表现欲望。垃圾中寻找烟头和倒转脚踏板两个细节，非常真实可信，画面感极强。闭上眼睛，我们都还能想象出那样的情形。

第五段，写"闲人"的朋友之义。这一段，重在写他们的性格。他们能为朋友代买东西，而且还相对便宜；他们能为朋友下力扛活；他们还能为失盗的朋友到处找人寻物。"闲人"那种"天下英雄，舍我其谁"的气概，让人佩服。

第六段，写"闲人"的女人之缘。"闲人待姑娘好时好得你吃饱了还要往你嘴里塞油饼，不好了，就吼一声：'滚！'但姑娘不滚，十分忠诚。"一"好"一"不好"，一白一黑，构成了"闲人"性格中的"阴""阳"两面。

原文还有几段，差不多每一个段落都各有所侧重，但所有的文字，都向心性地指向一点——"闲人"这个人。所以，读罢全文，我们对"闲人"的印象非常深刻，久久难忘："会议上的这些争论当然闲人不可能听到,听到的是平日周围的人喊其'闲人',闲人就甚是不悦,回一句:哼,我们才是忙人哩!"

这篇散文,最大的特点有三个:

一是刻画群像。"闲人"不是某一个人,而是一群人。我们时代的"闲人",是改革开放之后新出现的一群人。他们兜里的钱不一定多,但空闲的时间一定相对较多;他们的品行不一定坏,但一定爱讲面子,爱讲大话,爱帮助别人;他们没有符合教科书的标准的"三观",但他们为人仗义豪爽,敢于担当。作者敏锐地抓住时代的变迁给人们的思想、行为带来的变化,描绘了生活中的这一类人。

二是细节描写的使用。这个问题,前面赏析的时候我们已经说得比较多。真实、独特、生动的细节,让文章变得异常活泼。特别是贾氏风格的"闲笔"式细节描写,尤其要引起我们留意。

三是颇具特色的语言风格。语言诙谐风趣,略带夸张变形,让文章获得轻喜剧一样的表达效果。行文之中,再辅之以"闲人"自己的语言,通过他们之口,说出他们心中所想。这样,"闲人"的语言与作者的语言互为补充,共同为我们展现出一幅时代的风俗画。文学的魅力,让我们忍俊不禁,欲罢不能。

明人张岱在《陶庵梦忆·卷四·祁止祥癖》中说:"人无癖不可与交,以其无深情也;人无疵不可与交,以其无真气也。"《闲人》这篇散文,极好地诠释了张岱的观点。

第二节　贾平凹散文细节的细腻美

前面我们讲过，无论是小说还是散文，都比较注重细节的描写。要知道，细节描写不是小说的专利，散文创作中，同样存在大量的细节描写。一些名家的散文，给我们留下了非常经典的细节描写。

先看一段文字：

又一次我到小菜场去，已经是冬天了。太阳煌煌的，然而空气里有一种清湿的气味，如同晾在竹竿上成阵的衣裳。地下摇摇摆摆走着的两个小孩子，棉袍的花色相仿，一个像碎切腌菜，一个像酱菜，各人都是胸前自小而大一片深暗的油渍，像关公颔下盛胡须的锦囊。又有个抱在手里的小孩，穿着桃红假哔叽的棉袍，那珍贵的颜色在一冬日积月累的黑腻污秽里真是双手捧出来的，看了叫人心痛，穿脏了也还是污泥里的莲花。至于蓝布的蓝，那是中国的"国色"。不过街上一般人穿的蓝布衫大都经过补缀，深深浅浅，都是像雨洗出来的，青翠醒目。我们中国本来是补丁的国家，连天都是女娲补过的。[1]

这是现代名家张爱玲散文《中国的日夜》中的一段。

这一段文字，作者没有把写作的重心放在任何故事情节上，

---

[1] 张爱玲：《中国的日夜》，创作于1947年，收入《传奇》增订本，上海书店，1985年8月。

而是通过作者的视角，向读者描述了"街头一瞥"，描写了街上的各色人物，写作者眼中看到他们的那一瞬间。这些片断虽然很短，却井然有序，非常细腻。作者通过一系列的比喻，借助一系列的细节描写，写出众多的人物形象，人物的群像被刻画得栩栩如生，颇具鲁迅作品的神韵。"棉袍的花色相仿，一个像碎切腌菜，一个像酱菜，各人都是胸前自小而大一片深暗的油渍"，"那珍贵的颜色在一冬日积月累的黑腻污秽里真是双手捧出来的"，这样的细节，形象生动，细腻传神。"看了叫人心痛"，这是作者的观感，从作者的心理感受、心理活动，来印证前面细节的真实性，从而为文章的主题服务。

在本书第一章"贾平凹先生访谈录"中，我们曾经引用贾平凹先生的话，说："散文多一些'随意'和'气定神闲'，是非常好的。你看，张爱玲的散文短可以不足几百字，长则万言，你难以猜度她的那些怪念头是从哪儿来的，连续性的感觉不停地闪，组成石片在水面一连串地漂过去，溅起一连串的水花。这样多好啊！"贾平凹所说的"连续性的感觉不停地闪"，实际上就是对张爱玲细节描写的精到总结。

需要强调的一点是，细节描写并不是一种独立的描写手段，它必须依附于其他的描写。比如，外貌描写，也叫肖像描写，包括面貌描写、服饰描写等；语言描写，包括对白（即对话）、独白（即自言自语）；动作描写；心理描写；环境描写。冉欲达教授曾经指出："文学作品中一切具体、形象的描写都可以称为细节描写。"[1]作为文学家族的一员，散文自然也应包含在其中。

从中国白话文100余年的历史来看，许多优美的散文篇什确

---

[1] 冉欲达：《文学描写技巧》，中国青年出版社，1988年10月。

实不乏精致的细节描写。散文不是线性的语言链条，也不是二维的平面结构；散文是最为立体的文体，其审美也呈现出千姿百态、各领风骚的多元状态。细节是作家观察社会、关照生活、关照社会关系和人际关系的结果，是作家对自然、对社会、对生活的艺术的再现。这种"再现"，当然有优劣之别，有粗细之分，有高下之境。

小说中的细节描写，往往具有连贯性、动态性，散文中的细节描写则更多地表现出片断性、跳跃性和意象性的特点。但从描写的表达效果而言，它们是一致的，都要为刻画人物、描写环境、表达主题服务。作为一代大家，贾平凹的散文细腻传神，表现出明显的个人风格，值得我们认真揣摩，仔细品味。

通过解读、分析贾平凹先生的散文，我们感到，贾先生的散文在"细腻"方面，表现为三个比较明显的特点。

其一，不避细微，从细小处刻画人物形象。

散文的细节描写，要不避细微，要抓住生活中细微、典型的情节加以描绘。这样的细微之处，往往能直入人物的内心，抓住事件的本质，渗透到景物的内涵，描绘出场景的特有风貌。没有细节就没有艺术，没有细节更不可能将散文写作上升到艺术的高度。换句话说，要在散文中塑造血肉丰满、形象鲜明的人物，没有细节的支撑，是难以想象的。

当代散文家庄园先生，曾经描写了一个爱贪便宜的人物。作者写那人与别人打牌时，其表现是这样的："如果他赢了一角钱，你给他一张一元的纸币，他会立即装进兜里，说，我先欠着那九毛吧，反正一会儿你还得输给我！"[1] 这里，作者只用了短

---

[1] 庄园：《别把人生活成了盗版》，《散文百家》2019年第10期。

短五十个字，就把一个生活中只顾自己、非常吝啬的小人物写得活灵活现。读者闭目一想，他那种"立即装进兜里"的动作，"我先欠着那九毛吧，反正一会儿你还得输给我"的语言，就像在我们的眼前一样，呼之欲出；他那副嘴脸，市侩、自私、无赖、狡黠，给读者留下深刻的印象。

贾平凹散文也非常注意从细微之处落笔，从细小之处着墨，刻画人物形象。我们先看一个例子：

这是极俏的人，一头淡黄的头发披着，风动便飘忽起来，浮动得似水中的云影，轻而细腻，倏忽要离头而去。耳朵半埋在发里，一半白得像出了乌云的月亮。她微微地斜着身子，微微地低了头，肩削削的，后背浑圆，一件蓝布衫子，窕窕地显着腰段。她神态温柔、甜美，我不敢弄出一点响动，一任儿让小曲摄了魂去。

这是一首古老的小调，描绘的是一个迷人的童话。可以想象到，有那么一个村子，是陕北极普遍的村子。村后是山，没有一块石头，浑圆得像一个馒头，山上有一二株柳，也是浑圆的，是一个绿绒球。山坡下是一孔一孔窑洞，窑里放着油得光亮的门箱，窑窗上贴着花鸟剪纸，窑门上吊着印花布帘，羊儿在崖畔上啃草，鸡儿在场垴上觅食。从门前小路上下去，一拐一拐，到了河里，河水很清，里边有印着丝纹的石子，有银鳞的小鱼，还有蝌蚪，黑得像眼珠子。少妇们来洗衣，一块石板，是她们一席福地。衣服艳极了，晾在草地上，于是，这条河沟就全照亮了。[1]

这两段文字，选自贾平凹散文《在米脂》。

《在米脂》是一篇书写爱情的散文。文章开头，引了一段小

---

[1] 贾平凹：《在米脂》（节选），选自《自在独行》，长江出版传媒/长江文艺出版社，2016年6月。

调:"你是我的哥哥你招一招手,你不是我的哥哥你走你的路。"这支小调,让"我"感到:"一时间,山谷空洞起来,什么声音也不再响动;河水柔柔的更可爱了,如何不能掬得在手;山也不见了分明,生了烟雾,淡淡地化去了只留下那一抛山脊的弧线。"于是,"我"欲一探究竟,一步一步,走近米脂的那些村姑们,走近米脂的那些"婆姨"们。

所选的两段,是连续性的两段文字。

前一段,写那个唱曲的村姑。先以一句"这是极俏的人"总起,以"俏"而且是"极俏",点出村姑之美。然后写她的长发,写她的耳朵,写她的身形、肩头、后背、腰段;再写她的神态,写"我"的心理。这一段文字虽然很简洁,但写得很细,属于人物描写中的外貌描写。无论是写头发、写肩头、写后背、写腰段,都是描写细微,从细小之处着笔,刻画人物形象。"我不敢弄出一点响动",从"我"的心理来写自己"一任儿让小曲摄了魂去",以凸显村姑的小调有勾魂摄魄之艺术效果。

后一段,也先以一句"这是一首古老的小调"总起,点出这首小调的内容,"描绘的是一个迷人的童话"。于是,接下来,作者发挥想象,写想象中的那个"陕北极普遍的村子":山,石,柳树,窑洞,羊儿,鸡儿,河水,少妇。本段的最后一句"衣服艳极了,晾在草地上,于是,这条河沟就全照亮了",写得非常出彩。因为"少妇们的衣服艳极了",而且还"晾在草地上",于是乎那一条河沟,也为之陡然添彩,"就全照亮了"。这里似乎借用了通感的手法,用衣服色彩之艳晦,以通光线亮度之强弱。一个"亮"字,让整个"河沟"一下子都"凸"出来,变得更加地吸引眼球。

这两段,文意上搭配非常好。上一段写村姑之美,以环境之美配合之。村姑的歌美,是因为养育村姑这样的美人的这一方水土美。山村、窑洞、窗花、羊儿、鸡儿、小河,这一系列的描绘,如同陶渊明笔下的世外桃源。也正因为人美、地美、景美、物美,所以,"我"听着这歌,也就凭借想象,想象出了一个凄美的爱情故事。下一段,写山村环境之美,以村姑、少妇之美配合之。从村后写起,山石,树木,窑洞,鸡儿,羊儿,每一样物事,都是农家生活的常景常物,给读者以清新之美感。这两段中的人物、景物的细节描写,于细微之中,将人物的性格刻画得非常鲜活、生动。两段所有的文字,紧紧围绕一个"美"字来做文章,娓娓道来,不疾不徐,缓缓推进,引领读者进入作者预设的场景之中,去见证米脂的村姑们、米脂的婆姨们的爱情与人生的悲欢离合。

这样,才有了结尾的总结:"我悄悄退走了,明白这边远的米脂,这贫瘠的山沟,仍然是淳朴爱情的乐土,是农家自有其乐的地方。"这样的结尾,将前面的描写予以升华,将文章的主旨直接呈现在读者面前。令我们不由感慨:是啊,在陕北米脂那偏远的山村,古朴的小调,可爱的人们,纯朴的爱情,这些就像那一汪汩汩流淌的清泉,让我们这些长期身居闹市的人,顿时荡去尘嚣,感觉心灵也受到了洗礼。结尾这样处理,结构上就如同多条水脉,忽然被紧紧地一"收",汇成一条江河。后面作者虽然不再写了,但文章的"势"却波涛汹涌,激荡着我们的心。真可谓:"如空中之音,相中之色,水中之月,镜中之象,言有尽而意无穷。"[1]

这样细腻悠长、耐人寻味的细节描写,在贾平凹笔下还有很多,特别是在他早期的散文中,非常常见。比如,在他早年描写故乡商州的系列散文中,这样的手法随处可见。比如,在《商州

---

[1] 严羽:《沧浪诗话·诗辨》。

又录》这一篇带有传统文化韵味的写景散文中,贾平凹安排了11个段落。这11个段落之间,结构方式看起来比较散漫,比较随意,但细细品味,才发现作者这样的安排是经过精心考虑的。11个段落,就是11个片断、11帧素描画,它们共同组成一幅长长的画卷。以第一部分为例,开头写道:"最耐得寂寞的,是冬天的山,褪了红,褪了绿,清清奇奇的瘦;像是从皇宫里走到民间的女子,沦落或许是沦落了,却还原了本来的面目。石头裸裸的显露,依稀在草木之间。"这一段文字,作者使用一系列的形容词,如"红"啊,"绿"啊,"瘦"啊,用影视拍摄中的"蒙太奇"手法,以"推""摇""拉""移"的方式,给我们精心营造出一个画面感极强的意境,将我们迅即"带入"到商州那特定的地域,走进商州的深处,去感受商州的风土人情之美。

其二,心思细密,不经意间表现人物性格。

前面讲过,细节描写不是一种独立的描写手法,而是依附于外貌描写、动作描写、景物描写、心理描写而存。但需要注意的有两点,其一,细节描写并非可有可无;其二,细节描写需要精心考虑、精心安排,并不是随意挥洒的结果。

从细节的安排,可以看出作家对生活的观察、对人物与情节走势的把握。先看下面这段文字:

一个小小的、胸脯丰满的年轻女人,贴身穿一套白色的布衣布裙,外面套一件灰色的囚大衣,活泼地走出来,站在看守的身旁。她脚下穿着布袜和球鞋,头上扎着头巾,明明故意地让一两绺头发从头巾里面溜出来,披在额头。

这女人的面色显出长久受着监禁的人那样苍白。叫人联想到地窖储藏的番薯所发的芽,她那短而宽的手,和大衣的宽松领口里露出来的丰满的脖子,也是那种颜色,两只眼影又黑又亮,虽然浮肿,却仍旧放光(其中有一只眼睛稍微有点斜睨),跟她那苍白的脸恰好形成了有力的对照。[1]

这是《复活》中托尔斯泰对女主人公玛丝洛娃出场时的描写。

托尔斯泰不愧为文学大师。这里所选的两段文字，托翁以细腻的笔法，以心思细密的细节安排，通过女主人公玛丝洛娃"不经意间"的一个细节——"明明故意地让一两绺头发从头巾里面溜出来，披在额头"——将在监狱那特定的环境中曾经被侮辱、被损害、又不乏机灵的那个女主人公的性格，表现得淋漓尽致。"明明""故意地"，表现玛丝洛娃的机灵，说明她即使在监狱中，也想引起别人的注意，切合她此前的身份；"溜"，则从一绺头发的处理上，看出玛丝洛娃"漫不经心"中的一点小小的心思。"两只眼影又黑又亮，虽然浮肿，却仍旧放光"，透过眼影、眼睛的描写，表现出玛丝洛娃的心理。"其中有一只眼睛稍微有点斜睨"，对女主人公经受监狱生活折磨后的面部细节，予以补充说明。这样，玛丝洛娃的性格特征便跃然纸上；玛丝洛娃的形象一下子就"立"在了我们读者的面前。

虽然《复活》是小说，但写作的手法并不分小说和散文。托尔斯泰在小说中对细节描写的处理方式，我们同样可以用之于散文创作之中。贾平凹曾经高度评价托尔斯泰："托翁是真正的巨人。什么是巨人，就是不管啥人去看，或什么时候、哪个方位去看，也不管被看时，人家是站着坐着甚或是躺着，他都有一个气场，巨人的气场，威猛大气，还亲切，这是别人没有办法企及的。"[2]在贾平凹的书房内，多年来一直悬挂着托尔斯泰的照片，贾先生

---

[1] 托尔斯泰：《复活》。

[2] 周思明：《今天 托尔斯泰仍是中国作家的镜子》，中国作家网，2011年2月15日。

拜之为一座文学大山，说："遥望可以增信心。"[1]

贾先生是这样说的，他的散文（小说暂且不论）中，这种托尔斯泰式的细节处理也很多。请看：

> 我的老师孙涵泊，是朋友的孩子，今年三岁半。他不漂亮，也少言语，平时不准父母杀鸡剖鱼，很有些良善，但对家里的所有来客却不瞅不睬，表情木然，显得傲慢。开始我见他，只逗着他取乐，到后来便不敢放肆，并认了他作我的老师。
>
> 幼儿园的阿姨领了孩子们去郊游，他也在其中。阿姨摘了一抱花分给大家，轮到他，他不接，小眼睛翻着白，鼻翼一扇一扇的。阿姨问："你不要？"他说："花儿疼不疼？"人们对于美好的东西，往往不加爱惜，只想占有，甚至加以残害。孙涵泊却视一切都有生命，加以怜悯、爱惜和尊重。我想，他真该做我的老师。晚上看电视，七点钟，当中央电视台开始播放国歌时，他就要站在椅子上，不管在座的是大人还是小孩，是惊讶还是嗤笑，目不旁视，双手打起节拍。……孙涵泊，孙老师，他真该做我的老师。
>
> 街上两人发生了争执，先是对骂，再是拳脚，一个脸上就流下血来，遂抓起了旁边肉店案上的砍刀，围观的人轰然走散。他爹牵他正好经过，他便跑过立于两人之间，大喊："不许打架！打架不是好孩子！"现在的人，多半是胆小怕事，事不关己，高高挂起。而孙涵泊不顾个人安危，敢于挺身而出，显得十分神勇。一点不假，他真该做我的老师。[2]

这里所选的文字，为贾平凹散文《我的老师》的前三段。

---

[1] 周思明：《今天 托尔斯泰仍是中国作家的镜子》，中国作家网，2011年2月15日。

[2] 贾平凹：《我的老师》，选自《朋友》，重庆出版社，2005年1月。

《我的老师》是贾平凹的一篇写人散文。要知道，写人的散文不太好写，因为，作者首先要对所写的对象非常熟悉，其次，还要准确地抓住所写人物的特点。否则，就会泛泛而谈，难出新意。贾平凹先生身为文坛大家，当然想每一篇文章都能别出心裁，这种想法可能比我们普通的作者更甚。而本文所写的对象是一个乳臭未干的小孩，这无疑更增加了写作的难度。

　　那么，怎么写呢？我们想，贾先生还是经过多方面考虑的。

　　从文章看，标题是"我的老师"，那么，什么样的人可称为老师呢？孔子曰："三人行，必有我师焉。"那是不是只要是一个人，就能成为我们的老师呢？显然不是。最起码的一点，他要么有较好的学问，要么有较为高超的技艺（包括技术和艺术），要么有我们所不具备的一技之长，要么有值得我们羡慕、学习的某一方面的特点。本文所写的孙涵泊，就属于后者。

　　全文共计写了五个片断，也就是五个小故事：

　　一是幼儿园老师带孩子们去郊游，阿姨摘花分给大家，孙涵泊说"花疼不疼"；二是晚上看电视节目《新闻联播》，孙涵泊一听见国歌声就会站起来；三是看"我"写字，不拐弯抹角地胡乱道好；四是在街头阻止别人打架，丝毫不惧怕，反而是大义凛然；五是去给朋友拜年，评价挂历图画，不自欺欺人。

　　贾平凹笔下的"老师"，是一个只有三岁半的孩子。贾先生之所以心甘情愿认孩子做老师，是因为——他从孩子纯真的言行之中，受到了一些为人处世的启发；他从儿童世界与成人世界的对比中，感悟到了很多做人的道理；同时，作者还在每一个片断的叙述、描写之后，或长或短地检讨了自己和其他成人"老于世故"的毛病，从而突显孙涵泊的赤子之心，表达了成人应该向童真在怀的孩子们学习的主旨。所选的第一、二两段，其细节描写非常值得我们学习、借鉴：

幼儿园的阿姨领了孩子们去郊游，他也在其中。阿姨摘了一抱花分给大家，轮到他，他不接，小眼睛翻着白，鼻翼一扇一扇的。阿姨问："你不要？"他说："花儿疼不疼？"

他爹牵他正好经过，他便跑过立于两人之间，大喊："不许打架！打架不是好孩子！"

这里，"小眼睛翻着白，鼻翼一扇一扇"，是神态的细节描写；"花儿疼不疼"，这是语言的细节描写，表现出孙涵泊的童真；"他便跑过立于两人之间"，这是动作描写的细节，写出孙涵泊天生的"仗义"；"大喊：'不许打架！打架不是好孩子！'"这是语言的细节描写，表现了孙涵泊那儿童式的、没有受过"污染"的原始正义感。这一系列细节描写的"组合拳"，看似漫不经心，其实是作者精心安排的结果。这些细节，于不经意之间，表现出孙涵泊这个人物与成人不同的性格；同时，显示出贾平凹先生心思之细密和匠心之独运。

其三，尽量细致，精雕细刻描绘风土人情。

细节描写，除了前面提到的要从细微之处着眼、着手，要心思细密，于不经意间表现人物的性格特征，还要注意尽量细致，有时还要不避烦琐，要精雕细刻，描绘风土人情。

行文至此，我们想起浪漫主义大师雨果的《巴黎圣母院》。该书用了整整一个章节，来详尽地描绘圣母院的前世今生。对圣母院建筑的一些细节，作者花了大量的笔墨，占了几十个页码的篇幅。有的读者对此很不理解，认为不值得这样写。实际上，这样精雕细刻的介绍，正体现了雨果的美丑对照原则，表现了雨果的社会观、文学观、美学观。他是以巴黎圣母院的优美、崇高，来与其包藏的畸形粗俗作对比，从而为表达恶与善并存、黑暗与光明相共的主旨服务。

在贾平凹某些描写风土人情的散文、特别是他早期的商州系列散文和中、晚期的陕西（西北）系列散文中，这样的手法也比较常见。我们先看一例：

> 一群乌鸦在天上旋转，方向不固定的，末了，就落下来；黑夜也在翅膀上驮下来了。九沟十八岔的人，都到河湾的村里来，村里正演电影。三天前消息就传开，人来得太多，场畔的每一棵苦楝子树，枝枝桠桠上都坐满了，从上面看，净是头，像冰糖葫芦，从下面看，尽是脚，长的短的，布底的，胶底的。后生们都是二十出头，永不安静在一个地方，灰暗里，用眼睛寻着眼睛说话。
>
> 早先地在一起，他们常被组织着，去修台田，去狩猎，却护秋，男男女女在一起说话，嬉闹，大声笑。现在各在各家地里，秋麦二料忙清了，袖着手总觉得要做什么，却不知道做什么，肚子饱饱的，却空空的饥饿。只看见推完磨碾后的驴，在尘土里打滚，自己的精神泄不出去，力气也恢复不来。
>
> 场畔不远，就是河，河并不宽，却深深的水。两岸都密长了杂木，又一层儿相对向河面斜，两边的树枝就复交纠缠了。河面常被这种纠缠覆盖，时隐时现。一只木排，被八个女子撑着，咿咿呀呀漂下来。树分开的时候，河是银银的，钻树的防空洞了，看不见了树身上的蛇一样裹绕的葛条，也看不见葛条上生出茸茸的小叶的苔藓。木排泊在场畔下，八个女子互相照了头发，假装抹脸，手心儿将香脂就又一次在脸上擦了，大声说笑着跳上场畔。
>
> 后生们立即就发现了。但却正经起来，两只眼儿都睁着，一只看银幕，一只看着场畔。[1]

---

[1] 贾平凹：《商州又录》，选自《贾平凹经典》，江苏凤凰文艺出版社，2018年5月。

上述文字，选自《商州又录》，这是贾平凹先生"商州系列"散文的重要代表作。全文共计 11 部分，这里所选的是第 10 部分。这一部分，主要描写的是商州的男女青年怎样通过"看电影"而接触、交往。

《商州又录》中，贾先生饱含深情，对故乡商州的人、事、景、物进行了非常详尽的描述，将商州的风土人情展现在我们面前。

这里所选的，是第 10 部分的前四段。

第一段，写看电影前。作者对环境先来一笔点染："一群乌鸦在天上旋转，方向不固定的，末了，就落下来；黑夜也在翅膀上驮下来了。"自然界的动物，对时间、对光线是非常敏感的。池鱼归渊，飞鸟投林，那是天色黄昏了。写了动物，再写人物："九沟十八岔的人，都到河湾的村里来。"为什么呢？原来，是"村里正演电影"。然后，作者才写人之多："场畔的每一棵苦楝子树，枝枝桠桠上都坐满了"，"从上面看，净是头"，"从下面看，尽是脚"，"后生们都是二十出头，永不安静在一个地方"，"灰暗里，用眼睛寻着眼睛说话"。这些细节描写的"组合"运用，全部都集中指向"人多"，多得用"人山人海"来形容都不为过。那个时代，国人的娱乐方式很单一，所以，某个地方若是有一场"打谷场上"的电影，那无疑就是一场乡村狂欢的盛宴。这种电影，我们儿时也经常看。时间过去了几十年，儿时看电影（我们四川人有个形象的称呼，叫作"看坝坝电影"）的情形，至今还历历在目，引人遐思。

第二段，补叙时代背景。这一段，既是对过去"生产队"时期农村生活的回顾，也在告诉读者文章所写的时代，"现在各在各家地里"，显然是 1981 年全国土地下户之后的农村景象。作者以从前"男男女女在一起说话，嬉闹，大声笑"，与现在"肚子饱饱的，却空空的饥饿"相对比，写出农村初步"粮满囤"之后精神方面的空虚,真实地写出了当时农村转型之初的农民、特别是广大农村男女青年的生存现状。

第三段,再对环境进行描写,作者着力对农村女青年进行了较为细致入微的描写。"两岸都密长了杂木,又一层儿相对向河面斜,两边的树枝就复交纠缠了",这是对树枝相互交织的描写,"纠缠"一词,非常生动、形象,似乎还有点隐喻的意味,作者好像在暗示读者什么;"八个女子互相照看了头发,假装抹脸,手心儿将香脂就又一次在脸上擦了",这个细节,尤其真实,将每一个女青年都不甘在同伴面前"露怯""露丑"的心理,表现得浑然天成;"大声说笑着跳上场畔",则抓住她们年龄与心理的特点,揭示了她们希望以自己的高声喧哗引起别人的注意(特别是男青年的注意)的心理,从文学的角度,阐释了当代美国心理学家亚伯拉罕·马斯洛的"需要层次论",表达了农村女青年们的心理渴求。

第四段,写男青年们的神情。女青年们一高声喧哗,男青年们便"立即就发现了",写出"他们"对"她们"时刻密切关注着。同时,作者描写了一个有点滑稽的画面:"但却正经起来,两只眼儿都睁着,一只看银幕,一只看着场畔。"这个细节,表面上是写男青年们好不容易看一场电影之时的漫不经心、一心二用,实际上是写"他们"精神的空虚、内心对爱情与婚姻无比的渴望,为本文结尾处写女青年们"已经听见狗在家门口汪着了,一时间,脚腿却沉重起来,没了一丝儿力气"做铺垫。

这样精细的描写,这样贴切、生动的细节,为人物刻画奠定了坚实的基础。闭上眼睛,20世纪80年代初农村的风土人情,村里、场畔那一场电影,还久久浮现在我们的眼前……

总之,散文中的细节描写,有助于刻画人物性格,揭示人物心理，表现人物情感，点化人物关系。细节描写虽然不是一种独立的描写手法，但它依附于其他描写手法，能让各种描写手段变得更加细腻、丰富，让文章人物鲜活，行文生动，富于表现力。细节描写并非可有可无的"闲笔"，而往往看似信手拈来，实则是作者精心考虑和安排的结果。一篇散文，如果能在关键之处有意识地、恰到好处地运用细节描写，则一定能起到烘托环境、渲染气氛的作用，从而更加生动、形象地展示人物的性格，更加深刻地揭示文章的主题。

【赏析】《我不是个好儿子》的细腻之美

《我不是个好儿子》是贾平凹1993年11月27日于病房所写的一篇散文，也是他被选入中学语文教材的散文名篇之一。

俗话说，"儿行千里母担忧"，无论我们多大年纪，在母亲面前，永远都是一个孩子，永远都被母亲所牵挂着。可我们回报母亲的，却太少、太少了。所以唐人诗云："谁言寸草心，报得三春晖！"[1]

这篇散文，就是作者在四十岁以后，在经历了事业的蹉跌、爱情上的挫折、人生的失意之后，在明白了"做儿子的不是"、明白了母亲曾经的苦心之后，写下的一篇充满忏悔的作品。

《我不是个好儿子》全文共计8个段落。这一篇回忆性散文，通过叙述几件小事，刻画了一个平凡而伟大的母亲的形象。在舒缓的节奏之中，作者以看似不经意的缓缓叙述，将母亲对儿子的爱和儿子对母亲深深的愧疚之情，表达得一唱三叹，真切感人。这里所选的，是第六、七、八三个段。

---

[1] 孟郊：《游子吟》。

父亲去世后我原本立即接她来城里住,她不来,说父亲三年没过,没过三年的亡人会有阴灵常常回来的,她得在家顿顿往灵牌前贡献饭菜。平日太阳暖和的时候,她也去和村里一些老太太们抹花花牌,她们玩的是两分钱一个注儿,每次出门就带两角钱三角钱,她塞在袜筒里。她养过几只鸡,清早一开鸡棚——要在鸡屁股里揣揣有没有蛋要下,若揣着有蛋,半晌午抹牌就半途赶回来收拾产下的蛋,可她不大吃鸡蛋,只要有人来家坐了,却总热惦着要烧煎水,煎水里就卧荷包蛋。每年院里的梅李熟了,总摘一些留给我,托人往城里带;没人进城,她一直给我留着。"平爱吃酸果子。"她这话要唠叨好长时间。梅李就留到彻底腐烂了才肯倒去。

我成不成为什么专家名人,母亲一向是不大理会的,她既不晓得我工作的荣耀,我工作上的烦恼和苦闷也就不给她说。一部《废都》,国之内外怎样风雨不止,我受怎样的赞誉和攻击,母亲未说过一句话,当知道我已孤单一人,又病得入了院,她悲伤得落泪,她要到城里来看我,弟妹不让她来,她气得在家里骂这个骂那个,后来冒着风雪来了,她的眼睛已患了严重的疾病,却哭着说:"我娃这是什么命啊?!"

我告诉母亲,我的命并不苦的,什么委屈和劫难我都可以受得。少年时期我上山砍柴,挑百十斤的柴担在山砭道上行走,因为路窄,不到固定的歇息处是不能放下柴担的,肩膀再疼腿再酸也不能放下柴担的,从那时起我就练出了一股韧劲。而现在最苦的是我不能亲自伺候母亲!父亲去世了,作为长子,我是应该为这个家操心,使母亲在晚年活得幸福,但现在既不能照料母亲,反倒让母亲还为儿子牵肠挂肚,我这做的是什么儿子呢?把母亲送出医院,看着她上车要回去了,我还是掏出身上仅有的钱给她,我说,钱是不能代替了孝顺的,但我如今只能这样啊!母亲懂得了我的心,她把钱收了,紧紧地握在手里,再一次整整我的衣领,摸摸我的脸,说我的胡子长了,用热毛巾捂捂,好好刮刮,才上了车。眼看着车越走越远,最后看不见了,我回到病房,躺在床上开始打吊针,我的眼泪默默地流下来。[1]

在中国现当代散文大家之中,贾平凹是深受读者喜爱的一位。客观地说,贾先生的笔触,没有鲁迅的峭拔,没有朱自清的清新,也没有林语堂之幽默,没有余秋雨的宏识,但是,在情感上细致入微,在思想上极富哲理,在形式上大拙大美,生动朴实。因此,自成一家,独树一帜,影响所及,达于海外。

这篇文章是作者在病榻上所写。我们曾经有一个观点,那就是:一个人的身体状态,往往不仅影响其性格,还影响其行文的风格。贾平凹自己就说过:"我是长年害病,是文坛上著名的病人。"[2]经历了人生的曲曲折折,贾平凹看淡了人生,对亲情也就特别地渴望与依恋。

《我不是个好儿子》记述了贾平凹与母亲之间那亲密、真挚、无间的母子之情,表现的是那个特定年代下的亲情文化。一般而言,写人的散文,一定离不开记事。贾先生的母亲,是一个平凡的农村妇女,她的经历虽然苦难,但并不曲折、离奇。所以全文都是生活中的一些小事、琐事。比如:"母亲每次到城里小住,总是为我和孩子缝制过冬的衣物,棉花垫得极厚,总害怕我着冷,结果使我和孩子都穿得像狗熊一样笨拙。她过不惯城里的生活,嫌吃油太多,来人太多,客厅的灯不灭,东西一旧就扔,说'日子没乡下整端'。最不能忍受我们打骂孩子,孩子不哭,她却哭,和我闹一场后就生气回乡下去。"父(母)子严、爷(奶)孙亲,

---

[1] 贾平凹:《我不是个好儿子》,选自《朋友》,重庆出版社,2005年1月。

[2] 贾平凹:《古土罐》,选自《贾平凹散文精选》,长江出版传媒/长江文艺出版社,2017年12月。

作者通过这种唠家常式的叙述,使一个勤劳、节俭、富有爱心的老人的形象,跃然纸上,"立"在我们的面前,让我们感觉那就像我们的奶奶,就像我们的外婆。朴实的描写,传递的是朴实的情感;朴实的情感,唤醒的是朴实的乡心。

这篇文章最令我们感动的,是其细节描写的真实、生动。我们仅看结尾处的一个细节,就会有这样的体会:"母亲懂得了我的心,她把钱收了,紧紧地握在手里,再一次整整我的衣领,摸摸我的脸,说我的胡子长了,用热毛巾捂捂,好好刮刮,才上了车。"这里,母亲"再一次整整我的衣领,摸摸我的脸",一个细微的动作,一句关心的话语,却胜过千言万语,足以读出令人动容的母亲的深情。可以说,凡是有过生活体验的人,都会感到这个细节的绝对真实,也会感到作者的叙述平静而和缓。而在这种看似"波澜不惊"的表面之下,却是感情的急速奔涌。在儿子身患重病的时候,母子的离别之情,在母子二人极度的人为压抑之中,积蓄着大坝决堤一样的"势能"。所谓"静水流深",莫过如此。因此,文章的最后,作者写道:"眼看着车越走越远,最后看不见了,我回到病房,躺在床上开始打吊针,我的眼泪默默地流下来。"这种"目送"背影的方式,生活中处处有之,但好多人却视之为寻常,没有仔细品味生活的馈赠。而对于贾平凹而言,他已经是不能自已,"眼泪默默地流下来"。

文章至此戛然而止,但我们的耳畔似乎还在回响三千年前中州大地上那个民间诗人"哀哀父母,生我劬劳"[1]的深情吟唱……

---

[1]《诗经·小雅·蓼莪》。

第三节　贾平凹散文细节的节奏美

语言是一种"流",如同一条活蹦乱跳、淙淙流韵的小溪,语言是由一连串有意义的语流构成的。关于这个问题,当代著名小说家汪曾祺先生曾经有过一段精辟的论述:

语言不是一句一句写出来,"加"在一起的。语言不能像盖房子一样,一块砖一块砖,垒起来。那样就会成为"堆砌"。语言的美不在一句一句的话,而在话与话之间的关系。包世臣论王羲之的字,说单看一个一个的字,并不怎么好看,但是字的各部分,字与字之间"如老翁携带幼孙,顾盼有情,痛痒相关"。中国人写字讲究"行气"。语言是处处相通,有内在的联系的。语言像树,枝干树叶,汁液流转,一枝动,百枝摇;它是"活"的。[1]

这是1987年11月19日,汪曾祺在美国爱荷华追记其在哈佛大学、耶鲁大学所作题为《中国文学的语言问题》的演讲中的一段话。既然语言是一种"流",语言的美在于话与话之间的关系,那么,长与短、轻与重、高与低、疾与缓这些因素,在行文之时都得考虑。这些因素,综合构成行文的节奏。处理好这些关系,才能让文章语言真正成为一种泉水叮咚的"语流",成为富于节

---

[1] 汪曾祺:《中国文学的语言问题》,《文艺报》1988年1月16日。

奏感的美文。

众所周知，散文这种文学样式，是不讲究平仄和韵律的（如果讲究，则成为诗词曲、辞赋一类的韵文作品了）。那么，散文的节奏指的是什么呢？

郭沫若先生认为："本来宇宙间的事物没有一样没有节奏的，例如，寒往则暑来，暑往则寒来，寒暑相推，四时代序，这便是时令上的节奏。又如高而为山陵，低而溪谷，陵谷相间，岭脉蜿蜒，这便是地壳的节奏。宇宙内的东西没有一样是死的，就因为都有一种节奏（可以说就是生命）在里面流贯着的。"[1] 郭沫若是举世闻名的大学者，而其早年却是以一部诗集《女神》踏上文坛的。作为诗人的郭沫若来谈节奏，其见解显然有其独到之处。

在我们看来，所谓"节奏"，其实就是各种事物内部有规律的一种进程。散文无论是写人、记事、描写，最终都要表达思想，抒发感情。而作者的思想与情感的起伏抑扬，必然会使行文产生跌宕起伏的变化。这种变化，就形成了散文的节奏，营造出散文的节奏美。

那么，散文的节奏美具体表现在哪些方面呢？概括起来，主要体现在三个方面：

一是行文的标点。

标点的实质，是我们作者"自然呼吸"和"写作气息"的一种书面表现。我们经常讲文字要通顺、流畅，除了对文字本身的要求，还需要讲究标点的使用。

我们看鲁迅先生的一例：

---

[1] 郭沫若：《论节奏》，选自《郭沫若全集·文学编》，人民文学出版社，1990年7月。

北京暖和起来了;我的院子里种了几株丁香,活了;还有两株榆叶梅,至今还未发芽,不知道它是否活着。[1]

鲁迅当时(1925年5月14日)那种落寞、郁闷、无聊的心理,展现无遗。每个标点符号都有其自身的用法,不同的标点,会有不同的情感。如果上述的句子改为:"北京暖和起来了;我的院子里活种了几株丁香,还有两株榆叶梅不知道活了没有。"这样,鲁迅需要表达的情感,则丢失殆尽了;鲁迅特有的文风,也不见了踪影。

二是长短句的搭配。

长句与短句的搭配,也会让行文自然而然地形成一种节奏。我们看现代文学大家老舍先生的一例:

又一阵风,比以前的更厉害,柳枝横着飞,尘土往四下里走,雨道往下落;风,土,雨,混在一起,连成一片,横着竖着都灰茫茫冷飕飕,一切的东西都裹在里面,辨不清哪是树,哪是地,哪是云,四面八方全乱,全响,全迷糊。风过去了,只剩下直的雨道,扯天扯底地垂落,看不清一条条的,只是那么一片,一阵,地上射起无数的箭头,房屋上落下万千条瀑布。几分钟,天地已经分不开,空中的水往下倒,地上的水到处流,成了灰暗昏黄的,有时又白亮亮的,一个水世界。[2]

这一段文字,节奏感非常强,一个重要的原因,就是老舍先生

---

[1] 鲁迅:《北京通信》,选自《故乡》,中国文史出版社,2020年5月。

[2] 老舍:《在烈日和暴雨下》,选自《骆驼祥子》,人民文学出版社,1955年1月。

非常注意长句与短句的搭配。当时，烈日暴晒，街上的行人、骡马都忍受不住了，主人公祥子几乎要"发痧"（中暑）。然后，起风了，变天了，暴雨倾盆而下。可以想象，"疾风暴雨"噼里啪啦的声响，可谓惊心动魄。老舍这位高明的作家，就以一系列文字描绘了那种急迫，那种声响。总体上，本段文字长短结合；具体看，行文之中，短句用得特别多，这与当时的环境、情景是非常相称的。读者一读，立即有一种代入感、现场感，会迅即置身于祥子当时所处的环境之中。这样，作品的感染力也就得到大大的增强。《骆驼祥子》虽然是小说，但《在烈日和暴雨下》这一段在选入中学教材的时候，很多教师在讲授中往往是以散文视之的。

三是整散句的兼顾。

所谓整句，就是句式、结构相同或者大体相近、相似的一组句子。散句则是句子结构不一致、不整齐、各式句子交错使用的一组句子。整句和散句间杂而用，就如同树木高高低低，有起有伏，参差错落，能避免句式太过整齐划一或凌乱无章。这样，就能显示语言的波澜，产生语言流动的一种节奏的美感。我们看朱自清先生的一例：

燕子去了，有再来的时候；杨柳枯了，有再青的时候；桃花谢了，有再开的时候。但是，聪明的，你告诉我，我们的日子为什么一去不复返呢？——是有人偷了他们罢：那是谁？又藏在何处呢？是他们自己逃走了罢：现在又到了哪里呢？

我不知道他们给了我多少日子；但我的手确乎是渐渐空虚了。在默默里算着，八千多日子已经从我手中溜去；像针尖上一滴水滴在大海里，我的日子滴在时间的流里，没有声音，也没有影子。

我不禁头涔涔而泪潸潸了。[1]

这是现代散文大家朱自清先生的抒情散文《匆匆》的第一、二自然段。

朱自清的《匆匆》，抓住我们平常极易忽略的一些现象，感叹韶华易逝，青春难回，从而激发我们珍惜人生光阴、珍惜生命、力求有为的雄心。这里所选的两段，第一段的一组排比，就是一组整句。"燕子去了，有再来的时候；杨柳枯了，有再青的时候；桃花谢了，有再开的时候。"这样的句子，读起来音韵和谐，抑扬婉转，给人以缠绵之感；"但是，聪明的，你告诉我，我们的日子为什么一去不复返呢？"语意一转，变为散句。整、散结合，辅之以疑问，对比强烈，让我们感受一种时光飞逝的紧迫感，给人以奋发的力量。

曾经有一段时间，贾平凹潜心研究现当代文学史上的一些大家的作品。他自己就说过："当我还在乡下，是十多岁孩子的时候，读到的文学作品又深又喜欢，以至于影响我走上文学路的就是孙犁先生的《白洋淀纪事》。"[2] 后来上大学期间，贾先生对鲁迅、朱自清等大家的作品，更是狠下功夫。现在，解读贾平凹先生的散文，很多时候我们还能感受到其散文在细节描写上"顾盼有情""嘤嘤成韵"的节奏之美。这种节奏美，主要表现在——

第一，句式上长短搭配，散骈结合。

我们使用的汉语是一种非常具有音乐美的语种，而世间一切

---

[1] 朱自清：《匆匆》，选自《中国现代散文精品鉴赏》，陕西出版集团／太白文艺出版社，2011年1月。

[2] 贾平凹：《高山仰止》，选自《平凹书信》，陕西师范大学出版总社，2018年9月。

的音乐美,其本质都在于旋律和节奏(音乐的旋律其实也是节奏的直接表现)。语言在一定时间里呈现的长短、高低和轻重等有规律的起伏状况,就构成了语流,构成了节奏。王一川先生强调:"节奏同构于人的内在情感……节奏的内涵是情感的变化。"[1]

节奏蕴含着情感,在诵读中有助于产生情感共鸣。贾平凹深谙此道。试看:

> 世上有美丽富饶一词,却往往是美丽者不富饶,富饶者不美丽,铜仁可以说占得四字。古人讲,纵是山城,不少读书之族,虽非泽国,犹为鱼米之乡。而今舟楫依旧,公路通达,集散繁忙,市容光鲜,人皆儒雅,一派太和。再是登东山,观文笔,云过瘦竹,肥泉鸣咽,探铜岩,读摩崖,天风吹下数声钟,水珠燃烧成紫烟。真是精神有所托,现象有空间,山水经典,一城神仙。[2]

这一段文字就是如此。对于不了解铜仁的人而言,解读铜仁最好的细节就是"美丽富饶"四个字。为此,作者作了高度的概括和精心的安排。"世上有美丽富饶一词,却往往是美丽者不富饶,富饶者不美丽,铜仁可以说占得四字。"这一句总起,写铜仁"美丽富饶",这是散句。接下来,以一系列的四字句,"公路通达,集散繁忙,市容光鲜,人皆儒雅,一派太和",等等,总结铜仁之美美在何处。最后,以"真是精神有所托,现象有空间,山水经典,一城神仙"作结,讴歌铜仁"山水经典,一城神仙"的恬淡、自适、宁静、逍遥之美。就是这么一个小段,连标点才166字的

---

[1] 王一川:《美学与美育》,中央广播电视大学出版社,2002年1月。

[2] 贾平凹:《说铜仁》,选自《顺从天气》,时代文艺出版社,2017年6月。

内容，贾先生却写得让句式上的长短搭配、语言上的骈散结合，形成毫无雕琢之感的自然节奏。行文之中，流露出作者对铜仁极为亲切的好感。

第二，章法上开合有度，收放结合。

文章的写作是一种艺术，凡是艺术，都有技法上的一些讲究。对写作而言，章法就是其中非常需要讲究的一个重要内容。

比如，林语堂先生是现代散文大家，但对他的散文章法，与他同时代的一些大家却颇有微辞。周作人先生就曾说，现代散文可以分为两类，一类为感性的，一类为赋得的。林语堂的散文大概属于前者，他的文章写得很散，常常是拉拉扯扯，漫不经心，看不见刻意经营。[1] 现代散文大家梁实秋先生说，文调的美纯粹是作者性格的流露，所以有一种不可形容的妙处：或是奔腾澎湃，能使人惊心动魄；或是委婉流利，有飘逸之致；或是简练雅洁，如斩钉截铁……总之，散文的妙处真可说是气象万千，变化无穷。[2] 散文的章法，就像散文的风格一样，是多姿多彩、丰富无比的。散文名家、散文大家，往往都有自己的章法。

贾平凹先生的散文，在细节描写的章法上，最大的特点就是开合有度，收放结合，运用自如。请看：

他在陕南的小县里呆了许久，孩子都长大成人了，才调入西安，又在半坡博物馆伏下来。他在乡下的时候我去过他的住处，窝酸菜，吃杂面，门口篱笆上有牵牛花，屋后矮院墙根狗在吠。而半坡博物馆的工作室更是幽静，几乎要掩门藏明月，开窗放野云。在这永远

---

[1] 周作人：《中国新文学大系·现代散文导论（上）》，上海文艺出版社，2003年7月。

[2] 梁实秋：《论散文》，选自《雅舍小品》，天津人民出版社，2011年6月。

有青泥相伴的日子里，他兴趣了书法，除了工作就没完没了地钻研碑帖。搞艺术要沉寂，但沉寂如龟者，我见过的只有青泥散人，他不急不躁，不事张扬，整日言语不多，笑眯眯的，以至于周围的人也不知他在练字，以至于连朋友们也骂他懒虫。……

　　今年冬天，忽几日奇冷，窗外树上的几只鸟也瑟缩如拳，如石，呼喊也不惊起，我与人在屋下棋，正为悔一棋子而厮夺，青泥散人敲门进来。他两颊通红，戴了耳套，胳肘后夹了一卷纸，是来要我看他的字的。他能主动让我看字，一定是字能耐看了，我偏不急着看，只问他乘的几路公共车，转了几站才到我这里的？他显示未遂，很快就平淡了，和我谈棋说茶，问到我的病。他说，肝病是淤血，要气血通畅，宜于读《石门铭》的。我说是呀，我每日用气功治病哩。他说：你做气功？我说，看好的书法，好的画，读好书，听好的音乐，好的演说，凡是真心身投入了的东西都有气功效果的。他笑了，说：你是要我挂出我的字了？！就把那卷纸一张一张挂了四壁。这是我第一次全面地看到了他的书法，我说了四个字：苍老苦涩。他问：有酒没？我说：没酒。他在茶里又添了茶叶，和我碰了一下喝了。[1]

　　这是贾平凹1998年1月23日创作的一篇写人的散文。这篇散文，中间的几个主体段落，写了一个一个的细节。在这些接二连三的细节描写中，作者很注意开合，注意收放，给人以应用裕如、得心应手的感觉。

　　前一段，以一句总起："他在陕南的小县里呆了许久，孩子都长大成人了，才调入西安，又在半坡博物馆伏下来。"一个"才"字，点出李相虎淡泊名利、不善于拉关系、走后门的个性；一个"伏"字，写出李相虎守得住清贫，耐得住寂寞，这么做都是心甘情愿

---

　　[1] 贾平凹：《李相虎》，选自《朋友》，重庆出版社，2005年1月。

的。然后，作者以一系列的细节描写，将李相虎的居住环境、日常生活、工作环境，娓娓道来。这些细节描写，可以看作是"开"，几乎包罗了他日常生活、工作、休闲的全部。最后，以对李相虎性格描写的细节收束："他不急不躁，不事张扬，整日言语不多，笑眯眯的，以至于周围的人也不知他在练字，以至于连朋友们也骂他懒虫。"这是"合"，相当于一个"总"，结构上与开头那一句话相呼应，让这一个段落显得浑然一体。

后一段，则主要是叙事，描写李相虎这个人对艺术潜心钻研、孜孜矻矻。"窗外树上的几只鸟也瑟缩如拳，如石，呼喊也不惊起"的大寒之冬，他还冒着严寒去拜访朋友；在"我"故意东拉西扯、不跟他谈正事的时候，他也不急不恼；在他主动提出"有酒没"之后，"我"说"没酒"，他于是"在茶里又添了茶叶，和我碰了一下喝了"。最后这个细节，是对前面两个段落的所有细节的一个总结。这也可以看作是一个"合"。至此，李相虎这个自号"青泥散人"的人，就如同我们亲眼所见，他已经站在我们读者的面前了——他就是一个生活中随缘而处、随遇而安的一个非常纯粹的艺术家，其性格特征，其人物形象，跃然纸上。

第三，笔法上虚实相间，疏密结合。

虚与实，疏与密，这是借用中国传统书画艺术的术语。比如，草书艺术就讲究清代书法家邓石如所说的"疏可走马，密不透风"[1]。清代乾隆年间的画家蒋和论画曰："树石布置，须疏密相间，虚实相生，乃得画理。近处树石填塞用屋宇提空；远处

---

[1] 包世臣：《艺舟双楫·述书上》，原文是："是年又受法于怀宁邓石如完白，曰：'字画疏处可以走马，密处不使透风，常计白以当黑，奇趣乃出。'以其说验六朝人书，则悉合。"包世臣为邓石如弟子。

山崖填塞，用烟云提空：是一样法。树石排挤以屋宇间之，屋后再作树石，层次更深。知树之填塞间以屋宇，须知屋宇亦是实处；层崖累积以烟云锁之，须知烟云之里亦是实处。"[1]

其实，不仅书画或者篆刻艺术，文学创作上古人其实已经能够娴熟地运用虚实相生、虚实相间的手法了。比如唐代卢纶的五言绝句："林暗草惊风，将军夜引弓。平明寻白羽，没在石棱中。"前两句是实写：时间，地点，人物，事件，全部都有。后两句，则是写实兼写虚。既写第二天去寻找羽箭，写箭头插入石棱之中，还虚写将军与手下之神情。而虚的部分，反而出奇的高明，留下一大片空白，引起读者丰富的联想。真是计白当黑，"言有尽而意无穷"[2]啊！

长期浸淫在古典作品之中，又喜欢书法、绘画、收藏的贾平凹，在虚实的处理上，往往结合自己所写的人物、风情，借鉴古人之法，用之于散文创作之中，留下了很多我们可资取法的作品。我们随便选取一段文字：

那一个早晨，我是起床很早的，借口去荷花塘里给猪捞浮萍草，就坐在塘边的路上等她去庙里。她是出现了，但同她一起的还有两个人，我只好钻入荷塘，伏在那里，头上顶着一片枯荷叶，看着她从前边的路上走过。她的脚面黑黑的，穿着一双胶底浅鞋，走一条直线，轻盈而俊俏。不久，听三娃说，关中的那个黑小子回去了，原本十有八九的婚事不知怎么就又不行了。我听了甚为高兴，三娃那日是在猪圈里起粪的，我很卖力地帮了他一上午。[3]

---

[1] 蒋和：《学画杂论·树石虚实》。

[2] 严羽：《沧浪诗话·诗辨》。

[3] 贾平凹：《我是农民》，选自《贾平凹妙语》，陕西新华出版传媒集团/陕西人民出版社，2013年3月。

这是《我是农民》中，写作者暗恋一个女子那一部分中的一段。作者写自己对"她"的爱慕与思念，写自己想见"她"却又怕见到"她"的那种略带自卑的微妙心理。

"那一个早晨，我是起床很早的，借口去荷花塘里给猪捞浮萍草，就坐在塘边的路上等她去庙里。"这是交代"我"为了见"她"而做的准备。一个暗恋别人的年轻男子雄心勃勃、兴头十足的样子，仿佛就在我们的眼前。从"她是出现了"到"走一条直线，轻盈而俊俏"，这是写"我"见到心仪的"她"，详细地描绘了"她"的美丽。"我只好钻入荷塘，伏在那里，头上顶着一片枯荷叶"，这是对"我"的细节描写，这里写得比较粗放，这是"疏"。重点是后面写"她"，写得很细致，这是"密"。作者以"偷窥"的眼光，写"我"之所见："她的脚面黑黑的，穿着一双胶底浅鞋，走一条直线，轻盈而俊俏。"因为前面"我""伏"在荷塘，而且头上还顶着一片枯荷叶的缘故，"我"的目光平视出去，最先看见的，就是"她"的脚面。对这个常人容易忽略的视点，作者都把握得非常精准。与前面写"我"相比，这里是非常入微的细节描写。前面这些，都是实写。再后，写"我"听说"她"原先准备处对象的"关中的那个黑小子"回去了，"原本十有八九的婚事不知怎么就又不行了"，于是"我"又高兴起来。高兴的情形究竟怎么样？作者没有细写，而是粗粗的一笔："三娃那日是在猪圈里起粪的，我很卖力地帮了他一上午。"这是实写，但没有写出来的"虚"的东西，比如自己如何高兴，如何玄想，如何谋划，如何"展望未来"，却让它们统统虚化在读者的想象之中，留给我们一大片的空白。

就这么一小段文字，贾先生都写得虚实相间，疏密结合，让这段文字摇曳生姿。仔细品读，才知道对这些细节的描写，作者也是精心考虑过的。大家就是大家,真值得我们学习借鉴。散文就是要这样既讲"疏",又讲"密"。"疏"就是艺术留白,疏能走马;"密"就是细微之处,密不容针。这样,才能像一幅行草书,像一幅山水画,疏密有致,具有淡远之美感。

第四,情感上起伏跌宕,抑扬结合。

古人说:"文似看山不喜平,画如交友须求淡。"[1]意思是,写文章要写得像山峰那样,奇势迭出,最忌平坦;画画就像交朋友一样,不能花里胡哨,须得淡雅朴素。散文的细节处理上,也应如此,也要有"文似看山不喜平"的理念,才能让文章抑扬顿挫,起伏跌宕。就是一个小小的片断、短短的场景之中,也要写得尺水兴波,给人以深刻印象。这方面,贾平凹先生为我们做出了很好的示范。

我们先看贾先生的一则文字:

"抓纸丢儿吧,"马海舟说,"天意让拿什么就拿什么。"

他裁纸,写春夏秋冬四字,各揉成团儿。我抓一个,谭抓一个,我再抓一个,谭再抓一个。绽开,我是梅与菊。梅与菊归我了,我就大加显排,说我的梅如何身孕春色,我的菊又如何淡在秋风。正热闹着,门被敲响,我们立即将画叠起藏在怀中。

进来的是一位高个,拉马海舟到一旁叽叽咕咕说什么,马海舟开始还解释着,后来全然就生气了,嚷道:"不去,绝对不去!"那人苦笑着,终于说:"那你就在家画一幅吧。"马海舟垂下头去,直门了一会,说:"现在画是不可能的,你瞧我有朋友在这儿。我让你给他带一幅去吧。"从柜子里取出一幅画来,小得只有一面报纸那么大。"就这么大?给你说了一年了,就这么大一张,怎么拿得出手呢?"那人叫苦着,似乎不接。"那我只有这么大个画桌呀!"马海舟又要把画装进柜子,那人忙把画拿过去了。

---

[1] 袁枚:《随园诗话》。

来人一走，马海舟嚷道喝茶喝茶，端起茶杯自己先一口喝干。谭宗林问怎么回事，原来是那人来说他已给一位大的官人讲好让马海舟去家里作画的，官人家已做好了准备。"他给当官的说好了，可他事先不给我说，我是随叫随到的吗？"谭宗林说："你够傲的！"马海舟说："我哪里傲了？我不是送了画吗？对待大人物，谄是可耻的，傲也非分，还是远距离些好。"他给我笑笑，我也给他笑笑。[1]

这是贾平凹1997年4月7日所写的《天马》中的几个连续性段落。

《天马》是一篇写人的散文。这篇散文，写的是画家马海舟。大家知道，大凡艺术家都比较"怪"——也就是富有个性，有着与众不同的性格。所以，只有写出那种"怪"，才能将人物写"活"，才能避免泛泛而谈。

文章开篇，作者即写出事由："四月二十一日，谭宗林从安康带来魏晋画像砖拓片数幅和一色新茶。因茶思友，分出一半去寻马海舟。"非常简洁地予以交代，写出"缘起"。第二段，作者对马海舟有一个总的评价："马海舟是陕西画坛的怪杰，特立独行，平素不与人往来。他作画极认真，特立独行，画成后却并不自珍，凭一时高兴，任人拿去。"这几句交代了马海舟的大致性格。这是为下文写自己和谭宗林与马海舟在一起发生的故事做铺垫，也为下文写官员求画遭到马海舟"应付"埋下伏笔。

这里所选的四个自然段，第一段写马海舟提议抓阄分画，表现出马海舟的公平待友。第二段写马海舟裁纸做阄，作者也趁机写一点自己心里的得意。以一句"正热闹着，门被敲响，我们立

---

[1] 贾平凹：《天马》，选自《朋友》，重庆出版社，2005年1月。

即将画叠起藏在怀中",引出第三段的叙述。第三段,写"高个"与马海舟的讨价还价,写马海舟拒绝前往,写马海舟随便应付"高个"一幅"小得只有一面报纸那么大"的画作。第四段,写"我"、谭宗林与马海舟茶叙,马海舟自己对刚才行为的解释。

这四个段落之中,第二、三、四段中的细节描写,非常有味。

第二段写马海舟裁纸做阄之后,"我"和谭宗林抓阄,没有"我们把阄抓了"这样一笔带过,而是很详细地写"我抓一个,谭抓一个,我再抓一个,谭再抓一个",将成人的"游戏"当作小孩游戏来写,表现出一本正经的样子。选文前的一段中,作者写了自己"我看中菊与竹,而梅与家人姓名有关,又怕拿不到手,但我不说",这是"抑"。现在,终于抓到了"梅",自己心里的那点儿"小九九"得以实现,那种高兴劲儿,作者通过虚写自己"大加显排",将神态、动作、语言,留给读者想象。这是"扬"。一"抑"一"扬"之间,就显现出行文的顿挫。本段最后一句"我们立即将画叠起藏在怀中",写出马海舟画作的珍贵,也写出我们生怕"漏风"、被别人瞧见自己所得之画的心理。成人的世界,和小孩的世界是一致的,由此表现出三位作家、画家、收藏家赤子般的天真。

第三段的细节主要表现在语言和行动中。大家看:"高个"与马海舟嘀咕—马海舟拒绝前往—"高个"求现场画一幅—马海舟妥协,送一幅画—画太小,"高个"不满—马海舟"作势"要放回去—"高个"将画接过去。这里,作者相当于用了一套"组合拳",你来我往,将求画、拒绝、妥协的过程,描述得形象、逼真,将成人世界的那种俗不可耐的交往,描绘得非常真实生动。这样的过程,几个"回合"的来来往往,有抑有扬,有顿有挫,让行文表现出嘤嘤之韵,强化了我们对"怪"画家马海舟之"怪"的认识。

第四段则是用马海舟自己的话来作解释。原来,马海舟不是不喜欢画画,不是不喜欢送画,而是不喜欢被别人、特别是被"官人"呼来唤去的那种不尊重。"对待大人物,谄是可耻的,做也非分,还是远距离些好",作者通过这样的语言,让被写的人物马海舟自说自话,其实也是作者对本文主旨的一个揭示。本段结尾的"他给我笑笑,我也给他笑笑",其实是一个补叙的细节。这个细节,明里没说,实际上告诉我们的是,作者的想法与马海舟的想法,应该是合拍的。所谓"人以群分",大概如此。

细节描写的问题,既是一个老生常谈的问题,也是一个不容易写得"出彩"的难题。特别是细节描写时的节奏,不容易处理得好。

与张中行、金克木二先生合称"北大三老"的季羡林先生,在读书写作上有很多心得,值得我们学习和借鉴。季先生写着一手好文章,他对文章的追求是"淳朴恬淡,本色天然,外表平易,秀色内涵,形式似散,经营惨淡,有节奏性"[1]。难怪季先生的作品风格独特,其散文创作,成就可观。

关于文章的节奏,贾平凹自己有过一段谈话。他说:

咱们在乡下为人盖房时有这样的经验,地上的人往上抛瓦,房上的人接瓦,一次五六页一垒,配合得好了,一抛一接非常省力和轻松,若一人节奏不好,那就既费劲又容易出危险。唱戏讲究节奏,喝酒划拳讲究节奏,足球场上也老讲控制节奏,写作也是这样呀。写作就像人呼气,慢慢地呼,呼得越长久越好,一有吭哧声就坏了。节奏控制好了,就能沉着,一沉就稳,把每一句每一字放在合宜的地位——会骑自行车的人都骑得慢,会拉二胡的弓子运行得趁——这时的写作就越发灵感顿生,能体会到得意和欢乐。否则就像纸糊的窗子在风中破了,烂声响,

---

[1] 季羡林:《季羡林对话集》,人民日报出版社,2013年11月。

写得难受，也写不下去。[1]

这一段话虽然是针对文学创作而言的，但具体到散文的创作，具体到散文中细节描写的节奏，我们认为同样是适用的。

【赏析】《六棵树》的悲剧之美

《六棵树》这篇散文，是贾平凹2007年6月23日创作的。这里节选的是其中写皂角树的部分文字。

皂角树这个故事，写的是山村主人公"秃子"。这和贾平凹一贯的平民风格是相合的。特殊的年代，必然有特殊的人情与人性。其中的民风民俗，文中所写的一些细节，都十分耐人寻味。且看——

我们的村子分涧上涧下，这棵皂角树就长在涧沿上。树不是很大，似乎老长不大，斜着往外，那细碎的叶子时常就落在涧根的泉里。这眼泉用石板箍成三个池子，最高处的池子是饮水，稍低的池子淘米洗菜，下边的池子洗衣服。我小时候喜欢在泉水里玩，娘在那里洗衣服，倒上些草木灰，揉搓一阵子了，抡着棒槌啪啪地捶打。我先是趴在饮水池边看池底的小虾游来游去，然后仰头看皂角树上的皂角。秋天的皂角还是绿的，若摘下来最容易捣烂了祛衣服上的垢甲，我就恨我的胳膊短，拿了石子往上掷，企图能打中一个下来，但打不中，皂角树下卧着的狗就一阵咬，秃子便端个碗蹴在门口了。

皂角树属于秃子家的，秃子把皂角树看得很紧。那年月，村人很少有用肥皂的，皂角可以卖钱，五分钱一斤。秃子先是在树

---

[1] 贾平凹：《要控制好节奏》，选自《顺从天气》，时代文艺出版社，2017年6月。

根堆了一捆野枣棘，不让人爬上去，但野枣棘很快被谁放火烧了，秃子又在树身上抹屎，臭味在泉边都能闻见，村人一片骂声，秃子才把屎擦了。他在夹皂角的时候，好多人远远站着看，盼望他立脚不稳，从上摔下去。他家的狗就是从上摔下去过，摔成了跛子，而且从此成了亮鞭。亮鞭非常难看，后腿间吊那个东西。大家都说秃子也是个亮鞭，所以他已经三十四五了，就是没人给他提亲。

秃子四十一岁上，去深山换苞谷。我们那儿产米，二三月就拿了米去深山换苞谷，一斤米能换二斤苞谷，秃子就认识了那里一个寡妇。寡妇有一个娃，寡妇带着娃就来到了他家。那寡妇后来给人说：他哄了我，说顿顿吃米饭哩，一年到头却喝米角儿粥！

……

村人先是都不承认寡妇是秃子的媳妇，可那女人大方，摘皂角时看见谁就给谁几个皂角，常常有人在泉里洗衣服，她不言语，站在上就扔下两个皂角。秃子为此和女人吵，但女人有了威信，大家叫她的时候，开始说：喂，秃子的媳妇！[1]

所选文字的第一段，介绍皂角树及其生长的自然环境、社会环境。"我们的村子分涧上涧下，这棵皂角树就长在涧沿上。"这是一个总起句。这样开头，单刀直入，简洁明了。然后，对皂角树生长的自然环境描述一番，为下文的一些故事情节埋下伏笔。因为皂角树"斜着往外"长，所以"那细碎的叶子时常就落在涧根的泉里"；因为"我"和娘常去"三个池子"洗衣服，所以也就引发我的联想——"拿了石子往上掷，企图能打中一个下来"。同时，作者也对当时的社会环境、人们艰难的生存状态进行了一番描述，为突出主人公"秃子"的悲剧人生命运进行了一番铺垫。

---

[1] 贾平凹：《六棵树》，选自《贾平凹散文精选》，长江出版传媒/长江文艺出版社，2017年12月。

不是吗？在"我"投掷石头"打不中"的时候，"皂角树下卧着的狗就一阵咬，秃子便端个碗蹴在门口了"。这里作者一石二鸟，写了两个细节，一是狗咬，二是秃子"端个碗蹴在门口了"。关于这个"蹴"字，我们仔细研究了很久。我们是四川人，四川人的口语中是没有这个字的。但贾先生是北方人，他们的秦地方言中，常常有一些古音古字，很可能这个字就是商州的方言用字。东汉许慎《说文解字》说："蹴，蹑也。"蹴，就是踢、踏的意思。那么，我们闭目想一想，大致的情形是：只要狗一咬，"秃子"便会端着碗，一脚跨出门，并且使劲地往地上一顿，发出一声闷响，同时眼睛鼓起，恶狠狠地看着"我"。于是，威慑得"我"这样的小孩，再不敢造次，立马"收手"，停止投掷石块。真是"此时无声胜有声"啊，这一处细节描写，将"秃子"那种神态、动作、心理，刻画得惟妙惟肖。

那么，邻里乡亲，抬头不见低头见，"秃子"为什么会这样呢？由此，自然而然地转入下一段的叙述。

选文第二段，"皂角树属于秃子家的，秃子把皂角树看得很紧"，同样是一个总起句，点明"秃子"这样做，是有"那年月"时代和个人的原因的。说直白一点，就是"皂角可以卖钱，五分钱一斤"。"秃子"为了守住他的"财"，可谓绞尽脑汁：在树根堆野枣棘，防止人爬上去，但野枣棘很快被人放火烧了；在树身上抹屎，臭而不可闻也，被村人一片谩骂，秃子只得把屎擦了。因为皂角树，"秃子"的邻里关系弄得很不好，以至于当他夹皂角的时候，好多人都盼望他像他家的狗一样摔下去。真是"人贫志短，马瘦毛长"[1]。这里，作者写了当时农村的落后，写了落

---

[1]《五灯会元》第十九卷："问：祖意教意是同是别？师曰：人贫志短，马瘦毛长。"

后的经济状态之下的人心与人情。因为各方面的原因,"秃子"已经三十四五了,但就是没人给他提亲。对此,作者没有一句话的议论,但读者只要稍加思考,自己就能找到答案。

选文第三段,写"秃子"组建家庭。"秃子"人到中年还一直打着光棍,所以他的性格有些古怪。直到四十一岁时,才从深山里娶回一个带着孩子的寡妇。但"秃子"显然不是明媒正娶,多少使用了一些"不正当竞争手段"——欺骗。这不,寡妇嫁给"秃子"后,就经常向村里人埋怨:"他哄了我,说顿顿吃玉米哩,一年到头却喝米角儿粥!""秃子"娶亲虽然"手段"不太光彩,但在村子里不少光棍都无法成亲的年代,"秃子"能娶上媳妇儿,已经是非常幸运的了。所以,接下来作者还写了"秃子"在家庭生活中的"忍耐",写他的阿Q式的精神胜利法(选文从略),写他忍受别人的调侃。

选文第四段,写"秃子"在村人心目中形象的些微改变。从"村人先是都不承认寡妇是秃子的媳妇",到"开始说:喂,秃子的媳妇",这样的变化,是因为"秃子"媳妇的为人处世,得到了村人的认可——她大方,所以也有了威信。虽然"秃子为此和女人吵",但这已经毫无用处了。这里,写"秃子"因为媳妇的缘故,生活在变得美好。但谁知道后来"秃子"媳妇却死了,不幸的命运再次降临到他的头上。这是后话了。

所以,最终,在"秃子"死后,皂荚树也落得个被砍掉的命运。"秃子"的悲剧,皂荚树的悲剧,折射的何尝不是时代的悲剧啊!在娓娓的叙述之中,人的命运,树的命运,令人叹惋,也引发我们不尽的思索。

第七章　贾平凹散文的哲思美

所谓哲思，就是精深敏捷的思虑，就是在作品中或多或少要有一定的哲学、哲理的意味，有一些我们作家、作者对世界、对人生、对价值等的认识与判断。在行文中，我们更多的是强调"思"，也就是思想、认识、见解的精深，而不是思维的敏捷。

我们认识客观世界能达到怎样的程度，主要取决于我们看问题所站的高度、对这个世界认识的深度和切入问题的角度。解决了作家自身的这些问题，才能让作品具有哲思之美。散文尤其如此。否则，就可能出现思想贫乏、作品平庸、反响平淡的问题。贾平凹曾经指出："成功者，将是学过现代派的又反过来珍视民族东西的人，倒不是一味的现代派，或一味的民族派。其作品不是哲学手册，也不应是哲理的衍义，但作品没有哲学意味则不行。"[1] 充满哲思美的散文，往往凸显作者的文化底蕴，展示他们的历史情怀，展示他们正视现实、正视人生、正视社会本质，给人以阅读的快感与思想的启迪。

现当代著名作家、散文家孙犁先生，曾经批评过一种现象：

---

[1] 贾平凹：《时代呼唤大境界的作品——致北村同志》（1988年2月6日），选自《平凹书信》，陕西师范大学出版总社，2018年9月。

"有的作家自命不凡，不分时间空间，总以为他是站在时代的前面，只有他先知先觉，能感触到群众的心声。这样的作家，虽有时自称为'大作家'，也不要相信他的吹嘘之词，而是要按照上面的原则，仔细看看他的作品。"[1]

贾平凹极推崇的孙犁先生的散文很多都是"写人生"的散文。孙犁是一位富于哲思的作家，他的那些带有哲理思考的散文，往往是形象和激情齐飞，思想与画意共存。他经常从我们司空见惯的事物中，提炼出自己人生的感慨，在作品中聚焦、表现出一种淡而有味的人生美、人情美、人性美。从而，引导读者思考社会，解剖人生，亲近自然。孙先生这个饱经沧桑的智者，挖掘自己人生的富矿，用丰富的创作实践，践行着自己的文学理念，也给我们留下了宝贵的创作经验。

是啊，一个作家怎么样，不是看他"说"得如何，而是要看他"写"得如何，要看读者对作家的接受程度如何。大浪淘沙，作家的作品只有经受读者的检验，经受时间的淘洗，才能成为真正的、足以传世的经典。古今中外，概莫能外。

自古以来，散文在我国文学史上都占据着不可动摇的位置。韩愈、柳宗元、苏东坡、曾巩等唐宋八大家的散文，以其深刻的思想、富赡的才情、独立的见解、洋溢的激情、各具特色的语言，为我们竖起了一座座丰碑，现当代的一些作家、文学家，也给我们留下了很多极富哲思之美的散文。鲁迅思想的深刻，朱自清文笔的清新，巴金见解的独到，孙犁语言的淡雅，张中行行文的幽默，都表现出很强的个性特征。还有老舍、季羡林、余秋雨、史铁生、刘亮程、祝勇、周晓枫……这些作家的散文，各具特色，各领风骚，

---

[1] 孙犁：《致贾平凹信》（1985年1月5日），选自《平凹书信》，陕西师范大学出版总社，2018年9月。

俱为我们所喜爱。

　　这当中，贾平凹的散文作品以其耿耿的风骨、慈悲的情怀、深刻的见解，在中国文坛高标独领，为我们留下了很多可供品味、可资借鉴的佳作。

第一节　贾平凹散文的风骨美

风骨，本指人的品格，有刚强之意；借作美学术语，用来评价诗文之风格，后也借指诗文书画雄健有力的风格和气派。

中国古代非常重视人的风骨，重视文学艺术的风骨。《文心雕龙》曰：

《诗》总六义，风冠其首，斯乃化感之本源，志气之符契也。是以怊怅述情，必始乎风；沈吟铺辞，莫先于骨。故辞之待骨，如体之树骸；情之含风，犹形之包气。结言端直，则文骨成焉；意气骏爽，则文风清焉。若丰藻克赡，风骨不飞，则振采失鲜，负声无力。是以缀虑裁篇，务盈守气，刚健既实，辉光乃新。其为文用，譬征鸟之使翼也。故练于骨者，析辞必精；深乎风者，述情必显。[1]

意思是，《诗经》包括六种义法，而风为六义之首。抒写情感的时候，风为先行；推敲词句的时候，骨为首要。辞离不了骨，正像人体离不了骨骼；情包含着风，有如人身包含着血气。语言挺拔，就形成了文骨；意气昂扬，就产生了文风。中国人自古常将风骨与人品、文品挂钩。刘勰提倡的是，讲究文骨，用词精练，深通文风，情辞鲜明。实际上，刘勰不仅将风骨看作是诗学的范畴，

---

[1] 刘勰：《文心雕龙·风骨》。

还看作是作品的风格。

西方则往往更多地将风格与人的思想联系在一起。18世纪法国博物学家、作家布封,于1758年在法兰西学士院为他举行的入院典礼上作题为《论风格》[1]的讲话中说,文章是应该刻画思想的,风格是作者放在他的思想里的层次和调度,是作者全部智力机能的融合与活动产生出的审美感染力。他认为,这种感染力的大小,不单纯取决于文章的艺术表现形式,更多的由作者个人思想水平的高低来决定。这就是美学史上著名的"风格即人"的观点。

我们说,一个人的性格、人生阅历与人生观等"三观",必然在其作品中或多或少地表现出来。贾平凹散文也不例外。概括起来,贾先生散文的风骨之美,主要表现在以下三个方面。

其一,独立不迁的人格美。

中国自古有"书如其人"的说法。所谓"书",我们现在可以把它扩大一点,看作是"作品",即文学、艺术的作品。解读一个人的作品,往往能看出作者的人格。

随着改革开放的不断深入,社会物质财富前所未有的丰富。但正如老子所说:"五色令人目盲,五音令人耳聋,五味令人口爽,驰骋畋猎令人心发狂,难得之货令人行妨。"[2]世间缤纷的色彩,使人眼花缭乱;到处嘈杂的音调,使人听觉失灵;每天丰盛的食物,使人舌不知味;纵情狩猎享受,使人心情放荡发狂;稀有的物品,则使人行为不轨。面对这个纷纭的世界,我们怎样才能摒弃物欲的诱惑,保持安定知足的生活方式呢?这确实是一个问题。贾平

---

[1] 布封:《论风格》,选自《世界散文随笔精品文库》,中国社会科学出版社,1993年7月。

[2] 老子:《道德经》第十二章。

凹认为，应该是这样的：

> 我不是现当代中国文学的研究者，以一个作家的眼光，长期以来，我是把孙犁敬为大师的。我几乎读过他的全部作品。在当代的作家里，对我产生过极大影响的，起码其中有两个人，一个是沈从文，一个就是孙犁。

> 文坛上曾流传着有关孙犁的是非，说他深居简出，说他脾气古怪，是他的性格原因呢，还是他的文学一直远离政治，远离主流文学圈子而导致的结果？这一切与他在意识上、文体上、语言上独立于当时的文坛，又能给后学者有所开启，是不是有关系呢？如果有关系，作家怎样保持他的文学的纯净，怎样积极地发展自己的天才，孙犁的意义是什么，贡献在哪里？[1]

这是2002年12月5日夜，贾平凹所写的《孙犁的意义》一文中的两段。细细品味这两段文字，我们至少可以看出三点：

一是贾平凹曾经在沈从文、孙犁的作品中沉浸深久，散文创作深受沈、孙两位作家作品的影响，贾先生称他们的作品对自己"产生过极大影响"。

二是贾平凹在对人、对事上，绝不人云亦云；对自己非常尊崇的孙犁先生，他就是这样，有着自己的观察与思考。

三是贾平凹推崇老作家孙犁，特别是对孙犁"在意识上、文体上、语言上独立于当时的文坛，又能给后学者有所开启"，贾先生其实是持肯定意见的。对孙犁的意义有他自己的思考——"作家怎样保持他的文学的纯净，怎样积极地发展自己的天才"。从

---

[1] 贾平凹：《孙犁的意义》，选自《平凹书信》，陕西师范大学出版总社，2018年9月。

中看得出，贾先生对一个作家相对于社会、相对于他人保持相对独立性，是"心有戚戚"的。

因此，我们在研究贾平凹散文的风骨美之时，总结出风骨美的第一个表现就是"独立不迁"的人格美。

从伟大的浪漫主义爱国诗人屈原开始，"独立不迁"就已经不再是一个人的性格，而是上升到一种人格，上升到中华民族全民族的一种文化人格。对与文化人格比较相近的问题，贾平凹曾有所论及："一个作家的哲学思想形成，一方面是因他的身世所致，另一方面是所处的社会的心理状态所致。川端正是如此，换句话说，作家要重视发现自己的气质，同时要研究社会，准确地抓社会情绪、社会心理。"[1]

贾平凹先生1982年9月20日日记中的这一则读书笔记，给我们的创作以一定的启示。

其二，端直骏爽的文风美。

阅读贾平凹的作品，无论是小说还是散文，有时候感觉作品中有一种神秘、玄虚的成分。分析其原因，与贾先生从小生活的地域背景、文化背景有莫大的关系，与他曾经长期患病、性格受到影响，也有一定的关系[2]，还与他对宗教的研究有一定的关系。

但总的来说，贾平凹的散文，堂堂正正，富于特色，表现出

---

[1] 贾平凹：《读书杂记摘抄》，选自《太白山魂》，时代文艺出版社，2017年6月。"川端"即川端康成（1899—1972），日本新感觉派作家，著名小说家，1968年荣获诺贝尔文学奖。

[2] 贾平凹：《古土罐》，选自《贾平凹散文精选》，长江出版传媒／长江文艺出版社，2017年12月。在《古土罐》中，贾先生自谓："我是长年害病，是文坛上著名的病人。"

端直骏爽[1]的文风之美。试看——

> 利用人病上升为艺术的是我们的一些官员了。有些官员可能不大也不小,正因为这样,他们把一切都玩得精明。比如单位开始分房子了,开始评百分比的工资了,事情棘手,就推给指定的人,自己宣布有病住院了。班子里产生了矛盾,意见不能统一,权力又不能专制得了,明明是分管的工作偏丢手不理,生病了,住院了。工作中犯了错误,受到上级批评以至通报、处分,又去生病住了院。生病是最忌讳的事,却变成了最好的逃避地,中国的三十六计中走为上计,现在真要改为病为上计。[2]

这是贾平凹先生1990年9月26日创作的散文《谈病》中的一段。

这一段文字,将某些人的心理予以精准的解剖,分析得入木三分。那种以自我为中心、以个人利益为中心,不顾国家、集体的利益,不顾他人感受的个人主义、极端利己主义,曾经对国家和民族造成多大的危害啊!贾平凹就像一个高明的医生,站在社会的解剖台上,对丑恶的个人主义现象实施解剖,对那种极端利己主义者予以尖锐的批判。文章观点鲜明,正气充盈,表现出身为作家的贾平凹的强烈社会责任感。"生病是最忌讳的事,却变成了最好的逃避地",表达出贾先生的强烈愤慨;"中国的三十六计中走为上计,现在真要改为病为上计",用讽刺的笔法

---

[1] 端直骏爽:端端正正,秀拔清朗。骏,通"俊"。见本节所引刘勰《文心雕龙·风骨》:"结言端直,则文骨成焉,意气骏爽,则文风清焉。"

[2] 贾平凹:《谈病》,选自《太白山魂》,时代文艺出版社,2017年6月。

和语调，表达了强烈的爱憎情感。

孟子曰："孔子登东山而小鲁，登泰山而小天下，故观于海者难为水，游于圣人之门者难为言。观水有术，必观其澜。日月有明，容光必照焉。流水之为物也，不盈科不行；君子之志于道也，不成章不达。"[1] 只有站得高，才能看得远；只有思得深，才能见解独到。不站在一定的高度，作家的见解也就不会有应有的深度。贾平凹散文之所以表现出哲思美的特点，与他深入生活、体察社会、品味人生，显然是分不开的。

类似的作品，在贾平凹散文中随处可见。比如，他的"说"字系列散文《说自在》《说请客》《说奉承》《说死》和著名的《辞宴书》等，都是如此。贾平凹是有自己的创作理念和创作主张的人，他明白自己肩上的社会责任，明白一个作家应该怎样为这个社会作出自己应有的贡献。他说："苦闷的人生需要透一口气，散文写作在自慰了我们作家自身外，更要使社会快活，让我们多写写真正属于这个时代的作品吧。"[2] 他还说："张载说：为天地立心，为生民立命，为往圣继绝学，为万世开太平。做人要有大境界，为文也要有大境界。以文观察世间，勇敢担当，让别人眼里看着有些荒唐，于自己却是严肃，真实地呈现社会，真诚地投入情感，认真地对待文字。"[3]

贾平凹歌颂真善美，鞭笞假恶丑，就是他所说的"更要使社会快活"；他说的"多写写真正属于这个时代的作品"，就是强

---

[1] 孟子：《孟子·尽心上》。

[2] 贾平凹：《关于散文的通信》，选自《贾平凹妙语》，陕西新华出版传媒集团/陕西人民出版社，2013年3月。

[3] 贾平凹：《致林建法的信》（2013年1月20日），选自《平凹书信》，陕西师范大学出版总社，2018年9月。

调作家的社会责任感。贾平凹结合北宋张载著名的观点"为天地立心，为生民立命，为往圣继绝学，为万世开太平"[1]，强调"做人要有大境界，为文也要有大境界""以文观察世间，勇敢担当"，这种强烈的时代感、责任感，这种端直骏爽的文风，让他的散文获得了良好的社会声誉，赢得了众多读者的青睐。

其三，简洁明快的章法美。

如前所述，贾平凹自己说过："对我产生过极大影响的，起码其中有两个人，一个是沈从文，一个就是孙犁。……产生过极大影响。"

贾平凹多年浸淫在孙犁先生的作品中，认真品读，细心揣摩，所以，散文创作也自然而然地受到孙犁的影响。孙先生那种"真"，那种"纯"，对贾平凹散文创作影响甚大。不蔓不枝，简洁明快，也就成为贾平凹散文非常明显的几大特征之一。这个特征，在他的说理性散文中，表现得尤为明显。

试看：

> 生病到这个份儿上，真是人生难得生病，西施那么美，林妹妹那么美，全是生病生出了境界，若或者没生个病，多贫穷而缺憾。佛不在西天和经卷，佛不在深山寺庙，佛在熙熙攘攘的人群中，生病只要不死，就要生出个现世的活佛是你。[2]

贾平凹先生是文坛出了名的老病号，长期生病，使得他对人生、对社会、对人情世故，都有了一般人不容易体会得到的特殊

---

[1] 张载：《横渠语录》。

[2] 贾平凹：《说生病》，选自《贾平凹散文精选》，长江出版传媒／长江文艺出版社，2017年12月。

感受。"若或者没生个病，多贫穷而缺憾"，既是贾先生的自我调侃，也是他的特殊的见解。"佛不在西天和经卷，佛不在深山寺庙，佛在熙熙攘攘的人群中，生病只要不死，就要生出个现世的活佛是你"，以一组简洁明快的排比，告诉我们一个哲理：求人不如求己；只要不死，自己的命运就应该掌握在自己的手中。

为了房子，人间闹了多少悲剧：因没房女朋友告吹了。三代同室，以帘相隔，夫妻不能早睡，睡下不敢发声，生出性的冷淡和阳痿。单位里，一年盖楼，三年分楼，好同事成了乌鸡眼，白刀子进，红刀子出，与分房不公的领导鱼死网破。[1]

贾平凹先生的散文，非常善于从生活中的一件小事入手，由浅入深、循循善诱，总是不断地启迪读者的思维，让大家不仅体验阅读过程中的愉悦感，而且不知不觉之中，对作者、对作品产生一种亲近感、认同感。计划经济时代，一切都靠单位，一切都靠分配。衣食住行，人生之大者。房子，与穿衣、吃饭、交通一样，从古至今都是中国人心中的头等大事。贾先生这里就对房子和房子分配中的一些社会现象，进行了非常生动的描述，再现了当年的种种烦恼、种种困扰和种种令人惊诧的现象。行文不蔓不枝，发人深思。

在这个世界上，有坐轿的就有抬轿的，有想瞌睡的就有递枕头的，有人请吃，有人吃请，就如同狗吃得那么多狗不下蛋，鸡虽然刨着吃，蛋却一天一个，鸡就是下蛋的品种嘛！请吃和吃请，

---

[1] 贾平凹：《说房子》，选自《贾平凹散文精选》，长江出版传媒／长江文艺出版社，2017年12月。

都是一个吃字，人活着当然不是为了吃，但吃是活着的一个过程，人乐趣于所有事情的过程。[1]

中国自古以来就号称礼仪之邦，请客吃饭是非常常见的一种社会现象。贾平凹先生从这种我们寻常很容易忽略的现象入手，解剖"请吃"和"吃请"。从"有坐轿的就有抬轿的，有想瞌睡的就有递枕头的"这样形象生动的比方切入，自然过渡到"有人请吃，有人吃请"，可谓"无缝衔接"。最后总结出"人活着当然不是为了吃，但吃是活着的一个过程"这样较为精准、富有哲理的结论，并归之于"人乐趣于所有事情的过程"，将一个普遍性的社会现象，剖析得细致入微。行文风趣幽默，通俗易懂。这一段文字，语言朴实无华，通俗自然，如话家常，收放自如，毫无造作之感。这样的章法，简洁明快，给我们留下了深刻的印象。

文学创作，是一个长期积累、偶然得之的过程。陆游诗云："文章本天成，妙手偶得之。"[2] 积累是一个缓慢的过程、长期的过程，不能投机取巧。而对人生的感悟、对社会的认识，除了作家的主观能动性，还与作家长期生活的环境、工作的环境有关，与作家的年龄、阅历、经历，都有着非常密切的关系。贾平凹先生说过：

艺术的感受是一种生活的趣味，也是人生态度，情操所致，我必须老老实实生活，不是存心去生活中获取素材，也不是弄到将自身艺术化，有阮籍气或贾岛气，只能有意无意地，生活的浸

---

[1] 贾平凹：《说请客》，选自《贾平凹散文精选》，长江出版传媒/长江文艺出版社，2017年12月。

[2] 陆游：《文章》。

润感染,待提笔时自然而然地写出要写的东西。[1]

贾平凹认为,"艺术的感受是一种生活的趣味,也是人生态度",自己之所以能长期坚持文学创作,是"情操所致","不是存心去生活中获取素材",更反对将作家活成魏晋时代阮籍、嵇康那种不能融入社会、也不被社会所容纳的人。贾先生追求的是,"只能有意无意地,生活的浸润感染",也就是不断地融入生活,深入生活,接受生活的浸润和感染,从而"写出要写的东西",创作出佳作和力作,服务于人民,服务于社会。可以说,贾平凹散文中独立不迁的人格美、端直骏爽的文风美、简洁明快的章法美,既是贾先生自身人格的体现,也是他努力继承传统、不断开拓创新之所得。贾平凹的散文创作之路,值得我们认真借鉴、揣摩学习。

【赏析】《贾三》的气节之美

中国传统的正直文人,往往都具有陶渊明式的不为五斗米折腰的耿耿风骨。贾平凹就是一个非常传统的作家,我们从他的作品可以充分感受到这一点,特别是散文《辞宴书》等,更是将他的气节表现得淋漓尽致。

正因为倡人伦,守传统,重气节,贾平凹先生也就对处于社会底层的、有一技之长的普通人给予了很多的关注,并尽力挖掘他们人性中的辉光。《贾三》这篇散文,就是这样的作品。

这篇散文写作于 2004 年 2 月 5 日,全文很短,共三段,加

---

[1] 贾平凹:《四十岁说》,选自《关于散文》,生活·读书·新知三联书店,2015 年 1 月。

上标点还不足600字。但在贾先生写人的散文中,却显得较为突出。下面我们一道来进行赏析。

  这个人也姓贾,排列老三,在西安回民坊上卖包子,坊上人家大多是做小买卖,挣一个是一个,得过且过;贾三卖着包子却一心要成大事业,卖包子的人成什么大事业?贾三去了一趟上海,上海之所以成为大上海,是上海人做事认真,把小事当成大事来做,做着做着就做大了。贾三受了启发,便在包子上琢磨事,数年间,反复试制,把包子皮儿擀得像纸一样薄,把馅调得五味俱全,又能在包子里灌上汤,使包子既好看又软和可口。吃喝是靠吃喝人传播的,贾三的包子有贾三的绝活,他的包子,成了名吃,他的店成了名店。

  有些人是农民,应该称作诗人,有些人是城里人,甚至是教授或官员,其实更是农民,有人能把大楼盖成了鸡圈,有人把鸡圈却盖成了大楼,贾三是卖包子的,但贾三绝不是平地能卧的人,他拙于口才朋友却多,文化不高却善藏书画。不为发财却财源广进,那么薄的皮儿把馅儿包裹得不溢不漏,贾三在为人处事上也是善良而包容。人一善良又能包容,人就是好人和大人。

  现在到鼓楼街的贾三灌汤包子店去吃包子,就会发现那里总是有排队等候的食客,食客有本地的更有天南海北慕名而来的,饭店的所有墙上都挂满了国内的政要和文化艺术界的名流就餐的照片,历史上有踢球踢成了太尉的,卖草鞋卖成了汉王的,贾三虽然还在卖包子,但这么多人来到西安就记起了一种小吃,一种小吃能让这么多人记住了西安,这就是贾三对西安的贡献。人的一生是干不了多少事的,贾三卖包子卖到这份荣耀,你就不得不敬重他。[1]

---

[1] 贾平凹:《贾三》,选自《顺从天气》,时代文艺出版社,2017年6月。

第一段，介绍贾三的基本情况，包括他的志气、他受到的启发、他对技术的学习和钻研，写出他"立业"之前的与众不同。

开篇，"这个人也姓贾"，一个"也"字，于不经意间透露出贾平凹先生的情感："他"和"我"一样，都姓贾。唐诗云："君家何处住，妾住在横塘。停船暂借问，或恐是同乡。"[1] 一个在江上行船的女子，对一个"擦蓬而过"的男子的口音如此的敏感，找借口，停下来，问一声是否是同乡。同乡都是如此的亲切，同姓则更是平添一种亲近。据有关资料介绍，贾姓在宋版《百家姓》中排名第137位，在当代新《百家姓》中排名一般在60名左右，约占全国汉族人口的0.42%，大约不到600万人。贾先生曾经亲口告诉我们，贾姓是一个小姓，人口不太多。当然，贾先生说"这个人也姓贾"，无非是个"由头"，并非什么特别的宗族思想。但文章开篇，扑面而来的即是一种亲切感，这是读者所见的事实。

接下来，作者将贾三的基本情况和盘托出："排列老三，在西安回民坊上卖包子"，家中排行、从事职业，都有了。"卖包子"，在有些人眼里，可能并不是什么"高贵"的职业，但贾三靠劳动为生，凭双手挣钱养家，却是值得尊敬的。更值得尊敬的是，贾三不像某些人那样"挣一个是一个，得过且过"，而是"卖着包子却一心要成大事业"，想着的是如何将挣钱为生的"职业"，做成为社会服务、为群众服务的"事业"。可以说，与那些得过且过的人相比，贾三有一颗"不安的灵魂"——他不安分，总是向往着"外面的世界"。所以，他去了一趟上海。

---

[1] 崔颢：《长干行》。

这个"不安分"的贾三，跑到上海去一趟，有什么收获呢？这里，作者有一句对上海和上海人的评价："上海之所以成为大上海，是上海人做事认真，把小事当成大事来做，做着做着就做大了。"退回去四十年，一个男性夏天穿一件上面印上"上海"两个字的背心，一个女性能吹一个"上海头"，那是多么荣耀的事啊！就是现在，提到国内的一线城市，还是北（京）、上（海）、广（州）、深（圳），除了北京就是上海呢。贾三从上海人的办事态度受到启发，"便在包子上琢磨事，数年间，反复试制"。几年持之以恒、不断地钻研，终于"把包子皮儿擀得像纸一样薄，把馅调得五味俱全"，还能"在包子里灌上汤，使包子既好看又软和可口"。"吃喝是靠吃喝人传播的"，艰辛的付出，终于得到口碑相传，贾三的包子成了西安的一绝，成了名小吃，门店也成了名店。

这一段以记叙为主，作者虽然没有直接褒扬贾三，但行文之中，那种喜爱、赞赏、肯定、倡导的倾向性，已经表露无遗了。

第二段，写贾三的爱好、他的实诚、他的善良而包容，写他"成名"之后的与众不同。

这一段记叙与议论相结合，以议论为主。"有些人是农民，应该称作诗人，有些人是城里人，甚至是教授或官员，其实更是农民"，"有人能把大楼盖成了鸡圈，有人把鸡圈却盖成了大楼"，这是两组既互相联系又充满对比"悖论"的语句。由对社会上普遍能见的现象的评判，引出对贾三的评价："贾三是卖包子的，但贾三绝不是平地能卧的人。"这是对贾三那种积极向上的精神予以充分肯定；"他拙于口才朋友却多，文化不高却善藏书画"，这是对贾三好交朋友、心敬文化的态度予以充分肯定；"不为发财却财源广进，那么薄的皮儿把馅儿包裹得不溢不漏"，这是对贾三的高超技术予以充分肯定；"贾三在为人处事上也是善良而包容"，这是对贾三的为人品行予以充分肯定。最后，归之为"人一善良又能包容，人就是好人和大人"，这是对贾三的高度综合性评价。"好人"，是肯定其品行；"大人"，是说其言谈举止，值得大家学习。

　　这样，贾三的性格特征，就立体般呈现在读者的面前，也自然而然地引起读者的思考：贾三的成功，为我们提供了怎样的借鉴呢？

　　第三段，继续写贾三，写他的门店食客盈门的景象，写他与政界、文化界名流的合影，写他对西安这座"十三朝古都"作出的巨大贡献。

　　其间，穿插两句看似"闲笔"式的议论："历史上有踢球踢成了太尉的"，这大概是指北宋的高俅；"卖草鞋卖成了汉王的"，这大概是指蜀汉的开国皇帝刘备吧[1]？要知道，"闲笔"不"闲"，作者这样写，一定有他的用意。细细品味，作者其实要表达的意思是，在当今时代，职业不分贵贱；只要肯钻研，真的是"三百六十行，行行出状元"。所以，作者明确地表达自己的见解："贾三虽然还在卖包子，但这么多人来到西安就记起了一种小吃，一种小吃能让这么多人记住了西安，这就是贾三对西安的贡献。"对贾三为西安作出的贡献，予以高度的赞扬。行文至此，作者还不满足，还从贾三这个"个例"，上升到对社会的普遍性的总结："人的一生是干不了多少事的。"既然干不了多少事，那么，需要怎样干，才能不虚此生呢？作者道："贾三卖包子卖到这份荣耀，你就不得不敬重他。"这也是贾平凹先生的人生观、价值观的直接体现。

---

　　[1] 刘备在创建蜀汉之前，曾经自封为汉中王。

文章至此，戛然而止，但留给读者的思考却还在继续：

贾平凹为什么要写贾三这个普通人？贾三的成功给了我们怎样的启示？贾先生说我们不得不敬重贾三，为什么这样说呢？我们为什么不能像贾三那样，发扬"工匠精神"，将职业当做事业来做，做大、做强？

第二节　贾平凹散文的慈悲美

慈悲本是一个佛教用语。在佛教中，"慈"的意思是给予人们安乐，"悲"的意思是拔除人们痛苦。后来，"慈悲"用来泛指对人的同情和怜悯。从悲悯之心、怜爱之心、大爱之心而言，佛家、道家、儒家是大体一致的。佛家言："无缘大慈，同体大悲。"是说芸芸众生会永远平等、没有分别、毫无条件地受到护佑。佛言："不为自己求安乐，但愿众生得离苦。"表现出一种博大的胸怀。道家则提倡："天地与我同根，万物与我一体。"表现的是道家顺天应人的世界观。儒家强调的是："老吾老，以及人之老；幼吾幼，以及人之幼。"[1]表现出儒家兼爱天下、惠及他人的博爱之心。悲天悯人的情怀，无论东方文化还是西方文化，都是提倡的。

关于文学艺术作品如何反映作者情感、心灵与思想的问题，一些哲学家、美学家对此进行了比较深入的探讨。

刘勰提出，主观的"情"与客观的"景"是互相影响、互相转化的，即："情以物兴""物以情观"（《文心雕龙·诠赋》），"情以物迁，辞以情发"（《文心雕龙·物色》），"登山则情满于山，观海则意溢于海"（《文心雕龙·神思》）。作家观察外物，只有带上自己深挚的情感，并"移情"于外物之上，让外物也染上强烈的感情色彩，文学、艺术才会表现出绚烂的文采。

---

[1] 孟子：《孟子·梁惠王上》。

王国维在论词和词人的创作时提出了一个著名的美学观点："词之雅郑，在神不在貌。"[1] 在《人间词话》中，王国维对词人的评价很中肯，在对他们的评价中不自觉地流露出自己的观点："故无高尚伟大之人格，而有高尚伟大文章者，殆未之有也。"[2]

现代著名美学家宗白华先生指出：

中国绘画里所表现的最深心灵究竟是什么？答曰，它既不是以世界为有限的圆满的现实而崇拜模仿，也不是向一无尽的世界作无尽的追求，烦闷苦恼，彷徨不安。它所表现的精神是一种"深沉静默地与这无限的自然，无限的太空浑然融化，体合为一"。它所启示的境界是静的，因为顺着自然法则运行的宇宙是虽动而静的，与自然精神合一的人生也是虽动而静的。它所描写的对象，山川、人物、花鸟、虫鱼，都充满着生命的动——气韵生动。但因为自然是顺法则的，画家是默契自然的，所以画幅中潜存着一层深深的静寂。就是尺幅里的花鸟、虫鱼，也都像是沉落遗忘于宇宙悠渺的太空中，意境旷邈幽深。至于山水画如倪云林的一丘一壑，简之又简，譬如为道，损之又损，所得着的是一片空明中金刚不灭的精粹。它表现着无限的寂静，也同时表示着是自然最深最厚的结构。有如柏拉图的观念，纵然天地毁灭，此山此水的观念是毁灭不动的。[3]

经过几千年的发展、演变，儒释道的一些观念、主张，已经成为我们中国人的传统哲学，汩汩流淌在我们的血脉之中了，也

---

[1] 王国维：《人间词话》三二。
[2] 王国维：《人间词话》附录《文学小言》。
[3] 宗白华：《论中国的绘画》，选自《美学散步》，上海人民出版社，1981年6月。

就必然影响到我们的文学与艺术创作。单就佛学而言，其思想、理念等哲学系统，对中国文学的影响就是非常深远的。翻阅一部中国文学史，我们可以看到，中国自古以来对至真、至纯、至善、至美的理想的信仰和追求，一直激励着一代又一代文人肩负起历史使命，不断负重前行。文学史上的很多大家，如谢灵运、王维、寒山、苏东坡、陆游、曹雪芹、丰子恺等，其人其作，无不打上了佛教思想观念的深深烙印。他们作品思想的深邃，见解的深刻，对人生、对社会、对世界那非常深刻的认识，令其作品达到了相当的文学高度，让我们至今受益。

由于家庭的原因，由于从小生活的文化环境的原因，也由于自身的兴趣、爱好、文化背景、创作与研究的原因，贾平凹先生对儒、释、道都有着浓厚的兴趣，创作了大量涉及儒、释、道题材的作品，其中的很多作品涉及佛教题材、佛学思想。其中，散文表现得尤其突出。这些作品，很多都表现出一种对天地万物的悲悯，对社会底层人物的兼爱。这些作品所蕴含的思想、散发的光辉，烛照着我们的心灵，涤荡着我们的灵魂，成为当代文坛一道亮丽的风景。比如：《冬景》让读者在巨大的空间感中体验到一种沉思的、内省的精神境界，《树佛》《坐佛》《混沌佛像》等篇中能见到作者由佛而生的平和、宁静的心境等，带给读者那种天地和谐、大地静美、人生愉悦的坦荡安宁，表现出作者博大的胸怀与兼爱众生的情怀。

解读贾平凹先生的作品，我们感到，他的散文中的慈悲美，主要表现在三个方面。

其一，珍惜自我的本心。

中国古人讲："身体发肤，受之父母，不敢毁伤，孝之始也。

立身行道，扬名后世，以显父母，孝之终也。"[1] 古人有一个普遍的观点：只有珍惜自我，才能爱惜他人。宋人笔记记载了这样一则轶事：

> 章惇尝与苏轼同游南山，抵仙游潭，潭下临绝壁万仞，岸甚狭。子厚推轼下潭书壁，轼不敢。子厚履险而下，以漆墨濡笔大书石壁上曰："苏轼章某来。"轼扪其背曰："子厚异日得士，必能杀人。"子厚曰："何也？"轼曰："能自拼命者，能杀人也。"子厚大笑。[2]

苏东坡任凤翔府节度判官，章惇（字子厚）任商州令时，俩人去游览仙游潭。只见前面是悬崖峭壁，只有一根独木桥相通，而独木桥下则是深渊万丈。章惇提出让苏东坡过桥，在绝壁上留下墨迹，苏东坡不敢。章惇却神色平静，用绳子把自己系在树上，探身过桥，在陡峭的石壁上写了"苏轼章惇来此"几个字。事毕，苏轼不禁抚着章惇的背，长叹道："能自拼命者，能杀人也！"苏东坡的意思是：敢于以自己性命相搏的人，自然不会将别人的性命放在心头。听苏东坡这样说，章惇大笑。

在苏东坡看来，不珍惜自己生命的人，也不会珍惜别人的生命。贾平凹也有类似的观点：

> "人生难得几回搏"，运动场上这么说，牌场上为什么不能这么说？运动场为国争光的之所以是金牌而不是铁牌或泥牌，牌场上当然要以钱论输赢了。钱是好东西，倘若少一分，你纵然在商店给售货员笑个没死没活，那货品你只能看，你不能拿。美国

---

[1] 曾子：《孝经·开宗明义》。
[2] 曾慥：《高斋漫录》。

竞选总统，竞选者是不敢有情妇的，你对你的妻子都不忠诚，你会对国人忠诚吗？法国人交朋友，绝不交铤而走险的，你连你的生命都不珍惜，你能珍惜朋友吗？那么在中国的时下，你连钱都不爱，你还会爱什么？爱钱不可耻。但不能唯此为大，那么，就宣布钱票子一律装在鞋里踩在脚下吧，踩，人永远主宰它，它永远不主宰人！[1]

"法国人交朋友，绝不交铤而走险的，你连你的生命都不珍惜，你能珍惜朋友吗？"看来，贾先生所引的法国人的观点，与苏东坡的观点简直有异曲同工之妙。

贾平凹曾经长期生病，他说："我盼望我的病能很快好起来，可惜几年间吃过了几篓中药、西药，全然无济于事。"[2]所以，对人、对事、对社会、对人生，他往往都有自己独到的见解。也因为如此，贾先生非常珍爱自己的生命。他的很多散文，往往都表达出一种对生命的慈悲、对生活的达观。试看：

真如果这么对待生病，有病在身就是一种审美。静静地躺在床上，四面的墙涂得素白，定着眼看白墙，墙便不成墙——如盯着一个熟悉的汉字就要怀疑这不是那个汉字——墙幻作驻云，恰有白衣白帽白口罩的"天使"女子送了药来。吊针的输液管里晶莹的东西滴滴下注，作想这管子一头在天上，是甘露进入身子。有人来探视，却突然温柔多情，说许多受感动的话，送食品，送鲜花。生了病如立了功，多么富有，该干的事都不干了，不该享受的都享受了，且四肢清闲，指甲疯长，放下一切，心境恬淡，

---

[1] 贾平凹：《牌玩》，选自《太白山魂》，时代文艺出版社，2017年6月。

[2] 贾平凹：《人病》，选自《新读写》杂志，2015年第7期。

陶渊明追求的也不过这般悠然。

最妙的是太阳暖和，一片光从窗子里进来跌在地上，正好窗外有一株含苞的梅，梅枝落雪，苞蕾血红，看作是敛羽静立的丹顶鹤，就下床来，一边披下坠的衣襟一边在光里捉那鹤影。刚一闷住，鹤影已移，就体会了身上的病是什么形状儿的，如针隙透风，如香炉细烟，如蚕抽丝，慢慢地离你而去的呢。[1]

贾平凹先生年轻时候，在下乡采访中不慎染上了肝病，从此成了中国文坛的"老病号"。《说生病》这篇散文，就写作于1993年12月1日他生病住院之时。由于生病，他看惯了各种形形色色的人，经历了各种稀奇古怪的事，同时，也积累了丰富的创作素材。因为生病，平时不太会去想的事，也就能静下心来细想了。不过，首先要关心的是自己的病情，首先要调整的是自己的心态。

在文章的第一段（此处未选）中，贾平凹先生道："或许，人是由灵魂和肉体两方面结合的，病便是灵魂与天与地与大自然的契合出了问题，灵魂已不能领导肉体所致，一切都明白了吧，生出难受的病来，原来是灵魂与天地自然在做微调哩。"所以，这里作者说："真如果这么对待生病，有病在身就是一种审美。"将生病上升到一种"审美"的高度，以分析、欣赏的态度对待之。无论是病房的环境、设施，还是美丽的白衣"天使"；无论是来探视作者的亲朋好友，还是照护自己的家人，在作者的眼里，都显得格外的亲切。以至于作者将这样的情形，写出来简直成了一种享受："生了病如立了功，多么富有，该干的事都不干了，不

---

[1] 贾平凹：《说生病》，选自《贾平凹散文精选》，长江出版传媒/长江文艺出版社，2017年12月。

该享受的都享受了，且四肢清闲，指甲疯长，放下一切，心境恬淡，陶渊明追求的也不过这般悠然。"居然体会到了那个采菊东篱、种豆南山的陶渊明当年的乐趣。

但我们不得不说，生病并不是一件好事，更不是一件美事。作者之所以这样描绘自己生病后的情形，显然，与他的心态有着莫大的关系。如果缺乏珍惜自我的本心，如果不是珍爱自己的生命，那么，一个远离家乡、远离父母、孤独怅惘于寂寞病房的人，怎么能尽快地战胜病魔、重新拿起自己战斗的武器，书写自己喜爱的文章呢？

所以，引文的最后，贾先生情不自禁地说："刚一闷住，鹤影已移，就体会了身上的病是什么形状儿的，如针隙透风，如香炉细烟，如蚕抽丝，慢慢地离你而去的呢。"这里没有直接写自己如何盼望早日病愈出院，但通过作者的行动，通过这一组巧妙的比喻，实际已经传达出了这样的信息。贾先生对生病的那种天真坦然，对病魔的无所畏惧，对生命的那种万般珍视，已经让我们随着他的行文，而有了真切的感受。

生命是一种慈悲，是我们内心的一种豁达。生命是非常脆弱的，生命也是无比坚强的。社会、人生、生活、生命，都需要我们在短短的几十、一百年的有限长度中，去慢慢认识、细心体会。生命的过程，充满着酸甜苦辣甚至悲哀，但并不全是酸甜苦辣和悲哀。我们得去承担我们的生命所能够承受之轻，还要承担我们的生命所不能承受之重；我们得去感知慈悲带给我们的力量，还得依靠慈悲，去体察世间万物，体察风土人情，去连接我们短暂生命的起点与终点，从而尽量将我们这一段或长或短的人生旅行，妆点得积极、生动、有趣，能量满满。

这就是贾先生《说生病》告诉我们的道理。

其二，关爱他人的仁心。

一个人不珍爱自己的生命，是可怕的；一个人不关爱他人的生命，是可悲的。

贾平凹的散文，随处可见他的仁人之心，可见他对别人的关心与体贴，也可以通过他笔下的人物、人物表现出的"仁心"来察见贾先生的仁心。

比如，《食神》[1]这篇文章，前面详细描述自己亲眼所见的赵芷滢在饭桌上的吃态，结尾的三个自然段，则以补叙的手法，记录下自己回家后的两点想法。其中第二点："被邀请去吃喝，有多少人是出于礼节和保护赵芷滢呢？别人是为了好奇，赵芷滢就得自己把自己保护好。既然有关部门研究了七年未解开其'超人'之谜，不妨自己每日记笔记，详细记录自己状况，给人类留下一份资料，科学必会发展，谜底定能揭开。"这里，就体现出贾先生的仁爱之心。作者所写，既是他那实实在在的思考，更体现了他对赵芷滢真的关心。这样的关心，胜过多少不着边际的泛泛而谈啊！

我们先看两段文字：

我的一位同乡从小县到西安谋生，人是极聪明的，却生活无着，十分狼狈。他寻到我帮忙，我无力帮他，就给金铮写了一封信，没想金铮就收留他在《喜剧世界》杂志社打工。几年过去，在金铮的关怀下，他进步极大，后来独立为一家杂志的主编，也写作了大量的文学作品。这位同乡现在很风光，一提起金铮就说：没有老金就不会有我今天！金铮当年搞创作，是写过许多优秀剧的，后来编刊物，自己不写了，却十分爱才，只要有才，别人不敢用

---

[1] 贾平凹：《食神》，选自《顺从天气》，时代文艺出版社，2017年6月。

的他用,别人不敢发的作品他发,为了人才,别人不敢说的话他说。仅我知道,在陕西,就有三四个在他的关心培养下都成了气候的。

许多人也是怕金铮的,因为金铮见不得伪人和小人,他会当众刺你,使你下不了台。他的一位朋友告诉说,因有一件事金铮以为他做得不当,其实金铮是误解了,金铮指着他鼻子大骂,他搭坐了金铮的车,金铮竟能把他推出车门。那一年,我因写了一本书,遭到一些人以想当然的理由诽谤,谣言四起,我又无法诉说,尤其有人先是盗印我的书赚钱,再是写骂我的书又赚钱,金铮非常气愤,时不时打来电话问我的近况。冬天里我们偶尔在北京的街头碰上,他一定要请我吃饭,我说,请我什么饭,要吃回西安吃羊肉泡去!他说,你听我的,这饭要吃,我请几个北京的名人陪你吃,我要解释一些问题,不能猪属的狗厨的都是你感的!席间,他澄清了许多是非,又大讲他的文学观,说:你接着写吧,作品的价值要经过时空检验的,不是某一个人两个人说了算的。你想写什么就在我们刊物上发吧。我感谢他的好意,但我没有写什么,我只写过一个条子给他:默雷止谤,转毁为缘。[1]

这是贾平凹散文《怀念金铮》中的两个段落。

这两段,前一段写金铮乐于助人,后一段写金铮仗义执言。这两段,合起来看,都在写深藏金铮骨子里的仁心。第一段中,"我无力帮他,就给金铮写了一封信,没想金铮就收留他在《喜剧世界》杂志社打工",而且那个朋友后来"独立为一家杂志的主编,也写作了大量的文学作品",这说明金铮是一个"慧眼识珠"的人,所以,作者还辅之以精到的议论:"金铮当年搞创作,是写过许多优秀剧的,后来编刊物,自己不写了,却十分爱才,只要有才,

---

[1] 贾平凹:《怀念金铮》,选自《倾听笔墨》,时代文艺出版社,2017年6月。

别人不敢用的他用,别人不敢发的作品他发,为了人才,别人不敢说的话他说。仅我知道,在陕西,就有三四个在他的关心培养下都成了气候的。"说明金铮不仅仅有仁者之心,还爱才、惜才,并且助推了朋友的成才。第二段,首先写"许多人也是怕金铮的,因为金铮见不得伪人和小人,他会当众刺你,使你下不了台",写出金铮敢于仗义执言的性格特征,然后一并举出朋友的例子和自己的例子,特别是写出作者处于事业低谷时期金铮对作者的帮助,行文之中,情感的倾向性非常明显,表达出对金铮的敬意。从这里所选的两段文字可知,金铮的仁心让读者动容,作者贾平凹先生的仁心,行文之中,也让我们似乎触手可及。

从金铮的事例我们也可以看出,一个人的慈悲之美、仁人之心,其表现可能是各不相同的。有时候,可以"金刚怒目",怒发冲冠;有时候也会"菩萨低眉",柔情似水。只要心无所惧,就能正气萦怀,一路行去,坦坦荡荡,就会不惊不悚。贾平凹写人的一些散文,往往都在表现所写人物的大爱与仁心。

文学是一面镜子,在这面镜子面前,作家的胸襟、气度、抱负乃至灵魂,都无可隐形、不能逃遁。保加利亚作家柳德米尔·斯托亚诺夫说:"优秀的文学作品创作出的人物形象,往往能让成千上万的读者在他身上找到自己。"[1]作家写人,其实何尝不是在写他自己!作家所描写的内容、塑造的形象、表达的情感、思想的倾向,一定会深深地打上作家自己的烙印,打上时代和社会的烙印。讴歌真善美,鞭笞假恶丑,传递正能量,既是时代赋予作家的责任,也是作家应该担负起的历史责任。

其三,由人及物的爱心。

---

[1] 柳德米尔·斯托亚诺夫:《论文学、艺术和文化》,译林出版社,2010年6月。

中国古人提倡："老吾老，以及人之老；幼吾幼，以及人之幼。"[1] 说的是，我们要从尊敬自己的老人，推而广之，扩大到尊敬别人家的老人；我们要从珍爱自己家的孩子，推而广之，扩大到珍爱别人家的孩子。诗曰："他人之心，予忖度之。"[2] 由人及物的爱心，实际上就是一种善心，一种给人以温暖的慈悲之心。贾平凹的散文，对此有较多的反映。他在很多场合也都强调，作品一定要具有温暖性；因为，作品的温暖性可以使作品具有慈爱心。他说：

善良而宽宏的作家才能写出温暖的作品。沈从文写下层社会的人的日常人生，同时期老舍也是写下层社会的日常人生，两人都是伟大作家，但老舍的眼光是批评的眼光，以一个改革者的眼光来看待人性，而沈从文以温和的心境，尽量看取人性的真与善。对人性的真与善的关注和肯定，集中体现于笔下的女性形象的塑造。我们姑且不论其长篇、中篇，即使那些短篇，比如《柏子》和《丈夫》中的妓女都是那么可爱、可怜，读来让你心跳和叹息。作品的温暖性，可以使作品有慈爱。我有这样体会，小时候家境不好，父亲从学校带回一点吃食，当我们只四人在那里吃的时候，他是静静地坐在那里看着我们吃。我做了父亲后，每当弄些好吃的回来给孩子吃，我也是坐在对面看着，我体会到了一个做父亲的那种感觉。读沈从文的小说，我就想到父亲的神情，我感觉沈从文对他的人物就是这种神情。作品的温暖性，更使文笔优美，没有生硬尖刻，没有戏谑和调侃，朴素而平实，幽默也是冷幽默。[3]

---

[1] 孟子：《孟子·梁惠王上》。
[2]《诗经·小雅·节南山之什》。
[3] 贾平凹：《沈从文的文学——在西安建筑科技大学的讲演》，选自《顺从天气》，时代文艺出版社，2017年6月。

贾平凹曾说："在当代的作家里，对我产生过极大影响的，起码其中有两个人，一个是沈从文，一个就是孙犁。"[1]深入研究沈从文、孙犁等人的作品，我们可以看到，贾平凹的作品深受他们的影响。贾先生信佛，加上他天性中的善良、实诚，其作品也就自然而然地打上了这方面的烙印。

佛家的典籍中，记载有佛陀舍身饲虎、割肉喂鹰的故事。抛开神话般的色彩，我们得到的启示是：一个人，要由人及物，要将一个人藏于心底的爱心，推广到对待他人、他物，在他人、外物需要帮助的时候，能力所能及地提供支援。古人说："人之初，性本善。"[2]我们每一个人都有自己的一颗爱心。生命是一片辽阔的大海，美好的爱心就是潮起潮落的浪花；生命是一幢高堂华屋，美好的爱心就是一扇光明洁净的窗户；生命是一艘乘风破浪、驶向远方的航船，美好的爱心就是船上迎风飘扬的风帆。

我们读贾平凹先生的一些散文，对此应该有比较深刻的印象。比如《诸神充满》[3]中的一些篇章，《蛙事》中对青蛙的赞许，《文竹》中对文竹的描绘，《云雀》中对那一只云雀的同情，《养鼠记》中对老鼠的体察……这些，都写得细致入微，爱心满满，读来令人感到亲切自然。我们每个人的心灵都是美好的，犹如宽阔平坦的大地，犹如明净无垢的天空。我们的心灵就是温馨的驿站，就是幸福的港湾。阅读这样的作品，我们的灵魂可以得到片刻的小憩，我们的爱心可以得到美好的延伸。

---

[1] 贾平凹：《孙犁的意义》，选自《平凹书信》，陕西师范大学出版总社，2018年9月。

[2]《三字经》开篇格言。

[3] 贾平凹：《诸神充满》，北京联合出版公司，2021年7月。

总之，佛家言"无缘大慈，同体大悲"，讲"众生是佛，明心见性"。贾平凹散文的慈悲美，主要体现在珍爱自身，珍惜自我的本心；推己及人，关爱他人的仁心；体察万物，由人及物的爱心。由于社会的发展，经济突飞猛进而心灵之源泉日渐干涸，我们需要的，是一种能给我们心灵带来宁静与祥和、善良与美好、光明与希望的关怀和润泽，而不是在文学作品中去复印生活中的迷失和无奈。以此为钥匙，去解读贾平凹的一些散文，一定会有别样的收获。

【赏析】《访兰》的高洁之美

中国人是很会从自然界的一些现象总结出一些人生道理的。实际上，这是一种"移情"，是将我们人的情感，"移"到外物上面，从而让并不具有我们人类一样情感的物事，具有人类的情感、品格。比如，牡丹象征富贵，菊花意味隐士，莲花号称出淤泥而不染，等等，都是如此。在中国文化中，类似具有象征意义的事物还很多。与梅、竹、菊并称"花中四君子"的兰，就以其孤傲、高洁，令中国文化幽远生香。阅读贾平凹的散文《访兰》[1]，这种感受尤其深刻。

这篇散文比较短，大致分为四层。

父亲喜欢兰草，过些日子，就要到深山一趟，带回些野兰来培栽。几年之间，家里庭院就有了百十余品种，像要做个兰草园

---

[1] 贾平凹：《访兰》，选自《诸神充满》，北京联合出版公司，2021年7月。

圃似的。方圆十几里的人就都跑来观赏，父亲并不因此而得意，反而倒有几分愠怒。以后又进山去，可不再带回那些野生野长的兰草了。这事使我很奇怪，问他，又不肯说，只是有一次再进山的时候，要我和他一块："访兰去吧！"

这是文章第一段，也是文章的第一层，写访兰之缘起。

这一段，由"父亲喜欢兰草"起笔，写他对兰草的入迷与酷爱。这种入迷与酷爱，表现在两方面。一是跑深山跑得"勤"，"过些日子，就要到深山一趟，带回些野兰来培栽"；二是精心侍弄，栽培的野生兰草栽培得很棒，"几年之间，家里庭院就有了百十余品种，像要做个兰草园圃似的"。但父亲也有一个令"我"大惑不解的举动："方圆十几里的人就都跑来观赏，父亲并不因此而得意，反而倒有几分愠怒。以后又进山去，可不再带回那些野生野长的兰草了。"问他，又不肯说，"只是有一次再进山的时候，要我和他一块：'访兰去吧！'"这一段，不足两百字，但写得一波三折，有起有伏。末一句承上启下，引出下面到深山访兰的情节。

一个"访"字，略带拟人意味，赋予兰花以人的情感，同时将父亲对待兰花的态度表现得很形象。

我们走了半天，一直到了山的深处。那里有一道瀑布，从几十丈高的山崖直直垂下，老远就听到了轰轰隆隆的响声，水沫扬起来，弥漫了半天，日光在上面浮着，晕出七彩迷离的虚幻。我们沿谷底走，便看见有很多野兰草，盈尺高的，都开了淡淡的兰花，像就地铺着了一层寒烟；香气浓烈极了，气浪一冲，站在峡谷的任何地方都闻到了。

我从未见过这么清妙的兰草，连声叫好，又动手要挖起一株来，想，父亲会培育这仙品的：以前就这么挖回去，经过一番培栽，就养出了各种各样的品类、形状的呢!"

这是全文的第二、三段,为文章的第二层,写"我"和父亲一道,去山里"访兰"之所见。

这两段,作者将深山的兰花,写得很美。一是景美,"那里有一道瀑布,从几十丈高的山崖直直垂下,老远就听到了轰轰隆隆的响声,水沫扬起来,弥漫了半天,日光在上面浮着,晕出七彩迷离的虚幻",写深山幽兰所生长的环境,以环境之美来衬托幽兰格调之孤高。二是形美,"盈尺高的,都开了淡淡的兰花,像就地铺着了一层寒烟",以"寒烟"喻其生长之多、花开之盛。三是香美,"香气浓烈极了,气浪一冲,站在峡谷的任何地方都闻到了",写野生兰花轻妙、幽香,令人心醉。真是:"幽兰在山谷,本自无人识。只为馨香重,求者遍山隅。"[1]

然后,从作者的角度,写自己的猜测:"父亲会培育这仙品的:以前就这么挖回去,经过一番培栽,就养出了各种各样的品类、形状的呢!"这里,写出"我"的心理活动。"以前就这么挖回去",是"我"的"惯性思维"。心理活动的描写,为下文父亲态度的陡转、文章情节的"突变",埋下伏笔。

父亲却把我止住了,问道:"你觉得这里的兰草好呢,还是家里的那些好呢?"

我说:"这里的好!"

怎么好呢?

我却说不出来。家里的的确比这里的看着好看,这里的比家

---

[1] 陈毅:《幽兰》,选自《陈毅诗词选集》,人民文学出版社,1977年4月。

里的清爽。"是味儿好像不同吗?"

"是的。"

"这是为什么?一样的兰草,长在两个地方就有两个味儿?"

父亲说:"兰草是空谷的幽物,得的是天地自然的元气,长的是山野水畔的趣姿;一经培栽,便成了玩赏的盆景。"

"但它确实叶更嫩、花更繁更大了呢!"

"样子是似乎美了,但美得太甜太媚,格调也就俗了。"

父亲的话是对的。但我却不禁惋惜了:这么精神的野兰在这么个空谷僻野,叶是为谁长的,花是为谁开的,会有几个欣赏它呢?

"这正是它的不俗处。它不为被人欣赏而生长,却为着自己的特色而存在着,所以它才长的叶纯,开的花纯,楚楚地有着它的灵性。"

我再也不敢去挖这些野兰了。欣赏它的这种纯朴,后悔以前为什么喜爱着它而却无形中就毁了它呢?

这里的 12 个段落,是全文的第 4 到 15 自然段,为文章的第三层,写"我"与父亲的对话,展现父子二人对野生兰花、家养兰花之见解,表现父亲的卓识。

"这么精神的野兰在这么个空谷僻野,叶是为谁长的,花是为谁开的,会有几个欣赏它呢?"这是"我"的想法。这个想法,引出了父亲的高见:"这正是它的不俗处。它不为被人欣赏而生长,却为着自己的特色而存在着,所以它才长的叶纯,开的花纯,楚楚地有着它的灵性。"父亲的话,也说服了"我",让"我""再也不敢去挖这些野兰了",而且心生后悔,"后悔以前为什么喜爱着它而却无形中就毁了它呢?"

读到这里,读者一定会联想到盛唐诗人张九龄的诗:"兰叶春葳蕤,桂华秋皎洁。欣欣此生意,自尔为佳节。谁知林栖者,闻风坐相悦。草木有本心，何求美人折！"[1] 由散文而联想到古代的诗词佳作，这就自然地开阔了作品的境界，留给读者以想象的空间。

父亲拉我坐在潭边，我们的身影静静地沉在水里；他看着兰，又看着我，说："做人也是这样啊，孩子！人活在世上，不能失了自己的真性，献媚处事，就像盆景中的兰草一样降了品格；低俗的人不会给社会有贡献的。"

我深深地记着父亲的话。从那以后，已经是十五年过去了，我一直未敢忘却过。

这两个段落，是文章的第 16、17 自然段，为全文的第四层，写父子继续对话，父亲将对兰花的认识，上升到为人处世。

"人活在世上，不能失了自己的真性，献媚处事，就像盆景中的兰草一样降了品格；低俗的人不会给社会有贡献的。"这是作者要表达的主旨，也是全文的主题思想。文章最后一段，"我深深地记着父亲的话。从那以后，已经是十五年过去了，我一直未敢忘却过"，补充交代一句，说明父亲的话对"我"产生了巨大而深远的影响。至此，文章戛然收束，令人回味。

在《访兰》这篇文章中，父子对话，勾勒出兰花的轮廓，也道出了兰花的气节。野生兰花是大自然孕育的精灵，它生长在野外，开花于峡谷，"它不为被欣赏而生长，却为着自己的特色而存在着"，所以，才"长的叶纯，开的花纯，楚楚的有着它的灵性"。野生兰花的美，不仅在于其形，还在于它的淡雅与高洁。

这篇散文，托物言志，借物说理。但因为前面描写细致，铺

---

[1] 张九龄：《感遇十二首·其一》。

垫充足，所以，说理部分自然亲切，升华之处水到渠成，一点也不枯燥。如果对现代文学比较了解，我们还能一下子联想到许地山先生的名篇《落花生》。许先生的父亲是在餐桌上对落花生阐述见解，发表议论，教育子女不做花里胡哨的"好看"的人，而要做实实在在对社会"有用"的人。《落花生》的叙述显得比较简略，而贾平凹先生的《访兰》，叙述的部分则显得从容不迫。作者通过父与子去深山访兰，然后就野生兰花与家养兰花的高下发生对话，引出父亲对儿子的希望：希望儿子保持真性，保持自我，不媚俗，不降格，做一个对社会有贡献的人。

可以说，《访兰》构思精巧，语言简洁，行文流畅，是托物言志散文的典范。兰的高洁之美，在《访兰》中表现得非常充分，发人深思。

第三节　贾平凹散文的哲思美

　　散文是与小说、诗歌、戏剧并称的一大文学样式。由于内容、风格、表达方式的不同，散文大致分为记叙性散文、抒情性散文、议论性散文。

　　在贾平凹创作的众多散文之中，有的全篇说理，有的部分地具有一定的哲理性。这类散文，往往都具有一定的思辨色彩，表现出一种哲思美。

　　贾平凹散文非常具有个性、情致和哲理意味，很多作品闪耀着哲学思辨的火花。贾先生散文中的哲理、说理，并非重复前人的经典语言，而是从他自己的生活中得来，从自己的人生体验中得来。贾先生最喜欢说的口头禅之一就是"实诚"。贾先生所说的"实诚"，大概是诚实、老实、不虚华、不虚伪、不做作的意思。在他的笔下，抒发真情、传递真知、表达真意，表现出作者的人生境界和人格魅力。他不作空洞的说教，不板起面孔作一副哲学家、教育家的面目，而是以一个历经红尘、惯看秋月春风的作家的眼光，谈人生，谈社会，谈人与人的关系，讲述一个又一个仿佛发生在我们身边的故事。这样的作品很多，比如《丑石》《一棵小桃树》《文竹》等。贾平凹散文之所以广泛地受到广大作家、文学爱好者的喜欢，其中一个重要的原因，就在于此。当代作家张守仁先生就曾这样评价：

　　　　当代散文家中，除敬重老一辈的巴金、孙犁、汪曾祺外，还欣赏"二余一冯"（台湾余光中、上海余秋雨、天津冯骥才），但我最爱读的还是平凹的散文。他的散文创作得心应手，顾盼生辉。我甚至觉得他是为写散文而来到这世上的。自然、朴素、真切、生动、日常、哲思，是平凹散文的特点。他的散文和他的生活、和他的见闻、和他的经历相通。他是遇啥写啥，见啥写啥。他很少写名胜风景，而在日常生活上大做文章。一个动作，一次经历，一场谈话，一回肝病，一盘棋子，一株桃树，一片落叶，一根拐杖，一条小巷，一匹骆驼，一块石头，一座火山，凡此种种，都能写得饶有兴味，令人读了还想读。能把日常生活、日常事物、日常景象作为写作对象，使之散文化，这需要才华，需要天才般的巧思和妙手，故散文大家汪曾祺称平凹为"鬼才作家"。在平凹笔下，甚至一个日常的"敲门"动作，也能写得门内外的人物心态毕露，呈现一种生活世相，含意深厚，令人忍俊不禁。[1]

　　批评家孙郁曾经指出，早期的贾平凹颇得汪曾祺先生的赏识。[2]诚如张先生所评，贾平凹散文的魅力，的确让读者倾倒。张先生所言"自然、朴素、真切、生动、日常、哲思，是平凹散文的特点"，其中，"哲思"是其散文的一大特点，我们也深感如此，真可谓"英雄所见略同"。

　　贾平凹散文的哲思美，大致体现在以下三个方面：

　　其一，略带哲理，空灵澄澈。

　　作为个体存在的生命，我们与生活的这个世界、与万事万物之间，存在千丝万缕的关系；有的关系真可谓"剪不断，理还乱"。

---

　　[1] 张守仁：《贾平凹和他的散文》，中国作家网，2018年1月17日。

　　[2] 王德威：《贾平凹的文学世界》，《贾平凹研究》杂志，2021年第1期。

而我们的一生，就是要探索这个世界，处理好各种关系。正如浜田正秀所说："（我们的生命存在于这个世界）是一个不断探求的母胎，是意志和愿望的主体，是寻求无限幸福、陶醉、恍惚和满足的火焰。"[1]且不说世界的全部，单就情感而言，就有亲情、爱情、友情之别。在人与人之间，在人与自然之间，在人与社会之间，我们的生存状态、我们的人际关系、我们的灵魂震颤，都是作家所关心的问题。我们来看一个例子：

  我询问陈先生去敦煌以后怎样活动。陈先生说原准备到了鸣沙山，就在三毛选中的方位处修个衣冠冢，树一块碑子，但后来又想，立碑子太惊动地方，势必以后又会成为个旅游点，这不符合三毛的性格。她是真情诚实的人，不喜欢一切的虚张，所以就想在那里焚化遗物，这样更能安妥她的灵魂的。
  这想法是对的，三毛还需要一块什么碑子吗？月牙湖的月亮就是她的碑子。鸣沙山就是她的碑子。她来来往往永驻于读者的心里，长留在中国的文学史上，人世间有如此的大美，这就够了。[2]

  这是《佛事》的倒数第二、三两个自然段。
  《佛事》写的是，当代著名女散文作家三毛去世后，台湾的陈达镇先生带了三毛的遗物，到西安拜见贾平凹先生，并准备到敦煌，将三毛遗物葬在鸣沙山上。这触发了贾平凹对三毛深切的怀念："她是中国的作家，她的作品激动过海峡两岸无数的读者，她终于将自己的魂灵一半留在有日月潭的台北，一半遗给有月牙湖的西北。月亮从东到西，从西到东，清纯之光照着一个美丽的

---

[1] 浜田正秀：《文艺学概论》，中国戏剧出版社，1985年8月。
[2] 贾平凹：《佛事》，选自《太白山魂》，时代文艺出版社，2017年6月。

灵魂。美丽的灵魂使从东到西从西到东的读者永远记着了一个叫三毛的作家。"[1]这样的句子,将深刻的哲理以空灵、缠绵的语言出之;也只有诗一般的语言,才配那个并不十分美丽但灵魂却充满大美、跑遍全世界而依旧深念祖国的敢爱敢恨的三毛。

前面所选的这两段,也充满哲理,充满辩证法的意味。"三毛还需要一块什么碑子吗?月牙湖的月亮就是她的碑子。鸣沙山就是她的碑子。她来来往往永驻于读者的心里,长留在中国的文学史上,人世间有如此的大美,这就够了。"贾平凹以缠绵倾诉的深情、议论而哲理的语言、哀婉而高度的称颂,短短几句,营造出空灵澄澈的文学境界,深深地打动着读者。

在有的散文中,贾平凹更多地通过描物绘景,精心营造一种抒情的氛围,然后,在这种浓郁的氛围之中,升华自己的思想。请看:

我总恨没有一架飞机,能使我从高空看下去山是什么样子,曾站在房檐看院中的一个土堆,上面甲虫在爬,很觉得有趣,但想从天上看下面的山,一定更有好多妙事了。但我却确实在满月的夜里,趴在地上,仰脸儿上瞧过几次山。那时月亮还没有出来,天是一个昏昏的空白,山便觉得富富态态;候月光上来了,但却十分地小,山便又觉得瘦骨嶙峋了。

到底我不能囫囵囵道出个山来,只觉得它是个谜,几分说得出,几分意会了则不可说,几分压根儿就说不出。天地自然之中,一定是有无穷的神秘,山的存在,就是给人类的一个窥视吗?我趴在窗口,虽然看不出个彻底,但却入味,往往就不知不觉从家里出来,走到山中去了。我走月也在走,我停月也在停。我坐

---

[1] 贾平凹:《佛事》,选自《太白山魂》,时代文艺出版社,2017年6月。

在一堆乱石之中，聚神凝想，夜露就潮起来了，山风森森，竟几次不知了这山中的石头就是我呢，还是我就是这山中的一块石头？[1]

这是贾平凹散文《读山》的最后两个自然段。

《读山》这篇散文的写作缘由是：作者"在城里待得一久，身子疲倦，心也就疲倦了"，于是"回一次老家，什么也不去做，什么也不去想，懒懒散散地乐得清静几天"。因为空着无事，所以"就坐在窗前看起山来"。山是寻常所见的物事，因为寻常，所以不容易写出新意、写出境界。那么贾平凹看到了什么、想了些什么、"读"出了什么呢？

此文写山之石，写山之泉，写山之树，写山之路，写山之云雾，写山之晨昏朝晚，写山之细雨蒙蒙。前面这些写景，也间杂一些"观感"，写出作者因所见而引起的所思所想。总之，前面那些描写，主要在"蓄势"，就像高峡筑坝，将慢慢流入的江河溪流之水，逐渐予以抬高，描写、抒情，间杂议论、思考，一种浓郁的氛围渐次形成。

到结尾这两段，作者以"月"这个意象，渲染意境，烘托意象，然后完成自己由景及理的情感的升华："天是一个昏昏的空白，山便觉得富富态态；候月光上来了，但却十分地小，山便又觉得瘦骨嶙峋了。"令我们联想到苏东坡的名句"山高月小"[2]；"我走月也在走，我停月也在停。我坐在一堆乱石之中，聚神凝想，夜露就潮起来了，山风森森，竟几次不知了这山中的石头就是我

---

[1] 贾平凹：《读山》，选自《诸神充满》，北京联合出版公司，2021年7月。

[2] 苏东坡：《后赤壁赋》："山高月小，水落石出。"

呢，还是我就是这山中的一块石头？"令我们想起"月亮走，我也走，我给月亮提笆篓"[1]的童谣，让我们联想到庄子"不知周之梦为蝴蝶与，蝴蝶之梦为周与"[2]的千古名典。这样的哲理意味，既增加了文章的趣味，还扩大了容量，塑造了意境，提升了文章的品位。

自然与社会是我们生活的环境，美丽也好，丑陋也罢，贫瘠也好，富饶也罢，我们都得面对。作为作家，我们就是要去探索自然，观察社会，体验生活，解剖人生，并以手中之笔记录我们的喜怒哀乐，记录大众生活的酸甜苦辣，记录我们对自然与社会的所思所想。贾平凹是深谙此理的。他的散文，很多时候会在行文之中、特别是文章结尾部分，以一种略带哲理意味的语言，表达自己对社会、对人生、对世界的看法，抒发自己的某种情感。

其二，全篇说理，机锋百出。

机锋，又作禅机，这是一个佛家禅林用语。机，指受教法所激发而活动的心之作用，或指契合真理之关键、机宜；锋，指活用禅机之敏锐状态。意谓禅僧与他人交谈之时，常以寄意深刻、无迹可寻乃至非逻辑性之言语来表现一己之境界或考验对方。南宋高僧石溪心月禅师云："若为施工，见解玄微，机锋峭峻，正是膏肓良医。"[3]

散文的几大类型之中，有议论性散文一类。议论性散文，则不免说理。贾平凹的散文，有全篇说理的一种。有的幽默风趣，令人捧腹；有的议论风生，机锋百出。

我们先看一则逸闻轶事，看生活中的贾平凹先生是怎样的一

---

[1] 四川童谣，主要流传于四川资中、内江一带。
[2] 庄子：《庄子·齐物论》。
[3] 石溪心月：《石溪心月禅师语录》（卷上）。

个人。

十多年前,一位来自南方的女记者采访《美文》主编贾平凹,见他满头乌发已被秃顶所取代,便为他呕心沥血写作使青春不再而感伤。贾平凹"安慰"她说:"富矿山上不长草嘛。你长发飘飘是女性象征,我谢顶也有诸多好处,如省去了洗理费,也无小辫子可抓,有虱子还可一眼看到,还不会被削发为民,即使愤怒起来也无发冲冠。"[1]

生活中,贾平凹是一个比较严肃的人,但也不乏幽默。

关于头发,贾平凹自己是这样说的:"书案上时常就发现一根头发。这头发是自己的,却不知是什么时候掉的。摸着秃顶说:草长在高山巅上到底还是草,冬一来,就枯了!"[2]

2016年跨2017年那个春节,我们第一次到西安拜见贾平凹先生之时,贾先生听说曾令琪还兼任着佛教协会副会长,便开玩笑说:"是啊,会长来了,我不得准备准备嘛!"让我们这一行初见贾先生的人,紧张的心理顿时放松下来。日常生活中这样的情况,在贾平凹散文中也有很多体现。

本来是一座青山,偏要叫作青城,明明是在城里住厌烦了,到这里寻清静的,适心的,又不忘墙壁横竖的城。站在山口一看到丈人峰就喊:这真像大城门楼!一到古常道观就惊呼:城中之城,这是皇城嘛!再就是从各条路上到呼应亭,证明道路曲弯如天津。再就是寻四方峰峦论证环拱似西安城墙。旅完了,游尽了,果然体验到这是一座城,不同的则是青幽罢了。

---

[1] 苯墨子社:《贾平凹的趣事》,360图书馆,2014年5月23日。
[2] 贾平凹:《六十年后观我记》,中国作家网,2018年5月10日。

当然,所有的人并不是为寻城而来,有的听说青城山好,就到青城山来;到了山里要爬坡就爬坡,那条蜿蜒的山径上更人多如蚁。上去的腰都弓起,下去的肚皆挺凸,嘴一律张着,臭汗淋漓。径边的树木一片青绿,人肌发也为之青绿,恍惚间,满山的树也似乎是人,径上的人也是树了。上去的上到呼应亭,无路可走了,说:"下山吧。"就下山。问游后的收获,回答是:"好累哟。"[1]

这两段,是贾平凹先生散文《忙人——游青城山》的第一、二自然段。

青城山是四川闻名海内外的一座道教名山,以"青城天下幽"而著称。但红尘喧嚣,青城山早已失却了"天下之幽",而和其他的名胜古迹一样,熙来攘往,人头攒动,"幽"字早弄丢了。贾先生是一个喜欢宁静的人,结果,到青城山后却有点失望。但这种失望却不能写得太"严重",否则会"得罪"四川、"得罪"四川朋友。所以,最终,贾先生选择以幽默的语言来写一写曾经令他非常向往的青城山。

"本来是一座青山,偏要叫作青城,明明是在城里住厌烦了,到这里寻清静的,适心的,又不忘墙壁横竖的城。"这个开篇,以"定调"的形式,以貌似矛盾、悖论的语言,写出作者心里的"不痛快"。下面,所有的段落都围绕这样的意思来立意:青城山,已不是真正的山,已经成为一座城。"旅完了,游尽了",这种调侃式的语言,"上去的腰都弓起,下去的肚皆挺凸,嘴一律张着,臭汗淋漓",这样自带褒贬的语言,"上去的上到呼应亭,无路可走了,说:'下山吧。'就下山。问游后的收获,回答是:'好

---

[1] 贾平凹:《忙人——游青城山》,选自《诸神充满》,北京联合出版公司,2021年7月。

累哟。'"这样直白的语言，无不在表现作者对名声在外的青城山的失望。同时，我们对贾先生特有的那种贾氏的"冷幽默"，也有了更深的了解。

有了房子，如鸟停在了枝头，即使四处漂泊，即使心还去流浪，那口锅有地方，床有地方，心里吃了秤锤般的实在。因此不论是乡下还是闹市，没有人走错过家门，最要看重的是他家的钥匙。有家就有了私产和私心，以前有些农民出门在外，要拉屎都要憋着跑回去，拉在他家的茅坑里，憋不住的，拉下来也用石头溅飞，不能让别人捡拾去。而工厂的工人，也有人有了每天要带些厂里的幺小零碎回家的瘾，如钳子呀，铁丝呀，钉子呀，实在想不出拿什么了，吃过饭的饭盒里也要装些水泥灰。[1]

这段文字是贾平凹散文《说房子》中的一段。

这一段，先是概写房子之于人的重要性，再分写乡下和工厂的两种常见情形。贾先生以风趣的语言、调侃的口吻、略带讽刺的笔法，对乡下某些农人、工厂某些工人那种自私自利的表现，描绘得入木三分。这种写法，用之于全文，就成为一种令人记忆犹新的特征。

这样类似的、全篇都说理的散文，在贾平凹作品中还有很多。比如，贾先生的"说"字系列的一组散文《笑口常开》《关于父子》《关于女人》《说家庭》《说生病》《说舍得》《说足球》等，"人"字系列的一组散文《看人》《闲人》《弈人》《牌玩》《饮者》《名人》等，几乎都是全文说理，机锋百出，表现出贾平凹先生人生

---

[1] 贾平凹：《说房子》，选自《自在独行》，长江出版传媒／长江文艺出版社，2016年6月。

的智慧和语言的风趣。

其三，化用古籍，经典垂范。

根据我们的理论常识和写作实践，我们认为，作家的写作主要分为经验型写作和知识型写作两种，想象力不构成一种单独的写作模式，而是这两种写作腾飞的翅膀。一个人文化的积淀、知识的积累，是有迹可循的；一个作家的写作，也是如此。

我们试读：

> 思绪随着茫然跌落，想着：如果能回到三十年前多好，生命没有考验，情爱没有风波，生活没有苦难，婚姻没有折磨，只有欢笑、狂歌、顾盼、舞踊。
>
> 可是我也随之转念，真能回到三十年前，又走过三十年，不也是一样的变化，一样的苦难吗？除非我们让时空停格，岁月定影，然而这是完全不可能的。
>
> 深深去认识生命里的"常"与"变"，并因而生起悯恕之心，对生命的恒常有祝福之念，对生命的变化有宽容之心。进而对自身因缘的变化不悔不忧，对别人因素的变化无怨无忧，这才是我们人生的课题吧！
>
> 当然，因缘的"常"不见得是好的，因缘的"变"也不全是坏的，春日温暖的风使野百合绽放，秋天萧飒的风使营芒花展颜，同是时空流变中美丽的定影、动人的停格，只看站在山头的人能不能全心投入，懂不懂得欣赏了。
>
> 在岁月，我们走过了许多春夏秋冬；在人生，我们走过了许多冷暖炎凉，我总相信，在更深更广处，我们一定要维持着美好的心、欣赏的心，就像是春天想到百合、秋天想到芒花，永远保持着预约的希望。
>
> 尚未看到芒花的此时，想到车子在米色苍茫的山径蜿蜒而上，

芒花与从前的记忆美丽相叠，我的心也随着山路而蜿蜒了。"[1]

这是林清玄先生的散文名篇《可以预约的雪》的后面几个自然段。这些文字，也会令读者联想到初唐大诗人陈子昂对人生、对社会的灵魂拷问："前不见古人，后不见来者。念天地之悠悠，独怆然而涕下！"[2]

林清玄先生的很多散文，满含哲理，令人印象深刻。品读这里所选的文字，我们感到，林先生的散文有很强的"代入感"和"现场感"，抒情意味很浓，作者有意识地营造氛围，抒发情感。在浓浓的抒情氛围之中，作者驰骋神思，引导读者和他一道，对人对事、对景对物、对人生与社会，进行深入的思考，从而在作者个性化特征非常明显的抒情与哲思之中，拨响共鸣的和弦，与读者共思共想，同喜同悲。

林清玄先生如此，贾平凹先生也是这样。

阅读贾平凹的散文，除了敬服他创作的勤奋、人生的豁达、作品的丰富、韧性的持久，我们还赞叹于他渊博的知识、深厚的素养。因为大学中文系几年的专业学习，贾平凹对传统文化的研究很深入，传统文化的精髓已经化作汩汩流淌的血液，在他的血管奔涌。所以，他的散文，或隐或显，随处可见传统文化的影子。

以贾平凹散文《五十大话》[3]为例，我们来看看：

"若有诽谤和诋毁，全然是自己未成正果，一只兔子在前边跑，后边肯定有百人追逐，不是一只兔子可以分成百只，是因为

---

[1] 林清玄：《可以预约的雪》，《散文选刊》杂志，1999年第4期。

[2] 陈子昂：《登幽州台歌》。

[3] 贾平凹：《五十大话》，选自《贾平凹散文精选》，长江出版传媒／长江文艺出版社，2017年12月。

这只兔子的名分不确定啊。"一只兔子在前面跑，上百的人在后面追，这不由得让我们想起《商君书·定分》中的经典名句："一兔走，百人逐之，非以兔为可分以为百，由名之未定也。"贾平凹化用《商君书》中的典故，让我们于幽默风趣之中，还隐隐约约感受到当年《废都》事件对贾先生造成的伤害。

"在屋前种一片竹子不一定就清高，突然门前客人稀少，也不是远俗了，还是平平常常着好，春到了看花开，秋来了就扫叶。"这是不是容易让我们联想到这样的诗句："结庐在人境，而无车马喧。问君何能尔？心远地自偏。"五柳先生陶渊明那种挂冠归去的散淡与豁达，在贾先生身上似乎还找得到影子。

"这联这么写：著书竟二十万言，才未尽也；得谤遍九州四海，名亦随之。我何不这样呢，声名既大，谤亦随焉，骂者越多，名更大哉。"读到这里，曾国藩的名言"名满天下，谤亦随之"，不禁浮现在我们的脑海。

"还有：多做好事，把做的好事当作治病的良方；不再恨人，对待仇人应视为他是来督促自己成功者，对待朋友亦不能要求他像家人一样。"贾先生这样的态度，是不是很像寒山与拾得的对话所说："寒山问：'世间有人谤我、辱我、轻我、笑我、欺我、贱我，当如何处治乎？'拾得答：'你且忍他、让他、避他、耐他、由他、敬他、不要理他。再待几年，你且看他。'"[1] 现在看来，拾得那种一味地隐忍、退让，可能不太可取；但适当地隐忍、退让，还是值得提倡的。我们四川人有一句为人处世的口头禅："吃得亏，打得堆。"就蕴含着包容、隐忍、吃亏、退让、和谐这样的处世之道。写该文时，贾平凹年到五十，已知天命，看淡生活中的一

---

[1] 见《寒山拾得忍耐歌》，选自禅宗典籍《古尊宿语录》，中华书局，1994年5月。

些人与事,追求一种宁静、淡泊的生活,对那种心境、那种态度,当我们到"知天命"之年的时候,也就有了更多的体会。

再举一例:"饮者一般都彬彬有礼,酒席上差不多经历三个境界,先轻声细语,再高声粗语,最后无声无语。酒毕竟是浊物,即使高人逸士,饮酒享受的都不是清福。"[1]饮酒开始,大家都斯斯文文,能喝的装不能喝;渐入佳境,猜拳行令,你来我往,话也开始多起来;达到高潮,不胜酒力,声音也渐渐低下去。这多像唐代孙过庭所说的书法的三重境界啊:"初学分布,但求平正;既知平正,务追险绝;既能险绝,复归平静。"[2]贾平凹年轻时是饮酒的,所以他对此深有体会,写来就真实不虚,令人信服。

《三游华山》[3]这篇充满哲理的散文也是如此。作者从三次游历华山写起,看似写游记,但最后一笔笔锋一转,在与学生的对话中巧妙地点出:好东西,不可一次饱享,需慢慢消化才是。这也印证了古人所称许的道理:"花看半开,酒饮微醉。此中大有佳趣。若至烂漫酕醄,便成恶境矣。"[4]让人不禁爱之赞之,敬之服之。

这样的例子,在贾平凹的一些序跋式散文之中还有很多。近些年,文坛充斥着一些"假古董""假学问",表现出来,就是看似引经据典,头头是道,实则是依猫画虎,食古不化。有的人自己都还没有搞懂,却要装出一副哲学家、学问家的面孔,板着

---

[1] 贾平凹:《饮者》,选自《诸神充满》,北京联合出版公司,2021年7月。

[2] 孙过庭:《书谱》。

[3] 贾平凹:《三游华山》,选自《贾平凹游记》,山西出版传媒集团/北岳文艺出版社,2018年1月。

[4] 洪应明:《菜根谭》。

脸去教育别人。试想，以自身之昏昏，能使别人昭昭吗？当年贾平凹以超人的远见卓识，逆流而上，创办《美文》杂志，力倡"大散文"，现在想来，恐怕也有这方面的考虑在内。

刘庆邦先生曾经指出："作品的质量取决于情感的质量，情感的质量又取决于思想的质量。没有思想的引导和提升，情感可能是肤浅的、苍白的。作品的高下之分，很大程度上是思想的高下之分。"[1] 此言得之。

总之，翻开贾平凹先生的散文，哲理性的感悟随处可见。贾先生的那些感悟，并非对某种现成思想的形象阐释或现成理论的机械图解，也不是对生命的生硬说教，而是来自他对鲜活生活的体验，对社会关系的解读，对漫漫人生的品味，对传统文化的思考，对创作实践的总结与反思。已故著名作家史铁生先生认为："入圣当然可以，脱凡其实不能，无论僧俗，人可能舍弃一切，却无法舍弃被理解的渴望。"[2] 史铁生以逆向思维指出了入圣和脱凡之间，并不存在某种必然关系，强调人们对重构社会关系的向往、对被理解的渴望。当代佛家提倡"生活禅"，所强调的也是要从生活的点点滴滴中去体悟禅理，修炼自身。看来，真是英雄所见，大致相同。古人说："世事洞明皆学问，人情练达即文章。"[3] 品读、欣赏贾平凹散文的哲思之美，我们应该会收获多多。

---

[1] 刘庆邦：《实和虚是相对的（创作谈）》，《北京文学》新浪博客，2020年2月12日。

[2] 史铁生：《病隙随笔》（十三），陕西师范大学出版社，2006年3月。

[3] 曹雪芹：《红楼梦》第五回。

【赏析】《丑石》的哲学意蕴

《丑石》是贾平凹散文的代表作之一，也是贾先生入选大中小学教材的重要篇目。

自古以来，中国的文学艺术家对石头就情有独钟。

东晋大诗人陶渊明，除了大家知道的爱菊之外，还特别喜欢石头，所藏丘石如砥，纵横丈余，因石有提神之效，遂取名"醒石"，陶渊明也被后世文人尊奉为赏石之祖；南唐后主李煜，有奇石"灵璧研山"，是一块中有墨池的灵璧石，长逾一尺，前耸三十六峰，皆大如手指，高者名华峰，参差错落者为方坛、为日岩、为玉笋等；北宋大文学家苏东坡，也钟情于石，虽然仕途坎坷，颠沛流离，但所到之处广泛收集奇石，得意失意，奇石总成知己，还写下许多咏石的佳诗妙文；宋代大书画家米芾，玩石如醉如痴，他针对太湖石为主的江南奇石提出了"皱、瘦、漏、透"的相石四法，加上苏东坡的"丑石观"，合为"品石五德"，成为长期以来评赏太湖石、墨石的重要原则；更不用说《西游记》中那个神通广大的"石猴"，《红楼梦》中那块集日月精华于一身的"通灵宝玉"了。

贾平凹先生也爱石、觅石、藏石、赏石，写了不少与石头有关的散文，比如《狐石》《三目石》《记五块藏石》《〈观云奇石〉序》《〈黄河奇石〉序》，等等。其中，《丑石》一篇，为中国文化史平添了一段佳话。下面我们一起来欣赏这篇公认的经典佳作。

我常常遗憾我们家门口的那块丑石呢：它黑黢黢地卧在那里，牛似的模样；谁也不知道是什么时候留到这儿的，谁也不会理会它。只是麦收季节，门前摊了麦子，奶奶总是要说：这块丑石，多碍地面哟，多时把它搬走吧。

于是，伯父家盖房，想以它垒山墙，但苦于它极不规则，没菱角儿，也没平面儿；用錾破开吧，又懒得花那么大力气，因为河滩并不甚远，随意去捎一块回来，哪一块也比它强。房盖起来，压铺台阶，伯父也没有看上它。有一年，来了一个石匠，为我们家洗一台石磨，奶奶又说：用这块丑石吧，省得从远处搬动。石匠看了看，摇着头，嫌它石质过细，也不采用。

它不像汉白玉石那般的细腻，可以凿下刻字雕花，也不像大青石那样的光洁，可以供来浣纱捶布。它静静地卧在那里，院边的槐荫没有庇覆它，花儿也已不再在它身边生长。荒草便繁衍出来，枝蔓上下，慢慢地，竟锈上了绿苔、黑斑。我们这些做孩子的，也讨厌起它来，曾合伙要搬离它，但气力又不足；虽时时咒骂它，嫌弃它，也无可奈何，只好任它留到那里去了。

稍微能安慰我们的，是在那石上有一个不大不小的坑凹儿，雨天就盛满了水。常常雨过三天了，地上已经干燥，那石凹里水儿还有，鸡儿便去那里喝饮。每每到了十五的夜晚，我们盼那满月出来，就爬到其上，翘望天边；奶奶总是要骂的，害怕我们摔下来。果然那一次就摔了下来，磕破了我的膝盖呢。

人都骂它是丑石，它真是丑得不能再丑的丑石了。

终有一日，村庄里来了一个天文学家。他在我家门前路过，突然发现了这块石块，眼光立即就拉直了。他再没有走去，就住下来；以后又来了好些人，说这是一块陨石，从天上落下来已经有二三百年了，是一件了不起的东西。不久便来了车，小心翼翼地将它运走了。

这使我们都很惊奇！这又怪又丑的石头，原来是天上的呢！它补过天，在天上发过热、闪过光，我们的先祖或许仰望过它，它给了他们光明，向往，憧憬；而它落了下来，在污土里、杂草里，一躺就是几百年了？！

奶奶说："真看不出！它那么不一般，却怎么连墙也垒不成，台阶也垒不成呢？"

"它是太丑了。"天文学家说。

"真的，是太丑了。"

第七章 贾平凹散文的哲思美

323

"可这正是它的美!"天文学家说,"它是以丑为美的。"

"以丑为美?"

"是的,丑到极处,便是美到极处。正因为它不是一般的顽石,当然不能去做墙、做阶梯,不能去雕刻,捶布。它不是做这些小玩意儿的,所以常常就遭到一般世俗的讥讽。"

奶奶脸红了,我也脸红了。

我感到自己的可耻,也感到了丑石的伟大;我甚至怨恨它这么多年竟会默默地忍受着这一切?而我又立即深深地感到它那种不屈于误解、寂寞的生存的伟大。[1]

这是贾平凹先生1980年创作的一篇散文,写的确确实实是一块石头,一块奇丑无比、没人喜欢、似乎也没什么用处的"丑石"。

文中那块"丑石"的命运,有点像韩非子笔下卞和所献的那块荆山之石:

楚人和氏得玉璞楚山中,奉而献之厉王。厉王使玉人相之。玉人曰:"石也。"王以和为诳,而刖其左足。及厉王薨,武王即位。和又奉其璞而献之武王。武王使玉人相之。又曰:"石也。"王又以和为诳,而刖其右足。武王薨,文王即位。和乃抱其璞,而哭于楚山之下,三日三夜,泪尽而继之以血。王闻之,使人问其故,曰:"天下之刖者多矣,子奚哭之悲也?"和曰:"吾非悲刖也,悲夫宝玉而题之以石,贞士而名之以诳,此吾所以悲也。"王乃使玉人理其璞,而得宝焉,遂命曰:"和氏之璧。"[2]

卞和在山野之间发现了一块玉璞,断定这是一块中藏宝玉的

---

[1] 贾平凹:《丑石》,选自《贾平凹散文精选》,长江出版传媒/长江文艺出版社,2017年12月。

[2] 韩非:《韩非子•和氏》。

石头，于是一献楚厉王，再献楚武王，都因国君征询玉工的意见被玉工视为石头而被二王先后砍掉左脚和右脚。到楚文王继位后，已经两次惨遭砍脚酷刑的卞和，只得抱着玉璞"哭于楚山之下，三日三夜，泪尽而继之以血"。文王闻之，直接让玉工雕琢，而得美玉。这就是后世号称"天下所共传宝也"[1]的和氏璧。和氏璧命运的起伏，常常令后世文人大发其感慨，留下"莫将和氏璧，轻向暗中投""既同和氏璧，终有玉人知"等佳句。

两相对比，贾平凹笔下的丑石，命运似乎一直不太好：它外形"黑黢黢"，丑陋得没人喜欢。每年摊晒麦子的时候，奶奶总说它是"丑石"，还"碍地面"，不如什么时候把它搬走。文章第一段，似乎就"注定"了门前那块"丑石"的命运。这是概述。

文章的第二、三、四三个自然段，分述"丑石"无用、甚至还带来危害。

伯父家盖房，因为它不规则，垒山墙都不行；用錾破开吧，可能太硬，又懒得花功夫，不如去河滩捡一块乱石；又一年，奶奶想用它来洗一盘石磨，石匠嫌其石质太细，不合用；用来刻字雕花，也不行；就算要将它弄走，扔掉，也因为太重，无法弄走。于是乎，丑石上"荒草便繁衍出来，枝蔓上下，慢慢地，竟锈上了绿苔、黑斑"；唯一似乎有点用处的是，"那石上有一个不大不小的坑凹儿"，雨后能积一点水，鸡儿可以去喝饮，满月之夜，"我们"这一帮小屁孩可以爬上去远望，却又让"我"摔下来一次。

写到这里，作者以第五自然段加以总结："人都骂它是丑石，它真是丑得不能再丑的丑石了。"说不定，从爷爷的爷爷的爷爷的爷爷那一辈起，丑石就一直在那个位置，就一直遭遇到这样因

---

[1] 司马迁：《史记·廉颇蔺相如列传》。

为貌似无用而任人咒骂的命运。看起来，这样的命运还将毫无悬念地继续下去。

谁知，有一天，它的命运却在突然之间发生了转机。

从第六到第十四自然段，具体地叙述丑石的命运发生的惊天逆转。天文学家的路过，是一个重要的契机。他发现了丑石，他认识了丑石，他运走了丑石，他珍藏了丑石。"眼光立即就拉直了""小心翼翼将它运走了"，写出在常人眼里的丑石，在天文学家的眼中是多么的珍贵。作者通过"好些人"的议论"是一件了不起的东西"，将丑石的价值说出；通过"我"的心理活动，表现出村民们的无比惊奇："这又怪又丑的石头，原来是天上的呢！它补过天，在天上发过热、闪过光，我们的先祖或许仰望过它，它给了他们光明，向往，憧憬；而它落了下来，在污土里、杂草里，一躺就是几百年了？！"

然后，以奶奶发问、天文学家答问的形式，通过天文学家之口，将作者自己的审美观和盘托出："是的，丑到极处，便是美到极处。正因为它不是一般的顽石，当然不能去做墙、做阶梯，不能去雕刻，捶布。它不是做这些小玩意儿的，所以常常就遭到一般世俗的讥讽。"

贾平凹先生的这篇散文，语言质朴，意境淡远，结构上没有什么出奇之处。作者将一块丑石的遭遇，不疾不徐，娓娓道来。丑石的命运，最后引起读者深深的震撼，激起大家强烈的共鸣，引起广大读者的深深思索。这篇散文，很容易令读者联想到人才的发现、人才的培养、人才的使用诸如此类的问题。如果我们将《丑石》这篇散文定位为贾平凹早年散文中最具有哲学意义和美学价值的作品，想来是毫无疑问的。

需要指出的一点是，"丑到极处，便是美到极处"这个带哲理意味的美学命题，是有历史渊源的。

清代早期的傅山曾经提出："毫厘千里，何莫非然。宁拙毋巧，宁丑毋媚，宁支离毋轻滑，宁真率毋安排，足以回临池既倒之狂澜矣。"[1] 这个"四宁四毋"，表明如果只能"二选一"，那么，他宁愿选"拙""丑""支离""真率"这些常人眼里"丑陋"的风格，而不要"巧""媚""轻滑""安排"这些常人眼中"婉媚"的书风。清代中期的刘熙载曾经强调："怪石以丑为美，丑到极处，便是美到极处。"[2] 可以说，刘熙载的论断，是贾平凹先生《丑石》这篇散文赖以支撑的哲学基础和美学基础。但刘熙载是以简单的断语来予以表述，贾平凹则是以优美的散文来予以展示。理论的论断，有不容置疑的理性思维的权威性；散文的表述，则具有文学形象思维的感染力。虽然《丑石》的主题支撑点源自《艺概·书概》，但若论形象性与感染力，论文学的传播之广与接受之众，《丑石》的影响则当之无愧地远在《艺概·书概》之上。

对贾平凹写"丑石"之时的倾向性，我们可以明显地感觉到。贾先生对"丑石"是有感情的，他在用他那纯真的感情来叙述，在用他的人生体悟来阐发哲理。正如罗丹所说："我们生活中从不缺少美，而是缺少发现美的眼睛。"贾先生将哲理、寓意以生活中的一个小故事来予以呈现，这样的"哲理散文"毫无说教之感，养眼、养心，令人信服。

美和丑是美学审美研究中的一个范畴，也是众多学者竞相探讨的一个论题。贾平凹以其散文名作《丑石》，完美地诠释了美与丑对立与统一的哲学、彼此地位的转换，给读者留下难以磨灭的印象。

---

[1] 傅山：《作字示儿孙·序》。
[2] 刘熙载：《艺概·书概》"论怪石"。

第八章　关于散文的文与论

与袁瑞珍大姐论散文[1]

曾令琪

瑞珍大姐：

蒙您惠赐大作《灿烂瞬间》，甚为感谢！对即将召开的大作新书发布会，表示热烈的祝贺，并祝圆满成功！

手捧您刚刚出版的这部书，很是感动；既读之后，感慨万端。因为实在太忙，不能形成专门的评论性文字，故以通信形式，谈谈我的几点感受。

一是全书爱心弥漫。

---

[1] 这是曾令琪2021年6月18日就散文创作的有关问题致袁瑞珍女士的一封信。袁瑞珍，原中国核动力研究设计院党委工作部副部长、院报总编，出版散文集《穿越生命》、评论集《静看花开》等多部。《穿越生命》获第八届冰心散文奖，作品收入《中国散文大系》等20余种选本。

这些年读书、写作让我感到，一部好的散文作品，它应该是真实地反映社会、描摹自然、刻画作者的内心感受，以善良的眼睛观察世界，以优美的文笔描绘作家的所见、所闻、所感。

冰心在《寄小读者》中说："走在生命路的两旁，随时撒种，随时开花，将这一径长途点缀得香花弥漫，使穿枝拂叶的行人，踏着荆棘，不觉痛苦；有泪可落，也不觉是悲哀。"书中，这样播撒爱心种子、让香气弥漫的作品很多，如《回眸一笑也粲然》《地震发生时，那惊魂一刻》《深情的凝望》……阅读《灿烂瞬间》这部散文集，我时时感到，全书在传达一种有温度的爱、有深度的思、有高度的理。真善美由作者爱的内心出发，穿过人世的无数道轮回，最终，再回到、抵达作者和读者爱的内心。"爱"的传递，传达出的是"文以载道"的优良传统。

二是写作题材的开掘。

说来惭愧，我这些年隐于市廛，力避喧嚣，与文坛隔了一定的距离，与大姐的接触并不多，对您不很了解。但共同的文学爱好可以跨越时间和空间的距离，共同使用的汉语言文字，架构起一座缘分的桥梁，最终让我们相识、相聚，并以文字相知。

从书中知道，您年轻时插过队，下过乡，在农村生活过两年，然后到党政机关、科研单位，出国旅居。我相信，经历过"文革"和上山下乡的一代人，生活的苦难，人生的曲折，事业的艰辛，随便拈来一笔，都一定会有很多值得大写特写、吸引眼球的内容。正如冰心在《繁星·春水》中所说："成功的花，人们只惊羡她现时的明艳！然而当初她的芽儿，浸透了奋斗的泪泉，洒遍了牺牲的血雨。"

但大姐您尽量缩小、甚至舍弃了个人的某些苦痛，更多地落笔于时代，抚摸时代的痛点，着墨于一代人那些记忆深刻的人事景物与大家共同经历、关心的题材。透过《女人四十也潇洒》，我看不到一点点青春过后的后悔，看不到大潮消退之后的颓唐；我看到的是作者将生活中的一丝遗憾、一丝惋惜，化作一种正面接受的坦然，一种"大步走向生命的另一段历程"的豪迈与潇洒。《核潜艇，一万年也要搞出来》《燃烧的希望》，这些文章，无论写人还是记事，都扩大了散文创作的题材，以"中国核动力研究设计院"这个特殊的科研单位具有代表性的人与事，向读者展示了"非同寻常""非同一般"的"别有洞天"，不仅题材具有开拓性，阅读更具有励志性与可读性，令读者"心雄万夫"[1]。

三是散文语言的修炼。

大作《灿烂瞬间》的语言，除了雅致、精巧之美，我更喜欢行文中语言的诗化美和有深度的哲理美。

如散文诗《心随菊魂舞》。"菊，花之隐逸者也"[2]，在中国传统文化中，"菊"往往意味着"隐士""隐居""隐逸"，似乎有点不食人间烟火的"高士"的味道。大姐下笔，以秋雨切入，以秋思联想，以秋菊为对象，通过对"紫菊""白菊""黄菊"的具体描述，将紫菊的"冷清与孤傲"、白菊的"吃尽苦头就为了证实自身价值"那种坚韧、黄菊那"倔强的身姿"，展现在读者面前，给人以一种顽强、坚韧、上进的力量。在其他文章中，如《岁月·历史》《迷失在丽江》《中国海军，我为你自豪》等，或多或少，这样的诗化语言，强化了抒情效果，增强了作品的感染力。

文章中的一些哲理性的语言或者哲理化的总结、提升，则给人以人生与智慧的启迪。

比如《暖光》结尾："我时常在想，所谓'幸运'是什么？是健康的体魄，幸福的家庭，事业上的功成名就，还是突然而至

---

[1] 李白：《与韩荆州书》。
[2] 周敦颐：《爱莲说》。

的财富？的确，这些是幸运，但我更倾向于做这样的理解：在生命的里程中，遇见了我欣赏的人和欣赏我的人，因为这是一切'幸运'中最本质的内核。"

再如《恩西尼塔斯的清晨和黄昏》的结尾："也许这就是人的劣根性吧：一旦拥有，便觉平常；一旦平常，便不稀罕；一旦不稀罕，便可视而不见，甚至予以破坏；而一旦破坏或者失去，又去怀念追忆。一种悲凉的感觉陡然从心底升起，让我不由得猛吸一口凉气，脑海中便浮现出环保、生态等词汇，再被这些意念所牵引，突然就想呐喊——人啊，请敬畏自然，回归自然吧！"

在大姐的新书中，这样的哲理化语言很多。这些语言，带着您对社会、对人生、对人与自然等的思考，具有一定的哲理意味。具体行文之中，要么引而不发，大胆留白，要么排比顶针，回肠荡气，都给读者留下想象的空间，引人深思和联想。

瑞珍大姐，这些年，因为文学的娱乐化、阅读的碎片化，一方面，文学创作大幅度萎缩；另一方面，散文创作因其入门之易，表面上很热闹，实际上假话、套话盛行，畸形繁荣，优秀的作品并不多见，这远远不能与日新月异的社会发展相称。"墙角的花！你孤芳自赏时天地便小了"[1]，冰心当年的教导，言犹在耳，确实应当引起我们这些写作者的警惕。因此，在读到您的新作《灿烂瞬间》的时候，油然而生一种敬意。

文学是一项需要付出极大心血的事业，需要咬定青山的坚持，百折不回的坚韧，心无旁骛的坚守，矢志不渝的坚定。唯其如此，才能有所收获，有所突破，有所提升。

书不尽意，祝好！再谢！

---

[1] 冰心：《繁星·春水》。

读张忠辉散文论创作的三个问题[1]

曾令琪

一

湖上飘着一片红叶

红叶上坐着一个秋天

这是三十多年前，我偶然读到的两句诗。这么多年过去了，似乎还记忆犹新。今天，应邀参加散文家、原四川省经信厅张忠辉先生的散文集《树下读叶集》新书首发座谈，看到书名，这两行清雅可人、意境优美的诗句，忽然从我的脑海里跳将出来。

是啊，手捧这一部沉甸甸的散文集，我才深感，时令虽然是初春，但忠辉似乎到了收获文学成果的时候——退休两年，实现了时间的富裕，有了大把的、成趸的时间，可以自由地支配。赏落花，品美景，读书读叶，重拾少年时期的文学梦，那是多么令人羡煞的惬意啊！

翻检一过，重点阅读两个序和《吃嘎嘎 想妈妈》一文，结合《树下读叶集》全书，不禁联想到关于散文创作的三个问题。

---

[1] 这是2022年2月20日，曾令琪致张忠辉先生谈散文创作的一封信。张忠辉，四川省经信厅退休干部，散文作家。代表作：散文集《树下读叶集》。

二

第一个问题，关于散文题材的多样性。

文学创作题材的多样性，与作家成长、工作、生活的环境，有着很直接的关系。这一点，于散文而言，尤其突出。因为，小说是虚构的——所谓自传也好，"非虚构"小说也罢，若无虚构，何言"小说"？——而散文以真实性为第一生命（当然，也不排除处理材料时的一些虚构）。

忠辉的这本散文集，如果从大的题材角度划分，可能有的评论者会认为"题材狭窄"，除了身边的人和事，就是他所从事的行业的一点内容。但一个散文家，不写这些熟悉的人、经历的事、深爱的职业，他还能写什么呢？特别是对忠辉这样踏上文坛不久的业余作家，更是如此。

被誉为"20世纪中国最后一位散文家"和"乡村哲学家"的新疆作家刘亮程先生，无论小说、散文、诗歌，几乎都是以农村、农民、农事、农具为题材，他一共出版近十部小说集、散文集、诗集，并于2014年8月获"第六届鲁迅文学奖"散文杂文奖。由此观之，"题材广泛"固然可喜，"题材狭窄"也不一定就是坏事。文学创作上，"扬长避短"比"扬长补短"好得多，也更直接。因为，任何作家都不是真正万能的；前者至少有让人发挥的余地，而后者却很可能给人造成费力不讨好的结果。能积极开拓题材，当然好；能守住"一域"，努力深耕，未必不是一件好事。

三

第二个问题，关于散文内容的地域性。

《史记·太史公自序》中有一段话：

迁生龙门，耕牧河山之阳。年十岁，则诵古文。二十而南游江、淮，上会稽，探禹穴，窥九疑，浮沅、湘。北涉汶、泗，讲业齐、鲁之都，观夫子遗风，乡射邹峄；厄困蕃、薛、彭城，过梁、楚以归。于是迁仕，为郎中，奉使西征巴、蜀以南，略邛、筰、昆明，还报命。

前半截"迁生龙门""耕牧河山之阳"云云，太史公马迁其实强调的是他小时候在家乡所受到的熏陶；后半段，则强调的是他实地考察、寻幽访古得到的收获。其实，如果从文学的角度看，似乎也可以这样理解——前半段讲的是文学地域性问题——从小生活、成长的环境，对一个人的影响必然是终身的；后半段说的是现今很时髦的"田野考察"问题，田野考察必将开阔作家的视野，开拓众多题材，触发创作灵感，扩大写作范围。二者一结合，加上作家的创作实力和勤奋态度，不出佳作，那才怪呢！

忠辉从小生活在嘉陵江边，嘉陵江水哺育了他，并一直给他提供着深入血脉的汩汩源泉；他是从小镇那棵大树下出发的，小镇，大树，清代的民居建筑，小镇上的人与事，风俗与美景，所有的亲情、友情、乡情、风物，那些亲切的方言俚语，纯正的民风民俗，为他提供了取之不尽的素材。

关于这个问题，我在给四川著名小说家李顺治先生的两部长篇小说所写的序《人生忽如寄　盍不振六翮——序李顺治长篇小说〈北河东去〉》[1]和《多维的文化审美与独特的地域写作——序李顺治四川方言版长篇小说〈毗河之上〉》[2]中，曾经阐明过

---

[1] 曾令琪：《人生忽如寄　盍不振六翮——序李顺治长篇小说〈北河东去〉》，《中华文学》杂志，2018年第3期。

[2] 曾令琪：《多维的文化审美与独特的地域写作——序李顺治四川方言版长篇小说〈毗河之上〉》，中国华侨出版社，2021年6月。

我的观点。那就是，很多作家、特别是一些一线的大家，往往都有一个文化的母题。比如，贾平凹先生的商州，莫言先生的高密东北乡，迟子建女士的额尔古纳河，汪曾祺先生的高邮，刘绍棠先生的北运河，史铁生先生的北京，等等，不胜枚举。

因此，很希望忠辉能在题材的选取上，比较深入、全面地对嘉陵江地域特色深挖广积，并予以适当、准确的表达，在题材的选取与开拓上，走出一条具有特色的写作之路，从而形成并彰显自己的风格。

四

第三个问题，关于散文情感的真诚性。

这是一个老生常谈的问题。真诚如水，一见到底，显示出为人、为文的充分自信。复旦大学教授郜元宝先生解读鲁迅及其作品，透过鲁迅"出了名的不喜欢'故作豪语'"看到了鲁迅身上的自信："谦逊是自信，如实道来也是自信。这是显示自信的两种形态。"[1]忠辉散文集《树下读叶集》中以《吃嘎嘎 想妈妈》等为代表的40余篇文章，我不敢说篇篇都是佳作，但可以肯定地说，每一篇文章都是真情的自然流露，都是心血的汩汩流淌，这应该没有丝毫的问题。

在当代，散文和现代诗一样，沦为最没有"门槛"的两大文学体式。现在的有些所谓散文，或为赋新词，矫揉造作；或呕哑嘲哳，装腔作势；或搔首弄姿，卖弄风情；……为人不诚，则为文必然不真；为文不真，则可谓真正的"满纸荒唐言"。这样的"散文"，最不可取。唐宋八大家，哪一家不是力倡真性、独抒

---

[1] 郜元宝：《学习鲁迅，树立切实的文化自信》，搜狐网，2021年9月28日。

己见、抒发真情的大作家？在散文、新诗每天被"制作""生产"几十万篇（首）的中国当代，它们的生命力有多长？我不知道；能传之后世的有几篇？我更不知道。

当然，在散文"圆熟"之后，还要力戒"圆熟"，添加"生涩"。如同书法一般。2021年夏天，我到西安拜见我的文学导师贾平凹先生，就散文问题进行长篇专访。贾先生特别强调："我们写散文，不能把它写得太像'散文'。"我的理解就是，散文的创作，不能写得太过"圆熟"。过早"定型"，太过"圆熟"，形成固定的表达模式，可能对散文创作的进一步开拓有害无益。这一点，应当引起我们散文创作者的警惧。这个问题，借此机会，算是与忠辉和文友们的交流和探讨吧。

总之，忠辉的散文，选取自己熟悉的题材，注重细节的描写，充满真情挚意，以幽默风趣的语言出之，对人、对事的评价"点到为止"，分寸拿捏很到位。这说明路子正，方向正，这是散文创作中大"道"的问题。至于题材的开拓、技巧的提升等散文中存在的一些这样、那样的问题，那是小"术"的问题，是不难解决的。我相信，假以时日，忠辉的散文作品，将出现一个"量"与"质"的井喷。

一点浅见，愿以此与忠辉和朋友们共勉。

弃"形散神不散" 倡散文之"收与放"

曾令琪

关于散文创作,写作界过去有所谓"形散而神不散"的提法。对此,根据自己对散文的认识、理解,根据自己的散文创作实践,我认为,"形散而神不散"的提法是错误的。因为,散文之"形",若人之四肢百骸;散文之"神",若人之内在精神。若人之四肢百骸俱散,欲求人之内在精神,其可得乎?

关于"形散而神不散"的提法,有几个问题必须搞清楚:

其一,这个提法的由来。

"形散而神不散"最初是肖云儒在1961年5月12日《人民日报》"笔谈散文"专栏的一篇名为《形散神不散》的短文中提出来的。作者肖云儒,时年19岁。他说:"师陀同志说'散文忌散'很精辟,但另一方面'散文贵散',说的确切些,就是'形散神不散'。又称形散而神不散。"

1961年也被人称为"散文年",当时正处于当代文学史上散文的第二次复兴。文学界进行"调整",其中心是改善文学与政治的关系,在题材风格上提倡有限度的多样化。此时散文的重要性也被重视,其中有老舍的《散文重要》(1月28日)和李健吾的《竹简精神》(1月30日)等。

这个说法表达了当时一种相当盛行的文艺思想:作品的主题必须集中而明确。它体现了当时封闭而单一化的思想氛围,所呈现的是散文审美的单一化和定型化,它对20世纪60年代的散文创作状况做了一个很好的概括，如当时的散文作家杨朔的散文就有这种特点。因为这个概括说起来很方便，也确实代表了散文的一种类型，所以从此便成了概括散文特点的定义式的教科书式话语。

自20世纪60年代以来，中学教材中经常选用的散文有：杨朔的《荔枝蜜》、袁鹰的《井冈翠竹》、高尔基的《海燕》、朱自清的《春》和《绿》等。

也有人将"形散而神不散"略称为"形散神聚"，这是散文的重要特点。所谓"形散"，主要指散文的取材十分广泛自由，不受时间和空间的限制；还指它的表现方法不拘一格。组织材料，结构成篇也比较自由。所谓"神不散"，主要是说其要表述的中心思想明确而集中。

散文的主要特征是"形散神聚"。"散"主要表现在材料的选用、材料的组织和表达方式的运用等这些外在的形式上。散文的"神"是指蕴涵于外在的"形"中的思想感情。它是内在的，体现了作者的写作意图。"神"是文章的灵魂、统帅，驾驭着看似散的"形"，并使之为"神"服务。

其二，对这个提法的批评和反思。

1985年前后，我的师父、著名作家贾平凹首先在《文艺报》上发表文章对"形散神不散"提出批评；1986年下半年，《散文世界》也质疑这个观点；林非先生在1987年第3期《文学评论》上发表论文《散文创作的昨日和明日》，旗帜鲜明地对"形散神不散"提出尖锐的批评，在文艺评论界引起震动。他们认为："如果只鼓励这一种写法，而反对主题分散或蕴含的另外写法，意味着用单一化来排斥和窒息丰富多彩的艺术追求，这种封闭的艺术思维方式是缺乏马克思主义的辩证法所致。主旨的表达应该千变万化，有时候似乎是缺主题的很隐晦的篇章，对人们也许会产生极大或极深的思想上的启迪,这往往是那种狭隘的艺术趣味所无法达到的。"

1988年1~2期《河北学刊》发表了四篇关于"形散神不散"的争鸣文章,当时的《文汇报》对此作了报道,不久文学评论界即形成共识。至此,多年来曾被人们深信不疑的关于散文特点"形散神不散"的概括,终于被赶出文坛。[1]

《美文》2005年6月号上发表了肖云儒的《"形散神不散"的当时、当下和未来》。作者写道:"44年前的5月,我是大三的学生,斗胆投稿《人民日报》副刊"笔谈散文"专栏,写了那篇500字短文《形散神不散》,接着别人的意思说了几句即兴的话。在名家林立、百鸟啁啾的散文界,这几句话是连'灰姑娘'和'丑小鸭'也够不上的,不过就是一只跳蚤吧,不想渐渐在文坛、课堂和社会上流布开来。"相信这也是作者在文章的开头附上《跳蚤之歌》[2]的原因。并声明其本意主要是针对"形散"一类的散文来说的,提醒一下作者,形"散"可以,但神不能"散"。

其三,我对这个提法的看法。

根据我个人多年的散文创作实践,我感觉,"形散而神不散"的提法,限制了散文作家的创作思路,造成了散文写作程式化的弊端,极大地桎梏了散文创作的百花齐放。

---

[1] 温欣荣:《散文"形散神不散"辨析》,《语文教学通讯》杂志,2008年4B。

[2]《跳蚤之歌》:俄罗斯经典作曲家莫索尔斯基曾经给德国大诗人歌德的一首叫《跳蚤之歌》的诗谱过曲,后来成为流传各国的世界名曲。《跳蚤之歌》的意思和《皇帝的新衣》有些相近,说的是国王宠养了一只跳蚤,让裁缝给它做了一件大龙袍,封了宰相,挂了勋章,很得意了一阵子,最后被人捏死了。

因此，我主张将散文的"形散而神不散"，改为"注重散文的'收'与'放'"。

《文心雕龙·神思》对文学创作中作家的思维是这样描述的："文之思也，其神远矣。故寂然凝虑，思接千载；悄然动容，视通万里；吟咏之间，吐纳珠玉之声；眉睫之前，卷舒风云之色；其思理之致乎。故思理为妙，神与物游……此盖驭文之首术，谋篇之大端。"专心致志地思考，思绪连接古今，心为所动，情为所感，自是动人心弦，于是，感觉上自己仿佛可以看到千里之外的不同风光。借鉴到我们的散文创作中，我认为，"思接千载，视通万里"就是"放"，"吟咏之间，眉睫之前"就是"收"。古人云："文似看山不喜平。"[1] 一"收"一"放"之间，不仅可以凝神聚气，主题突出，还可以形成散文的节奏和韵律，使得音韵和谐，流畅自然。关于这个问题，拟以后适时以专章论之，此不赘言。

个人觉得，散文的"收"与"放"的提法，远胜于散文"形散而神不散"的提法，对我们的散文创作，或许会有更多、更直接、更实在的指导意义。

---

[1] 袁枚：《随园诗话·李觉出身传评语》。

文学漫谈笔记选

曾令琪

1. 买书与藏书

关于读书，首先要打破多多益善的神话。

34年前18岁那年秋天，我考进原南充师范学院中文系（现在的西华师范大学文学院）。个别老师谆谆告诫我们，大凡古今中外的优秀作品，都要认真地去读。那时人年轻，对老师的话也没有去细想。总之，老师怎么说，就想去怎么做。没过多久，发现了问题——从古到今，从中到外，优秀的作品真可谓浩如烟海。一本一本读去，以我们有涯之生，陷入那浩瀚的汪洋之中，何时才是一个头啊！由此，不由得对老师的话产生了怀疑。试想，"文史不分家"，单单一个《二十四史》，就会令我们多少人望而生畏，何况还有那么多的文学名著、那么多的现代、当代名著！

不久，系上给我们新生开列了一个《必读书目》，从大量"优秀作品"中，给我们好中选好、优中选优，列举了一些作为中文系学生应该阅读的基本书籍。从此，我们才算是真正解脱了出来。

所以，关于读书的多少，我的结论是：不要去撒大网、拉大包围。最好的办法，是结合自己的专业、结合自己的爱好，有重点地选择、有重点地阅读，才能有重点地突破。爱好古典文学的，不妨多读一点古典文学和古典史学；喜欢外国文学的，不妨多读一点19世纪、20世纪外国（特别是欧美）文学名著；喜欢现当代文学的，不妨多读一点鲁迅、郭沫若、茅盾、巴金、老舍、曹禺和梁实秋、林语堂、周作人、贾平凹、余秋雨、莫言、余华，等等。

关于读书，还要打破"书本才是书"的神话。

除了文字的书，社会也是一本书，一本我们需要终生阅读的大书。举凡山川形胜，人文地理，民风民俗，自然风光，乃至于人情世故，政经时事，都需要我们从生活中去细细体察。有的人不会读书，临时抱佛脚似的找一找"度娘"，也总比那种不懂装懂、满嘴柴胡的强得多。

举个例子：明末清初的谈迁，终生不仕，以佣书、做幕僚为生。他博览群书，善诸子百家，精研历史，尤重明朝典故。他立志编撰一部翔实可信的明史，从天启元年（1621年）开始，历时20余年，前后"六易其稿，汇至百卷"，完成一部编年体明史，共500万字，取名《国榷》。顺治四年（1647年），《国榷》手稿被窃，谈迁时已53岁。他发愤重写，经4年努力，矢志不挠，终于完成新稿。顺治十年，他携稿随人北上，在北京两年半，走访明代故臣，搜集明代遗闻，并实地考察历史遗迹，加以补充、修订。书成，成为史学名著。

古代名人中，类似的例子非常之多。阅读谈迁的事迹，印象最深刻的，除了他的坚韧不拔，我觉得最突出的一点是，他能实地考察以补充书本之不足。他是真正明白自然、社会、人生就是一本大书的史学家。我们如果能有谈迁精神的一半，何愁读书不成！何愁写作不成！

关于买书、藏书的问题，我有三个想法：

一是千万不要跟风。

刚刚上大学之时，周末我们往往几个同学相约去逛书店。心理学上有"从众"一说，一个人买什么书，其他几个同学往往跟风而上。那个时候生活条件很艰苦，所买的每一本书，差不多都是从我们的生活费里节省下来的。多年以后，回想起来，学生时代花了多少"冤枉钱"，买了多少不值得收藏的书啊。

二是充分利用好图书馆。

随着社会的高速发展，公共图书馆事业也坐上了高铁。就算是一个街道办的图书室或者一个中小学的图书馆，其藏书无不是经史子集、丰富多彩。这种情况之下，我们还有必要花大力气当"剁手党"、见书就买吗？一个家庭的藏书，自己喜爱的各类图书，有个那么三五百本，庶几可用，即可。记得好像是钱钟书先生，他就不主张买过多的书。钱钟书与杨绛夫妇，当年经常是一到周末，就一起到图书馆泡一天。阅读书籍，查阅资料，不一样写出了那么多传世佳作吗？个人藏书再多，都多不过公共图书馆。我所在的成都市，仅仅四川图书馆新馆，藏书就达600万册。还有成都图书馆，四川大学图书馆，主城区各区的图书馆……前几年，我写作《末代状元骆成骧评传》一书的时候，就经常去四川大学博物馆的图书室。那里的资料，让我流连了很久、很久。

清代的袁枚在《黄生借书说》中曾经有这样的表述："书非借不能读也……《七略》《四库》，天子之书，然天子读书者有几？汗牛塞屋，富贵家之书，然富贵人读书者有几？其他祖、父积，子孙弃者无论焉。非独书为然，天下物皆然。"关于藏书，与其多而不用，还不如不有。如果袁枚生活在图书馆事业发达的当下，我相信，他会更加坚信他的看法。

三是有一个实用的书房就好。

清代的林嗣环在《口技》一文中说，那个口技表演者"一人、一桌、一椅、一扇、一抚尺而已"。现在想来，用在我们当代人的书房描写上，是非常合适的。书房，除了像准备感冒药品之类日常必备的几百本书，有一张稍微舒适一点的座椅，一台电脑，一扇明亮的窗户，足矣！

前些年，有的"假斯文"，书房靠墙的书架上，一本一本的精装书，码得整整齐齐，可惜，那些"书"，只有外壳，翻开一看，里面全部是一片空白。这些年，我也看到不少"成功人士"，书房大大的，藏书多多的，言必称版本，论必称莫言。高谈阔论，睥睨天下，圈子之内，唯我独尊。可惜，大多是绣花枕头，好看不中用。

说实在的，我自己的写作"硬件"就很不如人：20年前写作《周恩来诗歌赏析》一书的时候，我是在我的卧室兼书房中，坐在一张100年历史的老太师椅上，一个字一个字在方格纸上写出来的。至今，那本由成都科技大学出版社出版的仅仅10余万字的书，还被称为"填补了国内外周恩来研究的一项空白"。）——说到这一点，的确是发自内心的自豪。——现在，一台电脑，几经升级换代，一直伴随着我，已经15年。在这一间小小的书房里，陆陆续续也写作、编纂了400多万字的作品了。其中的《朱德诗词曲赏析》《末代状元骆成骧评传》，也差不多可以算是近几年的代表作吧。

书是好东西，本身不是问题，怎样读书才是问题，而且是大问题。获得快乐、增长智慧、经世致用，才是读书的终极目标。否则，很可能沦为只能炫耀"茴香豆的茴字有四种写法"的孔乙己，那就一点意思都没有了。

2. 关于选材

正式写作之前的选材，犹如厨师炒菜之前的择菜。要弄一桌子菜，是否得先将菜单定一下？想炒哪些菜，这些菜将用哪些食材，这些都应在计划之列。这一步如果偷懒，则将直接影响到备料和炒菜的各个环节。准备充分了，做出来的菜可能是色香味形，既精且细；准备太仓促，做出来的菜可能渣渣草草，食欲全消。写文章又何尝不是这样。

在下笔前，有的人感觉到有很多的事情要写，但不知写哪一件；有很多情感要表达，但不知道哪一个最值得表达。这样就涉及一个选材问题。打个比方：我们面前摆了一堆碎布头儿，要你缝制出一块坐垫，你就必须先选取布料。什么样的图案好看，什么样的颜色适合，什么样的布料搭配恰当。选完后，经过剪拼、缀连，一块美丽漂亮的坐垫才能呈现在我们眼前。写文章也是如此。

概括而言，根据自己的写作目的，按照所定文体的要求，有侧重地选取某些材料，写进文章之中。这就是选材。

记得多年前我初学写作的时候，总是想在一篇文章中，将一些东西一股脑儿全部写进去；将自己要表达的意思差不多全部表达馨尽。那时候不太懂得这个道理——文章不是生活的实录，写作不是照相机，不能完全照搬生活。现在想来，就算是照相机，照相的时候也得有个"取景"式的选择，并不是拿着相机就噼里啪啦一顿乱闪。文体的不同、主题的不同、重点的不同、表达的不同，必然决定了写作之时选材的侧重点也就不同。

写作少不了选材，选材离不开生活。可以说，没有哪一个大家、名家，不强调生活与写作的关系。要知道，生活是生命之源，我们的生命来源于生活。没有生活，就没有写作。

著名作家、教育家叶圣陶先生认为："（写作）是生活的一部分，是一种发明，一种享受。惟有生活才是作文的源泉：生活犹如泉源，文章犹如溪流，泉源丰盈，溪流自然活泼泼地昼夜不息；生活充实到什么程度，就会作成什么样的文字。因而只有生活充实，才会表白、发抒出真实的深厚的情思来。"要维持源头活水，那就只有深入生活。朱熹诗曰："问渠那得清如许？为有源头活水来。"我的师父贾平凹先生对我谈到他的创作经验时，一再强调，他自己每年差不多一半的时间，骑个自行车，深入乡下，走访村民，实地考察，搜集素材。他的16部长篇小说，差不多每一部都是以这种方式采访、构思、成形的。就是那一部"名高天下，谤亦随之"的都市文艺圈题材的《废都》，其中也涉及不少的农村生活。平凹先生自称农民，深入农村、深入农民之中，先生就如同一尾鱼游进了大海，农村就是先生写作取之不尽的源头活水。

生活是知识之窗，我们的很多知识来源于生活。生活知识在某种意义上来说，比书本知识更重要。

记得读书的时候，每天要背诵很多东西。可以自豪地说，现在能大致背诵的东西，大多是大学中文系四年打下的基础。现在网络发达既是好事，也是坏事。说好事，是因为在某些人眼里，网络几乎等同于万能的主；说坏事，是因为网络的普及，造就了一大批"偷奸耍滑"、不再强调背诵的人。在我看来，对写作者而言，网络犹如一把双刃剑。如果用得不好，无异于自废武功。有的人东南西北都没有搞清楚，为文造情，漏洞百出，牛头不对马嘴。有的人粗制滥造，"倚马可就"，写作速度比李太白还厉害，可惜没有几篇叫得响的"大作"。要知道，李白一生留下的诗作，也仅仅900余首呢。纵然我们不能像贾岛那样"两句三年得，一吟双泪流"式地苦吟，但写作上严谨一点点，总是好的。

像我这样的人，从书斋到书斋，就更应该重视生活知识的学习。孔夫子"入太庙，每事问"；贾平凹先生当年为了更快地成为收藏的行家，曾经向很多人请教过收藏的知识；我有个忘年交、现在将近90岁的成都美食家罗亨长，年轻的时候为了能在川菜界站住脚，可以说尝遍了四川各地、各种不同风格与流派的川菜。我常常想，如果能像这些名家一样，在写作上多多考虑散文的选材，多多尝试散文的各种题材，对写作、对散文的创作必然大有裨益。

生活是写作之母，我们的写作题材来源于生活。没有生活之"源"，就没有写作之"流"。

现在网络上充斥着一种所谓"穿越"文。说实在的，我很不喜欢。那些穿越，即使写得再精彩，也很难让我"进入"。退回去30多年，姚雪垠先生的长篇小说《李自成》，曾经风靡一时。它虽然有拔高闯王之嫌，但作为历史题材的小说，其研究之细，考虑之周，历史环境再现之典型，历史人物刻画之生动，实在是当今的"穿越"文所望尘莫及的。儿时曾经通过收音机，较为完整地听过黎汝青先生的长篇小说《万山红遍》，也有类似的感觉。很幸运的是，时隔40年，通过黎先生的亲属，我们杂志于2016年创刊号，刊发了先生的肖像作封面人物，也算是对他最有意义的怀念了。——这是题外话。

"源"与"流"的关系，说起来简单，但做起来就难了。现在的文坛，要么是你好、我好、大家好的毫无主见、阿谀奉承，要么是老子天下第一、别人都是笨蛋的目高于顶、狂妄自大。我认为，这样两种极端的现象，要么是唯唯诺诺、腹中空空没有底气，要么是理不直靠气来壮胆。借用古人的一句常用语，"余甚鄙之"。

散文的选材，应该是没有限制的。上可国家民族，下可饮食男女；玄到心游万仞，实到柴米油盐。只要认真，只要坚持，人勤地不懒，一定会有比较明显的收成的。

很欣赏贾平凹先生这些名家，他们能在红尘喧嚣的时代，在乱花迷人的季节，潜心静气地深入生活，感受大地之母给我们的蓬勃生气，激发写作意志。

3. 文学之"韧"

辛稼轩乃诸葛孔明之后少有的文武全才。一生磊落，一生坎坷，但也一生致力于词的创作。报国无门的悲愤，有才难施的苦闷，全见于他貌似豪壮、实则壮志难酬的词中。

偶忆二战名将巴顿将军语："衡量一个人的成功标志，不是看他登到顶峰的高度，而是看他跌到低谷的反弹力。"

一点荣耀，便口念不绝；或者一遇挫折，便颓废终身。此皆非大丈夫之所应为。

须知，兵无常势，水无常形。人生一世，荣光也好，困顿也罢，都不过是历史长河中之过眼云烟。

唯独咬定青山的坚持，坚韧不拔的努力，最终才能让一个脆弱的生命，焕发出人性的辉光，从而在青史上垂之永远。

若李太白，若杜工部，若苏东坡，若辛弃疾，皆然……

4. 写作之"技"

世间所有技能之中，写作的抗压性、抗攻击性最强。

如果人生的命运有如非洲狮子一般将你逼到退无可退、无路可逃，那么就从事写作吧；因为，写作能让一个柔弱的生命变得拔山扛鼎，其内心若项王一样强大。

写作技能是一项底层技能、一项普世技能。一旦开启"写作+"模式，那么，写作几乎可以为所有技能赋能。

写作技能是一项高保真、高保值技能。世界日新月异，科技迅速发展，各行各业面貌天天都在改变。但在这个多变的世界，作为技能，写作永远不会贬值，反而会越老弥珍，越来越体现出其超越时空的价值。

写作技能具有极强的时间累积性。写作属于软性技能，越早"开始"，越早积累，就越好。写作技能一旦形成，成为生命中不可或缺的一部分，那么，将雷打不动，水冲不走。还有谁能在短时间内超过你？

"千里之行，始于足下。"爱上写作，那就从"现在"开始。时间就是森严的壁垒，"明日复明日"式的拖延，只能白白浪费生命。

我不知道我的生命之舟最终将会把我带向何方，但毫无疑问，只有抓住"现在"，才能走向未来。佛家谓"活在当下"，善哉！

5. 写作之"悔"

世间的万事万物，都没有超级的完美：维纳斯那么美，却是断臂。对于写作，也不能有完美主义倾向。写作的基因可以遗传，但好的文笔却不能遗传，只能靠勤学苦练。何况，任何好文章，都是改出来的。

要明白，今天写的每一篇文章，都是在为明天写好下一篇文章，而做必要的准备。同书法练习一样，写作的过程，就是不断发现过去写得很差的过程。所谓"悔其少作"，大概如此。

但对于一个执着于写作的人而言，"悔"代表的是一种否定，更象征着一种进步。佛家谓"勇猛精进"，畏畏缩缩，既不"勇"又不"猛"，还沉醉于几十年前的荣光之中沾沾自喜，欲求"精进"，其可得乎？

6. 作家之"敏"

一觉醒来，冷雨敲窗。卧室开着门，一丝冷风，自窗而入，绕室而去，带来些许凉意。"一番秋雨一番凉"，看来，秋，是真正地来了，以一种随意的姿态，既"防不胜防"，又"无可阻挡"。

唐人曰："独有宦游人，偏惊物候新。"写作者对季节的交替、时序的变化，大概都是敏感的。那个曾经"把栏杆拍遍"的辛稼轩，怜惜"更能消，几番风雨，匆匆春又归去"，感叹"楚天千里清秋，水随天去秋无际"。但春去秋来，并非无痕；就算羚羊挂角，也皆有迹可循。

自然的风拂过静寂的大地，必将呈现出春荣秋枯的景象；

岁月的风刮过精神的原野，永恒不变的，是那闪烁的沙金……

7. 写作之"慎"

写作最好少一点私密性写作，多一点公开性写作。唯其公开，才会骤增压力；有了压力，才会认真写作。

写作的目的，不是自善，而是创造价值——精神财富和物质财富。而想要创造价值，就必须为读者提供新知。

所表达的若是人人皆知的人、事、物、理，那读者就不一定会买账。欧阳修所谓"不怕先生骂，却怕后生笑"，这种态度应该是可取的。

当今的读者是很刁钻古怪的，他需要从你的文字中寻觅他身上没有的、他需要的东西。而公开写作，甚至发表、出版，对这个因素必须予以高度重视。

有的近体诗，四平八稳。作者年纪不大，诗词却弄成了"老干体"。有的现代诗，诗意苍白，沦为口水诗，为文造情，生机顿失。

为文者，不可不慎也欤！不可不慎也欤！

8. 写作之"速"

与其他行业、其他职业一样，写作也可以成为一种职业、一门手艺。

是职业，就必然带上职业的特征：读书问学，以养其气；寻师访胜，以长其识。万卷吐纳，千里游赏，乃能如太史公司马迁一样，"究天人之际，通古今之变，成一家之言"。

而作为手艺，最重要的是手感。作家的手迹固然重要，但网络时代，弃电脑而重手写，必然影响创作的速度。电脑（或者手机）写作，从不习惯到习惯，最多20天；从习惯到熟练，最多也不过100天。

自2004年8月30日正式"换笔"以来，18年有余，几乎不是在网上，就是在"去网上的路上"。网络一熟练，便如虎添翼，收事半功倍之效。

有的人一定要正襟危坐，一笔在手，才有"手感"。愚见非也。实际上，手感的产生和保持，无非就是一个习惯而已。"习惯成自然"，持续做，坚持写，勤钻研，要不多久，就"习惯"了。

忽然想到毛泽东同志在《论持久战》中的"积小胜为大胜"的零敲牛皮糖的战法，不禁莞尔。——世间万事万物，其理一也。

9. 写作之"乐"

无论是文学还是艺术，人无法拒绝、也不能拒绝自己真实的感受。

无论现实如何想把一个人一层一层地夯死在哪条轨道上，但人生总会一点点挪移重压，腾出空隙，将那个人投入真实的快乐之中。

太行山悬崖上的扭柏，峨眉山石头缝中的草花，莫不如此。狂风蹂躏，雨雪肆虐，但只要一到春天，它们都会向春竞艳，放声歌唱。

人生苦短，人的命运也无法预知。但只要能让人快乐，那么，它就将是你个人命运的把手。

比如写作。

为了生存，生活中我们可能卑微到尘埃。但文字纵横，思想驰骋，坐拥书城，我们也可以心雄万夫，南面称孤。

所以，只要找到那件能让你一直不厌其烦地做下去的事，只要找到那件让你身心愉悦的事，那么，你就坚持、坚持、坚持吧。

只要坚持，快乐的天使就将叩响你的心门。

10. 关于真诚

文学艺术，都必须真诚。——注意，是"必须"，不是"可以"。——惟有以"真"为基础,方有进一步的"善"和"美"。要知,"内容"永远大于"形式","内容"永远高于"形式"。随举二例:

其一,宋代李廷彦,仅仅为了让诗中对仗工整,便写出"舍弟江南殁,家兄塞北亡"这样的诗句。其弟之殁,尚是事实;其兄之亡,则纯属虚构。若置之当今,可谓之博眼球、赚流量,成为"网红"。但因其不真,故"止增笑耳"。

其二,宋代惠洪《冷斋夜话》卷四有一条笔记:"黄州潘大临,工诗,有佳句,然贫甚……临川谢无逸以书问:'近新作诗否?'潘答书曰:'秋来景物,件件是佳句,恨为俗气所蔽翳。昨日清卧,闻搅林风雨声,遂起题壁,曰:满城风雨近重阳。忽催租人至,遂败意。只此一句奉寄。'"一句"满城风雨近重阳",贫病交加之状,真实不虚,如在目前。有人谓宋人无诗;愚以为,置之于唐代优秀作品之中,此句亦毫不逊色。当代那些书法之丑书狂怪,诗歌之唾沫横飞,散文之虚情假意,在潘同志这一句诗面前,作何感想?

那么,如何做到真诚?没有一条高铁通向真诚,没有一条航线直抵真诚。"曲径通幽处,禅房花木深。"要想真诚,"真诚"本身就是一条阳关大道。

无论文学还是艺术,审美常常并不需要懂得太过高深的原理,黄口小儿也知道什么是美。但创造美者必须掌握一定的方法论,才能回答"美是什么"的问题。否则,就可能沦为"撞大运"——就写作而言,写不好是常态,写好反而是非常态了。这样的写作,"形式"大于"内容","形式"高于内容,因而很可能昙花一现,即使轰动一时,也不太可能持续写作、持续创造。

文如其人,真水无香。对于写作者而言,为人真诚乃为文真诚之基础;而为文之"真",又为其作品"善"之主旨、"美"

之升华的前提。

多年办报,更因近几年主编杂志,阅人无数,阅稿无数。很反感那种"为赋新词强说愁"式的为文造情,更反感那种满口柴胡、莫测高深的装腔作势。满纸虚情,其文则难以卒读;腹中空空,装腔作势则令人生厌。

文学可以高大上,雅量高致;文学也可以烟火灿然,地气及身。因为,唯有真诚,才能真正地抵达诗与远方的文学彼岸。

11. 考虑读者感受

完成一件工作,总得有一个工作对象;诸葛亮摆"空城计",还得"在城楼上观山景"呢。写作也得看对象。从接受美学的角度而言,只有当读者参与阅读、喜欢阅读,只有当读者被感动、被打动,一件作品才会具有社会价值。

可是,写作有一个天然的缺陷——作者总是一直在"自言自语",有的意识流作品甚至是在"疯言疯语"。

有人会说,我们在写作时没办法倾听读者的意见啊。固然,有这个因素。但是在具体的创作中,我们可以考虑,从内容产品的设计维度上,用"倾听逻辑"来设计、修改写作框架,从而拉近读者与作者的距离。

和别人聊天,得考虑别人想倾听什么;写作,也是如此。

写作中,我们不能一味地表达我们所想表达的内容,得考虑读者想要得到什么。那个"把心交给读者"的巴金老人曾说:"我正是因为不善于讲话,有感情表达不出来,才求助于纸笔,用小说的情景发泄自己的爱和恨,从读者变成了作家。"

并不是人人都能成为巴金,也并不是人人都擅长表达。但是,作为作家,我们要通过写作,将自己的表达,将自己的个性化写作,尽量延伸、扩展为读者的社会化阅读,从而帮助读者表达、代替读者表达。——这就是"共鸣"。

12. 小处落墨

这两天读弟子周晓霞的生活随笔，很有感触。

晓霞善于从生活中挖掘题材，所以接地气；善于从细节处描写人物，所以生动鲜活；善于从小事情落墨，所以情感真挚而温馨。

这方面，我得向她学习。

一个人活着，每天总会见人、事、景、物，总会生情、思理。但我们往往会忽略很多生活的细节、人际交往中的小感动。

比如，今天去餐厅吃饭，这家餐厅的服务质量如何，可以引起自己的思考、评判；今天约了朋友见面，自己迟到或者对方迟到了，可以写写守时守信这个话题；甚至一场电影，一部电视连续剧，其故事如何，情节怎样，带来了怎样的冲击……这些，同样可以写一写。

因此，在一个作家、作者的眼里，世间万物，都应该被观察、被思考、被写作。生活不是每天都有"大题材"，日常的生活往往都平平淡淡，水波不兴。但寻常的风景，总有令人动心之处；烟火的日子，总有令人感动的时候。喜、怒、哀、乐，我们的情绪，不可能没有涟漪，一定有"波澜起伏"的情形。那么，那些让你感动的，让你郁闷的，让你高兴的，让你悲伤的，都将如涓涓细流，汇水成河，成为我们写作的源泉。

一个小风景，一个小人情，一个小趣味，一个小感动……小者，大之始也。"千里之行，始于足下。"要写出好文章，就应该这样开始。

13. 关于格局

人们常说，文学艺术会让一个人格局大起来。

这句话看起来没毛病，但仔细一想，就出"状况"了。我的第一直觉，想到的是曹操与杨修、曹丕与曹植、隋炀帝与薛道衡、顾城与谢烨……

文学与艺术，只是生活的一部分，而不是全部。文学与艺术，也仅仅具有"教化功能"，它最多算是一艘小小的"舴艋舟"，岂能载动人生的、社会的、道德的、法律的"许多愁"？

不然，曹孟德也不会杀掉杨德祖，曹子桓也不会逼得曹子建七步吟诗，隋炀帝也不会借口"暗牖悬蛛网，空梁落燕泥"而杀掉薛道衡，顾城也不会在激流岛让夫妻二人的诗与人生灰飞烟灭。

由此观之，有时候，文学与艺术所附带上的功利，也能让人变得偏执狭隘、自私自利。

其实，人生如杯，容量固定，装多装少，似乎也就有了定数。无论是汤，还是饭，似乎只能装那么多。

但杯子可以循环使用，这无异于增加了杯子的容量。所以，一个人的格局总是在不断的变化之中。而格局更多的与"胸襟""气量"有关。一个有胸襟的人，无论别人褒之、贬之，都能付之一笑，然后该干啥干啥，决不受人左右。如果一遇挫跌，即坠入深渊，自暴自弃，欲求"诗与远方"，其可得乎？

记得苏东坡《后赤壁赋》有言："山高月小，水落石出。"在高山的反衬之下，高挂中天的月儿就显得很小；当潮水消退之后，没在水中的石头就会自然地显露出来。换言之，一个人气度渐大，抱怨就会变小；胸襟渐宽，人脉也就变广了。佛家所谓"境由心造，相由心生"，应该是有一定道理的。

所以，归结为一点——有眼界，才会有胸襟；有胸襟，才会有格局；有格局，才会有事业；有事业，才会有人生。

就写作而言，作家格局小，只能写出小文章；作家格局大，才能锻造大作品。

14. 作家的饭局

中国人的人际交往，尤重"饭局"。国之大事有"国宴"，单位对公有"接待"；个人交往可以推杯换盏宴以尽兴，农家红白可以"坝坝宴"上人人冲锋；……

难怪，"鸿门宴"中，刘项斗智斗勇，英雄豪杰粉墨登场；绩熙殿里，宋太祖略施小计，杯酒之中，一释兵权。竹林之下，"七贤"风神宛在；兰亭之侧，羲之曲水流觞。"局"离不开"宴"，"宴"离不开酒。一部中国史，若剔除了饭局、剔除了酒会，那将是残缺而不完整的；若将一部中国"宴会史"整理出来，我想，不仅仅会氤氲一片酒香，恐怕其背后的尔虞我诈、勾心斗角、忠奸计谋、人情世故，也将"浮出酒面"。

于是乎有"灯红酒绿"，于是乎有"醉生梦死"，于是乎有"三高""消渴"，于是乎有"借酒消愁"。

有的人想凭一个饭局结识他人，借以成事。可是，若自己腹中空空，仅凭酒桌上的一面之交谁又能助你"进入圈子"？听言观行，觥筹交错之际某些人的"豪言壮语"，又焉能当真？试想，世间有哪一种真正的交情，是纯靠喝酒喝出来的？世间有哪一种事业，是靠酒桌上的"冲壳子"冲出来的？

"白发如新，倾盖如故"，真正的友谊，不仅经得住"酒打"，更经得起人生起落沉浮的考验。

在如今信息都已"高速"的时代，写作界一些人渴望"成名"，渴望"成家"。这种心理很正常。自己有了一定的底蕴，再请人说项揄扬，那是应该的；但若自己本是花拳绣腿，缺乏实力，而把成名、成家的所有希望，完全寄托在"三日一小宴""五日一大宴"的"终南捷径"上，我看，这虽说不上"饮鸩止渴"，但无异于"缘木求鱼"。

这么些年，我这个"文坛走卒"也算读过一两本书，认识过三两个文坛大人物。但王蒙先生到成都，一不"请吃"，二不"吃请"，更不喝酒；我的师父贾平凹先生，每天粗茶淡饭，中年以后，从不饮酒。真的好佩服王老和贾老的自制力啊！他们能在文学上取得一个又一个的超越，显然，这是其中一个重要的原因。

年轻的时候，也曾左手持螯，右手持杯，指点过江山，粪土过王侯。也曾去巴结过领导，讨好过上司。现在，三十年风风雨雨，坎坎坷坷，一路行来，才"觉今是而昨非"。想来也是，陶渊明当年挂官归里，重返自然，悠然去见他的南山，会那么的舒畅。

而读书、写作、写字，就是我的"南山"；迷人的文学，粉色的诗意，便是我的桃花源。但陶渊明同志南山整累了，也要小酌几口呢。

所以，我并不反对喝酒，我也并不反对饭局。只是人生苦短，人到中年，还真得做一做"减法"。那些呼朋唤友的胡吃海喝，那种喝酒斗狠的貌似豪壮，尽量远一点好。真挚的人际交流之余，认真的文学探讨之际，喝一喝茶，品一品酒，读一读诗，写一写字，缘起则聚，缘尽则散，顺天应人，那该多好。

所以，那些低质量的社交，那些与文学、与亲情、与友情无关的饭局、酒会，不去也罢。因为，真的再也透支不起生命。老一辈当年"只争朝夕"，年轻时候好像只是一句话而已；现在重读，却不免伤感。

时间很贵，健康无价，文学的诗意，还等着我们去营造与欣赏呢！

15. 写作与潮流

"大风刮来，所有的草木都要摇曳，而钟声依然悠远。"我的师父贾平凹先生《我心目中的小说》（《小说评论》2003年第6期）中的这句话，曾经让我从内到外，竟为之一震。

原文中，平凹先生讲的是社会大潮涌来，几乎人人都被裹挟，只有极个别的人能保持清醒。但我们是否也可以这样理解——在一阵又一阵"风"的面前，绝大多数人都只能"从众""随大流"；只有那些有思想、有见解、有主张的人，才能一枝独秀，并传递出自己的声音。

我这样理解，应该是可以的，因为，从接受美学的角度而言，"作者未必如此，读者未必不如此"。读者对作品的理解，永远大于作品的本身。

大而化之，从写作角度，我的理解是——一个真正的作家必须有思想，有担当，不能随风摇摆，跟风而上，更不能人云亦云。

可惜，近年的文坛，偏偏就是这样！

具体的创作实践中，某一题材获过大奖，则多少人一哄而上，跟风而行。"意识流"吃香就弄意识流，马尔克斯风行就弄魔幻现实主义。散文呢，我概括为十六个字：花花草草，卿卿我我，山山水水，吃吃喝喝。什么建安风骨，什么文以载道，什么抒写性灵……骨鲠、优秀的作品太少了。至于诗歌，"梨花体"走红，"口水诗"时髦，"羊羔体"流行，竟至于让"穿过大半个中国去睡你"风行于世也可以成为某些文学组织工作者的一大"政绩"……

"不是我不理解，这世界变化快。"太阳每天都是新的，世界日新月异，但客观而言，相对于这个一日千里变化着的社会，文学永远相对滞后，就连号称"文艺轻骑兵"的报告文学，恐怕也很难与时代发展和社会变化真正同步吧？

由此观之，文学需要沉淀，素材需要积累，作家需要思考，作品需要打磨。文学，有它自身的创作规律；文学，有它自己的创作周期。任何"随风起舞"的伪文学，任何急功近利的假文学，最终都难逃在大浪淘沙的洪流中被淘汰的宿命。

魏文帝曹丕《典论·论文》曰："年寿有时而尽，荣乐止乎其身，二者必至之常期,未若文章之无穷。"时代在发展,各种文体之"风"随时都会刮起。那么,在大风肆虐的时候,我们是做随风摇曳的"草木",还是做那穿透时空、警醒冥顽的"钟声"呢?

16. 文学是一场马拉松

写作,无论写什么题材,都必须写"人",写形形色色的"人"(包括作家自己)。在写这些人的过程中,作家的行文,必然带上作家的倾向性。20世纪50年代、80年代,文学界有所谓反映生活、干预生活之说,盖源于此。

既然是写人,那就必然要写事。无论写人,还是写事,都必然有高下之别,境界之异。有人谓新诗写作,无规律可循,无论怎么写都可以。有人曰散文创作,只要随心所欲,怎么写都成;小说创作,只要有可读性,即可。其实,这是天大的误解。正因为有这种误解,才会将新诗写成"梨花体",格律诗词写成"老干体",将散文等同于记叙文,将小说写成一般的故事。

要知道,将文字写"通顺",那是最低层次的要求。而通过文字,反映人物,揭示人物的内心世界,表达作家对这个纷繁复杂的世界的认识、见解,这才是写作应有的追求。

很佩服贾平凹先生商州系列中对故乡商州风俗画式的描写,很欣赏汪曾祺先生小说中那种绚烂之极、复归平淡的久而弥香。鲁迅的鲁镇(绍兴),沈从文的湘西,陈忠实的白鹿原,莫言的高密东北乡……每一个作家都应该有自己写作的"母题"。这方面,应该引起重视。作为一个资深的写作爱好者,我对我那遥远的故乡苏家湾小镇,描写得太少,反映得还远远不够。不知道以后这方面还能做一番探索与开拓否。

文学创作,需要热情,但仅有热情是不够的。——那种"三分钟的热情",川话谓之"茅厕板板三天新"。——除了热情,文学创作,更需要坚持。如果自己原地踏步,以"吃老本"为生,那么,在别人突飞猛进之际,自己无异于在大大地倒退,必然被这个日新月异的时代所抛弃。士别三日,今天的"阿蒙",已非复"吴下"的阿蒙了。文学这一场马拉松,比拼的不是起跑的速度,而是耐力,韧劲,坚持到底的勇气,一以贯之的恒心。

有人把作家看得很高,其实不然。在社会面前,在柴米油盐面前,作家照样不能免俗。所以,有时溜溜须、拍拍马,在"领导"面前低眉折腰,说说好话,这太正常了。作家不是神坛上的泥偶,不食人间烟火。作家写的很多是平凡的小人物,市井的江湖气。何况,作家本身,往往也是社会的弱者。正如那个因"李陵之祸"而遭受宫刑的太史公司马迁所说:"此人皆意有所郁结,不得通其道,故述往事,思来者。"[1] 在这个五光十色的世界,除了风花雪月,除了歌功颂德,一个作家,必须"追求另一种表达,寻求另外一种人生满足"[2]。

曾经沧海难为水,坐拥书城我为尊。是的,一个作家,就应该这样。

17. 散文题材的"大"与"小"

在散文的创作上,很多人主张大题材,大情怀,大情趣,大感动。我的观点不太一样。散文从来就是文学创作中相当重要的一环,从来就是文学百花园中非常耀眼的花朵。有大的题材、情怀、情趣,能引起读者大的感动,固然可喜;但若能从生活中挖掘小题材,抒写小情怀,描绘小情趣,表达小感动,又何尝不可呢?——退一万步说,我等凡夫俗子,每天考虑的是生存打拼,面对的是

---

[1] 司马迁:《报任安书》。
[2] 方方:《一个优秀的作家应该坚持为自己的内心写作》,搜狐网 2019 年 7 月 13 日。

柴米油盐，哪来那么多大题材？

但越小的题材，往往越不容易写得好。在题材的处理上，我们往往流于事物的表面，不容易开掘出其背后的人情世故与存在价值。这样的散文，很容易写成中学生应试的记叙文的样式。

很喜欢"嘉靖三大家"之一的"震川先生"归有光的《项脊轩志》。那种淡淡的回忆，浅浅的伤感，一唱三叹的委婉情趣，于寻常的叙述之中，动人心魄。结尾："庭有枇杷树，吾妻死之年所手植也，今已亭亭如盖矣。"真是沧海桑田，物是人非，余音绕梁，回味无穷，情绪上给人以极大的感染。

我们的散文，就应该像归有光这样。人与人之间的交往故事，亲情与人情的冷暖炎凉，世间能引起心波涟漪的人事景物……这些，都可以纳入我们的考察视野，成为我们的写作素材。这些素材，再经过筛选、发酵、思考、提炼，很可能就是上佳的写作题材。

散文家中，周作人的苦雨斋随笔，梁实秋的雅舍小品，耐读耐品，原因盖在于此。贾平凹、三毛、毕淑敏、张晓风、龙应台等作家的散文，在题材的开掘上与归有光有相似之处。平凹师的《丑石》，龙应台的《目送》，之所以成为经典，显然有其过人之处，值得仔细揣摩，认真品味。新疆散文家刘亮程，致力于农村题材的散文创作，成果丰硕；江苏青年作家杜怀超，执着于以日常所见的农具为题材创作散文，令人刮目相看。

个人认为，散文没有题材的高下，但有境界的高低。朱自清先生的《背影》，四次背影描写，父爱细节催人泪下；史铁生的《我与地坛》，将日常生活娓娓道来，过目难忘。这就是最好的例证。

什么样的散文才能叫好散文？一篇好散文，应该具备四个要素：最能够激发人们感动；最能唤醒人们回忆或向往某种社会生活和自然风光、人文景观；最能引起人们深邃的思考；最能在语言和艺术方面满足人们的审美趣味。

大人物有大人物的风采，小人物也有小人物的情怀。一部《全唐诗》，不仅有李白、杜甫、白居易，还有一大批不知名的诗人。在中国散文的百花园中，我愿做一株无名的野草，与那雍容的牡丹、散淡的菊花，同享上苍赐予的阳光雨露……

18. 坚持的意义

张爱玲有一句名言："啊，出名要趁早呀，来得太晚，快乐也不那么痛快。个人即使等得及，时代是仓促的，已经在破坏中，还有更大的破坏要来。"（《传奇》）

个人觉得，这一段话与"少壮不努力，老大徒伤悲"差不多。世事如白云苍狗，人生不惜少年时，不珍惜"当下"，一味地推之"明天"，奈何"明日复明日，明日何其多？我生待明日，万事成蹉跎"。以前执教时，喜欢给学生这样讲：今天不努力，天不会塌下来；明天不努力，天也不会塌下来；但天天都不努力，一年、两年、三年后，天就肯定会塌下来。同样一个班的同学，毕业之时，大家都差不多；三年过后，开始有一些差距了；再过十年、八年，差距则一目了然了。《三国志·吴书·吕蒙传》载，吕蒙谓鲁肃曰："士别三日，即更刮目相待。"信然！

忽然忆起罗曼·罗兰《约翰·克利斯朵夫》中的一段话："真正的光明绝不是永没有黑暗的时间，只是永不被黑暗所掩蔽罢了。真正的英雄绝不是永没有卑下的情操，只是永不被卑下的情操所屈服罢了。"

19. 散文的"情绪"

散文有散文的"情绪"，这个"情绪"，就是情感的起伏。一篇好的散文，它的情绪，应该与作者的情绪同步。否则，非但作者感到"别扭"，读者阅读时更会产生阅读的障碍。

读诸葛亮的《出师表》，诸葛亮那种苦口婆心，谆谆告诫，事无巨细,娓娓道来,其实也是他行事风格的反映,是他统率三军出征之前心境的自然流露。诸葛亮是先帝刘备的托孤重臣,是后主刘禅的"相父"。整个文章,行文之中,都贯穿了一个"忠"字。因为"忠",他就少了一些一般臣子的谨慎小心,更多的像一个中学教师,在"教导"后主应该怎样、不应该怎样。由于一心为公,没有私心,所以即使位高权重,也主少而国不疑。《出师表》成为千古名篇,脍炙人口,确实有它值得我们揣摩的地方。"亲贤臣,远小人,此先汉所以兴隆也;亲小人,远贤臣,此后汉所以倾颓也。"这些朗朗上口的名句,放在当今,仍具有很强的现实意义。在文章最后,诸葛亮抚今思昔,已悲不自胜。作者的情绪与文章的情绪一同达到高潮,产生了极强的感染力。

有些散文,特别是一些游记散文,停留于浅层次的表达。对人文、地理、民风、民俗等,缺乏深层次的思考。这样写下去,内容上缺乏厚重感,缺乏沧桑感,形式上比中学生应试的记叙文强不了多少;作者的情绪可能从头至尾都四平八稳,文章也就会缺乏波澜,荡不起读者心灵的涟漪。

南朝梁代刘勰在《文心雕龙·神思》中说:"登山则情满于山,观海则意溢于海。"强调的就是文章要表达作者的情感与意绪。只有当作者的情绪与文章的情绪同步,才能更有效地表情达意,传递出一种美学意蕴,从而引起读者的共鸣。

20. 战胜挫折

很喜欢一个词:"愈挫愈奋。"太史公司马迁在《史记》中,写了刘邦很多无赖事迹。"正统文人"班固在《汉书·司马迁传》中谓《史记》曰"谤书"。但就连班固同志也不得不承认,司马迁写人叙事,"其文直,其事核,不虚美,不隐恶。"嫉恶如仇的鲁迅先生更是对《史记》大加称赞,曰:"史家之绝唱,无韵之《离骚》。"行事全凭己意，褒贬自有春秋。褒也罢，贬也罢，阅读一部《史记》，刘邦那样的"传主"屡败屡战、锲而不舍之坚韧，太史公宁遭宫刑、决不屈服之隐忍，都让人不由得扼腕而叹息久之。

　　海明威在《永别了，武器》中说："生活总是让我们遍体鳞伤，但到后来，那些受伤的地方一定会变成我们最强壮的地方。"古今中外无数的事例，也印证了这个说法。人生不易，谁都一样。唯有生活的强者，才能在喧嚣的闹市中，自度自己的肉体、精神与灵魂。而自甘堕落的弱者，只会湮灭于茫茫人海、滚滚红尘之中。

　　必须明白的是，一个人追求一生顺遂，实在是太难、太难。谁都会有艰难、偃蹇、甚至失败、绝望的时候。然而，放弃与坚持，区别就在念头忽闪的瞬间。如果经不起今天的挫折、沮丧、甚至失败，又怎能收获明天的喜悦？我的师父贾平凹先生在"朗读者"栏目中接受董卿采访，说他自己之所以能走到今天，就得益于"坚持"二字。

21. 文学的判断力

　　春节以后，写了一组作品，以小说居多。这一阵偶尔闲下来，就一直在思考创作与欣赏的问题。

　　从接受美学的角度而言，文学艺术欣赏，都必然有一个主观性的问题。难怪，莎士比亚如此说："一千个观众眼中，有一千个哈姆雷特。"欣赏的过程，是一个再创造的过程。从欣赏者的角度而言，你可以喜欢，也可以不喜欢，萝卜、白菜，各有所爱，阅读、欣赏时有所偏爱，这很正常。你可以喜欢老托尔斯泰，也可以喜欢萨特，不会影响我喜欢博尔赫斯，喜欢迟子建。

　　但是作为一个作家、艺术家，若创作的路子太窄，积淀的知识面太狭，则应该引起警惕。

从专业写作者的角度而言，我们对自己从事的创作，应该有一个较为专业的判断、韧性的坚持，而不应该毫无眼光、人云亦云。通过创作、摸索，我们应该明白什么样的作品具有创作的难度，什么样的语言具有人物与地域特色、并具有陌生化的语境创造。怎样突破固有的形式，怎样表达特殊的语言张力，等等，诸如此类，都应引起我们足够的重视，值得我们深入思考，并付诸创作实践。

22. 文学之"缘"

人生有很多的因缘际会，什么时间、什么地点，遇见一个什么人、发生一件什么事，冥冥之中，早已注定。

世间有很多的东西，既然是自己的选择，就应当有屈子"虽九死其犹未悔"的精神。比如文学。饥不可以为食，寒不可以为衣，然黄金珠玉，贵不逾此。因此，敬畏文字，虔礼文学，那是该当的。但抬眼一望，当今之世，热衷文学者众，如过江之鲫；热爱文学者少，如霜晨稀星。若以为不用付出，仅借文学这个噱头，即可捞名网利，则无异于缘木求鱼。大言可以欺人以一时，岂可欺人以一世乎？

文学是一份永难舍弃的情怀，文学是一枚深入骨髓的印记，文学更是一种路虽修远，却不改初衷、上下求索的坚持。舍此，纵有千种伪风情、万般虚仗义，不过是镜花水月，徒增幻相而已。

这几年，多少风吹过，多少报刊烟消无息；多少雨打过，多少人情淡薄如纸。当年屈子忠而被谤，漫游沅湘，深有体会，不由仰天一叹："荃不察余之中情兮，反信谗而齌怒。"此即明证。而号曰"踏杀天下一只马"的马祖道一当年荣归故里，邻家阿嫂诧曰："此非马三娃儿乎？"殊不知，此"马"非彼"马"。以三十年前眼中之"马"，视三十年来苦学精进之"马"，语含不逊，目露轻蔑，而犹沾沾于所得，岂不悲哉！马祖闻之，喟然而叹，曰："得道莫还乡，还乡道不香。"真乃至理名言。

人之立世，有所谓"圆融"一说。不过，于一个文学铁粉而言，一旦"圆融"，则其文废矣。试想，行文若行步，惴惴惶惶，可乎？人云亦云，空谷传声，可乎？高调弦颂，吹溜舔拍，可乎？世之能作小、能低眉、能阿谀、能下气之所谓"圆融"者，往往非大奸大恶即小庸小人，不可不防也。古人曰："能受天磨真铁汉，不遭人忌是庸才。"一个团队之中，自己无才，即遭人白眼，无异下人；一旦出色，又必遭嫉恨，为风所摧。若孙若庞，若萧若韩，验之古今中外，屡试不爽。

《庄子·山木》曰："处材与不材之间。"悲夫！

23. 修行必先修心

这个世界很喧嚣，喧嚣得我们无处逃遁。"乐土乐土，爰得我所！"《诗经》那一帮行吟诗人，那一帮老愤青，还在吐槽当时的环境。若处之当下，又当如何是好？

世间有些东西无法回避，尘世的风风雨雨，谁也只能面对。陶令诗云："结庐在人境，而无车马喧。问君何能尔？心远地自偏。"

很多人酒桌上拍胸打掌，貌似豪气冲天；其实可能是"银样蜡枪头"，一遇大事，只做龟缩。有的人身在江湖，却心系魏阙，正如同梁山上的宋公明，时时盼望"天使"，以修成"正果"。

殊不知，仰观俯察，最好的修行，不在深山，不在僻远，而在方寸之间。林徽因当年有一段唯美的名句："真正的平静不是避开车马喧嚣，而是在心中修篱种菊。"至今读来，字里行间，我触摸到的，是一个宁静无尘的高贵灵魂，是一阵平和舒缓的林间鸟鸣。正如同她的人生，纵然风雨如磐，也从不改内心最纯粹的宁静与喜好，仅此而已。于是乎将自己的一生，过成了一个传奇，活成了一种绝唱……

24. 交际圈

世间最难处的关系，不是父子、兄弟、夫妻，而是文人之间。汉末、三国时代，与父亲曹操共同开创"建安风骨"的曹丕，在《典论·论文》中曾大发其感慨："文人相轻，自古而然。"

贾平凹先生中年以前，辛勤笔耕，曾经创作了大量脍炙人口的散文。《丑石》一文，选入传统的中学语文教材，可谓家喻户晓。诗人周涛肯定地认为："平凹在产量的丰富和质量的水准上，都已经超过了杨朔。在新时期以来的散文创作领域，他已经拥有了大家的地位。"如今看来，周涛这个评价是比较中肯的。

可就是这么一位堪称大家的作家，却遭到某些人的鄙视。但"尔曹身与名俱灭，不废江河万古流"。近三十年过去，文如何，人如何，文坛又如何？！平凹先生依然故我，不徐不疾，在上书房中笔耕不辍，书写着他的作品，奏响着他人生的交响。

据李星、孙见喜合著的《贾平凹评传》[1]载：针对文坛的一些现象，诗人周涛还曾"冲冠一怒"："我推崇贾平凹的散文，也非常看重他的才华。这并不妨碍我肯定和爱护自己的才华。只有那些内心毫无力量的人，才对别人的才华和成就采取敌视、嫉恨、假装看不见的态度。看了好文章而能控制住自己不去赞扬的评论家，看了臭文章而勉强自己说虚伪好话的评论家，是一种堕落。"

读到这一段，既为文坛的某些乱象而悲哀，更为周涛诗人的无畏勇气而感佩。如周涛所说，"只有那些内心毫无力量的人，才对别人的才华和成就采取敌视、嫉恨、假装看不见的态度"。要取得话语权，得靠实力说话。世间的百行百业，都存在竞争。

---

[1] 李星、孙见喜：《贾平凹评传》，郑州大学出版社，2005年1月。

没有竞争的"丛林",这个世界是不存在的。正如一位名人所说,只有胆小鬼才害怕比拼,只有窝囊废才害怕竞争。大浪淘沙,留下的,才是耀眼的沙金。

文学是一片冰心,生活是一面镜子。一切的妍媸美丑,在生活面前、在文学面前,都无处逃遁……

(2020年9月16日,写于贾平凹先生第17部长篇小说《暂坐》首发之时。)

25. 说"放下"

随着时间的推移,季节的变换,我们的心境也必然会逐渐地改变。此王羲之《兰亭集序》所谓"情随事迁,感慨系之矣"。

总有那么一天,我们会发现,很多经历,即使是曾经令人心碎的伤痛,也将慢慢地不治而愈。——世间有哪一种伤口,不因时间之药而愈合的呢?

佛说放下、放下、放下,不是让我们强迫自己背叛式地遗忘,而是叫我们轻松地释怀,潇洒地面对,以乐观的心态,拥抱明天初升的朝阳。

所以,人生路上,迤逦行去,让有些人事景物,随风消散吧。熬一壶光阴的老酒,像白发的渔、樵,相逢于江渚,同赏夕阳西下,同笑秋月春风,多好。

登高望远,我心澄澈。在那红尘喧嚣的南阡北陌上,且将过往的悲喜放下,沐浴着撩过发际的微风,缓缓走过,迈向人生那片芦花的深处……

26. 冥想

静静地躺着,静静地听着,也撒开思绪的大网,静静地想着。夜几乎笼罩了一切,只有远处工地上的机器,还在拼了命地响着。

静静地听,有风吹过的声音;闭上眼睛,似乎微风从耳际拂过。如果倒上一杯酒,那便可与孤独为友、与往事干杯了。可是,世间有谁能将往事倒进杯中,一饮而尽?世间有谁能以孤独为鞭,无情地抽打自己的背影?开到荼蘼花事了。到荼蘼花开,也就春意阑珊了。但春去了,有再来的时候;一季花残,也就意味着一季花开。"落花人独立,微雨燕双飞"。小晏那种花开之后的落寞,那种忽远忽近的感伤,几人能感同身受?还是右军将军王羲之同志说得好:"固知一死生为虚诞,齐彭殇为妄作。"世上没有完全相同的两片树叶,也正因为如此,生活中才有恩恩怨怨、修短寿夭之说。

但"红杏深花,菖蒲浅芽,春畴渐暖年华"(《牡丹亭》),朱雀桥边的野草,也有向春竞艳、含苞吐蕊的权利。人生一世,草木一春。日本当代女作家渡边和子说得好:"在哪里存在,就在哪里绽放。"竹篱茅舍,弯月西窗。我想,吾侪升斗小民,便如那离离原上的野草……

27. 文学是一座"心桥"

无论社会如何发展,很多传统的东西都是不可替代的:霓虹闪烁,代替不了大红灯笼;山珍海味,代替不了粗茶淡饭;绫罗绸缎,代替不了布衣草履;香车宝马,代替不了闲适安步。

同样,快捷的通讯只能为我们提供人际沟通的方便,并不能、也没有必要成为沟通的唯一途径。人是社会性、群体性的动物,更是充满智慧、个性鲜明的动物。电话、视频、微信,它们的特点是简洁而快速,相当于一次快餐,可以解解小馋,可以果腹充饥,但即时性的碎片餐罢则了,回味的空间却很小;相比较而言,书信繁复、慢速,长久的记忆如同淡淡的麦香,让人回味无穷。

有民谣说:"因为电话,信件少了;因为时尚,布料少了;因为空调,汗水少了;因为应酬,亲情少了;因为宴会,食欲少了;

因为竞争，悠闲少了。"是的，当今快节奏的生活，让我们失去得太多太多。

大千世界，人事纷纭，有时让我们心里很疲乏：读书累，求职忙，感情苦，升迁繁。人生路上，偶尔甚至会觉得活着简直就是一种痛苦。但这不要紧，那是因为我们在滚滚红尘中跑得太快了一点，我们没能静下心来，充分感受人生之乐，摒弃人生之苦。

有时，读晋人尺牍，什么"快雪时晴"，什么"肚痛"，什么"鸭头丸"，什么"中秋"，亲情、友情墨香氤氲，晋人的风采总令我倾倒。当然，我们不必把一般的书信提高到"经国之大业，不朽之盛事"那样的高度；但平心静气，尺牍一幅，鸿雁千里，传情达意，沟通上下两辈人，连接东西南北中，那一份意外的惊喜，肯定会带给我们一个温暖的春天。

在历史的余晖中徜徉

——浅析曾令琪的历史散文

周晓霞

拜读著名作家曾令琪先生散文集《热闹的孤独》后,最让我为之动容、耳目一新且记忆深刻的尤数"历史余晖"那一组历史散文。

一、厚积而薄发,深耕沃植,文以载道

《乌江渡》《淮阴叹》《铜雀台》《玄都观》等10篇历史散文,均为亲身游历后的结晶,大多带有浓郁的地域的烙印。作者没有以惯常的手法去单纯地写景抒情,融情于景,而是突破了目之所及景物本身的局限,思接千载,视通万里,将景点同与之相关的历史人物和事件有机串联起来,将之放在广阔恢弘的背景之下来条分缕析,追本溯源,使得文章纵横捭阖,汪洋恣肆,读来激情澎湃,酣畅淋漓!

这种鸿篇巨制所带来的震撼与美感不是一般的游记散文能相提并论的,而引经据典、旁征博引也绝非我等才疏学浅孤陋寡闻的井底之蛙可东施效颦的。这得益于令琪先生本身是一个深受古典文学浸润的读书人,也是一个痴迷于历史的学者、作家。他从小好读书,尤其是读大学时,更是博览群书,博闻强识,四书五

经，经史子集皆通习之，深耕沃植，为写作打下了坚实而深厚的基础。更可贵的是几十年来，先生都恪守"每一个不曾起舞的日子，都是对生命的辜负"，坚信"一日不读，尘生其中；两日不读，言语乏味；三日不读，面目可憎"，依然坚持"闻鸡晨舞剑，挑灯夜读书"。以至于《史记》《汉书》《资治通鉴》等，能披阅数十载以上，重要章节几能成诵，如数家珍，信手拈来。正是数十年如一日的深耕博采，才能让令琪先生内蕴丰厚，久蚌成珠，厚积而薄发。他所去的地方，总是古代文化和古人留下较深脚印的所在，他心底的山水已不完全是自然山水，而是一种人文山水。这是中国历史文化的悠久魅力以及其对先生长期熏染无形中形成。他所到之处，总有一种浓厚的历史元素裹挟，倍感思想在升腾，感觉自己站过的地方古人也一定站过，令他无端感动，无限喟叹。于是乎才能将人文、历史、自然浑然交融，如数家珍，娓娓道来，从而拓宽了写作范围（不只是写小我），让社会生活，让历史传统走进笔下，继承了古典散文大而化之的传统，吸收域外散文的哲理和思辨，以野莽的生动力来冲散散文的篱笆，影响其内容琐碎日渐靡弱之风，极大摒弃了当今许多散文目光短浅、视野狭窄、缺少雄浑之风的不足。清代学者王国维曾在《人间词话》里说："文学者，不外知识与感情交代之结果而已，苟无锐敏之知识与深邃之感情者，不足与于文学之事。"而令琪先生正是将二者有机结合，大笔如椽，其文如万斛泉涌，随物赋形，滔滔汩汩，常行于所当行，常止于不可不止。洋洋洒洒地将封存久远的泱泱文化的丰富内涵与至要精髓奔泻而出，吞吐千年。让我们通过他的笔端穿越遥远时光的隧道，在《乌江渡》口见识楚汉之争的刀光剑影、惊心动魄；在大漠孤烟中聆听千古遗憾的《李广悲》与"生死一知己，存亡两妇人"的《淮阴叹》；于《玄都观》里领略刘禹锡浸透斑斑血泪的独特风采；在五柳树下的简陋草庐采撷一株清高孤傲的《东篱菊》……同时顺便厘清了诸多耳熟能详的风云人物的前世今生以及重要史实的来龙去脉，恶补了无数历史的空白与缺漏，不啻奔赴了一场文史的盛宴，富足而丰盈！

二、博观而约取，独辟蹊径，开拓创新

所谓"一千观众心中有一千哈姆雷特"，对于历史人物也理应如此。品读令琪先生的历史散文，我们不难看出他绝非人云亦云之辈。往往是尊重历史又跳出樊篱之外，从古老的诗词典章中博观而约取，见微知著，悟前人之所未悟，发前人之所未发，另辟蹊径，高屋建瓴地道出自己独特的见解。对英雄既不歪曲诋毁，亦不溢美隐恶，"夸而有节，饰而不诬"，抱着对读者和自己人格的负责，一切全凭自己对历史真实的研究和感悟而出发，敢于开拓创新。比如《铜雀台》一文，他便睿智地认为在中国"最难做的是臧否人物"，他没有随波于历史对曹操褒贬不一的某种评价，而是"客观地说，作为一个封建时代的强权人物，曹操不可能超越他的时代，但令人佩服的是，曹操对于己有恩者是心怀感激的，对文化人大体上来说是比较坦诚，比较呵护的"，"无论后人如何评价曹操，当我们重新审视曹操那个需要英雄便涌现出英雄的轰轰烈烈的汉末、三国时代的时候，我想很少有人不对曹操肃然起敬，要知道任何一个能结束分裂力促统一的铁腕人物，无不为历史所肯定，无不令后人所景仰"，独抒胸臆，令人耳目一新。更有《乌江渡》中，对于鸿门宴这一段向来为历代史家所重的重要史实，令琪先生竟发出了"自古以来似乎人们有这样一个成见：如果当时项羽杀掉刘邦，历史恐怕就得改写了——显然这是一种天大的误解"，是不是有些"胆大包天"，振聋发聩啊！并且他还对项羽悲剧结局归结为：学而不精，力有余而智不足；强调私仇并置公仇之上；秦灭后分不清战略对手。令琪先生勤于

深思慎取，敢于开拓创新，做到了"言之有物，物之有文，文之有思，思之有哲"，让人受益匪浅！

此外，在结构上，体式自由，收放自如。将厚重的题材、深刻的寓意、自由的体式有机融合，浑然一体，游刃有余。使得"缀文者情动而辞发，观文者披文以入情"，使读者感到亲近真实，代入感很强，对内足以摅己，对外足以感人。

三、志足而言文，情信而辞巧，文以养心

令琪先生的历史散文，难能的是对史料的运用，往往不是简单的"吊书袋"式的生硬引用和繁芜的堆砌，而是生动活泼亲切自然地娓娓道来，比如《乌江渡》开头部分写秦始皇的出游，就栩栩如生让人如临其境。而最值得一提的是令琪先生行文之时并非把自己置身于第三者或是作者的位置，冷眼旁观，理性分析与说教，而是与史实和人物水乳交融，分不出彼此，感觉他本身就是其中一员，在一起经历拼搏厮杀，起落浮沉，在共同哀叹世事难料命途多舛。毫无疏离的违和感，就避免了常见历史散文的佶屈聱牙晦涩难懂，让人读来颇为吃力和沉重，以至于敬而远之或是束之高阁。

同时，他的历史散文不乏诗化的语言，读来赏心悦目，比如《玄都观》的开头："岁月是奔腾不息，永远不老的一条河啊，他滚滚东去，将大唐王朝2200多位诗人和他们48900余首作品，撒给那惯看秋月春风的白发苍苍的江岸渔樵。其间有李太白朝辞白帝暮到江陵的轻快，有杜工部风急天高抱病登台的穷愁，有孟浩然欲济无舟坐观垂钓的感叹，有李商隐孤独无偶剪烛西窗的情怀……在这条裹挟如此众多诗人诗作的泱泱大河之中，刘禹锡以其独特的个性向我们展示着他浸透斑斑血泪的风采。"这样的开头，蕴藉隽永，令人遐想。再如："朱雀桥边默默开花的野草，

乌衣巷口渐渐西下的夕阳，王谢堂前轻轻欢飞的燕子，百姓宅上袅袅飘浮的炊烟……这一切的一切都让刘禹锡感到无比的亲近。"此等语言摒弃了机械呆板的直接引用，经过内化提升，而"声传于吻，玲玲如振玉；辞靡于耳，累累如贯珠"矣，润肺养心，心旷神怡。

对于散文，著名作家红孩曾经这样指出："好的散文，它第一提供多少情感含量，第二提供多少文化思考含量，第三提供多少信息含量，第四在技术上是不是有大的突破，最后一点，就是你的语言是不是有独特性。"[1]我不敢说令琪先生的文章具备了这些特性里的几个，但我觉得，他的文章，尤其是历史散文，让我们在历史的余晖中无限恣意地徜徉，依然能给我们一种"苦涩后的回味，焦灼后的会心，冥思后的放松，苍老后的年轻"！

---

[1] 王宗人、红孩：《2003年我最喜爱的中国散文100篇》，中国文联出版社，2004年7月。

李庄情思

周晓霞

在我去过的所有古镇中,再没有比李庄更震撼人心、更触动灵魂的了。在情思悠悠中写下这句话,连笔尖都流淌着无限的感动和笃诚的崇敬!

李庄是值得仰望的,它的美,需仰视才见!

一

李庄是一座古镇,人常说"东有江苏昆山的周庄,西有四川宜宾的李庄"。它位于宜宾市郊19公里处的长江南岸李庄坝,距今已有1460年建镇史。古镇古为渔村,据说李庄是因为长江中打鱼为生的李姓子弟聚居而得名,曾用"里桩""李家村""李庄坝"等名。据资料记载,春秋战国时期,李庄为古僰人聚居地,汉代曾设驿站,到南朝时梁大同六年(540年)起,在李庄设置南广县和六同郡。隋朝中因避隋炀帝杨广的名讳,改南广县为南溪县。唐代中,戎州(今宜宾市)府治曾二次迁驻李庄。至北宋初年,南溪县治才从李庄迁至今日南溪县城所在地仙源坝。明代开始李庄设镇并成为长江上游的重要码头和物资集散地。从清代道光年间起一直是南溪县的第一大镇,于1992年被命名为"四川省历史文化名镇"。

走进李庄,本只是因慕"李庄白肉"之名,只想大快朵颐一饱口福而已。没想初次涉足,它的历史,它的品质,曾经有过的沧桑与辉煌，蕴含的文化与厚度，却直抵心灵，让人刮目相看，不由得摒弃所有的漫不经心、散淡慵懒，从心底油然生出无比恭敬、无限豪情，让人心潮起伏、血脉偾张。这里不同于周庄的"江南春雨杏花，水乡小桥人家"，没有"烟柳画桥""风帘翠幕""云树绕堤沙"风姿绰约的江南情调。滔滔江水自唐古拉山澎湃而来，经宜宾而为"长江"，李庄人依长江繁衍生息，形成了"江导岷山，流通楚泽，峰排桂岭，秀流仙源"的自然景观。加上这里气候宜人，地形平坦，水陆交通便捷，故成为明清水运商贸之地，号称"万里长江第一古镇"。滚滚东逝淘尽千古英雄的长江水不仅灌溉濡养了这一片沃野，让它文物古迹众多，人文景观荟萃，古建筑群规模宏大，布局严谨，比较完整地体现了明清时期川南民居、庙宇、殿堂等建筑的特点，具有"一花（花生）二黄（黄粑、黄辣丁）三白（白酒、白糕、白肉）四绝（旋螺殿、魁星阁、百鹤窗、九龙碑）"浓郁的地方特色和"舞草龙""放龙灯""划花船"，表演"牛儿灯""川剧清唱"等民俗文化，更赋予了李庄人心怀天下的博大胸襟和纯朴质实重视耕读的优良传统，使得它独具"传承文化有功绩，工艺四绝堪称奇"的特殊魅力。

二

中国的古镇不计其数、星罗棋布，但能将古镇多元化与抗战文化融为一体却是李庄绝无仅有的，这特殊的文化内涵孕育了李庄独具一格的迷人魅力，赋予了它无可复制的特殊况味。李庄，说它是古镇中艳压群芳的奇葩、是最璀璨夺目的明珠，是毫不为过、当之无愧的。

历史选择了李庄，李庄创造了历史。抗战时期，上海的国立同济大学等机构，已迁五次，仍被日机轰炸威胁，需第六次搬迁到川南一带。在这种情况下，李庄毅然决然发出电文，热情相邀："同大迁川，李庄欢迎。一切需要，地方供应。"这16字，掷地有声，巨力千钧。当时，日寇遍地燃起侵略烽火，占我国土，杀我同胞，毁我文化。"平津危急！华北危急！中华民族危急！""偌大的华北放不下一张平静的书桌！"在这生死存亡之时，李庄，这三千人的江边小镇，要接纳一万多外省籍的文化人，是何等开阔博大的胸怀和气概！

1939年，自16字电文发出起，李庄的"九宫十八庙"，迁来了国立同济大学、金陵大学、"中央"研究院、"中央"博物院、中国营造学社等十多家高等学府和科研院所，云集了全国知名专家、学者，如李济、傅斯年、梁思成、林徽因、童第周、梁思永、劳干等一大批有国际影响力的第一流知名学者，在这里潜心科研和培育人才，长达六年之久。李庄成为与重庆、昆明、成都并列的中国四大抗战文化中心，成为当时中国具有国际影响的学术重镇。据说在当时寄一封国际邮件到中国，只需写上"中国李庄"四字即可准确无误地送达。

李庄，在生死存亡的关头护佑了中华文化，抗战时期"中央"博物院及所属数千箱国家级珍贵文物迁驻此地的张家大院（今李庄抗战文化陈列馆）。同时李庄为学者们支撑起一方平静的书桌，为他们提供了宝贵的阵地和战壕，在艰难清苦的生活条件下，学者们精神抖擞，坚持着为保卫和发展中华文脉而战，而李庄便是具有重要战斗意义的伟大圣地。

"艰难困苦，玉汝于成。"在这个圣地上的战斗成果是辉煌的。在粗茶淡饭、简陋清苦的条件下，学者们写出了很多重要的学术著作。李庄月亮田，梁思成当年战斗的故居的门上，挂有一副对联："国难不废研求，六载清苦成巨制；室陋也蕴才情，百年佳话系大师。"当时，李庄无电无公路，缺医少药，林徽因重病在身，贫病交加，最后实在山穷水尽了，梁思成只得到宜宾去典当衣物，衣服当完了，便把陪伴了自己几十年的派克金笔和手表送到当铺，换回两条草鱼。就是在这样贫病交加的艰难时期，在陋室昏黄油灯下，梁思成夫妇竟完成了享誉世界的扛鼎之作《中国建筑史》。李庄的艰苦岁月见证了他们风雨同舟、牢不可破的爱情，铸就了最美好的人间四月天。而童第周等学者在艰苦简陋的条件下，用金鱼做生物实验，坚持科研；杜公振、邓瑞麟两人的《李庄所见之痹病》中的研究成果获1943年教育部学术奖励一等奖。学者们犹如困在沙漠里的金鱼，在自己创造的精神海域中仍能自由遨游。

　　同时，李庄的文化人，也并非只是埋头学术，不问世事。他们坚持科研和教学，造福百姓：同济大学用唯一的发电机点亮了李庄比宜宾县城还早的第一盏电灯；他们治愈了当时川南流行的痹病；用知识帮助当地人摆脱愚昧。同时他们还胸怀天下，关心大局，用知识报效祖国。从1937年内迁开始到1945年从李庄回迁上海，同济大学工学院尤其是机械系为抗战培养了近千名的军工人才。而在蒋介石高层军工委员的名单上，同济毕业生占了几乎二分之一。用军工技术为前线的将士们提供更有力的武器来抵御日寇。在前线需要时，当时同济大学青年学生投笔从戎的有364人，同济培养的大批军工类人才成为当时正面战场不可或缺的重要力量。

　　至此，李庄在中华民族生死存亡之际，向世界证明了：日寇再凶恶，也不能摧毁中华文化命脉，熄灭中国文化绵延传承的火种。孕育了"不废研求"的"中国李庄"精神，毅然为中国教育树起了一座巍然屹立、永垂不朽的丰碑。滚滚长江水见证了这段悲壮而辉煌的历史，历史将永远铭记这个"中国文化的折射点，民族精神的涵养地"，这是任何一座古镇都无法企及与颉颃的殊荣，值得所有人瞻仰膜拜。壮哉，中国李庄！

三

毋庸置疑，同济西迁李庄同西南联大落户昆明一样具有划时代的意义：保存了中华民族文化的血脉，为抗战提供了技术和人才支撑，促进了西南、西北边疆的现代化。莘莘学子本着"不废研求"的精神在战火纷飞筚路蓝缕中砥砺前行，九年时间，西南联大走出了2位诺贝尔奖获得者、4位国家最高科学技术奖获得者、8位两弹一星功勋奖章获得者、171位两院院士及100多位人文大师，筑起了中国教育史上的珠穆朗玛峰，让后世景仰。

追昔抚今，来看看我们今天的教育，尤其高校教育，情形实在有些不容乐观。君不见，许多原本应该成为胸怀天下、纵横四海镇国重器的名校俨然沦为了职业培训所。现在很多高校生，只要完成学业，拿到毕业证书，找到一份好的工作，就算万事大吉了。在这个浮躁的时代，只有数字才能体现你的身份地位。人一开口就是：你做什么工作？你工资多少？你存款多少？你有几套房子？你有几辆车子？你有几家公司？你有多少员工……世风日下，人心不古，导致大家都急功近利，利益至上，变得越来越现实。"不相信规则能战胜潜规则，不相信学场有别于官场，不相信学术不等于权术，不相信风骨远胜于媚骨。"君不见，现如今能安守内心、贫贱不移、富贵不淫的教师、教授寥寥无几，能坚守自我、不废研求、砥砺前行的更是凤毛麟角。有的教授为了评职称花钱发表论文；有的教授把学生当成廉价的劳动力，雇佣进自己开的公司，学生都称自己的老师为老板；还有的以能在某公司捞个"名誉顾问""名誉导师"为荣，早已抛下安于清贫的清心傲骨，哪里还有"蕴育才情"的激情毅力？！而学生呢，要么不好好学知识，逃课兼职，忙着为以后能进大公司丰满履历；要么崇尚发泄性玩耍满足性娱乐,整天沉湎于追星追剧,投入而痴迷,执着而疯狂;终日沉迷于电脑网络,夜以继日,废寝忘食。浑浑噩噩不学无术,不知道该干什么能干什么,导致一毕业就失业。人心浮躁,偌大的校园也放不下平静的书桌。所以作家清欢说:"在中国有2000万大学生,在假装上课。"更让人揪心的是就连许多北大清华的学生也无胸怀天下的大志和改造国家的欲望,而是纠结于"是在国内工作还是出国","是进国企还是外企",完全丧失了20世纪国难当头学子们以救国为使命、以天下为己任的博大情怀。而就在我们津津乐道于某冰冰某小刚娱乐至死时,日本在18年间获得了18个诺贝尔奖。

呜呼!这让我们无比怀念西南联大,怀念抗战时的李庄!

四

李庄"不废研求""蕴育才情"的精神真实地为我们诠释了教育的精髓,无数的前辈为我们演绎了什么是精英:要有独立自由创造精神,要有自我的承担,要有对自己职业的承担,有对国家、民族、社会、人类的承担。教育,尤其是高校教育的目的就是让国家民族相信知识、相信真理!

自古强大的民族都是重视教育的民族,正是重视教育,才有在战火中依旧强大的以色列,才有在二战废墟中迅速崛起的德国和日本。而我们的祖国,我们的民族更是如此,之所以我们能称为文明古国,是因为经千年颠沛流离而魂魄不散,历万种灾厄而总能重生,因为我们重视教育,尊重教育,视孔子为我们文化的图腾。在抗战时期,在最艰苦的年代,最黑暗的岁月,我们全民族心中从不曾抛弃和放弃。当年在李庄,梁思成和林徽因说的"把这派克笔清炖了吧,这块金表拿来红烧"的辛酸的幽默和"我们的祖国正在灾难中,我们不能离开她,假如我们必须死在刺刀或炸弹下，我们要死在祖国的土地上"的铮铮誓言仿佛还回响在耳边，荡气回肠。

  在国泰民安的今天，真希望我们能将"不废研求"、务真求实的精神和以国为念、胸怀天下的情怀重新捡起，认真擦拭，奉还于教育的神坛！继往开来，薪火相传！

  正如德国哲学家雅斯贝尔斯所言："教育意味着，一棵树撼动另一棵树，一朵云推动另一朵云，一颗心灵唤醒另一颗心灵。"他认为教育是"归属于所有人的事业"。

  魂兮归来，历尽沧桑的"中国李庄"！

我的青葱五月

周晓霞

五月，是草长莺飞、花团锦簇、适合寻找诗与远方的光阴；五月，也是插禾割麦、菜籽熟落、农人辛苦奔忙的季节。

当流连于花间曲坊、徜徉于湖畔桥边，也抱怨烈日炎炎、汗流难耐之际；当眼见田野里油菜杆成堆和朋友圈里摆拍的收割油菜麦穗的照片之时，我的思绪情不自禁地回到那青葱岁月，充满劳累艰辛和着汗臭味儿的记忆再度激活，蒙太奇般地纷至沓来……

每年的五一节，正值麦子黄了、菜籽熟了、秧子该栽了、包谷秧该施肥了的季节，因此农村学校都很善解人意地要在五一放一周农忙假，把学生放回家帮大人干些农活。

因为生在半工半农（父亲是公办教师，母亲是民办教师）的家庭，父母不能像纯粹的农民日出而作日落而息，慢条斯理有条不紊地整日劳作，而是白天到校教书，课余和节假日才能争分夺秒地干农活。因父母对教育事业都无比忠诚，十之八九天不见黑是到不了家的，而且回家来往往都还会提回大包的作业本。因此，忙人的孩子早当家，诸如洗衣做饭，挑水喂猪之类的家务就理所当然、光荣而艰巨地落在了我和弟弟身上。弟弟三四岁时就学会了帮外婆烧火（外婆一直跟我们住在一起），成为一直让她引以为豪的劳动启蒙教育成功的典范和骄傲。那时一放学，别的同学因有大人成天干活，可不慌不忙地打打球，跳跳房子，踢踢毽子，玩舒坦了再优哉游哉地回家，而我和弟弟只能羡慕嫉妒恨地眼巴巴看着别人玩，一步三回头地离校，匆匆忙忙赶回家在天黑前将猪草割满筐，缸子挑满水，夜饭煮在锅……这只是小敲小打的程序化劳动常态，至于栽秧打谷掰包谷挖红苕等大型堡垒，就得在爸妈亲自率领下抓紧节假日集中火力去攻克。因此，少时的我们不会像现在热爱毛爷爷一样地喜欢和巴望放假，而是讨厌甚至是仇视假期，尤其是五一节和暑假，因为农活多而重，最易疲累，真的太难啦！

　　那时五一的常规打开方式是这样的：首先爸妈会运筹帷幄，有计划有步骤地安排好每天的活路，尽可能争取在七天里打完大型的劳动战，以免因上课而耽误农时，也想最大限度地减轻点我和弟弟平时的负担。然后我们就不折不扣货真价实地过起了"劳动节"，每天在睡眼惺忪的拂晓就匆匆吃过早饭，爸妈拿上鹅镰刀（一种细长型的弯刀，锯齿，状如鹅颈）带上我们姐弟去割菜籽，因为太阳太大了，一碰，干黄的菜籽壳很容易就爆开，细小的菜籽粒儿会撒落地里而无法捡起来。所以一般是上午爸妈抓紧时间麻利地将菜籽杆有果实的部分拦腰割下，我和弟弟便扎成一捆一捆的，然后用千担（竹竿或木头做的较长的扁担）一边穿一捆，左右肩膀轮流交替挑着摇摇晃晃走过几根田坎，回家里的院坝里堆好，来回两三趟就气喘吁吁、汗透衣背，一两天下来，肩膀红肿，痛得钻心，摸都不敢摸。一般下午爸妈就忙着在坝子里用连盖（一种藤条和竹子做的击打工具）将菜籽粒儿趁着太阳大时打出来晒干水汽，我和弟弟便奉命顶着烈日去把剩在地里的半截菜籽杆扯回家当柴火烧。因天热土干，扯起来很是费力，我们学着大人的样子"啪"一声吐一口口水在手掌心，快速搓几下（后来才知道是为增加摩擦力）再抓住菜籽杆儿使劲儿摇松动然后奋力往上扯，扯不了多久，手就发红生痛。有的对土地爱得太深沉，使出吃奶的力气身子拼命地往后一仰再仰,甚至有时会摔个仰八叉,杆儿坚强们依然金枪不倒地稳扎土里示威,爬起来,拍拍屁股,龇牙咧嘴气急败坏地冲过去一阵狂踢乱踩,是不是颇有堂吉诃德范儿啊,哈哈!等扯完时满脸汗水和泥,手上已长满血泡,跟肩膀一样疼得钻心,生无可恋啊(我手上的老茧是工作后才慢慢消了的)!可看到扯完堆如小山的杆堆可很长时间不用去找柴火时,又像得胜的将军,威风八面,底气十足。尤其是听着爸妈"幺儿攒了劲的,能干!好乖!"的表扬时,存在感爆棚啊!若运气好,恰逢有背着木箱来卖冰糕的或是挑着担子来卖凉糕的,大人会毫不吝啬地买上两根两碗来以资鼓励。真是幸福来得太突然了哟,顿觉凉快无比甜蜜到心底,疼痛全消。更激动人心的是当听到爸妈许下"你们攒劲点,下次碰到多买点"的承诺时,我们咂吧着嘴,舔着手指上沾着的糖,眼里冒着小星星般满血复活了,带着满怀欣喜的憧憬想糕止渴地投入新的战斗,尽管那"下次"虚无缥缈遥遥无期。(那丝甜味儿太不可磨灭、回味无穷,以至到现在,我一见凉糕总要尝一尝)。生活就是这样,再艰难也得脚踏实地地一步步去完成,又总得靠某些希望(哪怕望梅止渴,哪怕画饼充饥)助推着才能仰望星空,在黄连树下弹琵琶苦中作乐。

于是乎割完菜籽又开始割麦子,麦穗很扎人,即使穿上长袖也容易将手背手臂扎出纵横交错的血印。五月的天更是解放区的天,太阳热情威猛,阳光无遮无拦、劈头盖脸无私地奉献给大地,我们还算稚嫩的素颜晒得白里透红又红里透黑,汗水浸泡着一道道被麦穗划起的血口子,像有无数小虫子在不停撕咬,眼睛也刺痛得睁不开。那时没担心过也来不及去想晒黑了不好看,会不会晒起斑等令现在的人纠结不堪的问题(那年代我最为自信的是从未"白活"过)。更不可能像今天的人涂上厚厚的防晒霜,披着防紫外线的丝巾,撑着小伞阳,抚摸着麦穗儿菜籽杆儿,扭动腰肢,标致地摆拍。记得当时弟弟还小，有天竟穿着棉袄戴着皮帽子威风八面地驾临麦地，因为他觉得这样太阳就总晒不穿他厚厚的衣服和帽子，麦穗儿也划不到他的手臂，不会觉得浑身晒得火辣辣的痛和伤痕累累。看他那所向披靡胜券在握的霸气样儿，简直可以振臂高呼"让太阳光来得更猛烈些吧"！哈哈哈！这伟大的创举只差没把人笑背过气去，也成为忆苦思甜时不可或缺的典故，每次谈及仍忍俊不禁（家里的神兽们是实难理解和体味那份难以言说的无奈和涩涩的酸楚的）。

收割完后，大人会将麦子拿些去打米机房磨成粉，把菜籽儿榨些油，煎点麦粑或是榨点麦鱼鳅（长条形的圆条，状似泥鳅）吃，就算是最好的犒劳。我们眼冒绿光，顾不得才起锅的，一手抓一把，左右开弓地咬，烫得直甩脑壳，猛伸舌头，使劲儿哈气，吃得满嘴沾油，吃着嘴里又望着锅里，不住地喊"好香！好好吃哦！"摸着圆滚滚的肚儿打着胞膈儿心花怒放，心满意足，觉得所有的辛苦都值了样。开心并不是你拥有得多，而是要求的少。

然后一家子又抓紧时间开始给干田打水，犁田，栽秧子（水田一般是请人栽），浇包谷秧。革命尚未成功，同志仍须努力啊。虽然大人说小娃儿没有腰杆，我们还是真真切切地感到腰酸背痛的。经常是太阳落山夜幕降临之时，那些街上的居民或爸爸学校的老师吃完夜饭洗了澡出来在马路上摇着扇子散步了，我们还在田里马不停蹄挥汗如雨，能轻易地闻到自己身上浓浓的酸酸的汗臭味儿——城乡的差别多么残酷！那时我曾无数次地控诉：为啥娃儿要跟爸姓户口却儿随母走？曾边干活边将制定这制度的祖宗十八代都在心里问候过不知多少遍，并开始考虑自己这一辈子是不是就要一直这样过下去的严肃重大的问题（从内心极力想摆脱农村，以至于后来参加了三次高考，总算跳出了农门，改变了人生的轨迹）。

等五一及农忙假在浑身快散架的模式中结束时，大的农活基本干得差不多了，剩下的就只能是天刚亮就起床，干一趟活路后再回家吃早饭，然后爸妈去上课，我和弟弟去上学，然后又开始周而复始的日常劳作……经历过日当午汗下土的艰辛，深味一粥一饭的来之不易，以至于每次吃剩的饭菜总不忍舍弃，放冰箱里直至长霉或变味儿才心安地倒掉；每遇寒风中烈日下卖菜的农人（尤其是老人），无论优劣与否，无论是否爱吃，我总会毫不犹豫地买上几把；看到孩子们挑三拣四或是大抛使用肆意浪费总会痛心疾首喋喋不休……

生活就是本无字的书，到你生命中来的那些过往，都有其使命，总会教你成长。那些当时承载过的没能压垮你的生活的重负，终将为你的生命打上坚强勇敢的底色，成为你坚不可摧的精神硬核。如今，当抱怨诸多的不如意，心浮气躁之时，总会想起那些辛苦的日子，惊诧于那些年是怎么挺过来的，心境便会慢慢平复沉静下来，知足常乐；也因为有过劳其筋骨饿其体肤的那段青葱岁月，我才能在霓虹幻眼的喧嚣尘世中能执守初心，不浑浑噩噩，不随波逐流；在压力山大的生活中坚信没有过不去的坎儿，去咬牙坚持负重前行，努力去优于昨天的自己。

番茄红了

周晓霞

于我而言，所有果蔬，除了橘子之外（我的散文《橘殇》诉说了缘由），记忆最深的可能就是番茄了。尤其是每到夏秋季节番茄自然成熟之时，看到那红艳艳或粉嘟嘟、圆溜溜的果子时，总忍不住买上好多，回家换着花样吃，并且一年四季，"番茄炒蛋"和"番茄煎蛋汤"是上餐桌频率最高的两道菜，倒不是什么为了养生的需要，而是它总能勾起我儿时的回忆来（人到中年，就开始喜欢怀旧了）。

番茄味道最早的记忆，得追溯到读小学三四年级的光景吧，那时我们住在乡下的马家房子（除了我家是外姓，其余的都姓马），屋背后便是罗家房子，罗家有些特别：当妈的半瘫痪，上半身能动，下半身靠挪板凳可慢慢行走，两个女儿，大的出嫁后全瘫了，小女儿我叫罗阿姨的，曾经是位民办教师，据说还曾去天安门广场参加过毛主席接见红卫兵呢，也不知为啥后来也全瘫了，只能躺在床上，吃喝拉撒都不能自理，靠半瘫的妈照顾。她的丈夫在外地上班，极少回家。书信便成了他们那时联络感情和维系婚姻的唯一途径（他们没生有孩子），可罗阿姨瘫痪多年早已丧失写字能力，父母又大字不识一个，难以完成这艰巨的任务。难则思变，他们想出了一个办法——让我外婆帮忙写信。我的外婆新中国成立前读过女子高中，不仅能流利地背诵《岳阳楼记》《醉翁亭记》《增广贤文》等，还知道狗的英文是"dog"，猪是"pig"，玫瑰花是"rose"，惹得我经常用葱白的眼光看她。她更是大家眼里的文化人，很受尊重的。每次需要写信时，罗阿姨就让家里唯一的健康人——他爸，到我家来请我外婆。而我外婆是远近皆知的热心人，加之能被别人仰慕、尊重和需要，当然存在感爆棚，每次只要罗大爷一开口，她再忙也会放下手里的活儿，满口答应，带上纸笔和跟屁虫一样的我，欣然前往。

还记得我们到了罗家，罗大爷早已在女儿床前摆好一张小桌子、小板凳，寒暄几句后，外婆就坐在桌前，摊开纸笔，罗阿姨便开始将要写的内容一句句口述，外婆一边认真听一边郑重地写在信笺上。我呢，就在旁边椅子上坐着旁观，时间一久就有些坐不住了，显出些许不耐烦来，直催还有好久才写完，或者干脆打起瞌睡来。见此情景，罗大爷拿出两个番茄来放到我手中（他们家种有几块土的番茄）。妈呀，这幸福来得太突然了吧？！一看圆溜溜、红通通的番茄，我立马眼冒金光，瞌睡全消。咽了几下口水，当确认这是给我吃的过后，便毫不客气地咬破番茄的顶端，贪婪地吮吸起来，那酸酸甜甜的汁液，沙沙软软的果肉，在那个物质匮乏的时代真是好吃得难以形容（就差没把舌头吞下去了），极大限度地安抚和犒劳了长期只能大半饱的装些粗杂粮食的胃。当我正舔着手指上残留的汁水细细品味时，外婆已写好信，正蛮有感情地念："亲爱的光，你好！来信收悉（那是我第一次真切学习信的雏形）……"罗阿姨听着频频点头非常满意，外婆便笑容满面、极具成就感地带着我在千恩万谢中被恭送出门。

因为番茄那酸酸甜甜的味道太让人喜欢并常回味，于是乎心中多了份期盼，常问外婆："你好久又去罗家写信啊？"每当听到罗大爷的声音就莫名兴奋，"百忙"中也跳跃着拉起外婆匆匆前往，然后就眼巴巴地坐盼那番茄的赏赐，一般口水吞了无数次后都能如愿以偿。后来，有次罗大爷来时碰巧外婆不在家，看到他大失所望的表情（更主要是不想错过难得的吃番茄的机会），我自告奋勇地说："我去帮写信嘛，我学过写信了，写得来（不就'亲爱的光'吗）。""你当真写得来？那太好了！"罗大爷一听喜出望外，拉起我就走。到了罗家，当坐在罗阿姨面前时，我心里还是有点虚——虽然在作业本上操练了无数次写信，但那都属纸上谈兵，真正替人写要寄出去盼回复的信，还真是大姑娘上轿头一回啊，压力颇大。可俺毕竟是作文常被老师当作范文念的角儿，以往的"陪写"也不是白干的（没吃过猪肉也见过猪跑啊）。我煞有介事地摊开信笺，并不像外婆那样边听边写，而是认真记下需要表达的主要事情，待罗阿姨讲完后再在她充满疑惑的眼神下一气呵成。当我也声情并茂地念着："亲爱的光，好久不见你的来信，心里十分想念，你在他乡还好吗？家里的番茄熟了，可以卖好多钱……"罗阿姨惊喜万分，啧啧称赞，情不自禁地让拿给她瞧瞧，当看到我工整娟秀的字迹（有些写不出的字就写拼音）时，她不停地夸我能干，然后大声说："阿爸，快拿点番茄给晓霞吃，多拿几个，没了就去土里摘，唉，阿姨也没啥好的东西招待你。"啊！真的吗？！我简直惊呆了，心花怒放，真是深知我心啊！顿时觉得躺床上的罗阿姨还是长得蛮好看的，床下的那股气味儿好像也不那么难闻了。呵呵！

  我敞开肚皮一口气吃下四个番茄大快朵颐之后，又全身上下所有口袋都装满番茄，像旗开得胜的将军降临家里，小伙伴们顿时都惊呆了，尤其是小我5岁的弟弟，更是惊掉了下巴，一连咽了几下口水，用葱白的眼光看着我。我连忙慷慨地掏出两个最大的，洋洋得意地递给他："以后跟着姐，有你吃香喝辣的！"大姐大派头十足啊。然后外婆将余下的几个加上一个鸡蛋，做成了我们平生第一次吃的番茄炒蛋。哎呀！我的个妈呀，简直人间美味啊！天下再没有比这更好吃的东西了吧？！以至于吃完了弟弟还拿舌头把整个碗都舔得不用洗了。而到如今，无论怎么做，始终也做不出当年那番茄炒蛋的味道来了，就像芋老人再也没吃过当年那晚的美味芋头一样。

更重要的是，通过单枪匹马首战告捷后，罗大爷再来家时就指明要我去写信了，说外婆年纪大了，就不麻烦她老人家了。没想到一次没到位，外婆老人家竟光荣地"下了岗"，更没想到俺一次成功就可取而代之（很久以后，才知道外婆那次是有意要锻炼我的），存在感和成就感都太爆棚啦。从此以后，我就正式上岗，迎来平生第一个高光时刻，成了罗家的"御笔"，兢兢业业地为罗阿姨打理并延续着美好的爱情，在理直气壮收获番茄奖赏的同时，也为后来写情书切实打下了坚实的基础，哈哈！

只是写信的次数毕竟有限，一去一回至少得半个月，而对番茄的热爱却与日俱增势不可挡啊。弟弟也常说当初我问外婆的话——"你好久才能又去罗家写信啊？"我知道他是又非常想念番茄的味道了。但人家没来喊，俺也不好意思反客为主主动上门吧？！只能想番茄止渴苦等了。有几次在我家坝子边看见罗大爷的影子，喜出望外，没想人家打个招呼就往前走了，原来只是路过，顿时就霜打茄子——蔫了。正当我们在等到花儿都快谢了的时候，一个周末的下午，隔壁院子的发小张三娃和马二娃去钓田螺玩，我和弟弟便好奇同往。当我们一行经过罗家的番茄地时，看到那枝上挂着的又大又红的果子，脚杆就慢了下来，像粘了麻糖挪不动步子了。毕竟周围种番茄的就他们一家，而番茄对肚皮头能装满红苕麦粑就不错的娃儿简直就是可望而不可及的奢侈品了。只听马二娃东瞧瞧西看看后问："你们想不想吃番茄？""就是想呢！"弟弟毫不掩饰地脱口而出。"老子还没吃过呢，不晓得啥子味道？看样子肯定好吃哦！"张三娃哈喇子流了一地，嬉皮笑脸地说，然后打主意："干脆我们偷点来尝一下嘛！"大家望向我，意思是"敢不敢干"？我虽然想吃，但也得取之有道啊，深知偷肯定是不光彩不道德的。可弟弟眼巴巴地望着我，拉着我的衣角央求，其他二人也不断怂恿激将。结果，幼小的心灵道德的底线在几番挣扎后最终还是被欲望攻破（有点叛徒的潜质哈），我们在确定周围无人后，忙慌慌地猫着腰钻进地里，各自以迅雷不及掩耳之势摘下番茄，往身上一擦，抓起就啃。尤其张三娃和马二娃，可能是第一次吃，像上辈子饿死鬼投胎样地狼吞虎咽，巴不得猴哥显灵，瞬间多变几张嘴巴出来。尝到了甜头，就想反正都偷了，一不做二不休，马二娃和张三娃各自嘴里咬一个，双手麻利地选个大的往下一扯，牵起上衣兜住，眨眼就满怀。而我急了，我一女娃儿总不好意思也把上衣掀起来兜吧，更气人的是那天刚好穿的衣裤都没有荷包，没法装啊，再看弟弟，穿件小背心扎在短裤儿里，我急中生智，慌慌张张地扯下几个番茄往他胸前塞下去，弟弟秒变成怀儿婆，挺起个肚子，我们看了忍不住哈哈大笑。因番茄地就在罗家屋背后，这一笑动静搞大了，"汪汪汪"的狗叫声刺耳地响起。"快跑！"不知谁大吼一声，我们吓得钻出去撒腿就跑啊。跑了一阵，往回看，妈呀！糟了！弟弟太小没跟上，这还了得，我急忙又倒转去接他。只见他挺着胸前兜满的番茄，小孕妇般跑不动。"汪汪汪"的狗叫越发大声，弟弟吓得面如土色，使出吃奶力气蹦跶两条小腿拼命往前冲，没想被一石头一绊，摔了个五体投地。我赶紧飞奔过去一把抓起他，只见他满脸和胸前都被染红了——好家伙！兜在背心里的番茄无一幸免全部壮烈"牺牲"，汁水迸溅，变成"血染的风采"了。弟弟虽痛得龇牙咧嘴，但害怕引得狗追来，也强忍着只是不停吸气，不敢大声哭出来，还真不是猪队友啊，好感动！我慌忙用手擦了几下他额头，确认那红色只是汁水没有血水后，悬在嗓子眼儿的心稍微放下了些！匆忙把弟弟往背上一拉，背起就开跑。

本想逃到堰塘边上先清洗打整下，不然哪敢回家？！可哪曾想会迎面碰上正好从外面回家的爸爸呢。当我转身想躲开时，已完全没了机会，因为背上憋了很久的弟弟一见爸爸就"哇"地大哭起来。爸爸听到哭声一下冲过来让我放下弟弟，他一见弟弟满脸是"血"，胸前的背心全被"血"浸透，又哭得伤心，顺手给我一耳光："你给老子咋带的弟弟，受这么重的伤！"边气急败坏地骂边一把抱起弟弟准备跑去医院。我摸着火辣辣的脸，连忙壮起胆子大声说："不是血，没受伤！"爸爸停下脚步，仔细观察了下弟弟的"伤形"，然后回到了家。在好一顿"笋子炒肉"下，我只好如实招供，坦白从宽。后来，爸爸带着我和弟弟到罗家赔礼道歉，这场偷事才算告一段落，却永远地烙在了心上，像番茄一样酸酸的。

再后来，秋天过了，番茄也就只待来年了，不像现在一年四季都有。而我还是依旧会应罗大爷之求，去帮写信，有番茄的季节照例能得到犒赏，日子就这样一天天平静地悄然滑过。不知不觉我已经读到初中，信也越写越好了，我很是享受那份予人玫瑰的馨香。

记得好像是初三的那个番茄熟了的季节，某个周末的下午，我正想好久没去写信了呢，罗大爷就来了，只是面如枯槁，目光呆滞，花白的头发全白了，本来硬朗的身板一下子老态龙钟。我大吃一惊，让他坐下后忙问出啥事儿了。罗大爷老泪纵横泣不成声，断断续续地道出原委：罗阿姨的丈夫（也就是那亲爱的光），在单位上突发急性病去世了，罗大爷去处理完后事，将骨灰送回女婿老家安埋了才回来。但此噩耗万不敢告诉罗阿姨，毕竟那点爱情便是支撑她躺过岁月的精神支柱啊，那是她的全部！想到"亲爱的光"每次探亲假回来时总会请我们全家吃两顿饭，用尽可能好的饭菜表示他最真诚的谢意，这么个老实人突然就没了，我们全家都悲从中来（生活啊，为什么总喜欢捉弄穷苦的人，不屑对他们宽容垂怜、网开一面也就罢了，为什么还非得变本加厉、雪上加霜啊）。大家商量后一致决定坚决将此消息瞒住罗阿姨，反正她已十几年如一日地躺在床上，与外界唯一的联系就是信件。所以这重担主要就落在我的肩上。从此后，我就开始成为双面胶，一边照例去写信，十天半个月左右又将封好口，贴上用过邮票的"回信"送到罗阿姨手中（幸好她从不仔细看邮戳，每次拿着就迫不及待把封口一撕，扯出信纸，只有那时她的手是麻利的），那可真是考验我的胡编乱造水平啊。幸好以前每次写信前罗阿姨会将"光"的来信先给我看，我已经谙熟他的工作情况及写作特色，虽有几次让罗阿姨有些怀疑，但也东说南山西扯海地蒙混过去了（毕竟前面"光"在来信中说自己调到外省很远的地方去工作了，交通不便，要几年后才能回家探亲）。每次看到罗阿姨读着"回信"幸福甜蜜的笑容和让我写信叙述时眸子里闪着的晶晶亮光时，我便笃定要将这"真实的谎言"进行到底。只是再吃作为"犒赏"的番茄时，酸甜中又多了很多生活的滋味，耐人品哑。

　　一年后，我要到县城读高中了，为了保险起见，我与罗阿姨约好，每两周回家时便去给她写信。而我在县城更好替"光"写信和回信，还能正儿八经地贴上邮票盖上邮戳寄回给她。就这样瞒天过海、移花接木地又过了两年。而后又是某个周末，我如约回了家，准备照常去写信。妈妈告诉我罗阿姨病情恶化了，快不行了。我飞奔到罗阿姨床前，只见她气息奄奄，胸前像抱着十世单传的婴儿般紧紧抱着一大摞的信封，应该是那几年我全部的手笔。看到我后，皱得像菊花的脸舒展开来，惨白的颜色竟泛起层层红晕，死灰的眼睛瞬间炯炯有神，她紧紧地握住我的手，泪水滴在了手上，抽噎着说："真不晓得该怎么感谢你，从小学就帮我写信，一直到高中，尤其是这两年，真是太难为你了，既要帮我写信，还要替我丈夫回信……"正当我因事情败露张大嘴巴惊慌失措时,"你不用担心,前一阵阿爸已经将你曾叔("光"姓曾)的真实情况给我说了,我已经完全晓得了。所以我要感谢你们一家子,更要感谢你,让我在半疑半信的希望中又多挺了两年,知足了……现在终于要去你曾叔团聚了,只是无以为报啊!我硬撑着这口气,就是想再见你一面,一定要亲自给你说声谢谢……"她语气平静而又充满深情地边说边抬手擦了下眼泪,然后把手伸进枕头下,摸索出一个细长形的盒子,郑重地放在我手里说:"这是我当年作为第一批红卫兵代表到北京天安门广场受毛主席接见时的纪念,算是最珍贵的物件了,送给你。马上读高三了,不用再为阿姨分心劳神。我会把所有的信件都带走,让它一直伴着我。到了那边,阿姨会永远祝福你保佑你的……"打开盒子,原来是支黑色的钢笔,只是再没机会用它来帮罗阿姨写信了,我禁不住潸然泪下……

当我半月后再回家时,得知罗阿姨在见了我两天后便去世了,与"亲爱的光"埋在了一起,一对苦人儿终于相聚了。据妈妈说,她临走前给罗大爷的最后交代竟是:"晓霞最爱吃咱家的番茄,阿爸以后你一定要一直种番茄,等她回来时多摘点给她哈……"罗大爷也一直遵循这个嘱托,经常给咱家送番茄,一直到他也离开人世……

如今,我也到了知天命的年龄,每当番茄成熟的季节,看到那红艳艳或粉嘟嘟、圆溜溜的果子时,总会想起那一片充满故事的番茄地,想起现在的孩子无法理喻的酸涩童年,想起命途多舛的罗阿姨。也不知她与"亲爱的光"在天堂可好?是不是也早用上了手机?是否还会读我写的那许许多多的信件?想必他们的坟前一定是野花芬芳绿草如茵吧?!而她去世之年,她阿爸在院子种下的那棵枇杷树,也一定亭亭如盖了吧……

养花偶得

周晓霞

说来惭愧，我本是粗犷豪爽浮躁之人，实在不适做栽花种草这类细心优雅之事，也无此闲情逸致。只因两年前儿子异地读大学去了，我便由留守妇女变为空巢老人，为去伶仃之境，不至于太形影相吊，于是便附弄风雅，买回些花草置于飘窗之上，供闲暇之余随意摆弄。

诸多花草每每刚买回之时，或妩媚动人、娇艳娉婷，或绿意盎然、生机勃勃。有风即做飘摇之态，无风亦呈袅娜之姿。满屋苍翠，一室旖旎，悦目而赏心，心旷而神怡。尤其闲余之时，沏一壶茶，捧一本书，置身于花草间，洒一身暖阳，嗅一鼻芬芳，满是清幽淡雅之趣，毫无茕茕孑立之苦，始觉孤独原来如此美丽，倒也自得其乐。

人，往往会因为喜欢和爱而变得细致入微、呵护备至。因享受了花草之美我开始怜香惜玉，生怕亏待了它们，时不时浇水，松土，施肥，还从书上学来秘笈，用维生素或是酸奶进行灌养，原本大而化之的我煞费苦心细致耐心，希望能花繁叶茂茁壮成长。可事与愿违，好景不长，我精心周到的照料，花草们毫不领情，居然由绿而黄，以致气息奄奄。一问，此类花草适合贱养，无须太勤浇水、太多施肥。是我的自以为是将它们溺爱致死，不禁赧然。

吃一堑长一智，再买回时便不再挂在心上，听之任之让它们随心所欲自由生长，心想顺其自然总能功德圆满吧。哪想依然好景难在，悲剧重演，不久又相继而亡。一问，此花草有的喜阴，不能一直暴晒；有的喜露，需偶尔置于室外，不能总在窗台。是我的放任自流将它们纵容致死，深感愧疚。

于是反复折腾，我却没能成长为优秀的园丁，俨然练成了摧花夺命手。经我手的花草都生命不能承受之重，多则活三五月，少则一两月，至今未有活过经年的。诸如"绿萝""白掌"之类的"草坚强""花坚强"，我依然有本事来夭折。于是两年来屡亡屡买，屡买屡亡，花店老板倒是非常喜欢。

看着今日刚以旧换新、脱胎换骨的"新贵"们，我竟有些惴惴不安、如履薄冰，突然心潮起伏、感慨良多……

养花如此，何况养人乎？

时下对孩子的培养大致几种：一则自以为是揠苗助长，谓之"不能让孩子输在起跑线上"。看见"别人家的孩子"学艺兼优，于是自作主张，什么钢琴班、舞蹈班、英语班、书法班之类的趋之若鹜，悉数报上，全然不顾孩子喜好，逼迫考各级证书，希望能造就琴棋书画样样精通的全才。用心良苦而往往难遂人愿，君不见因疲于奔命不堪重负，才上幼儿园就厌学逃学的有之；砸砍钢琴甚至断指威胁的有之；觉得活得太累想一死了之的有之。家长却一头雾水不得其解。

与之相反的一类是怕孩子累着饿着穷着，于是最大程度地"富养"。捧在手里怕摔了，含在口里怕化了，呵护有加无微不至。结果豢养出了一大批斯文秀气弱不禁风的"娘炮"，参加体育课军训之类的竟也会晕倒一大片；养出些饭来张口衣来伸手的"中国巨婴"，大学毕业、海外归来、年过而立依然心安理得天经地义地悠然"啃老"；养出些冷血残酷不懂感恩的"白眼狼"。刘墉曾感叹说："今天有多少孩子，既要美国的自由，又要中国的宠爱，没有美国孩子的主动，又失去了中国的孝道。"岂不闻，因论文没获奖凶残杀害导师和同学的有之；因买不起苹果手机拿不出钱来还债扇家长耳光侮辱谩骂的有之；更有甚者，当家长到机场接机因无钱而被连捅数刀的丧心病狂者居然也有。难怪教育家马卡连柯说："一切都让给孩子，为了他牺牲一切，甚至牺牲自己的幸福。这是父母送给孩子的最可怕的礼物了。"诸多事件让人触目心惊、心有余悸。

前两种后果家长似乎难辞其咎，于是乎便有第三种被捧上天的教育，谓之"释放孩子天性"。一切遵循孩子的意愿，把释放孩子的"天性"当作必然、当作合法、当作理所应当，视为"快乐教育"。最后的结果却是孩子没长成父母想要的样子，却成为这样的人：首先，没有规则意识，公共场合我行我素随心所欲。在中国，越来越多的孩子无视规则，也有越来越多的悲剧因此而酿成。其次，毫无敬畏意识，肆无忌惮地释放天性。每个孩子的心中都藏着一个恶魔，在没有约束与管教的前提下，无条件地放养、释放，只会让孩子缺乏最基本的敬畏之心，成为起码的正常健康的成人都办不到，更别想成才。十二三岁居然就成为杀人犯着实骇人听闻。再次，缺乏自律意识，无法控制自我的欲望和情绪。因此才有了不让玩手机就跳楼的悲剧。一个不懂得自律的孩子，是永远不会有未来的，无底线无边界地放养、释放，只会让孩子丧失最基本的控制力。在将来，这样的孩子没有任何竞争力。

呜呼！花草养坏了养死了可以重新买回，而人无再少年，十年树木，百年树人。孩子一旦养坏了，将是覆水难收，不仅贻误终身，更是家国之悲。著名教育家乌申斯基说过：如果你养成好的习惯，一辈子都享不尽它给你带来的利息，如果你养成了坏的习惯，一辈子都在偿还无尽的债务。另一位教育家也说过：播种行为，收获习惯；播种习惯，收获性格；播种性格，收获命运。

"少年强，则国强"，"生于忧患死于安乐"。究竟该如何正确地培养下一代，让他们能真正健康茁壮成长，能肩负重任不辱使命，是否应该值得每个人深思呢？！

参考书目

贾平凹：《贾平凹散文自选集》，漓江出版社，1987年10月。

刘锡庆：《中国写作理论辑评》，内蒙古教育出版社，1992年5月。

刘锡庆：《新中国文学史略》，北京师范大学出版社，1996年8月。

傅德岷：《中国现代散文发展史》，四川教育出版社，1997年3月。

曾令存：《贾平凹散文研究》，中国社会科学出版社，2003年4月。

贾平凹：《朋友》，重庆出版社，2005年1月。

李星、孙见喜：《贾平凹传》，郑州大学出版社，2005年1月。

刘锡庆：《基础写作学》，人民教育出版社，2007年5月。

贾平凹、谢有顺：《贾平凹谢有顺对话录》，苏州大学出版社，2003年7月。

梁向阳：《当代散文流变研究》，中国社会科学出版社，2007年7月。

方孝岳：《中国文学批评　中国散文概论》，中国出版集团/生活·读书·新知三联书店，2007年9月。

孙见喜：《贾平凹传》，上海人民出版社，2008年1月。

汤衡：《中国现代散文精品鉴赏》，陕西出版集团/太白文艺出版社，2011年1月。

王景科：《中国散文百年史论》，山东文艺出版社，2011年6月。

马茂军、刘春霞、刘涛：《中国古代散文思想史》，人民出版社，2011年6月。

辛晓玲：《中国现当代散文意境研究》，民族出版社，2011年12月。

储子淮：《作家贾平凹》，陕西师范大学出版总社有限公司，2012年9月。

贾平凹：《贾平凹妙语》，陕西新华出版传媒集团/陕西人民出版社，2013年3月。

贾平凹：《关于散文》，生活·读书·新知三联书店，2015年1月。

贾平凹：《访谈》，生活·读书·新知三联书店，2015年8月。

贾平凹：《自在独行》，长江出版传媒/长江文艺出版社，2016年6月。

贾平凹：《商州寻根》，时代文艺出版社，2017年6月。

贾平凹：《旷世秦腔》，时代文艺出版社，2017年6月。

贾平凹：《顺从天气》，时代文艺出版社，2017年6月。

贾平凹：《土门胜境》，时代文艺出版社，2017年6月。

贾平凹：《时光长安》，时代文艺出版社，2017年6月。

贾平凹：《太白山魂》，时代文艺出版社，2017年6月。

贾平凹：《倾听笔墨》，时代文艺出版社，2017年6月。

贾平凹：《远山近水》，时代文艺出版社，2017年6月。

贾平凹：《生命是孤独的旅程》，中国友谊出版公司，2017年11月。

贾平凹:《贾平凹散文精选》,长江出版传媒/长江文艺出版社，2017年12月。

贾平凹:《贾平凹游记》,山西出版传媒集团/北岳文艺出版社,2018年1月。

王舒成:《贾平凹经典》,江苏凤凰文艺出版社,2018年5月。

苏沙丽:《贾平凹论》,作家出版社,2018年5月。

贾平凹:《平凹书信》,陕西师范大学出版总社,2018年9月。

费秉勋:《贾平凹论》,陕西新华出版传媒集团/陕西人民出版社,2018年9月。

红孩:《红孩谈散文:散文是说我的世界》,中国言实出版社,2018年9月。

张东旭:《贾平凹年谱》,中国社会科学出版社,2018年11月。

〔美〕菲利普·罗伯特:《散文写作十五讲》,孙冬译,江苏人民出版社,2021年4月。

贾平凹:《诸神充满》,北京联合出版公司,2021年7月。

唐小林:《中国白话散文百年史》,南方出版传媒/广东人民出版社,2021年8月。

后 记

修改完最后一个字,我在曾令琪工作室静坐了很久。默默地望着窗外,本书写作的一些甘苦,不禁浮上心头。

这本书,是我这些年来写得最苦的一本——虽然,写作的过程其实也是一种享受——原因主要有三:一是贾平凹先生的散文面多量广,时间跨度差不多半个世纪,研读原著得花费相当多的精力;二是贾先生的散文虽然有他自己一贯的个性,但早、中、晚各个时期也表现出一些风格的差异,而要从风格同中有异、异中有同的大量作品中较为准确地把握贾平凹散文的思想内容、情感倾向、地域特征、艺术特色、创作技巧,不经过认真的阅读、深入的研究、仔细的品味,那绝对是不行的;三是我和晓霞才疏学浅,贾先生是中国文坛著名的鬼才[1],他的散文博大精深,我们管窥蠡测,恐怕也难入堂奥。因此,从2020年7月1日启动这本书提纲的写作、架构的搭建、创作分工的安排,到今天基本完工,时间跨度长达22个月之久。

贾先生是文坛大家,关注其作品的作家、评论家、文学爱好

---

[1] 孙见喜:《贾平凹传》,上海人民出版社,2008年1月。该书载:1987年6月9日,贾平凹到桂林参加旅游文学笔会,老作家汪曾祺先生戏称贾平凹为"鬼才"。

者甚众，研究其作品的论文也很多，很多大刊、名刊，发表了研究贾平凹及其作品的大量论文，其中尤数研究贾先生小说的论文数量最丰。其次，研究贾先生散文的单篇文章也不在少数。但还在资料准备阶段，我们就注意到这么一个现象：查遍四十余年来研究贾平凹散文的论文，我们只看到一本专著，那就是广东嘉应学院曾令存先生的《贾平凹散文研究》[1]。阅读该书，感觉学术性太强，通俗性方面我们不太满意。特别应予强调的一点是，我大学毕业后曾经执教中学6年，晓霞现在还在中学教授高中语文，我们都毕业于师范院校的中文系，心中尚存甘为人梯的师者情怀。因此，我们发愿写一本既带研究性、学术性，又兼具普及性、通俗性的作品，以供作家、研究者特别是广大文学爱好者阅读、揣摩。于是，将此书定名为《贾平凹散文解读》。

我们的写作原则是：对贾平凹散文，一些别人曾经论及的问题，我们尽量不作专章、专节讨论；一般别人很少涉及、甚至尚未论及的问题，我们将结合实际，进行分析。因此，在大量阅读贾平凹散文作品、大量阅读现当代散文研究专著和论文之后，经过归纳、提炼、总结、比较和选择，我们总结、提炼出贾平凹散文的五大特色，即：语言美、人情美、风俗美、细节美、哲思美。这五大特点，或无人论及，或偶有所论而解析不深。我们将这"五美"中的每一"美"，细分为三部分，每一章均以三节论之。立足贾平凹散文这个文本，使用我们常用的分析方法，结合我们将近30年的读书、创作、研究的实际，融入我们自身对文学和美学的理解，较为详细、深入地探讨贾平凹散文的思想内涵、文学理念、创作特色和美学因素。与此同时，我们接受了贾平凹先生本人的指导意见，尽量少选完整的

---

[1] 曾令存：《贾平凹散文研究》，中国社会科学出版社，2003年4月。

单篇文章，尽量摘选贾先生散文中我们觉得既写得漂亮、又适合作解剖分析范例的一些段落，既供我们进行解读、赏析，也供读者阅读、参考。所以，本书最大的特点就是阅读此书，可以欣赏到贾平凹先生的很多散文佳作、精彩片断。

我是贾平凹先生的关门弟子，周晓霞是我的弟子、贾先生的再传弟子，贾平凹先生在我们心中，真可谓"仰之弥高，钻之弥坚"[1]。贾平凹先生的散文创作时间跨度长达半个世纪，出版数量达几百万字，版本多至上百种集子、选本。大量的创作实绩，鲜明的创作主张，显著的创作影响，随便举其中的一项，都够我们研究好一阵子。

实际上，贾平凹先生踏上文坛不久，就渐渐地被人注意和研究。根据我们掌握的资料，当代在世的作家之中，贾平凹是最被研究者关注的作家。各大报刊发表的大量研究论文，为我们另辟蹊径写出我们心中的"贾平凹"及"贾平凹散文"，奠定了坚实的基础。

当然，世间没有十全十美的人物，也不会有十全十美的作品。毋庸讳言，贾平凹先生的散文，也存在一些瑕疵。随举几例：

老作家孙犁先生给贾平凹写信，说："语言是一种艺术，除去自然的素质，它还要求修辞。"[2] 比较委婉地提醒贾先生要注意散文的语言，讲究修辞；

文学批评家范培松先生对贾平凹散文中对"俗"的表现，表示"喜忧参半"[3]；

---

[1]《论语·子罕》。

[2] 孙犁：1985年1月5日致贾平凹信，《平凹书信》，陕西师范大学出版总社，2018年9月。

[3] 贾平凹：《瞎摸索与新局面——关于散文创作的通信（二篇）》，选自《关于散文》，生活·读书·新知三联书店，2015年1月。

文学批评家曾令存先生曾经探讨过贾平凹早期散文语言应用中的"模仿"问题[1]；

还有人说贾平凹散文的毛病有三，即选材不精、粗制滥造，思想一般化、肤浅而空虚，结构少变化、语言单调呆板。[2]

上述这些问题，有的可能存在，有的可能也不免有点言过其实；有些是隐性的，有些是显性的。对此，我们保持着较为清醒的认识。客观地说，部分问题、不足和瑕疵，在贾平凹散文中或多或少是存在的。那么，我们在本书中为什么不进行专门的探讨呢？不是因为古人所说"为尊者讳耻，为贤者讳过，为亲者讳疾"[3]，最主要的原因是，我们这本书重在探讨、研究贾平凹散文的美，和读者一道解读贾先生的散文佳作，学习其创作的一些技巧，愉悦我们的精神。

贾平凹先生及其创作，已经成为新时期中国文坛的一张亮丽的名片；贾平凹先生的散文创作，更是在中国当代文学的天宇熠熠生辉。值得一提的是，我们没有孤立地看待贾平凹及其散文，而是将其放在100余年的中国白话文学史中，放到新时期文学复兴以来的大背景之下。这样，才能更加真实、准确、贴切地反映出贾平凹先生在文坛的地位和影响。

为了方便读者了解我和周晓霞的文学理念和散文创作思想，方便大家查阅相关资料，我们增加了《关于散文的文与论》和《本书参考书目》两章。

---

[1] 曾令存：《贾平凹散文研究》，中国社会科学出版社，2003年4月。

[2] 黎少雅：《试论贾平凹的散文理论及其创作实践》，《珠海教育学院学报》，2002年第3期（第8卷，总第29期）。

[3]《春秋谷梁传》。

本书的写作，得到贾平凹先生三次亲自指导，贾先生于2021年暑假还接受了我和周晓霞的长篇专访。贾先生的很多意见，我们已经采纳，在书中已经有所体现。我的恩师赵义山先生，专门作曲一支以贺；贾平凹先生的好友、著名散文家张人士先生认真阅读书稿，倾情作序。他们的大作，为本书增色多多！特此感谢！

具体的写作中，这几十年来的一些学术研究专著和论文，也进入了我们的阅读视野，基本上凡是引用皆予以注明。为方便读者阅读，我们采用脚注的方式。这本书的写作，得到我的师尊赵义山先生、张人士先生、徐建成先生等的亲切指导和关心，鲁迅文学奖得主、四川大学教授周啸天先生为我们题写书名，在此深表谢意！我们还得到密友张季次先生、顾建德先生等的爱心关注，一些文友如方晓涛、陈志越、胥树东、李顺治等一直密切地关注着我们的创作。对此，均表谢忱！还要谢谢我的合作者周晓霞，我们碰撞思想，一道构思，分工写作，集中统稿，她分担了写作的部分内容，还承担了初校和二校，将近两年的合作是令人愉快的。定稿期间，我的全副精力都在书稿上，内子张炳华为我分担了全部的家务，并对本书充满希冀；创作中，我的哥哥姐姐小骐、小玲、亚骐、幼骐、俊德、曾玲、华妮，予我以特别的关心；我的家人黎明和潇然对本书的出版，给予了大力的支持。在此一并感谢！

对贾平凹散文，我们只能说有一些心得，有一些体会，有一些感想；我们的解读也仅仅是一家之言。文学鉴赏有所谓"一千个观众心中有一千个哈姆雷特"的说法，愿以此作引玉之砖，以期得到更多学者、作家、文学爱好者的指正。

孔融曰："岁月不居，时节如流。五十之年，忽焉已至。"[1]今天恰恰是我的 56 岁生日。百年期半欲何望，千首诗成岂自伤！伟大的时代赋予作家以崇高的使命，一个作家怎样才能回报我们伟大的祖国，并在中华民族伟大复兴的进程中有所作为，文坛巨擘贾平凹先生已经给我们树立了很好的榜样。见贤思齐，我们唯有咬定青山，持正以行，才能不断地有所收获。

　　因此，在这部将近 30 万字的专著如期结稿、即将出版之际，赘以数言，以作后记云尔。

曾令琪

2022 年 5 月 4 日，星期三

夜，于西都长乐居

---

　　[1] 孔融：《与曹公论盛孝章书》。